读客

读客外国小说文库

熊猫君激发个人成长

新手死神 ③

# 摇滚乐队

[英]特里·普拉切特 著
蔡薇薇 译

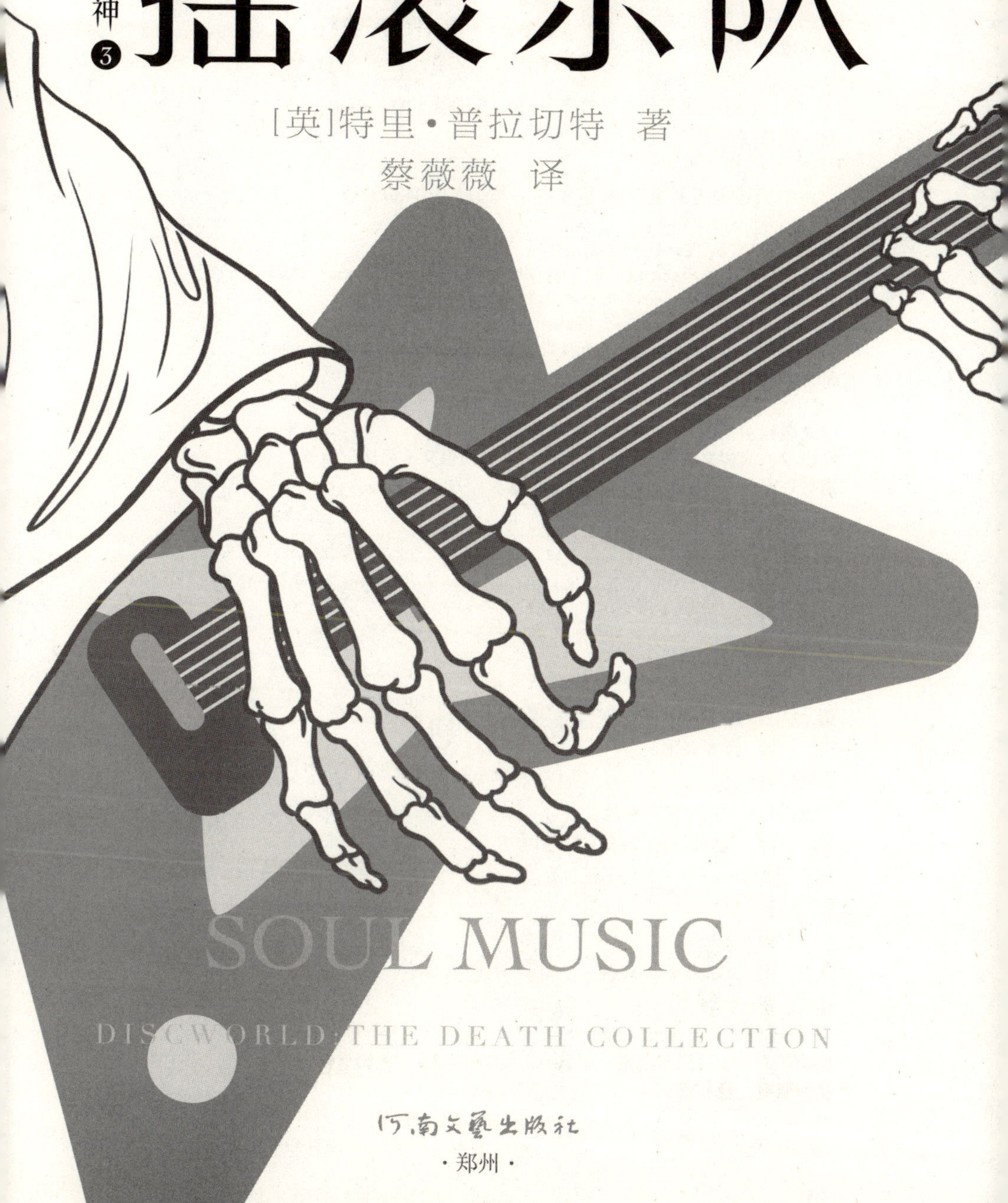

SOUL MUSIC

DISCWORLD: THE DEATH COLLECTION

河南文艺出版社
·郑州·

**图书在版编目（CIP）数据**

新手死神. 3, 摇滚乐队 / (英) 特里 · 普拉切特著 ; 蔡薇薇译. -- 郑州 : 河南文艺出版社, 2020. 5

ISBN 978-7-5559-0961-3

Ⅰ. ①新… Ⅱ. ①特… ②蔡… Ⅲ. ①长篇小说 - 英国 - 现代 Ⅳ. ①I561.45

中国版本图书馆CIP数据核字（2020）第043954号



---

| | |
|---|---|
| **著　　者** | ［英］特里 · 普拉切特 |
| **译　　者** | 蔡薇薇 |
| **责任编辑** | 王　宁 |
| **特邀编辑** | 朱写写　　张楚悦 |
| **策　　划** | 读客文化 |
| **版　　权** | 读客文化 |
| **封面设计** | 汪　芳 |
| **出版发行** | 河南文艺出版社 |
| **印　　刷** | 三河市龙大印装有限公司 |
| **开　　本** | 890mm ×1270mm 1/32 |
| **印　　张** | 11.5 |
| **字　　数** | 292千 |
| **版　　次** | 2020年5月第1版　2020年5月第1次印刷 |
| **定　　价** | 45.00元 |

---

# · 人物表 ·

**小恶魔** 德鲁伊人，从家乡拉蒙多斯来到安卡-摩波，是一个渴望成名的音乐家，艺名“巴迪”

**戈罗德** 矮人，会吹号角

**莱斯** 巨怪，会演奏打击乐，乐器是一组会发声的石头（Rocks），艺名“悬崖”。莱斯与小恶魔、戈罗德共同组成了一支乐队，名为“摇滚乐队”（Band with Rocks In），意为“有石头的乐队”

**自割喉咙迪布勒** 惟利是图的商人，摇滚乐队的经纪人

**克雷特** 音乐家行会的秘书

**死神** 死亡的具象化神灵。他的养女和女婿死于一场灾难，在本书中，他想要忘记失去亲人的痛苦

**苏珊** 人类，死神的外孙女，“遗传”了死神所有的能力

**瑞克雷** 巫师，幽冥大学的校长

# 历 史

这是一个关于回忆的故事。能记住的也只有这么多了……

……碟形世界的死神，出于自身的考量，曾经救过一个小女婴，把她带回位于数维空间之中的家。他让她长到十六岁，因为他觉得大孩子要比小孩子容易应付些。这事儿证明了就算是拥有了不朽之身的死神，似乎也有大错特错的时候……

……后来，他收了个学徒，名叫亡沙漏，我们就叫他小亡吧。小亡和女孩尹莎贝尔初次见面便不欢而散，大家心里都清楚这在往后意味着什么。作为死神的接班人，小亡可远算不上称职，弄出了一连串的问题，导致现实世界震颤不已，他也和死神兵戎相向。最后，小亡输了……

……后来，死神又出于自身的考量，饶过了小亡的性命，并把他和尹莎贝尔送回了碟形世界。

没有人知道为什么死神会突然对共事已久的人类产生兴趣，也许只是单纯的好奇吧。即便是最高超的捕鼠者也早晚会对自己的猎物感兴趣。他们看着老鼠们生死轮回，记录它们的一举一动，虽然他们并不知道在迷宫里跑究竟是什么感觉。

但如果说观察行为本身会改变被观察者的话，[1]那么一定也能改变观察者。

小亡和尹莎贝尔结婚了。

他们生下了一个孩子。

这也是一个关于性、毒品和摇滚乐的故事。

嗯……

……这三个故事任选其一倒也不错。

准确地说，这个故事只是其中的百分之三十三，但是情况却更不妙。

1 基于量子论。（如无特殊说明，本书注释均为原注）

故事到哪儿结束呢？

这是一个风雨交加的黑夜，一辆马车疾驰而来，马儿早已不见了踪影，马车直愣愣地撞向路边东倒西歪的栅栏中，又翻滚着跌进峡谷里。掉落过程中崖边一块凸起的岩石都没碰着，就“嘭”的一声砸在崖底干枯的河床上，撞了个稀碎。

巴茨老师紧张地拢了拢那堆文件。

这一份文件出自一个六岁女孩的手笔：

我们访假干什么：我访假跟我外公呆一块儿。他有一匹白色大马和一个花园全是黑色的。我们吃了鸡蛋和薯条。[1]

这时马车上的油灯点着了火，接着又是一次大爆炸——就算是悲剧也有某些固定的桥段——火海中滚出一只燃烧的车轮。

另一张画是年纪更大些时的作品，全黑的。巴茨老师倒抽了一口

1　这是六岁女孩写的信，其中有很多错别字和读不通的地方，并非印刷错误。——编者注

凉气。这可不是因为这孩子只有黑色的蜡笔。实际上，奎尔姆女子学院有的是各种价格不菲的彩色蜡笔。

这时，随着最后一丝余灰燃尽，噼啪声渐渐消失，四周一片寂静。

此时，巡夜者来了。

他转过身去，向着黑暗中的人说道：

**是的，我本能做点儿什么的。**

随即他策马离开了。

巴茨老师又翻整着文件。她有点儿心不在焉，心神不宁，跟这女孩儿交道打得多的人都有这种感觉。大多数时候，文件能让她感觉舒缓些，它们更真实可靠。

然后，她想到了之前发生的那件事儿……车祸那事儿。

巴茨老师之前也转达过这样的消息。既然经营着一家大型的寄宿学校，多多少少会有些风险。不少孩子的父母经常因为这样或那样的原因去往海外，有时生意酬劳丰厚，但也免不了碰上些心狠手辣的人。

巴茨老师知道这些事儿该怎么处理。痛苦归痛苦，日子终归要过下去的。一开始震惊流泪，然后慢慢地，也就过去了。人人都有自己的方式挨过去，人的脑子里就存着这么个脚本。生活还是要继续的。

那孩子已经坐在那儿了。她一开口差点儿把巴茨老师的魂都吓掉。巴茨老师也算个善心人，虽然搞了一辈子的教育，慢慢耗尽了温柔，她仍旧兢兢业业，恪守礼节。她心里明白这种事儿该怎么进行，如果事情的发展不像她预期的一般，也会隐隐感到不快。

“呃……如果你想一个人静一静，好好哭一场的话……”她说道，想让事情回到正轨。

“这有用吗？”苏珊会说。

也许这对巴茨老师倒是管用。

现在她能说的也就是：“我想知道，你真的明白我的意思吗？”

孩子眼睛一直盯着天花板，就好像在算一道很难的代数题，然后答道："我想是的。"

就好像她早就知道，已经用什么方法应对过似的。巴茨老师叮嘱过老师们要留意苏珊。老师们说这有点儿难，因为……

这时有人在敲巴茨老师的房门，声音小得就好像并不希望她听见一样。巴茨老师回过神来。

"进来吧！"她说。

门开了。

苏珊总是悄无声息的。老师们都提过这事儿。他们说，这事儿有些古怪，她总是在你一不留神的时候就出现在你面前。

"啊，是苏珊啊，"巴茨老师说道，一丝讪笑飘过脸颊，就像一只精神紧张的扁虱从满面愁容的绵羊身上跳过，"请坐下吧。"

"好的，巴茨老师。"

"苏珊……"

"什么事，巴茨老师？"

"很抱歉我得告诉你，你又缺了不少课。"

"我不明白你的意思，巴茨老师。"

女校长向前倾了倾，暗自感到不悦，但这个孩子是有些不讨喜的地方。喜欢的功课成绩优异，也就这点儿优点了。她就像耀眼的钻石一般，熠熠生辉，同时也满是棱角，寒光凛凛。

"你还在做……那事儿吗？"巴茨老师说，"你答应过会停止这种愚蠢的行为。"

"你说什么，巴茨老师？"

"你又想让自己隐形，是吗？"

苏珊脸红了。巴茨老师的脸上也泛起了红晕。我是说，她一定觉得这很荒谬。这不合常理，这，嗯，不……

她低下了头，闭上了眼睛。

“我在，巴茨老师？”巴茨老师还没开口，苏珊就说道。

巴茨老师战栗了片刻。老师们之前还提过另外一件事儿。

有时苏珊在你提问之前就会给出答案……

她定了定神。

“你还没走啊，苏珊。”

“是的，巴茨老师。”

真荒谬。

这不是什么隐身，她告诉自己。苏珊不过就是让自己不显眼罢了。她……谁……

她集中精力思考着。之前她就给自己写过一个小便条提醒自己这件事儿，字条还别在文件夹里。

上面写着：

记得跟苏珊·斯托–赫里特谈一谈。千万别忘了。

“苏珊？”她试探着说。

“我在，巴茨老师。”

巴茨老师一集中精神，苏珊就坐在她面前。她稍一发力，就能听到那孩子的声音。她只是要不断用意念对抗一种强大的念头，让自己相信现场不是只有她一个人。

“坎伯老师和格雷格斯老师都抱怨过。”她说道。

“我一直在教室里，巴茨老师。”

“我相信你在。崔特老师和斯丹普老师说，她们始终看到你在那里。”

办公室里各位老师曾为此事争论不休。

“是不是因为你喜欢逻辑和数学，不喜欢语言和历史呢？”

巴茨老师又定了定神。这孩子之前不可能离开过教室啊。如果她凝神冥想的话，她似乎能听到一个飘忽的声音在说“我不知道，巴茨老师”。

“苏珊，这的确很让人沮丧，当……”

巴茨老师停住了。她环视四周，随后目光停留在前方的文件上别着的一张小字条上。她似乎读了读上面的字，神情疑惑，然后将字条揉作一团，扔进了废纸篓里。她拿起一支笔，呆呆地望着前方，片刻后便埋头处理起学校的账目来了。苏珊礼貌性地等了一会儿，随后就悄悄起身离开了。

某些事情发生前都会有预兆。诸神相互博弈，决定着人类的命运。但在此之前，他们得把棋子悉数摆放好放在棋盘上，并时时刻刻留意骰子的动向。

拉蒙多斯下着雨，这是一个疆域不大、山脉纵横的国家。这里总是下雨。雨是拉蒙多斯最主要的出口产品，这里分布着许多雨矿。

游吟诗人小恶魔坐在常青树下，这倒也不是为了避雨，碰巧是他的习惯罢了。雨水顺着尖尖的叶子滴落，汇聚成涓涓细流沿着枝条淌下，看起来就像个雨水收集器。时不时就会有一小摊水溅落到他头上。

他才十八岁，才华横溢，并且不甘于平淡的生活，至少目前是这样。他一面拨动竖琴，一把漂亮的新竖琴，一面望着雨幕，潸然泪下，泪水和雨水混成一片。

神喜欢这样的人。

都说神欲使其灭亡，必先使其疯狂。其实，在毁掉猎物之前，神会先递给他们一根棍子，上面写着顶级炸药公司，一端还连着燃烧得咝咝作响的引线。这更刺激些，耗时也不长。

苏珊漫步在弥漫着消毒水气味的走廊上。她并不太担心巴茨老师会怎么想，其实她不担心任何人的想法。她不知道为什么当她希望人们忘掉她的时候，人们就真的会淡忘她的存在，之后，那些人似乎也不好意思再提及此事。有时，一些老师甚至看不到她。那倒也不错。当周围同学们都在上克拉奇的主要出口产品的时候，她可以带本书进教室，安安静静地看。

这真是一把漂亮的竖琴。绝少能工巧匠能制出如此完美的作品。他没有对琴做额外的装饰，任何装饰改动倒像是一种亵渎。

这把琴很新，这在拉蒙多斯是绝无仅有的。这里的竖琴大多有年头了。就算那些琴都用旧磨坏了，这把琴也还是新的。那些琴时不时需要换个新的琴框、琴颈或是琴弦——但这把琴依然故我。那些老诗人总说琴越古老越好，老人们总爱这么说，常常不顾及日常经验。小恶魔拨动了一根琴弦，音符飘到空中，慢慢消逝。这把琴的音色清新、明快，就如同钟鸣。一百年后它的声音会是什么样的，没人能想象得出来。

他的父亲说这琴一文不值，因为未来是镌刻在石头上的，不是用音符谱写的。这只是他长篇大论的开头。

他不停地说着，不停地说着，突然，整个世界变成了一个崭新而又令人不悦的地方，因为说过的话是收不回来的。

他说啊说。“你什么都不懂！你就是个糟老头子！我要把我的一生献给音乐！总有一天，人人都会说我是这个世界上最伟大的音乐家！”

真是蠢话。仿佛游吟诗人们对所有人的看法都上心，单单就不在乎其他游吟诗人——那些穷尽一生学习如何欣赏音乐的人——怎么看。

但是，就算再是蠢话，也都说出口了。只要说这话的时候情绪够饱满，诸神又够无聊，宇宙有时就会按照话语内容自我改造。语言总有着改变世界的能力。

千万小心自己说出口的愿望。因为你不会知道谁在凝听。

或是听了之后，会发生些什么。

因为，似乎某些物质会在多重宇宙中不断地飘浮，错误的人在正确的时间说的话会改变它行进的方向……

在遥远的安卡-摩波那熙熙攘攘的大都市中，突然有一串火花闪过一面白墙，于是……

那里出现了一家商店，一家古老的乐器店。没有人议论它的突然出现。似乎从它出现的那一刻开始，它就始终在那里，从不曾改变。

死神双手托着下巴，坐在那里，眼神放空。

阿尔伯特小心翼翼地走了过来。

在死神凝神沉思的时候，有件事情不断困扰着他——现在也是如此——那就是为什么他的仆人总是沿着相同的路径穿过房间走向他。

**我是说，**他心里想道，**考虑到房间的大小……**

……是无限延伸直至无穷大的，或者是接近无穷大的，这二者间并没有什么本质的差别。实际上，这房间长约一英里[1]。这无疑是个大房间，但你却看不到它的无限性。

死神在创造这间房间的时候情绪过于激动了。时间和空间成为他手中操纵的对象，而非遵循的尺度。于是，内部的空间过于广大了。他忘了将外部空间设置得比内部空间大了。花园也有类似的问题。当他对这些事情略微上心的时候，他意识到，在人类思想中，颜色在某些概念中所发挥的作用，比如玫瑰花。但是，他已经把它们造成黑色的了。他喜欢黑色。黑色是百搭的，用不了多久，它就是万搭的。

他之前认识的那些人——有那么几个——对于房间面积广大到不可思议的程度反应奇特，他们的反应就是，视而不见。

比如说现在的阿尔伯特吧，房间的大门打开了，阿尔伯特用碟子托着一杯茶走了过来，双手小心翼翼地保持着平衡……

片刻之后，他就已经来到了房间中央，马上就要走到死神书桌边

1　1英里≈1.61千米。——编者注

铺着的小块地毯上了。死神很快不再疑虑他的仆人是如何走过中间区域的，因为他突然明白，对于他的仆人来说，根本不存在所谓的中间区域。

“我给您端来了甘菊茶，主人。”阿尔伯特说。

**嗯?**

“主人？”

**抱歉，我刚才在沉思。你说什么?**

“甘菊茶？”

**我还以为这是一种肥皂呢。**

“这种植物制作肥皂或是泡茶时都可以放，主人。”阿尔伯特说。他很忧虑，每当死神开始思考事情的时候他就忧心忡忡。死神就不应该思考事情，他思考事情的方式也是错的。

**真是相当有用。里里外外都可以清洗得干干净净的。**

死神又用双手托住了下巴。

“主人？”阿尔伯特略微等待了一会儿，然后问道。

**嗯?**

“您再不喝茶就要凉了。”

**阿尔伯特……**

“我在，主人？”

**我一直在想……**

“什么，主人？

**这究竟是怎么回事? 你是什么时候开始的?**

“哦，呃，我不知道该怎么说，主人。”

**我不想这么做的，阿尔伯特。这你是知道的。我现在明白她是什么意思了，不仅仅跟臣服有关。**

“您指的是谁，主人？”

死神没有回答。

阿尔伯特走到门口时，回头看了一眼。死神又开始放空了。那样的眼神绝无仅有，一点儿也不似旁人。

别人看不到她倒也不是什么大问题，问题是她老是能看到些奇怪的东西。

这都是梦，当然，只是些梦而已。苏珊知道，现代科学认为梦只不过是大脑在整理白天经历的事物时蹿出的影像罢了。如果那些白天的经历里包括些什么飞在天上的大白马，又大又黑的房间和成堆的头颅的话，她倒也能安安心心的。至少这些只是梦。可是，她看到过其他的东西。比如，那晚瑞贝卡·斯奈尔把牙齿放在枕头下面时，宿舍里出现的那个怪女人。这事儿她从来没跟别人提过。苏珊看着那个女人从开着的窗户里进来，站到床边。她看起来就像个挤奶女工，一点儿也不可怕，即便是她径直穿透家具走过来的时候，苏珊也一点儿不害怕。彼时还传来了硬币的叮叮当当声。第二天早上，那颗牙不见了，瑞贝卡倒是变得更富有了些，得到了一枚五十分的硬币呢。

苏珊讨厌这些事儿。她知道那些脑子有问题的人会给小孩子们讲牙仙的故事，但是世界上根本不可能有牙仙。相信有牙仙意味着思维混乱。她可不喜欢思维混乱，这在巴茨老师的麾下怎么说都算得上是严重的行为不端。

其实思维混乱也不全然是坏事。尤拉莉亚·巴茨老师和她的同事德尔克洛斯老师创办奎尔姆女子学院的初衷就是，既然女孩儿们在出嫁前也没什么好做的，那不如就学点儿东西打发打发时间呗。

这个世界上有很多学校，但那些学校不是各种教会办的就是行会办的。巴茨老师不信教，觉得宗教有违逻辑，也鄙视行会，认为女孩儿需要接受教育的只有盗贼行会和裁缝行会。可是，外面的世界多大多可怕呀，要是女孩儿的紧身衣下满当当地装着几何和天文知识的话，情况也就不会那么糟了。巴茨老师坚信女孩儿和男孩儿并无差别。

至少，没什么值得一提的差别。

至少，没有巴茨老师会提的差别。

因此，巴茨老师鼓励她照管的那些幼稚的年轻姑娘培养逻辑思维和积极的求知心，并且她坚信这种行为方针，理智地说，与雨季里乘着纸板船去捕鳄鱼一样。

比如，当她给全校女生做演讲时，想到学校外面所潜伏的那些危险，她尖尖的下巴都惊恐地战栗不止。三百个清醒、求知欲强的脑子里都在想如何尽早成为城里那些公子哥锁定的目标，她们的逻辑[1]专用来思考巴茨老师是怎么看出她们的内心所想的。学院四周那些高高的、顶上用尖刺防护的围墙，根本就挡不住那些脑子里装着三角函数，精通剑术、健美操，经得起冷水澡洗礼的姑娘。有了巴茨老师的存在，学校外边的那些危险显得更有吸引力了。

总之，就是夜半来客之类的事儿吧。过了一会儿，苏珊觉得这一定是自己想象出来的。这是唯一合乎逻辑的解释。这可是苏珊的强项。

他们说，每个人都在寻找着什么。

小恶魔在寻找一个去处。

那辆农场车把他捎到了这段路的尽头，然后就穿越田野，轰隆而去了。

他看了看路标。一端指向奎尔姆，另一端指向安卡-摩波。他只知道安卡-摩波是个大城市，建在肥沃的土壤上，因此对他们家族的德鲁伊而言毫无吸引力。他身上有三安卡-摩波块，还有一些零钱。在安卡-摩波，这钱可能少得可怜。

他对奎尔姆一无所知，只知道它在海边。去奎尔姆的道路看着还

1 鲜少被人提及的一个问题是美杜莎的蛇是从哪儿来的。如果是腋毛，这个问题就更令人尴尬，如果它一直去咬除臭剂的盖子的话。

挺新，去安卡-摩波的已经是车辙遍地了。

去奎尔姆感受一下城市生活应该是比较明智的选择吧，了解了解城里人的想法后再去安卡-摩波也不迟，那可是全世界最大的城市呢。先去奎尔姆找份工作，赚点儿钱应该是不错的选择。人在学会跑之前得先学会走路呀。

小恶魔的脑子里充满了顺理成章的常识，于是，他头也不回地出发去了安卡-摩波。

说到这里人的着装，在到点报时的时候，苏珊常常觉得他们像是蒲公英。学院要求女孩儿们穿宽宽松松的藏青色羊毛罩衫，从脖子一直盖到脚踝，实用、健康、漂亮得像块木板。腰线大概掉在膝盖附近。但是现在，苏珊开始慢慢地将衣服撑了起来，这跟德尔克洛斯老师在生物学和卫生学课上时而欲言又止的那些古老的规则相一致。上完德尔克洛斯老师的课以后，女孩儿们都隐隐地觉得她们将来可能要嫁给兔子。（而苏珊觉得教室角落边的钩子上挂着的那个硬纸板做的人体骨架看起来像是她认识的人……）

她的头发让人们频频驻足观望。她的头发是纯白色的，只有一绺青丝。学校规定女孩儿要扎两根辫子，但是她的辫子似乎有股神秘的力量，会慢慢散开去，恢复原样，看起来就像是美杜莎头上的蛇一样。

然后就是胎记了，如果的确算得上胎记的话。苏珊脸红的时候，脸颊上就会出现三条浅红色的线，看起来就像刚被人扇过巴掌一样。她生气的时候——她也经常在生气，为这个世界的愚蠢至极而愤愤不已——那三条线还会发光。

理论上来说，现在苏珊就觉得文学愚蠢至极。苏珊讨厌文学。相比文学，她更愿意读一本好书。现在她的桌子上就摊着沃尔德的《逻辑与悖论》，而她正双手托着腮看着呢。

她还一边心不在焉地听着班上其他同学在做什么。

这是一首有关黄水仙的诗。

诗人似乎是很喜欢这些花。[1]

苏珊对此无感。这是一个自由的国度。人们喜欢黄水仙，只要他们愿意就行。只是，在她明确而精准的头脑中，他们不该把这些东西花一页多的篇幅洋洋洒洒地写下来。

她又回头看自己的书去了。在她看来，学校是在阻挠她的学习。

在她周围，诗人的观点正被那些外行拆解得支离破碎。

厨房跟这所房子的其他区域一样，硕大无比。一个师的厨师也能在这里迷了路。远端的墙都影影绰绰地看不清了。用满是烟灰的链条和油腻腻的绳子固定的大烟囱，在离地四分之一英里的地方没入了黑暗之中。至少，外面的人看起来是这样的。

阿尔伯特在一小片瓷砖块大的地方忙活着，这片瓷砖上恰好容得下橱柜、桌子和炉子，还有一把摇椅。

“当一个人说**‘这是怎么回事？你是什么时候开始的？’**的时候，他的情况一定不妙。”他一边说，一边卷着一根烟，“所以我也不知道他说的究竟是什么。又是他的臆想吧。”

屋子里的另外一个人点了点头。他的嘴里塞满了东西。

“这都跟他的女儿有关，”阿尔伯特说，“是女儿吧……？之后他又听闻了有关学徒的事。没办法，只能自己去找上一个了！哈！什么都没带来，除了麻烦。你……也想想吧……你也是他臆想的对象。抱歉，我无意冒犯你，”意识到自己是在跟谁说话后，他又说道，“你干得挺好的，干得不错！”

那人又点了点头。

---

1　这首诗改编自英国浪漫主义诗人威廉·华兹华斯的诗歌《我好似一朵流云独自漫游》（*I Wandered Lonely as a Cloud*），咏叹了诗人信步时偶遇一丛丛盛开的黄水仙的雀跃心情。——译者注

“他老是把事情弄糟。”阿尔伯特说，“这就是麻烦的来源。就比如当他听说了圣猪夜的时候，你还记得吧？我们把活儿全揽了，准备栽在盆里的大橡树，纸香肠还有猪肉晚宴，他就坐在那儿，头上戴个纸帽子说‘**这好笑吗？**’，我给他做了一个小小的书桌装饰物，他给了我一块砖头。”

阿尔伯特把烟塞进嘴里。这根烟卷得相当完美。只有行家能把烟管卷得如此纤细而又不失润泽。

“说起来，那倒是一块好砖。我现在还留着呢。”

**吱吱**。鼠之死神说。

“你已经把话说得很清楚了，够清楚了，”阿尔伯特说，“至少，如果之前能有更正确的方式的话，你一定会成功的。他总是抓不到重点。你是知道的，他没法儿翻篇儿。他忘不掉。”

他吸着自制的劣质香烟，眼睛渐渐湿润了。

“这究竟是怎么回事？你是什么时候开始的？”阿尔伯特说，“哦，我的老天。”

出于人类特定的习惯，他抬头看了看厨房里的挂钟。这个钟自打他买回来后就从没走过。

“他这时通常进屋了，”他说，“我得把他的托盘准备好。真是不明白他在想些什么。”

圣人坐在一棵圣树下，盘着腿，双手放在膝盖上。他闭着眼，集中注意力思考着无限。为了显示他对世俗物品的鄙夷，他身上什么都没穿，只缠着一根腰带。

他的面前放着一只木碗。

过了一会儿，他感觉到有人在看他，便睁开了一只眼。几英尺开外隐隐有个人影席地而坐。随后，他确信这个身影应该属于……那个人。他也不太记得外表细节，但那个人一定有这么一副样子。他大概就是……这么高，有点儿……肯定是……

**你好。**

“你好，我的儿子？”他皱了皱眉，“你是男性吧？”他接着说道。

**你有不少发现了。但是我也擅长发现。**

“这是何意？”

**别人告诉我你无所不知。**

圣人睁开了另一只眼睛。

“存在的秘密就是藐视一切世俗的羁绊，规避对物质的妄想，寻求与无限合二为一，”他说，“你这个小偷，把你的手从我的行乞碗中拿开。”

他看到了祈求者的样子，这让他心中不快。

**我见到过无限，**陌生人说，**并无惊人之处。**

圣人环顾四周。

“别傻了，”他说，“你看不见无限，因为它是无限。”

**我见过。**

“好吧，那无限是什么样的？”

**它是蓝色的。**

圣人不安地动了动。这不是他计划之中谈话的方向。快速聊聊无限，然后话锋一偏，意味深长地聊到行乞碗，那才是谈话应该进展的方向。

“是黑色的。”他小声嘟囔道。

**不，**陌生人说，**从外部看，夜空是黑色的。但那只是空间，无限，是蓝色的。**

“我想你知道一只手拍起来是什么声音吧？”圣人不悦地说。

**是的。是“坡”，另一只手发出的声音是“啊”。**

“哈哈，这你可错了！”圣人说道，心中顿觉扳回一局。他挥动一只瘦骨嶙峋的手，“看，是没有声音的吧？”

**那不是拍手，那只是挥手。**

“这是拍手。我只是没用两只手罢了。那么，是什么样的蓝色呢？”

**你只是挥了挥手。我可不觉得这多有哲理性。是鸭蛋青色的。**

圣人往山下望去，有几个人正朝这里走来。他们头戴鲜花，拿着看似一碗米饭的东西。

**或者可能是深绿色的。**

“我的儿子，”圣人匆忙地说道，“你究竟想要什么？我可不是一整天都有闲工夫。”

**不，你有，你可以从我这里取。**

“你想要什么？”

**为什么事物必须是现在这个样子？**

“嗯——”

**你不知道，是吗？**

“不够清楚。这整件事就该是个谜，不是吗？”

陌生人盯着圣人看了一会儿，圣人觉得自己的脑袋变成透明的了。

**现在我想问你一个简单的问题：人类是怎么遗忘的？**

“遗忘什么？”

**遗忘任何事情。一切。**

“这……呃……这是自然而然地发生的。”侍僧们已经弯过了山路，越来越近了。圣人匆匆地拿起了他的行乞碗。

“把这只碗当作你的记忆，”他一边说，一边轻轻地挥了挥，“看，它只能装这么多东西，对吧？新的东西进来了，旧的东西就一定会溢出去……”

**不。我记得所有的一切。是一切。各种各样的门把手。阳光在头发间跃动。笑声。足迹。每一个细节。一切都好像就发生在昨天一样。**

**一切好像就发生在明天一样。所有的一切，你明白吗？**

圣人挠了挠他闪亮的秃脑门。

“通常来说，”他说，“遗忘的方法包括加入克拉奇的域外军团，饮用某条神奇河流中的水，不过没人知道那河在哪儿，还有大量饮酒。”

**啊，是的。**

“但是酒精会败坏身体，毒害灵魂。”

**这听起来倒是不错。**

“师父？”

圣人气恼地环顾四周。侍僧们已经到了。

“等一会儿，我正在……”

陌生人已经走了。

“哦，师父，我们走了好长的路过来的。”一个侍僧说。

“先别说话，好吗？”

圣人伸出一只手，竖起手掌，在空中挥动了几下。他轻声嘟囔着。

侍僧们面面相觑，这是他们意料之外的。最后，他们中的头儿鼓起了勇气。

“师父——”

圣人转过身，一巴掌拍到他的脸上。这次的的确确发出了“啪”的声响。

“哈，我明白了！”他说，“现在，我能为你做什么……”

他猛地停住了，脑子里闪过了刚才听到的话。

“他刚说的话是什么意思，人类是什么？”

死神若有所思地走过小山，来到了一匹大白马的身边，马儿正在安静地欣赏着美景。

他说：**去吧。**

马儿留心地看着他。它比大多数的马儿聪明得多，当然这也不是什么难事儿。它似乎感受到了主人有些不妥。

**我还需要一些时间。**死神说。

于是，他出发了。

安卡-摩波没有下雨。这对于小恶魔来说是个大大的意外。同样令他意外的是，钱没得有多快。迄今为止，他已经弄丢了三块二十七分。

之所以会丢是因为他在演奏的时候，把这些钱都放在面前的碗里，就像猎人要抓到鸭子总要先撒点儿诱饵。但当他再次低头去看时，钱已经不见了。

人们来到安卡-摩波是要寻求财富的。糟糕的是，其他人也是。

而且这里的人好像不需要游吟诗人，即便是在拉蒙多斯盛大的音乐诗歌节上获过槲寄生大奖，还拿着百年老竖琴的人也不需要。

他在其中的一个大广场上找了个位置，调了调音，弹奏了起来。没有人搭理他，只是有时匆匆赶路的人经过时嫌他挡着道儿，会推他一把，划伤他的碗。最终，正当他开始怀疑是否根本就不该来这里的时候，两个警卫晃晃悠悠地走了过来。

“他弹的是竖琴，诺比。”其中一个盯着小恶魔看了好一会儿，然后说道。

“是里里拉琴[1]。”

“说得太对了，我……”胖警卫皱了皱眉，低下头去。

“这一辈子你是不是就等着说这么一句呢，诺比，”他说，“我敢说你打从生下来就希望有一天有人说，‘这是个竖琴’，你就可以说‘是里拉琴’，觉得是个双关啊还是文字游戏啊。呵呵。”

---

1　小恶魔是拉蒙多斯人，他说话会重复单词中的字母“l”，中文翻译处理为重复“l”音开头的词语的第一个字。——编者注

小恶魔停止了弹奏。在这种情况下，根本就弹不下去。

“这是竖琴，的的确确。”他说，“我是在一次——”

“啊，你是从拉蒙多斯来的吧，是吧？”胖警卫说，“我听得出你的口音。你们拉蒙多斯人很有音乐天赋。”

“我听着就像是用碎石子漱口似的。”那个叫作“诺比”的人说，“你有执照吗，哥们儿？”

“执照？”小恶魔问。

“执照可是很抢手的，音乐家行会发的。”诺比说，“你要是没有执照就演奏音乐，他们会抓你的，然后抢走你的乐器，随便往哪儿一扔。”

“行了，行了，”另一个警卫说，“别再吓唬这孩子了。”

“我说，这对于短笛手来说，可不是什么好事儿。”诺比说。

“但是音乐跟天空，跟空气一样，应该是免费的。”小恶魔说。

“在这儿它可不免费。这是我给聪明人的忠告，朋友。”诺比说。

“我从来就没听说过什么音乐家行会。”小恶魔说。

“那就在听里巷，”诺比说，“你想成为音乐家，就得加入音乐家行会。”

小恶魔从小到大接受的教导都要求他遵守规则。拉蒙多斯人都是遵纪守法的。

“我应该直接去那里。”他说。

警卫们目送着他离开。

“他穿的是件女式睡袍吧。”诺比下士说。

“是游吟诗人的长袍，诺比。”科隆中士说。两个警卫继续漫步着。“十分具有游吟诗人的气质，这些拉蒙多斯人。”

“你给他多长时间，中士？”

科隆挥着手，左右摆动，像是在做出合理的猜测。

“两三天吧。”他说。

他们绕过了幽冥大学的主建筑，漫步在贝克街上，那是一条满是尘埃的小街道，没什么人流车流，也没人穿街走巷地做买卖，因此，这条街深受警卫的青睐，到这儿躲一躲，抽根烟，发发呆。

“你知道三文鱼吗，中士？”

“是的，我知道那种鱼。”

“你知道他们会把这种鱼切成片装在罐头里……”

“是，别人跟我说过。”

“嗯……那么为什么那些罐头的大小都是一模一样的呢？三文鱼是两头细、中间粗啊。”

“有趣的观点，诺比。我想……”

中士停下话头，向街对面望去。下士诺比也顺着他的眼光望去。

“那家店，”中士科隆说，“那儿，昨天在那里吗？”

诺比看着斑驳的油漆，污垢堆积的小窗户和快要散架的门。“当然，它一直在那儿，好多年了。”

科隆穿过街，擦了擦窗户上的油污。屋里面黑漆漆的，隐隐约约能看到几个黑影。

“嗯，是的，”他咕哝着，“我是说，昨天它也在这里好几年了吗？”

“你还好吗，中士？”

“走吧，诺比。”中士一边说，一边大步流星地走开了。

“去哪儿，中士？”

“什么地方都行，别待在这儿就行。”

在那一堆堆黑漆漆的货物中，有什么感知到了他们的离去。

小恶魔之前对行会大楼充满了景仰之情——刺客行会宏伟的正门，盗贼行会气派的柱子，炼金术士行会坐落之处的那个冒着烟、气象非凡的大洞。这种景仰直到昨天才戛然而止。他很失望地发现，他大费周章找到的音乐家行会连一栋楼都没有，不过就是理发店楼上几间狭小的房间。

他坐在墙面都刷成棕色的等候室里，等候着。正对面的墙上挂着一幅标语，上面写着“为了您的舒适与便捷，**禁止吸烟**”。小恶魔从来没抽过烟。拉蒙多斯的一切都太过潮湿，不适合抽烟。

但是他突然感觉想试一试。

房间里还有两个人，一个巨怪和一个矮人。他们让小恶魔感到不自在。他们一直盯着他看。

最后，矮人开口了：“你是精灵吗？”

“我？不是不是！”

“你头发附近看起来挺像精灵的。”

“一点儿都不像精灵。大实话。”

“你打辣儿来的？”巨怪说。

“拉拉蒙多斯。”小恶魔说。他闭上了眼睛。他知道巨怪和矮人通常会对他们怀疑是精灵的人做些什么。音乐家行会也会吸取教训的。

“这志什么？”[1]巨怪说。他眼睛前面挡着两块硕大的暗色方形玻璃，镶在铁线框架里，挂在耳朵上。

“这是竖琴，你看。”

“志你弹的吗？”

“是的。”

“你，德鲁伊？”

“不是！”

巨怪开始整理他的思绪，场面一片寂静。

“你穿着女式睡衣，看起来就像志个德鲁伊。”过了一会儿，他低沉地说。

1 巨怪口齿不清，说话多有口音，后文出现的其他巨怪也各有口音。——编者注在小恶魔另外一边的矮人开始窃笑。

巨怪也不喜欢德鲁伊。任何喜欢长时间一动不动，保持石头一般站姿的聪明物种都不会喜欢那些会把它放在滚筒上拖个六十英里，再把它膝盖以下的部位都埋在土里，围成一个圈的人。它有理由觉得不满。

“在拉拉蒙多斯，人人都这么穿，”小恶魔说，“但我是个游吟诗人！我不是德鲁伊。我讨厌石头。”

“哎哟。”矮人小声地说。

巨怪上上下下地打量着小恶魔，慢吞吞地，十分谨慎。然后似乎不带任何恶意地说：“你刚来这里不久吧？”

“刚刚到。”小恶魔说。可能我还没走到门口，他想，就会被捣成浆。

“我给你些你该知道的建议，不要钱。这志我给你的免费建议。在这里，‘石头’指的志巨怪。志那些愚蠢的人类称呼巨怪的难听话。你管巨怪叫‘石头’，就要小心自己的脑袋了。尤其志你耳朵看起来像个精灵。这条建议免费志因为你志个游吟诗人，做音乐的人，就像我一样。”

“好的！谢谢！”小恶魔如释重负地说。

他握住竖琴，弹奏了一段音乐。气氛似乎缓和了一些。大家心里都清楚，精灵是不会演奏音乐的。

“莱斯·蓝宝石。”巨怪伸过一个硕大无比的东西，上面还长着许多指头。

“小恶魔·伊·塞林，”小恶魔说，“跟搬……搬石头的一点儿关系都没有！”

另一只小一些，满是疙瘩的手从另外一个方向向小恶魔伸过来。小恶魔顺着手臂的方向望去，原来是矮人的手。他的个子很小，对于矮人来说都算是矮小的。膝盖上放着一个硕大的青铜号角。

“戈罗德·戈罗德之子，”矮人说，“你只弹竖琴吗？”

“有弦的乐器都可以，”小恶魔说，“但是竖琴是乐器皇后，对吧。”

“我什么都会吹。”戈罗德说。

“真的吗？”小恶魔说，他绞尽脑汁想说些客套话，“那你一定很受欢迎吧。”

巨怪从地上拿起了一个大大的皮袋子。

“这志我的乐器。”他说。一大堆又大又圆的石头滚了出来。莱斯捡起一块石头，轻弹一下。它发出了“梆”的声响。

“用石头演奏的音乐？”小恶魔说，“你们管它叫什么？”

“我们管它叫‘咕噜哈呱’，”莱斯说，“意思就志‘用石头演奏的音乐’。”

这些石头大小各不相同，周身遍布一些小缺口，用来调节音调。

“我能试试吗？”小恶魔说。

“请便。”

小恶魔挑了一块小石头，用手指弹了弹。它发出了“嘣”的声响。更小的一块，响声是“乒”。

“你是怎么演奏它们的？”他说。

“我同时猛击它们。”

“那然后呢？”

“你说‘辣然后呢’志什么意思？”

“就是你猛敲完它们之后，你会干什么？”

“再猛敲它们啊。”莱斯说。他可是一位天生的鼓手。

内侧房间的门打开了，一个尖鼻子的男人伸出头来四下窥探。

“你们几个是一起的吗？”他厉声说。

传说，世间的确有那么一条河，只要一滴河水就能清除一个人所有的记忆。

许多人都认为那就是安卡河，这里的河水能喝，甚至能切碎了放在嘴里嚼。喝过了安卡河的水，一个人就什么也不记得了，至少能忘掉他不愿意回忆起的那些事儿。

实际上，的确存在另外一条河也有这样的魔力。当然，也有个小问题。没有人知道它在哪里，因为当他们找到它的时候都口渴难耐了。

死神又把注意力转向了其他地方。

“七十五块？”小恶魔说，“就为了演奏音乐吗？”

“二十五块的注册费，百分之二十的其他费用，还有十五块是给养老基金强制性缴纳的自愿年费。”克雷特先生说。

“可是我们没有这么多钱！”

男人耸了耸肩，表示虽然这世界上的问题是不少，可是这是他们自己的问题，跟他可没关系。

“但是我们如果能赚点儿钱的话就能交上了。”小恶魔弱弱地说，“如果你能先给我们一两个星期的时间。”

“在你成为音乐家行会的会员之前是不能四处演奏的。”克雷特先生说。

“可是在我们演奏赚钱之前是不可能成为行会的会员的。”

“你说得对。”克雷特先生认真地说，“哈，哈，哈。”

这是一种奇怪的笑声，毫无快乐可言，还有点儿像鸟叫。这笑声跟它的主人一样，像是从琥珀包裹的生物里提取化石基因原料造出的人，再给它套上衣服。

维第纳利大人鼓励各种行会的发展。它们是秩序井然的城市大钟表得以运行的大齿轮。当然，这里滴点儿油，那里嵌根辐条……这就是大钟运行的方式。

就像肥料堆里会生虫一样，这里会催生出就像克雷特先生这样的人。他不是严格意义上的坏人，就像携带瘟疫的老鼠，公正地说，也不能算是坏动物。

克雷特先生为了他的同事们辛勤劳作，一生都奉献给了这个事业。世界上有很多人们不愿意去做的事情，必须有人来完成，他们得感激克雷特先生承担起了这些事。比如说，做记录，保证会员名单是实时更新的；文件归档；组织筹划。

他曾经为了盗贼行会殚精竭虑，虽然他从没做过贼，至少没做过普通意义上的贼。然后傻子行会里又有个高级职位的空缺，可惜，克雷特先生也不是个傻瓜。终于，音乐家行会中的秘书职位也空出来了。

严格来说，他应该算是个音乐家。所以他买了一把梳子和纸。在那之前，音乐家行会是由真正的音乐家掌管的。因此，打开会员名册，发现几乎没有人按期交过费，行会已经欠了巨怪绿玉髓好几千块的滞纳金时，克雷特先生都没参加面试就被直接录用了。

他翻开第一本乱七八糟的账目，看着那些毫无头绪的烂账，产生了一种深沉而奇妙的感觉。打那儿以后，他就不会回头看了。他花了很长的时间向下看。虽然音乐家行会里有个会长兼委员，还是他克雷特先生负责做记录，保证行会运行得顺顺利利的。他不禁暗自向自己微笑。这事实如此奇怪，却是真的，当人们勇敢地甩掉专制枷锁，开始自我管理时，克雷特先生这样的人，就会像雨后春笋一般地冒出头来。

哈，哈，哈。克雷特先生的笑点与事情的幽默程度正好成反比。

“但这毫无道理可言！”

“欢迎来到行会经济的奇妙世界！”克雷特先生说，“哈，哈，哈。”

“如果我们不加入行会就演奏音乐会怎么样呢？”小恶魔说，“你会没收我们的乐器吗？”

“起初是这样的，”会长说道，“然后我们大概会把它们还给你们。哈，哈，哈。顺便问一句，你不是精灵吧？”

“要七十五块，这简直就是犯罪。”小恶魔说，他们迈着沉重的步子走在夜晚的大街上。

“比犯罪还糟，”戈罗德说，“我听说盗贼行会只收百分之一的费用。”

“还会给你会员卡和一切，”莱斯低声说，“还有退休金。他们每年都能去奎尔姆一日游，还有野餐吃。”

“音乐应当是免费的。”小恶魔说。

“那么我们现在该怎么办呢？”莱斯说。

“你们有钱吗？”戈罗德说。

“我有一块。”莱斯说。

“我还有几分。”小恶魔说。

“那我们去吃顿大餐吧。”戈罗德说，“就在这儿！”

他指着一个标牌。

“金小雳[1]的洞穴食物？”莱斯说，“金小雳？听起来像志小矮人。意大利细面条[2]之类的东西？”

“他现在也做巨怪的食物。”戈罗德说，“在赚钱上，种族差异就得先搁到一边。五种煤、七种焦炭和烟灰，还有各种沉积物能让你口水直流。你会喜欢的。”

“有矮人面包吗？”小恶魔问。

“你喜欢矮人面包？”戈罗德说。

“喜欢。”小恶魔说。

“什么，矮人面包还有好吃的？”戈罗德说，“你确定？”

“是的，很好吃，吃起来嘎吱嘎吱的。真的。”

戈罗德耸了耸肩。

---

1 金雳（Gimli）是英国作家J. R. R. 托尔金的奇幻小说《魔戒》中的人物，当代奇幻矮人的鼻祖。在英语中，后缀“-let”有小的、幼崽的意思，故译为“金小雳”。——译者注

2 意大利细面条的意大利语是vermicelli，有“小虫子”之义。——编者注

“这倒是能证明你不是精灵，”他说，“喜欢矮人面包的不可能是精灵。”

这个地方基本是空的。一个把围裙戴到胳肢窝高度的矮人从柜台顶上望着他们。“有烤耗子吗？”戈罗德说。

“我这儿的烤耗子真他妈是城里一流的。”金小雳说。

“好吧。给我四只烤耗子。”

“我要矮人面包。”小恶魔说。

“我要一些焦炭。”莱斯耐心地说道。

“你是要耗子头还是耗子腿儿？”

“我要四只完整的烤耗子。”

“还有一些焦炭。”

“耗子上要抹番茄酱吗？”

“不要。”

“你确定？”

“不要番茄酱！”

“还有一些焦炭。”

“还要两个全熟的白煮蛋。”小恶魔说。

另外两个人一脸奇怪地看着他。

“怎么了？我就是喜欢全熟的白煮蛋啊。”他说。

“还有一些焦炭。”

“还有两个全熟的白煮蛋。”

“还有一些焦炭。”

“七十五块，”他们坐下时，戈罗德说，“七十五块的三倍是多少钱？”

“很多很多块。”莱斯说。

“两百多块呢。”小恶魔说。

“我觉得我这辈子都没见过两百块。”戈罗德说，“至少醒着的时候没有。”

“我们要筹钱吗？”莱斯说。

“我们不能靠演奏音乐筹钱。”小恶魔说，“这是行会规定。如果他们抓到你，会抢走你的乐器，随便往哪儿一扔。”他停了下来，凭借着记忆又说，“这对短笛手来来说，可不是什么好事儿。”

“我想长号手也不会太开心的。”戈罗德一边说，一边往他的耗子上撒胡椒。

“我现在不能回家，”小恶魔说，“我是说还没到回家的时候。就算我现在回去了，也得像我的哥哥们一样去收集那些大石碑，他们在意的只有巨石阵。”

“如果我现在回去了，”莱斯说，“我会用棍子打死辣些德鲁伊。”

他们俩不约而同、小心翼翼地往边上闪了闪，远离彼此。

“我们可以在行会找不到我们的地方悄悄演奏。”戈罗德兴高采烈地说，“找个俱乐部。[1]”

“找根棍子，”莱斯自豪地说，“上面还有根钉子。”

“我是说夜间俱乐部。”戈罗德说。

“棍子上的钉子夜间也在啊。”

“我碰巧知道，”戈罗德放弃了跟莱斯的对话，“这个城里很多地方都不愿意交行会费，我们可以做些现场表演，轻轻松松就能赚到钱。”

“咱们仨一起吗？”

“当然。”

“但是我们演奏的有矮人音乐、人类音乐和巨怪音乐，”小恶魔说，“我不确定这几种音乐能搭到一块儿。我是说，矮人听矮人音

1 Club在英文中一语双关，既指“棍子”，也指“俱乐部”。——译者注

乐，人类听人类音乐，巨怪听巨怪音乐。如果我们把这些音乐都混到一块儿了，会是什么效果？我想应该糟透了吧。”

“我们搭在一块儿没问题。”莱斯一边说，一边站起身来，拿来了柜台上的盐。

“我们是音乐家，”戈罗德说，“现场有真人，效果就不一样了。”

“志的，你说得对。”巨怪说。

莱斯坐下了。

一声爆裂声传来。

莱斯站起身来。

“哦。”他说。

小恶魔伸手过去，慢慢地，小心翼翼地，捡起了掉在板凳下面的竖琴残骸。

“哦。”莱斯说。

一根弦卷回来时发出了哀伤的声调。

就像是在看一只小猫咪死去。

“这是我在音乐诗歌节上赢到的奖品。”小恶魔说。

“这还能粘好吗？”戈罗德最后说道。

小恶魔摇了摇头。

“拉拉蒙多斯没有人知道该怎么粘，真的。”

“对，但是在能工巧匠街……”

“真抱歉，真的很抱歉，我也不知道它怎么会在这儿。”

“这不是你的错。”

小恶魔试着把几片碎片拼在一起，不起作用。你是不能修好一件乐器的。他记得那些老游吟诗人说过这样的话。它们都有灵魂。所有的乐器都有灵魂。如果摔破了，灵魂就会跑出来，像小鸟儿一样飞走。我们修好的不过是一样器具，一些木头和丝线的拼合物罢了。它也能弹奏出音乐，骗骗那些漫不经心的听众，但是……你不能指望把人推下了悬崖，把碎片缝一缝，他就能起死回生吧。

“嗯……或者我们再去弄一个，怎么样？”戈罗德说，“在贝克街上有家不错的小乐器店。”

他停住了。当然，贝克街上有家不错的小乐器店。那家店一直都在那里。

“贝克街。”他进一步确认地重复道，“那里一定有一家。贝克街上。是的，在那儿开了好几年了。”

“跟那些乐器不一样，”小恶魔说，“在工匠触碰木头之前，他们会先裹上小牛皮，坐在瀑布后面的山洞里整整两周时间。”

“为什么呢？”

“我不知道。这是传统，他得把脑子当中的杂念都清除出去。”

“那里肯定还有些什么别的乐器。”戈罗德说，“我们总得买点儿什么。一个音乐家总不能什么乐器都没有。”

“我没有钱。”小恶魔说。

戈罗德拍了一下他的背。“这没关系，”他说，“你有朋友啊！我们会帮你的！至少我们可以试试。”

“可是我们几……几个把钱都花在这顿饭上了。没有钱了。”小恶魔说。

“你看待事物太消极了。”戈罗德说。

“嗯，是的。我们真的没有钱了，真的？”

“我总能找到点儿啥的，”戈罗德说，“我是个矮人。我们矮人了解金钱。金钱简直就像嵌在我名字中间一样。”

“那你的名字还真长呢。”

他们走到乐器店的时候，天已经黑了。这家店就坐落在幽冥大学的正对面。它看起来就像个乐器大百货店，也充当典当行，因为每个音乐家一生中都有些时候要转手他们的乐器，以求能吃上东西、睡在屋里。

“你以前拿着什么东西到这儿来过吗？”莱斯问。

“没有……我不记得有过。”戈罗德说。

“关门了。”莱斯说。

戈罗德重重地敲了门。不一会儿，门开了一道缝，刚好露出一个老妇人窄窄的一长条脸。

“我们想买乐器。”小恶魔说。

一只眼和一小截嘴巴上上下下地打量着他。

“你是人类？”

“是的，女士。”

“那好吧。”

屋里点着几根蜡烛。老妇人退回到柜台后面的安全之处，在那里十分谨慎地盯着他们，生怕他们会把她杀死在床上。

三人组小心翼翼地在货物堆里走。这家店似乎在数个世纪中收集到了各种主人不明的质押物。音乐家经常缺钱，这是音乐家的定义之一。这里有号角，有鲁特琴，有鼓。

“这是垃垃圾。”小恶魔轻声说。

戈罗德吹掉一根双簧管上的灰尘，把它放到唇边，吹出了一种油炸豆子的幽灵之音。

“我敢肯定这里面有只死老鼠。”他一边说，一边往长长的管筒里看。

“你吹之前它还好好的。”老妇人厉声说。

屋子的另一边又传来了一大堆铙钹崩塌的声响。

“对不起。”莱斯大声喊道。

戈罗德打开了一件小恶魔从来没见过的乐器的盖子。里面是几排键盘；戈罗德用粗短的手指敲击着，发出了一连串像金属片碰撞出的哀伤音符。

“这是什么？”小恶魔小声说。

“是小键琴。”矮人说。

“对我们有用吗？”

“没有吧。”

小恶魔直起身来，他感到有人在看着他。那个老妇人一直在监视他们，但是好像还有别的什么在看着他……

“这没用。这儿什么有用的都没有。”他大声说道。

“嘿，那是什么？”戈罗德说。

“我说这儿……”

“我听到了什么声音。”

“什么？”

“声音又来了。”

他们身后传来一连串重物的掉落声和重击声，“轰隆隆”“砰砰砰”。莱斯正把一把低音大提琴从一大堆老旧的乐谱架里拖出来，又试图从尖的一头往里吹气。

“你说话的时候有一个奇怪的声音出现，”戈罗德说，“说点儿什么吧。”

小恶魔迟疑了，就像大多数人说了一辈子的话，突然有人让他“说点儿什么”时一样。

“小恶魔？”他说。

嗡——嗡——嗡——

“这是从……”

哗——哗——哗——

戈罗德拿开一堆陈旧的活页乐谱，后面是一个乐器坟场，里面有无皮的鼓，一套没了笛管的朗克尔风笛，和一只大概是弗拉明戈舞者用的沙槌。

那儿还有些别的东西。

矮人把它拖了出来。这看起来有点儿像吉他，一把用钝石头凿在一块老木头上雕出的吉他。通常来说，矮人是不演奏弦乐器的，尽管如此，戈罗德还是一眼认出了这是把吉他。

吉他的外形像女人的身体一样，当然，只有当你认为女人们都是脖子长长，没有腿，还有一大堆耳朵的时候才会觉得像。

“小恶魔？”戈罗德说。

“什么？”

哇——哇——哇。这个声音像是划着锯齿的边缘，压迫感十足。吉他上有十二根弦，但主体部分是实心的，完全没有中空之处，似乎只是用来安放这些琴弦的模型。

“它会与你的声音发生共鸣。”戈罗德说。

“怎么可能……”

嗡——哇。

戈罗德一只手按在琴弦上，并示意另外两个人走过去。

“这边上就是幽冥大学，”他小声说，“众所周知，魔力是会泄漏的。或者可能是什么巫师当掉的东西。总之，别挑肥拣瘦了。你会弹吉他吗？”

小恶魔的脸色刷白。

“你是说……民间音乐？”

他拿起吉他。民间音乐在拉蒙多斯是不合法的，演唱民乐会受到严厉指责。人们如果在五月的清晨发现年轻漂亮的姑娘，那就能够采取一切他们认为合理的步骤去追求，不需要有人来写民歌。吉他也没人愿意弹……因为，太过简单了。

小恶魔拨动了一根弦。它发出了一声小恶魔从未听过的声响——共鸣和奇怪的回音似乎在吉他的残骸中奔跑躲闪，产生了额外的和声，然后又反弹回来。小恶魔觉得他后脊背痒痒的。但是如果没有乐器，你将连世界上最糟糕的音乐家都成为不了……

“好的。”戈罗德说。

他转身面向老妇人。

“这都不能称为乐器，对吧？”他问道，“看看吧，都缺了一大半了。”

“戈罗德，我觉得不……”小恶魔开口说道。琴弦在他手下震颤。

老妇人看了看这把吉他。

“十块。”她说。

“十块？十块？”戈罗德说，“两块都不值！”

“说得对。”老妇人说，她似乎神色飞扬起来了，就好像期待着一场不计代价的战争，这着实令人不悦。

“这吉他有年头了。”戈罗德说。

“古董。”

“你听听这声音，已经受损了。”

“柔和。这年头你可见不到这种工艺了。”

“我们只是凭经验挑的！”

小恶魔又看了看这把吉他。上面的弦兀自发出共鸣声。琴弦略带蓝色，看起来模模糊糊的，仿佛它们一刻都未停止过震动。他把琴举到嘴边，轻声说道：“小恶魔。”琴弦发出“嗡嗡”的低鸣。

突然，他注意到上面有个粉笔记号，褪色到几乎看不见了。就是个记号，粉笔一笔画成的……

戈罗德还在滔滔不绝。据说，矮人们都是精明的财务谈判高手，就是在聪明机敏和厚颜无耻方面略逊色于小老太太。小恶魔试图了解事情进展的情况。

“那么，好吧，”戈罗德说，“成交了，对吗？”

“成交。”小老太太说，“还有，我们握手前你可别往手上吐唾沫，那可真不卫生。”

戈罗德转向小恶魔。“我想我干得不错。”他说。

"好的。听着，这是个非常……"

"你有十二块吗？"

"什么？"

"是个划算的买卖，我想。"

他们身后传来一声砰然巨响。莱斯出现了，他滚着一面硕大的鼓，腋下还夹了好几个铙钹。

"我说过我没有钱。"小恶魔激动地低声说。

"是的，但是……人人都说他们没钱，这是明智的做法。你总不会四处宣扬说你有钱吧。你是说你真的没有钱吗？"

"没有！"

"连十二块都没有？"

"没有！"

莱斯把那面鼓，那些铙钹和一沓活页乐谱一股脑儿都倒在柜台上。

"这些多少钱？"他说。

"十五块。"老妇人说。

莱斯叹了口气，直起身来，有那么一会儿，他的眼中闪烁着冷漠，然后，他朝自己的下巴猛击一拳，接着用一根手指在口中摸来摸去，最后，拿出了……

小恶魔看呆了。

"来，让我看看。"戈罗德说。他从毫无防备的莱斯手里抢过了那个东西，仔仔细细地查看着。"嘿！这至少有五十克拉！"

"我不要这个，"老妇人说，"我不要藏在巨怪嘴里的东西。"

"你吃鸡蛋吧，对吗？"戈罗德说，"总之，大家都知道巨怪的牙齿是纯净的钻石。"

老妇人接过牙齿，在烛光下细细查看起来。

"这颗钻石我如果拿到子虚乌有街上给那些珠宝商人看的话，他们会说值两百块。"戈罗德说。

“嗯，那我告诉你在我这儿，它只值十五块。”老妇人说。钻石魔术般地消失在她身上的某个地方。老妇人冲他们挤出了灿烂而纯真的笑容。

“为什么我们不把钻石拿回来？”戈罗德说。这时，他们已经走出了店外。

“因为她只是个可怜怜兮兮又手无寸铁的……的老老人家。”小恶魔说。

“的确如此！和我的想法不谋而合！”

戈罗德抬起头看着莱斯。

“你满嘴都是钻石吗？”

“志的。”

“我还欠我房东两个月的……”

“想都别想。”巨怪平静地说。

他们身后的门“砰”的一声关上了。

“来，打起精神来。”戈罗德说，“明天我就给咱们找点儿演出的活儿。别担心。这里我什么人都认识。咱们仨……组个乐队吧。”

“咱们仨还没在一起好好演练练过呢。”小恶魔说。

“我们可以一边演一边练嘛。”戈罗德说，“欢迎来到专业音乐家的世界。”

苏珊并不太了解历史。历史课看起来就是个特别无趣的课程。乏味的人一遍又一遍地干着同样的蠢事，这有什么意义呢？每个国王看着都差不多。

同学们正在学习了解某次起义，一些农民不想再当农民了，然后，贵族们胜利了，于是他们果然很快就不用再当农民了。如果这些人之前愿意费点儿心弄几本历史书看一看，也就能知道在打仗的时候拿着镰刀、草叉去对抗大刀、弓弩，并不会有什么胜算的。

她心不在焉地听了一会儿，很快就烦闷无比，拿出了一本书，淡出了他人的注意，隐身不见了。

**吱吱！**

苏珊歪头望去。

她的书桌旁的地面上有个小小的身影，看起来就像是穿着黑色长袍的老鼠骨架，手里还拿着一把小小的镰刀。

苏珊又转回头继续看书。这种东西是不存在的，这一点她极为笃定。

**吱吱！**

苏珊又向下望去。那个幻影还在那里。前一天晚上晚餐吃的吐司上有奶酪。至少，按书上说的，人很容易在大半夜吃完那样的晚餐之后预想到某些东西。

“你根本不存在，”她说，“你不过就是片奶酪。”

**吱吱？**

当那个小东西知道它已经全面引起她注意时，拿出了一个用银链条拴的小沙漏，然后急切地指着它。

有违一切的理性思考，苏珊俯下身去，张开了她的手掌。小东西爬到她的手上——它的脚就像大头针一般——一脸期待地望着她。

苏珊把手举到眼前。没事，这东西也许就是她想象出来的。

她应该慎重对待它。

“你不会打算跟我说什么‘哦，我的爪子’‘哦，我的胡子’之类的话，对吧？”她小声地说，“你要这么说的话，我会把你丢到厕所里去的。”

老鼠摇了摇脑壳。

“你是真的吗？”

**吱吱。吱吱吱吱……**

“你看，我听不懂，”苏珊耐心地说，“我不会说啮齿动物的语言。我们的现代语言课程只会上克拉奇语，而我也只会用这种语言说‘我阿姨的骆驼陷在海市蜃楼里了’。如果你是我想象出来的，那么请你变得更……可爱些。”

一副骨架，虽然小，也不太可能是个可爱的物件，即使它有率真的面容，还咧着嘴笑。但那种感觉……不，她意识到……回忆从某个地方蔓延出来，这只老鼠不但是真实存在的，而且是站在她这边的。这个概念对她而言很陌生，因为她的这边一向只有她自己。

这只魂归西天的老鼠凝视了苏珊一会儿，然后一下把小镰刀叼在嘴里，从苏珊手上跳开，落到教室地面上，顺着课桌缝儿快速逃走了。

“总之，就算你长着爪子和胡子，”苏珊说，“也不是真正的爪子和胡子。”

骨架老鼠踱着步子穿墙而过。

苏珊继续回过神看她的书，如饥似渴地看着诺克斯休斯的《可分性悖论》[1]，里面论证了从原木上掉下来是根本不可能的。

他们仨当晚就进行了演练，就在戈罗德过分整洁的小出租屋里。这地方位于菲德尔路上一家皮革厂后面，可以躲开音乐家行会那些来回逛荡的人，算是安全。房间门也是新刷过的，擦洗得干干净净。小屋子熠熠生辉。矮人的家里也不用担心有什么蟑螂、老鼠或是虫子，至少，在屋主人手里还拿着煎锅的时候是不会有的。

戈罗德和小恶魔静静地坐着，看巨怪莱斯击打石头。

“你怎么想？”他敲完了以后，问道。

“这就完了吗？”小恶魔过了一会儿才回答。

“这志石头，”巨怪耐心地说，“你也就只能这样啊。嘣，嘣，

---

1　此处在影射芝诺悖论。芝诺悖论（Zeno's paradox）是古希腊哲学家芝诺（Zeno of Elea）提出的一系列关于运动的不可分性的哲学悖论。——译者注

嘣。”

“嗯，我能试试吗？”戈罗德说。

他坐到一排石头后面，盯着它们看了好一会儿。然后，他给几块石头重新排了序，又从工具箱里拿出几把锤子，试探性地敲了敲一块石头。

“现在，让我们试试……”他说。

梆梆——梆梆。

小恶魔身边的吉他弦发出了声响。

“《没有衬衫》。”戈罗德说。

“什么？”小恶魔说。

“就是一段无厘头音乐，”戈罗德说，“就像是‘修个面剪个头，两便士’”？

“什么？”

梆梆啊梆梆，梆梆。

“两便士能修个面剃个头倒志真划算。”莱斯说。

小恶魔死盯着那些石头看。打击乐在拉蒙多斯也是不被认可的。游吟诗人说什么人都可以拿个木棍敲石头或是空心的木头。这不叫音乐。此外，它……这时他们会压低声音说……太兽性了。

吉他低鸣着，似乎在拾音。

小恶魔突然产生一种无法摆脱的感觉，打击乐是可以做很多事的。

“我能试试吗？”

他拿起锤子。吉他发出了极轻微的声调。

四十五秒后，他放下了锤子。回声消逝了。

“你刚刚在最后为什么要敲打我的头盔？”戈罗德小心翼翼地说。

“对不起，”小恶魔说，“我想我太投入了，把你当成了铙钹。”

“这实在志……很少见。”巨怪说。

“音乐就在……石头里里，”小恶魔说，“你只需要把它们释放出来。万物皆有音乐，如果你知道怎么找到它。”

“我能试试重复乐段吗？”莱斯说。他拿起锤子，又慢吞吞地走到石头后面。

啊——梆——嘣——啊——啦——嘣——啊——乒——梆——隆。

“你对它们做了什么？”他说，“听起来很狂野。”

“我听着不错，”戈罗德说，“好听多了。”

那天晚上，小恶魔挤在戈罗德的小床和莱斯的大身板之间，不一会儿，他就打起了呼噜。

在他身边，琴弦和谐而温柔地低声响着。

他在琴弦几乎微不可感的声调中渐渐入眠，几乎忘掉了那把竖琴。

苏珊醒了。有个什么东西在拉她的耳朵。

她睁开眼睛。

**吱吱？**

“哦，不……”

她从床上坐起来。其他的女孩儿还在睡着。窗户是敞开的，因为学校鼓励大家呼吸新鲜空气。这东西就算数量再大也是免费的。

骨架鼠跳上窗框，当它确信苏珊在看着它后，又跳进夜色中去了。

当苏珊看到它时，世界向她开启了两种选择：回去接着睡，或者，跟着老鼠去看看。

跟着老鼠，这听起来很愚蠢，只有书里那种痴傻多情的人才会这么干。她们最终会来到一个全是小精灵和会说话的弱智动物的白痴世界。而她们全是些悲伤爱哭的女孩子，总是丝毫努力都不做，就听天由命了。明明任何有点儿理性的人很快就能把这地方收拾得井井有条，而她们却只会走来走去，嘴里说着“我的老天哪”。

实际上，当你联想到这样的场景时，会觉得这还挺有诱惑力的……这世上有太多琐碎的想法了。她总是告诫自己，像自己这样的人，如果除了自己还有别人的话，应当担负起把这些想法梳理清楚的责任。

她穿上睡袍，爬过了窗台，双手攀在窗台上，最后松手掉进一个花圃里。

老鼠小小的身影迅速穿过洒满月光的草丛。苏珊跟着它来到了马厩，老鼠消失在暗影中。

正当她站在一边，觉得身上有点儿冷，更觉得自己就像个傻瓜的时候，老鼠回来了，还拖着一个比自己个子还大的东西，看起来好像是一捆破布。

骨架鼠绕到破布一侧，狠狠地给了它一脚。

“轻点儿！轻点儿！”

破布睁开一只眼，眼珠子滴溜溜乱转了一会儿，最后落在苏珊的身上。

“我警告你，”破布说，“我不会说‘永不’那个词[1]。”

“你说什么？”苏珊问。

破布在地上滚了滚，站起身来，伸展出两只脏兮兮的翅膀。老鼠不再踢他了。

“我是渡鸦，你呢？”他说，“为数不多会说话的鸟儿之一。每次人们都说，哦，你是渡鸦，就说说‘永不’那个词吧……要是我每说一次，就能给我一便士，那我倒是挺乐意的。”

**吱吱。**

“行了行了。”渡鸦胡乱地理了理羽毛，“这东西是鼠之死神。注意看那镰刀，还有连帽斗篷，知道了吧？鼠之死神。在老鼠的世界里

1　此处指涉的是美国著名诗人爱伦·坡的诗歌《渡鸦》（*The Raven*），里面的乌鸦会不断地重复一个词：Nevermore（永不）。——译者注

可是地位尊崇。”

鼠之死神鞠了一躬。

“他喜欢长时间待在谷仓，还有其他那些人们喜欢放上一盘拌着马钱子碱[1]的米糠的地方，”渡鸦说，“十分敬业。”

**吱吱。**

“知道了。那它……他找我干什么？”苏珊说，“我又不是老鼠。”

“你可真是冰雪聪明，”渡鸦说，“哎，我可没哭着喊着要告诉你这些。那天我正枕着我的头颅睡觉，突然他一把抓住我的腿。我是渡鸦，照我的说法，我可天生就是神秘莫测的鸟……”

“对不起，”苏珊说，“我知道这不过就是我做的一个梦而已。所以我想把梦里的事情弄清楚。你刚才说……你枕着你的头颅睡觉？”

“哦，不不不，不是我自己的头颅，”渡鸦说，“是别人的。”

“谁的？”

渡鸦的眼睛疯狂地转动，它始终无法将两只眼睛都朝向同一个方向。苏珊得忍着不随它的眼神朝向到处移来移去。

“我怎么知道？它们上边儿又没贴标签，”他说，“就是个头骨。你知道……我是给这个巫师打工的，对吧？在城里，我整天都坐在这个头骨上，对着人们‘哇哇’叫。”

“为什么？”

“因为坐在头骨上对着人‘哇哇’叫的乌鸦和滴着蜡的大蜡烛，还有挂在天花板上的旧鳄鱼标本一样，都是巫师的基本配置。这些你都不知道吗？我早该想到，谁都有个万事通朋友。为什么，一个合乎身份的巫师哪怕没有装在瓶子里冒着泡泡的绿色药水，也不会没有坐在头骨上，对着人‘哇哇’叫的乌鸦。”

---

1　一种毒药。——译者注

**吱吱。**

“注意，你得把话题转向人类的事儿了。”渡鸦疲惫地说。一只眼睛又盯着苏珊看。“他不是个爱卖弄禅机的人。老鼠们死后不会为哲学性问题争论不休。总之，他知道我是这附近唯一会说话的……”

“人类也会说话。”苏珊说。

“对，的确如此，”渡鸦说，“但关键问题是，人类有个致命的特性，那就是他们不太可能会在半夜被一只急需翻译的骨架鼠吵醒。因为，人类看不到他。”

“我看得到他。”

“我想你是一下就击中了关键、要点、主旨了。”渡鸦说，“你也可以说，击中精髓了。”

“听着，”苏珊说，“我只想让你知道我什么都不相信。我根本就不相信会有什么拿着镰刀、穿着连帽斗篷的老鼠死神。”

“他就站在你面前。”

“这不成为我相信的理由。”

“我知道你肯定受过良好的教育。”渡鸦酸溜溜地说。

苏珊低头看着鼠之死神。他的眼窝深处发着蓝色的光。

**吱吱。**

“这件事就是，”渡鸦说，“他又走了。”

“谁？”

“你的……祖父？”

“雷泽克爷爷？他怎么可能又走了，他早就走了！”

“你的……呃……另一个祖父……？”渡鸦说。

“我没有……”

各种形象从她意识深处的混沌中升腾起来。有一匹马，还有一个充满了窃窃私语的房间，一个安在某处的浴缸。

还有一片片的麦田也出现了。

“当人们打算教育他们的孩子而不是告诉他们什么事儿的时候就会这样。”渡鸦说。

“我想我的另一个祖父……也走了。”苏珊说。

**吱吱。**

“老鼠说你得跟他一块儿去，这事情很重要。”

巴茨老师的形象像北欧神话中的女武神瓦尔基里一样浮现在苏珊心里。这很愚蠢。

“哦，不，”苏珊说，“现在一定到半夜了，我们明天还有地理考试呢。”

渡鸦惊愕地张开了嘴。

“你不能这么说。”他说。

“你真的指望我会听从一只……骨架老鼠和一只会说话的渡鸦的指令？我得回去了！”

“不，你不能走，”渡鸦说，“任何有血性的人都不会现在回去。你现在回去了就什么真相都发现不了了。你刚刚才上了一课。”

“可是我没有时间。”苏珊叹了口气。

“哦，时间，”渡鸦说，“时间大体上只是习惯。对你而言，时间并不是事物的独特属性。”

“怎么说……”

“以后你自己会弄明白的，不是吗？”

**吱吱。**

渡鸦兴奋地跳上跳下。

“我能告诉她吗？我能告诉她吗？”他粗声大叫道，两只眼睛转向苏珊。

“你的祖父，”他说，“是……死……死……死……”

**吱吱！**

“她总会知道的。”渡鸦说。

“失……失聪？我的祖父是聋子？”苏珊说，“你大半夜把我叫到这儿来就是为了谈听力障碍？”

“我不是说失聪，我说你祖父是死……死……死……”

**吱吱！**

“好吧！随你便！”

在那俩还在吵架的时候，苏珊悄悄走开了。

她抓着睡袍的裙摆，一路狂奔，冲出后院，穿过潮湿的草坪。窗户还开着。她站在下层的窗台上，两手扒住上层的窗台，一使劲把自己撑起来，爬进宿舍里去了。她躺在床上，用毯子蒙住了头……

过了一会儿，她意识到这不是一个明智的做法。但是，不论如何，她已经把那俩家伙留在那里了。

她梦到了许多马和马车，还有一只没有指针的钟。

“你不觉得我们可以处理得更漂亮点儿吗？”

**吱吱？**“死……死……死……”**吱吱？**

“你打算让我怎么说。‘你祖父是死神？’像这样吗？这哪里有什么仪式感？人类喜欢戏剧性。”

**吱吱。**鼠之死神指出。

“老鼠不一样。”

**吱吱。**

“我想今晚就到这儿吧。”渡鸦说，“你也知道，渡鸦可不是夜行动物。”他抬起一只脚挠挠嘴，“你是只负责老鼠，还是说田鼠、仓鼠、鼬鼠什么的都归你管？”

**吱吱。**

“沙鼠？那么沙鼠呢？”

**吱吱。**

“真想不到。我以前都不知道。你也叫沙鼠之死神？真好奇你是怎么在滚轮踏车上抓到他们的。”

吱吱。

“随便你。”

世界上有日行的人类和夜行的生物。

千万要记住，可不是说日行的人觉得又酷又好玩，熬了个夜就成了夜行的生物。可不是有了沉重的连帽斗篷和苍白的皮肤就能跨越阴阳交界，还差得远着呢。

当然，遗传是有用的。

渡鸦是在摇摇欲坠、长满常青藤的艺术之塔上长大的。他常常远眺遥远的安卡-摩波的幽冥大学。渡鸦天生就是很智慧的鸟儿，有了魔力泄漏的推波助澜，让渡鸦们更加如虎添翼。

他没有名字。动物们通常也不会自寻烦恼。

自以为拥有这只渡鸦的巫师管他叫“聒斯”，这只是因为他本人没有幽默感，却像大多数没有幽默感的人一样，为自己其实并不存在的幽默感而得意扬扬。

渡鸦飞回了巫师的家，掠进开着的窗户，栖息在了那个头骨上。

“那可怜的孩子。”他说。

“可怜是你的命运。”头骨说。

“我不会责怪她，因为她只是想过平凡的生活。鉴于此。”

“是的，”头骨说，“要我说，还是颗完整脑袋的时候就放弃吧。”

安卡-摩波一家谷仓的老板正在进行一场打击活动。鼠之死神能听到远处传来的小猎犬的狂吠，这将是个忙碌的夜晚。

要说清鼠之死神的思考过程太困难了，甚至你都不能确定他是否有思考的过程。他有种感觉，他不该把渡鸦搅和进来，但是人类的词汇量太大了。

老鼠想不了太远的事情，除非想得非常笼统。笼统地来说，他非常非常焦虑。他从前没料到过有“教育”这码事。

苏珊终于平安度过了第二天早上，并未失踪。地理内容包括斯托平原的植物[1]、斯托平原主要的出口产品[2]和斯托平原的动物[3]。一旦你掌握了事物的共同特征，事情就简单了。女孩儿们得给地图上色。这需要很多绿色。午餐是死人手指饼和眼球布丁，这对下午的活动倒是提供了健康的存粮保证，下午是体育课。

这是钢铁莉丽的强项，传说她会刮胡子，还会用牙齿举重。到了足球比赛，她在边界线上蹿下跳，给队友的打气就会变成“快抢球，你们这群女里女气的家伙！”之类的。

巴茨老师和德尔克洛斯老师到了有赛事的下午都把窗户关得紧紧的。巴茨老师会如饥似渴地读着逻辑学，德尔克洛斯老师则穿着她认为是托加袍的宽大外衣，在体操馆里跳韵律操。

苏珊的体育天分十分惊人。当然了，仅指一些体育运动。曲棍球、长曲棍球、圆场棒球之类的。任何把某种棍状物交到她手里让她挥动的体育运动。只要看到苏珊一脸运筹帷幄的样子向目标冲过来，任何全副武装的守门员都会立刻失去信念，球从与腰齐高的地方飞来的同时，他们会发出“嗯”的一声，迅速卧倒在地。

这只是证明了除她以外的人普遍愚蠢而已，苏珊想。因为尽管她是学校里当之无愧的最佳球手之一，她却从来不曾入选校队。甚至那些个胖姑娘都在她之前入选了。简直是愚蠢到令人发指。她不明白这到底是为什么。

她曾经向其他姑娘解释过，自己有多优秀，并且展示了她的球技，指出她们不选自己有多么愚蠢。但令人气愤的是，这从来都不起作用。

---

1 大白菜。

2 大白菜。

3 所有吃大白菜并且不介意没有朋友的动物。

今天下午，苏珊没有去打球，而是外出正儿八经散步去了。只要姑娘们结伴出行，正经散步是校方可接受的替代运动。通常她们会到城里去，在三朵玫瑰巷一家气味欠佳的店里买些不新鲜的鱼和薯条。巴茨老师认为油炸食品不健康，因此大家会抓住一切机会从校外买。

女孩儿们必须三人或以上结伴同行。危险，在巴茨老师想来，不会发生在超过两人以上的团体身上。

在任何情况下，这确实都不可能发生在任何包含翡翠公主和格洛丽亚·托格思之女这两人的团体中。

学校的股东对于收了个巨怪略感头疼，可是翡翠的父亲是一整座山的国王，而且学生名册上有皇室总是不赖的。此外，巴茨老师还对德尔克洛斯老师说过："当巨怪们表达想成为真正的人的意愿时，我们有义务鼓励他们。国王本人也确实魅力十足，一再向我保证，他早不记得上次吃人是在什么时候了。"翡翠眼神不好，因此她需要尽量避免光照，也不用在手工课上织锁子甲。

格洛丽亚不用上体育课则是因为她常常气势汹汹地挥舞着她的斧子。巴茨老师曾经暗示过她，说斧子可不是淑女该把玩的武器，就算是矮人也不适合。但是格洛丽亚说，恰恰相反，这把斧子是她祖母传给她的。这把斧子她祖母用了一辈子，就算一整周都不使用，每周六也要拿出来磨一磨。最后大概是格洛丽亚拿斧子的样子让巴茨老师败下阵来。为了表示诚意，格洛丽亚摘掉了她的铁头盔，同时，虽然没有刮掉她的胡子——学校里并没有规定说女孩子不能留一英尺[1]长的胡子——但至少愿意把胡子编成小辫儿，并在上面系上带着校标颜色的蝴蝶结。

奇怪的是，跟她们俩在一起，苏珊倒是觉得挺自在的。这倒是赢得了巴茨老师谨慎的赞美。成为她俩的闺密，她可真是不错呢，她说。苏珊很惊讶。她从前从没有想过有人会说出闺密这个词。

---

1　1英尺≈0.3米。——编者注

她们仨沿着运动场旁边的山毛榉树一路走着。

"我不懂体育。"格洛丽亚一边看着在足球场上争先恐后跑动的那些喘着粗气的年轻姑娘，一边说道。

"有种巨怪的运动，"翡翠说，"名字叫'阿格鲁哈'。"

"怎么玩的？"苏珊说。

"呃……你拧下一个人的人头，然后穿上用黑曜石特制的靴子来踢它，直到你进了球或是人头裂了就算赢。当然，现在这种比赛已经没人玩了。"她快速地补了一句。

"我可真没想到。"苏珊说。

"现在没人知道这种靴子该怎么做了吧，我想。"格洛丽亚说。

"我想如果现在有人还玩这个游戏，像是钢铁莉丽这样的家伙就会在边界线上上蹿下跳，叫着'快抢人头，你们这群女里女气的家伙'吧。"翡翠说。

她们默不作声地走了一会儿。

"我想，"格洛丽亚谨慎地说，"她大概不会这样吧。"

"我说，你们俩最近有没有注意到一些……古怪的事情，有没有？"苏珊说。

"什么古怪的事？"格洛丽亚说。

"呃，比如说……老鼠……"

"我从没在这学校里见过老鼠，"格洛丽亚说，"我可认真看过。"

"我是指……奇怪的老鼠。"苏珊说。

她们来到了马厩旁。这里通常住着两匹马儿，它们拉学校教练，同时，在开学期间，也有几位姑娘与自家马儿难分难舍，将它们寄养在此处。

世界上有一种姑娘，你就算拿刀指着她，她也不会去打扫房间，但会争着抢着到马厩里清理马粪。这股爱的魔力在苏珊身上毫不起效。

她倒也不讨厌马儿，但就是不能理解什么上嚼子、系缰绳和打理距毛之类的事儿。她不明白为什么这些事儿非要用“手”这个计量单位来算，明明干这活儿最好是留上个几英寸[1]的距离才明智。看过了那些穿马裤的姑娘在马厩里里外外忙活之后，她确定这是因为她们不明白世界上还有些复杂的工具可用，比如尺子。她不但这么想过，也这么说过。

“好吧，”苏珊说，“那么渡鸦呢？”

什么东西被风吹进了她的耳朵里。

她感到一阵头晕目眩。

站在院子中央的那匹白马似乎添加上了糟糕的特效。它周身明亮。它在发光。它看起来就像是苍白黯淡的世界中唯一真实存在的物体。

跟那些平常生活在单间马厩里的圆圆胖胖的小马相比，它仿佛是个巨人。

好几个穿着马裤的姑娘在他身边忙得团团转。苏珊认出了狐狸卡珊德拉和莎拉·感恩小姐。她们都喜欢能发出“嘶嘶”声的四腿动物，讨厌除了这种动物之外的任何东西。她们似乎都有用牙看世界的本事，还都很擅长将简单的“哦”发成至少有四个元音的单词。在这儿点上，这两人如出一辙。

白马温柔地对着苏珊“嘶嘶”叫，并且开始用鼻子蹭她的手。

你是冰冰，她想，我认识你。我骑过你。你是……我的，我想。

“我说，”莎拉小姐说，“这是谁的马？”

苏珊环顾四周。

“什么？我的吗？”她说，“是的。是我的……我想。”

“哦呃呜哇，它就住在布拉尼旁边的单间马厩里。我不知道噢噢噢你在这儿也有马。你知道噢噢噢，这得得到巴茨老师的许可。”

“它是个礼物，”苏珊说，“是……什么人送我的……？”

---

1　1英寸=2.54厘米。——编者注

回忆的河马搅动了思绪的泥潭。她想知道自己为什么要说这样的话。她有许多年都没想到过自己的祖父了。直到昨夜。

我记得马厩，她想。那马厩大得看不到四周的墙。我曾经骑过你。有人抱着我，所以我不会摔下来。但你是不会从这匹马上摔下来的。如果它不想让你摔，你就不会摔。

“哦呃呜哇。我都不知道你骑过马。”

“我……曾经骑过。”

“你也知道噢噢噢，这需要额外付费，养马的话。”莎拉小姐说。

苏珊一言不发。她很怀疑这些钱已经交过了。

“你也没有马具什么的哦呃呜哇。”莎拉小姐说。

苏珊走了过去。

“我不需要马具。”她说。

“哦呃呜哇，无鞍骑乘，”莎拉小姐说，“那你要抓着马耳朵控制方向吗？”

狐狸卡珊德拉说：“可能是买不起吧，乡下地方来的。让那个小矮人别盯着我的小马看了。她一直在盯着看。”

“我只是看看而已。”格洛丽亚说。

“你还……流口水了。”卡珊德拉说。

鹅卵石路面上传来一阵轻快的脚步声。苏珊翻身上马了。

她俯视着这几个一脸惊讶的姑娘，又向远处的围场望去。

地上设置有几个比赛的障碍物，就是把竿子插在桶里竖好。

不用费吹灰之力，马儿一路慢跑，拐进了围场，然后朝着最高的那个障碍物跑去。随后猛一鼓劲，又是一阵加速，从障碍物上方一跃而过……

冰冰转身停住，马蹄腾跃不止。

女孩儿们都在静静地看着，四个人全都一脸惊异。

“它是怎么做到的？”翡翠说。

“怎么了？”苏珊说，“难道你们都没见过马儿起跳吗？”

“见过。可奇怪的是……”格洛丽亚故意用缓慢的声调说，就像是生怕宇宙会因此毁灭殆尽似的，“正常情况下……它们都回到地面了。”

苏珊抬眼望去。

马儿还停留在空中。

需要下达什么样的指令才能让马儿重回地面呢？迄今为止，女子马术联谊会也没要求学过这种指令啊。仿佛看穿了她的心思，马儿又向前小跑，落下地来。有那么片刻，它的蹄子仿佛下落到地面以下的地方，就仿佛地面并不是真实存在的，而只是雾一般的。之后，冰冰仿佛才确定了地面的高度，稳稳地踩在上面。

莎拉小姐是第一个回过神来开口说话的。

“我们得告诉巴茨老师有关你的事哦呃呜哇。”她说道。

一阵陌生的惊恐袭来，几乎让苏珊不知所措了，但是她的声音听起来如此小心眼儿，把苏珊一下子扇醒过来，找回了理智。

“哦，是吗？”她说，“你打算告诉她什么？”

“你让马儿跳得高高的，然后……”女孩儿停住了，突然想明白她下面要说的话。

“没错，”苏珊说，“我觉得看到马在空中飘是挺傻的吧，不是吗？”

她溜下马背，冲这几个围观者灿烂一笑。

“不管怎么样，这是违反校规的。”莎拉小姐小声嘟囔着。

苏珊牵着白马回到了马棚里，给它彻底梳洗了一番，关到一间备用的单间马厩了。

干草堆里传来一阵“窸窸窣窣”的声音。苏珊觉得她好像瞥见了象牙色的骨头。

“这些可恶的老鼠，”卡珊德拉一边挣扎着回到现实，一边说，

“我听说巴茨老师要让园丁在这儿放耗子药。”

“丢人。”格洛丽亚说。

莎拉小姐似乎心中有些愤愤不平。

“你看，那匹马并没有真的停留在半空，对吧？”她问道，“马儿没这个本事！”

“腾空时间，”格洛丽亚说，“就是这样。腾空时间而已，就像打篮球时一样[1]。就是这么回事。”

“是的。”

“就是这样。”

“对。”

人类的头脑有强大的自愈力，巨怪和矮人的脑子也一样。苏珊一脸震惊地看着她们。她们都目睹了马儿停在半空，而现在她们都小心地把这段记忆推到记忆库的某个地方，然后把插在锁上的钥匙给折断了。

“只是出于好奇，”她一边盯着干草堆，一边说，“我想你们应该没人知道这城里哪儿有巫师吧？”

“我给大家找到了玩儿的地方！”戈罗德说。

“辣儿？”莱斯说。

戈罗德告诉了他们。

“破鼓？”莱斯说，“他们会扔斧子！”

“我们在那儿很安全。行会的人不会去那儿。”戈罗德说。

“嗯，志啊，他们在辣儿会损兵折将的。”

“我们能赚到五块！”戈罗德说。

巨怪犹豫了。

---

1　在一次不幸的斧子事故之前，格洛丽亚一直是校篮球队的队长。小矮人虽然身高不够，但是加速度很快。当格洛丽亚仿佛腾空而起的时候，许多客队成员惊得下巴都掉了。

"我确实需要五块。"巨怪让步了。

"五块的三分之一。"戈罗德说。

莱斯皱起了眉。

"那志比五块多还志比五块少呢？"他说。

"看，这会增加我们的曝光率。"戈罗德说。

"我不想在破鼓辣里增加什么曝光率。"莱斯说，"在破鼓里，我最怕的就是引人注意。在辣儿，我恨不得躲起来。"

"我们只需要演奏点儿什么就行了，"戈罗德说，"什么都行。那里的新房东可喜欢酒吧里的那些娱乐项目了。"

"我原以为他们有个独臂强盗。"

"是有这么个人，但是已经被抓起来了。"

在奎尔姆有个花时钟，是个著名的旅游景点。

这花时钟可跟他们想的不一样。

整个多重宇宙中到处都是那些没有想象力的市政官员制作的花时钟，其实就是把巨大的钟表装置埋在城市花圃下面，钟面和数字用花坛植物来装饰制作罢了[1]。

但是奎尔姆的花时钟就是一个单纯的圆形花圃，里面种着二十四种不同的花，这些花儿是按照它们花瓣开放和闭合的周期精心挑选的……

苏珊跑过去的时候，紫色田旋花在开放，爱之晕眩在闭合。这意味着现在大概是十点半了。

街上空无一人。奎尔姆不是个崇尚夜生活的城市。来奎尔姆寻开心的人们已经去了别处。奎尔姆是个十分体面的地方，在这儿就算是狗

1　要么是甲烷水晶，要么是海葵。原理都一样。在任何情况下，那里面不久都会堆满本地用于装快餐的盒状物和废弃的啤酒罐儿。

要上厕所都要先得到批准。

至少，街上几乎空无一人。苏珊觉得似乎有什么东西在跟着她，速度很快，脚步轻盈，在鹅卵石路面上迅速地来来回回、躲躲闪闪，只能让你怀疑有个身形在那里。

当苏珊走到三朵玫瑰巷时，她放慢了脚步。

在三朵玫瑰巷靠近那间鱼店的什么地方，格洛丽亚之前说过的。人们可不鼓励小姑娘们知道什么巫师的事。那种人不包括在巴茨老师的小宇宙中。

小巷子在黑暗中显得十分陌生。小巷的一端点着一根插在支架里的火把，这让阴影显得更加黝黑了。

昏暗中，一个不远不近的地方，有个梯子靠在墙上，一个年轻的女人正准备顺着梯子往上爬。她看着有点儿眼熟。苏珊走过去，她正四处张望，看到苏珊，她显得很高兴。

“嘿，”她说，“有零钱能换开一块钱吗，小姐？”

“什么？”

“我给你一块五。那半块就算是利息了。或者钢镚儿也行，什么都行，真的。”

“嗯，抱歉。我一周的零用钱也只有五十分。”

“啊，哦，好的，那没事了。”

在苏珊看来，这个年轻女人可不像是在巷子里做营生的姑娘。她衣着整洁，身形壮硕，看起来就像个护士，专门协助医生负责那些时而脑子拎不清，对别人说自己是张床单的病人。

她看起来也很眼熟。

那姑娘从裙子口袋里摸出一把老虎钳，顺着梯子往上爬，从天窗里钻了进去。

苏珊迟疑了。那姑娘看起来一副有条不紊的样子，可是从苏珊有限的经验来看，会在半夜顺着梯子爬进别人家的都不是好人，勇敢的姑娘们应该把她抓起来。要不是巷子深处有扇门开了，她至少会去找个警卫过来。

两个男人手挽着手，跌跌撞撞地走出来，高高兴兴地沿着之字形的路线向大街走去。苏珊退了几步。她不想被别人看到，就没人能打扰她。

这两个人径直穿过梯子走了过去。

这两个人虚化了，但他们的声音听起来是实实在在的，还是说其实是梯子的问题。但是那姑娘顺着它爬上去了……

……现在她又顺着梯子爬下来了，还把什么东西偷偷塞进了口袋里。

“千万别醒过来，小可爱。”她说。

“抱歉？”苏珊说。

“我身上没有五十便士，”那姑娘说着，轻轻松松地把梯子架到肩膀上去了，“规矩就是规矩。我只好再拿走一颗牙。”

“什么？”

“这些都是有账可查的，你知道。要是钱的数量和牙齿的数量不一致，我可就真的麻烦了。你懂的。”

“我懂吗？”

“但是，我不能整个晚上都待在这里聊天。还有六十颗牙要做呢。”

“为什么我会知道？做什么？谁？”苏珊说。

“当然是孩子了。我可不能让他们失望。想着他们拿起小枕头的时候一张张小小的脸蛋儿，祝福他们吧。”

梯子、老虎钳、牙齿、钱、枕头……

“你不会指望我相信你就是那个牙仙吧？”苏珊怀疑地说。

她碰了碰梯子，感觉那是实实在在的。

“不是‘那个’，”姑娘说，“而是‘一个’。你竟然不知道这个，真让我感到惊讶。”

她在那角落里闲逛了几下，然后苏珊问：“为什么是我？”

“因为她认得出来，”她身后有个声音传来，“要认识一个人，就要有人认识他。”

苏珊转过身，看到渡鸦坐在一扇敞开的窗户上。

“你最好进来，”他说，“在那个巷子里，你什么样的人都会遇到。”

“我已经遇到过了。”

门边的墙上钉着一个黄铜小牌子。小牌子说：“C V 奶酪沃勒，DM（看不见）B. 托，B.F.。”

这是苏珊第一次看到会说话的金属。

“小把戏，”渡鸦轻蔑地说，“它只要感应到你在看它，就会说——”

“C V 奶酪沃勒，DM（看不见）B. 托，B.F.。”

“……闭嘴……你推一下门。”

“门锁了。”

渡鸦歪着脑袋用他的小眼睛看了苏珊一下。然后说：“这样你就进不去了？哦，好吧，我去拿钥匙！”

过了一会儿，他回来了，把一根巨大的金属钥匙扔到鹅卵石路面上。

“巫师不在家吗？”

“不，他在家，在床上。呼噜打得震天响。”

“我还以为他们晚上都不睡觉的！”

“他可不这样。九点一杯可可水，五点半仍然在沉睡。”

“我不能就这样走进去！”

“为什么呢？你是来看我的。还有，我才是这里的军师。他不过就是戴着滑稽的帽子，挥挥手罢了。”

苏珊转动了钥匙。

屋子里很暖和。里面陈列着属于巫师的标准装备——一个熔炉、一张板凳，上面散落着各式瓶瓶罐罐和一捆捆的药草、一个胡乱地插着书的书架、一只挂在天花板上的鳄鱼标本、一些挂着蜡滴的巨大蜡烛，还有，一只坐在头骨上的渡鸦。

“这些都是一次性下单订购的，”渡鸦说，“相信我。都是装在一个大箱子里一起送来的。你总不会认为那些滴着蜡的蜡烛是自己变成那样的吧？那是一个熟练的滴蜡匠花上整整三天时间才能做好的。”

“你这都是编出来的吧，”苏珊说，“无论如何，你也没法儿买头骨吧。”

“你懂得最多了，我知道，受过教育嘛。”渡鸦说。

“你昨天晚上想告诉我什么？”

“告诉你？”渡鸦说，脸上露出愧疚的神情。

“就是死……死……死……死那件事。”

渡鸦挠了挠头。

“他说过不让我告诉你这个。他只是让我警告你小心那匹马。是我说漏嘴了。那匹马出现了，是吗？”

“是的！”

“骑它。”

“我骑过了。它不可能是匹真马！真正的马知道地在哪里。”

“小姐，这世上再没有比它更真的马了。”

“我知道它的名字！我之前就骑过它！”

渡鸦叹了口气，或者说，至少是发出了某种接近叹气的“嘘嘘”声，这是他的喙能发出的最接近的声音了。

“骑那匹马。它已经决定选中你了。”

“选中去哪儿？”

“这我不知道，你得自己去找到答案。”

“就假设我太笨了做不到……你能给我点儿暗示，告诉我会发生什么事吗？”

“嗯，你读过不少书，我知道。那你有没有读过那种有关小孩子的故事，他们去了遥远的魔法王国，跟小妖精之类的东西一起历险？”

“是的，当然读过。”苏珊严肃地说。

“如果你顺着这些故事线往下想，那就错不了。”渡鸦说。

苏珊拾起一捆药草，把玩起来。

“我刚才在外面遇到一个人，她说她就是那个牙仙。”苏珊说。

“不，不是‘那个’牙仙，”渡鸦说，“至少有三个牙仙。”

“世界上没有这种人。我是说……从前我不知道。我以为那就是个……传说。就像是睡魔和圣猪老爹[1]，传说而已。”

“哈，”渡鸦说，“改变了说话的语气，对吗？没有那么多的感叹句，对吗？要少说点儿‘世界上没有这种事’，多一点儿‘我以前并不知道’，对吗？”

“大家都知道——我是说，相信有什么留着胡子的老人，给每个人送香肠和猪小肠，这不符合逻辑，不是吗？”

“我不知道什么叫逻辑，从来都没学过，”渡鸦说，“生活在头骨上也一点儿都不符合逻辑，但是我就是这么干的。”

“世界上也不可能有什么睡魔，到处走，往小孩子的眼睛里撒沙

1　根据乡间传说——至少是在那些猪还是家庭经济重要组成部分的地方——圣猪老爹是一个冬日神话中的人物。他在圣猪夜的时候，会驾着四匹长着獠牙的野猪拉的粗糙雪橇，挨家挨户地给所有表现好的孩子送礼物，礼物包括香肠、黑色布丁、炸猪皮和火腿。他常说的话是“嚯嚯嚯”。表现不好的孩子则会得到一袋血淋淋的骨头（这些细节在不断提醒你这是一个讲给小孩儿听的传说）。还有一首歌跟他有关系。开头是这样唱的：“你最好小心……”

据说圣猪老爹起源于当地一个国王的故事。那个国王在一个冬夜里，碰巧经过了，或者说是据说碰巧经过了一户有三个年轻姑娘的人家，听到她们在哭泣，因为她们没有食物可以庆祝仲冬节。他非常怜悯她们，于是就隔着窗户给她们扔了一小包香肠。（把其中一个姑娘砸成了脑震荡，但是我们还是没有理由去毁掉一个美好的传说。）

子，”苏珊嘴上说着，口吻中却透露出不确定性，“你的……袋子里不可能有那么多的沙子。”

“有可能，有可能。”

“我得走了，”苏珊说，“巴茨老师通常在午夜钟声敲响的时候检查宿舍。”

“你们那儿有几间宿舍？”

“大概三十间吧，我想。”

“你相信她在午夜时分会检查所有的宿舍，却不相信有圣猪老爹？”

“无论如何我得走了，”苏珊说，“嗯，谢谢。”

“从外面锁上门，把钥匙从窗户里丢进来。”渡鸦说。

苏珊走了之后，屋里静悄悄的，只有壁炉里的炭火发出“噼噼啪啪”的声音。

这时，头骨开口了：“现在的孩子都这样？”

“我讨厌教育。”渡鸦说。

“知道得太多很危险的，”头骨说，“要比不知道危险得多得多。我生前就常常这么说。”

“你生前究竟是什么时候？”

“记不得了。我想那时的我也是博学的。很可能是个老师或者是哲学家，也是个人物。现在却只能被放在板凳上，天天有只鸟儿在我头上拉屎。”

“真有讽喻意义。”渡鸦说。

没有人教过苏珊信仰的力量，或者至少是要相信高魔法潜力和低现实稳定性的组合，这样的事在碟形世界是存在的。

信仰是中空的，需要点儿什么东西来填充。

这并不是说信仰没有逻辑。比如，很明显的是，睡魔只需要一个小袋子。

在碟形世界，他根本就不用先把沙子拿出来。

差不多午夜时分了。

苏珊蹑手蹑脚地溜进马厩。她就是那种非要打破砂锅问到底的人。

有冰冰在，那些小马都不敢出声。冰冰在黑夜中发着光。

她从架子上取下一个马鞍，然后想想又改变主意了。如果她要掉下马，有个马鞍也无济于事。缰绳也没有什么用，就好比是在石头上安船舵。

她打开了通往单间马厩的门。大多数的马儿都不会主动倒着走路，因为这样它们眼睛看不见的东西就会被当作不存在。可是冰冰靠自己慢慢地退了出来，走向上马凳，然后它转过头，满眼期待地看着苏珊。

苏珊爬上马背，就好像坐在了一张桌子上。

“行了，”她小声说，“听着，我不必相信这些的。”

冰冰低下头，发出了马嘶声，然后一路慢跑进了院子，向田野里跑去。在门口时，它一阵小跑，朝栅栏而去。

苏珊闭上了眼睛。

她感觉到冰冰天鹅绒般的皮毛之下肌肉隆起了，接着马儿升起来了，越过了栅栏，越过了田野。

在它身后的草皮上，留下了两枚火一般的马蹄印，足足燃烧了一两秒的时间。

当她经过学校上方时，看到一扇窗户里有灯光闪烁。巴茨老师正在巡夜。

这下有麻烦了，苏珊自言自语道。

然后她又想：我骑在一匹马的马背上，处于一百英尺的高空，可能会被带到什么神秘的魔法王国去，那里还有小妖精和会说话的动物。

这下我的麻烦可大得多了……

还有，骑飞马算不算违反校规呢？我想校规里应该没写这一条吧。

奎尔姆在她身后慢慢消失了，世界交织在暗黑的夜色和银色的月光中，向她敞开了大门。像棋盘格一般的田野在月色中快速闪过，只能时而看到孤零零的小农场上有零星的灯光。形态各异的碎云疾驰而过，被远远地甩在后面。

在她的左侧，远处的锤顶山像是一面冰冷的白墙。而在她右侧的里姆洋上似乎有一条小道通向月亮。没有风，甚至连疾驰的快感都没有——只能看到陆地在不断一闪而过，还有冰冰那又长又缓慢的步伐。

这时，有人在夜色中泻出了金光。苏珊面前的云层散开了，呈现在眼前的就是安卡-摩波——一个蕴藏着巴茨老师想象不到的重重“危险”的城市。

火光勾勒出了条条街道的格局。在这里，奎尔姆人不但会走丢，还会遭到抢劫并被推进河里。

冰冰在一排排的屋顶上信步而行。苏珊能听到街市上的声音，甚至是每个人的声音。那里也同样有城市巨大的喧闹声，就如同一个大蜂巢。天窗飘浮着，每扇天窗中都透出烛火的光亮。

马儿从烟雾缭绕的半空中下降，灵活地降落在一条小巷里，一路小跑。除了一扇闭合的门和门上用火把照亮的名牌，这巷子里几乎空无一物。

苏珊看着名牌上的字：

咖喱花园

厨儿房儿——禁止入内。说的就是儿你。

冰冰似乎在等待着什么。这个目的地可没有苏珊想象中的那么有异域风情。

她知道咖喱。学校里就有咖喱，他们管那个叫鼻屎饭，黄黄的，里面还有黏糊糊的葡萄干和豌豆。

冰冰嘶嘶地叫着，在门上跺了一蹄子。

门上的小窗嗖地打开了。映着厨房的火光，苏珊隐隐好像看到了一张脸。

“哦儿，不儿！冰冰儿！”

小窗又啪地关上了。

很显然，有什么事儿要发生。

苏珊看着墙上钉着的一张菜单。全是拼写错误，当然，这种档次的普通小餐馆必须有拼写错误，这样，来到这里的顾客就能产生虚幻的优越感。上面大多数的菜名她都认不出，有什么：

蔬菜咖喱　8分

流汗、疼痛的猪肉丸咖喱　10分

甜儿酸的鱼丸咖喱　10分

猪肉咖喱　10分

咖喱加指定的肉　15分

另加咖喱　5分

色情饼干　4分

堂食，

或外卖

小窗又猛地打开了，一个说是防水其实并不真正防水的棕色大纸袋扔在了小窗前面的小隔板上。然后小窗又“嘭”的一声关上了。

苏珊小心翼翼地伸出手去，袋子里飘出某种热喷枪质感的味道，仿佛是提醒她小心里面的金属刀具。但是茶已经是很久以前的了。

苏珊意识到自己身上根本没有钱。话说回来，也没人找她要钱。但是要是人人都看不到自己应当承担的责任，这个世界也就离毁灭不远了。

她探身过去，敲了敲门。

“您好……您不要点儿什么吗？”

里面传来叫喊声和撞击声，就好像十几个人都争着躲到同一张桌子下面去似的。

“哦，好的，谢谢。非常感谢。”苏珊礼貌地说。

苏珊飞翔在几百英尺的高空，在那些飞速疾驰的景色中小口品尝了咖喱，然后就礼貌地把它扔掉了。

“这味道真是非常……不寻常，”她说，“就这样了吗？你把我一路带到这里就为了吃外卖？”

地面在她们身下快速掠过，苏珊慢慢感觉到马儿的速度比之前快得多了，它在全速疾驰而不是信步小跑。肌肉在隆起……

……她头顶上方的天空有那么一刻变成了蓝色……

后面的她看不见，光闲坐无事，尴尬地羞红了脸，仿佛在问自己到底出了什么事，一双灼灼燃烧的马蹄印映在空中，一会儿又消失了。

这是一幅奇景，挂在空中。

那里有一匹蹲坐的小马，在一个花园里。那儿有田野，还有远山。苏珊盯着那里一直看，此时，冰冰也放慢了脚步。

那里没有纵深。当冰冰掉头想着陆时，那片景色仿佛变成了一个平面，一张薄薄的薄膜般的……存在……依附在虚空中。

当冰冰着陆的时候，苏珊甚至担心这块薄膜会撕裂，但是幸好，只有轻微的嘎吱声，和一些沙砾撒落。

冰冰绕着那间房子踱着步，然后走进了圈养马匹的院落。它站在那里等候着。

苏珊小心翼翼地下了马。她感觉脚下的土地倒是结结实实的。她俯下身去，拨开一些沙砾；沙砾的下面是更多的沙砾。

她听说过牙仙收集牙齿。理性地看待其行为……另一个收集人体部位的那位，他的收集癖目的就很可疑了，通常会伤害或是控制别人。牙仙们必须牢牢控制世界上半数的儿童。这所房子不像是那种人住的。

圣猪老爹显然是住在山里某个可怕的屠宰场里，上面装饰着香肠和黑色布丁，而且房子都刷成了可怕的血红色。

那种房子也是有风格的，恶心的风格，但也是风格。这间房子没有任何风格。

据她所知，灵魂蛋糕周二鸭显然是没有家的，麻烦老头和睡魔也没有家。

她围着这间比农舍小屋也大不了多少的房子转了转。非常肯定的是，无论谁住在这里，他一定毫无品位。

她找到了正门，门是黑色的，上面有一个Ω形状的门环。

苏珊伸出手想去拉门环，门却自己开了。

大厅在她面前延展开去，比房子外围的面积要大得多得多。她只能隐隐地看到远处有节宽宽的阶梯，宽得够给音乐剧跳压轴的踢踏舞了。

视角本身也是有问题的。很清楚地看到在很远很远的地方有一堵墙，但是与此同时，这墙看起来又好像是距离十五英尺左右地方画在半空的。看起来距离的远近完全是随意的。

有一面墙上挂着一只大钟，它缓慢的嘀嗒声充盈了整个巨大的空间。

有一间房间，她想。我记得充满窃窃私语的房间。

大厅里的一扇扇门之间仿佛间隔很远，但你换个角度看，它们的间隔又很近。

苏珊试着走向离她最近的那扇门，摇摇晃晃地走了几步之后就放弃了。最后，她靠着看准目标后闭上眼睛的方法，终于成功走到门边。

这扇门有时候是正常大小的，同时，又是巨大的。门框上有非常华丽的装饰，都是骷髅和白骨纹样的。

她把门推开了。

这个房间大得能容得下一个小城市。

中间区域铺着一小块地毯，大小不超过一公顷。苏珊花了好几分钟时间才走到地毯的边儿上。

大房间里还有一个小房间。一张看起来又大又笨重的桌子放在高台上。桌子后面有一张皮质转椅。还有一个巨大的碟形世界模型，放在一个驮着四只大象的龟背装饰物上。还有几个书架，上面的大部头乱七八糟地摆放着，就好像这里的主人忙着看这些书，连个整理清楚的时间都没有。甚至还有一扇窗户，悬挂在离地几英尺的半空中。

但是那里没有墙。地板的边缘与大房间的墙面之间除了地板什么都没有，甚至“地板”也并不是一个确切的词。它看起来既不像石头也肯定不是木头。苏珊走在上面，一点儿声音都没有。它就是个平面，纯几何意义上的平面。

地毯上有骷髅和白骨的图案。

地毯也是黑色的，什么都是黑色的，或者是灰的。处处还都显露出一点儿深紫色或是深蓝色的调子。

从远处往大房间，或者说是超级大房间的围墙望去，好像有……什么东西。有什么东西投射出了形态复杂的阴影，可是太远了看不清楚。

苏珊走上了高台。

她周围的什么东西好像有点儿奇怪。当然了，她周围的一切都很奇怪，但这种巨大的奇怪之处性质是很简单的。她完全可以置之不理。但是有一处古怪之处是人类介怀的。那就是每样东西都不太对，好像是由一个根本不明白这是何物、有何用的人造出来的。

这张超大的桌子上有一个记事簿，可不是放在上面的，而是本身就是桌子的一部分，是牢牢焊在桌面上的。那些抽屉不过是木头的突起之处，根本就打不开。制造这张书桌的人见过书桌，可他根本不明白书桌是做什么用的。

甚至上面还有些桌饰。就是一小块铅板，一端垂下一根线，线上绑着一颗闪闪的金属小圆球。如果你拿起小圆球，它就会荡下去，嘭地撞到铅板上。就这么一下而已。

苏珊没想着往转椅上坐。皮质坐垫上有个深深的凹陷。有人曾在这里坐过很长的时间。

她环视了那些书的书脊，都是用一种她不懂的语言写的。

她徒步走回到那扇遥远的门，返回了大厅，又试着走向另一扇门。一个疑虑渐渐在她脑海中形成。

这扇门通向另一个硕大的房间，但这间房间里全是架子，天花板与地面间相隔遥远，上面还飘着云。每个架子上都摆满了沙漏。

从过去流向未来的沙砾让整个房间都充盈着一种类似海浪的声音，一种由数十亿个微小的声音构成的声响。

苏珊漫步在架子间，好像置身于闹市。

她的目光被旁边一个架子上的响动吸引住了。在大多数的沙漏中，不断下落的沙砾汇成一条纯银线，可这一个，就在她看的时候，银线消失了。最后一颗沙砾掉入瓶底。

沙漏“砰”的一声消失不见了。

片刻之后，另一个沙漏又“乒”的一声出现在原来的位置。在她的眼前，沙砾又开始下落……

此时她发觉这个过程在这个房间里无时无刻不在发生着。旧的沙漏消失，新的沙漏取而代之。

她也见过这个。

她伸出手拿起一只沙漏，若有所思地咬着唇，并把它上下翻转了过来……

**吱吱！**

转过身去。鼠之死神就站在她后面的架子上，抬起食指告诫她。

“好吧。”苏珊一边说，一边把沙漏放回了原位。

**吱吱。**

“不，我还没看完呢。”

苏珊向门边走去，老鼠跟在她身后一路小跑。

第三间房间是……

……浴室。

苏珊犹豫了。你预料到这地方有沙漏，预料到那些骷髅和骨头的图样，但是你万万想不到这里有个巨大无比的白色陶瓷浴缸，坐落在凸起的高台上，就如同宝座一般，上面还装着巨大的黄铜水龙头——挂着塞链的东西上有一行褪了色的蓝色小字：C. H. 盥洗室&儿子，摩利摩格街，安卡–摩波。

你不会预料到这里还有橡皮鸭，黄色的。

不会预料到有香皂，像骨头一般白得恰到好处，但看起来还是全新的。它旁边还放着一块橘色香皂，这块一定是用过的——比一块银币大不了多少，闻起来就像是学校里用的那些脏兮兮的肥皂。

这浴缸虽大，却很有烟火气。排水孔的周围是一圈棕色的裂纹，水龙头滴水的地方形成了一块污渍。但是，似乎其他的一切都是那个不明白书桌为何物的人造出来的，他似乎也不明白洗澡为何物。

他们造出的毛巾架大得够整个体操队做训练用，上面放的黑色毛巾也是焊上去的，而且质地非常坚硬。确实在使用这间浴室的人应该是用那条蓝白相间的毛巾擦身子的，那是一条破破烂烂的毛巾，上面还写着几个首字母：Y.M.R-C-G-B-S A, A-M.。

这里的厕所是C. H. 盥洗室陶瓷艺术的另一经典范例，水箱上装饰着蓝色和绿色花朵样的带状浮雕。与浴缸和香皂一样，这又一次表明了这间房间最早是某个人建的……之后又来了另外一个人增加了些小细节。第一个人略懂管道系统，另一个人是真的明白毛巾应当是柔软可吸水的，香皂是可以搓出泡泡的。

这些你在亲眼所见之前都不会预想得到。亲眼所见之后，又会觉得似曾相识。

那条没毛的毛巾从架子上掉了下来，顺着地面一路跳跃，掀开之后，鼠之死神露了出来。

**吱吱？**

“哦，好吧，”苏珊说，“你现在想让我去哪里呢？”

老鼠一路小跑到了敞开的门边，吱溜一下跑进了大厅。

苏珊跟着他走到了另一扇门前，她转动了门把手。

她眼前看到的是另一个大房间套着小房间。黑暗中能看到一块瓷砖大小的地方亮着灯，远远地好像能看到一张桌子、几把椅子、一个橱柜——

——还有一个人。一个人缩成一团坐在餐桌边上。当苏珊小心翼翼地走过去时，她听到了盘子里刀叉的切割声。

一个老男人正在吃晚餐，发出了很大的声响。在吃的时候，他还满嘴食物地自言自语，这可不是什么好的餐桌礼仪。

“这不是我的错！（唾沫四溅）我一开始就反对了，但，哦，不，他得离开（从桌上又拿出了一串香肠），就这么卷进去了，我告诉过他，卷进去了就不能好像没卷进去一样（用叉子戳起一个看不清是什么的油炸物）。哦，不，这不是他的风格（唾沫四溅，把叉子猛戳向空中）。一旦你像这样卷了进去，你打算怎么脱身呢？告诉我（用鸡蛋和番茄酱做起简易的三明治），但，哦，不……”

苏珊沿着地毯的边缘走，那个男人没有注意到她。

鼠之死神顺着桌腿爬了上去，停在一片油炸面包上。

“哦，是你啊。”

**吱吱。**

老男人四下张望。

“在哪儿？在哪儿？”

苏珊迈步走到地毯上。老男人猛地站了起来，连椅子都翻倒在地。

“你谁啊？”

“你能不用那片味道刺鼻的培根指着我吗？”

“我在问你问题，年轻的女士！”

“我是苏珊。”这么说似乎还不够，“斯托–赫里特女公爵。”她又补了一句。

男人满是皱纹的脸上更加沟壑纵横了，他在努力理解苏珊的话。之后转身走开，并将两只手臂高举到空中。

“哦，是的！”他向着整个房间放声大叫，“真是大错特错，大错特错！”

他向鼠之死神挥手一指，老鼠不由自主地向后缩去。

“你这个骗人的东西！哦，是的！事情不妙啊！”

**吱吱？**

颤动的手指忽然停住了。男人转过身去。

“你是怎么穿过那面墙的？”

“什么？”苏珊一边后退，一边说，“我不知道那儿有面墙。”

“那你管这个叫什么，克拉奇的雾吗？”男人用力地拍打着空气。

记忆的河马在打滚……

“……阿尔伯特……”苏珊说，“对吗？”

阿尔伯特向着自己的前额猛击了一掌。

“越来越糟糕了！你究竟告诉了她什么？”

“他除了‘吱吱’以外什么都没告诉我，我也不知道那是什么意思，”苏珊说，“可是……你看，那儿并没有墙，那儿只有……”

阿尔伯特猛地打开了一个抽屉。

“你仔细看着，”他厉声说，“这是锤子，对吧？钉子，对吧？看着。”

他用锤子把钉子钉在了那片瓷砖区边缘离地约五英尺的地方。钉子挂住了。

“墙。”阿尔伯特说。

苏珊小心翼翼地伸出手去，摸了摸钉子。黏黏的感觉，有点儿像是静电反应。

“嗯，对我而言这并不像墙。”她鼓起勇气说。

**吱吱。**

阿尔伯特把锤子扔在桌子上。

苏珊发现他一点儿也不矮。他个子很高，但是走路时总是一副弯腰屈膝的样子，那副姿态通常让人联想起伊戈那样的实验室助手[1]。

“我认输，”他一边又向苏珊摇了摇手指，一边说，“我告诉过他这样不会有什么好结果。他就开始瞎干，然后弄来个毛头小姑娘——你去哪儿了？”

苏珊走向桌子的同时，阿尔伯特高高挥舞着双手想找到她。

桌上有个干酪盘，还有个鼻烟盒，还有一串香肠。一点儿新鲜蔬菜都没有。巴茨老师大力倡导少吃油炸食品，多吃蔬菜。她管这个叫日常健康。缺了日常健康，那麻烦可是一大堆。阿尔伯特在厨房里快步走来走去，双手不断在空气中抓来抓去，看起来就像这些麻烦本身。

苏珊坐在椅子上，他跳着舞步经过苏珊身边。

阿尔伯特停了下来，手遮住了一只眼睛，然后小心翼翼地转过身。那只看得见的眼睛滴溜溜地乱转，急切地想找到焦点。

他眯缝着眼看向椅子，全神贯注地看着，眼睛都有泪水了。

---

1　在碟形世界里，伊戈来自尤伯瓦德（Uberwald）地区侍者部落，其成员全都叫“伊戈”。他们起初是疯狂科学家的助手，后来成为安卡-摩波城警卫的助手。此人物起源于1974年的改编版《弗兰肯斯坦》，是科学家弗兰肯斯坦的助手。——译者注

“很好，”他平静地说，“行了。你在这儿。老鼠和马带你来的。这两个蠢东西。他们居然认为这样做是对的。”

“做什么是对的？”苏珊说，“我才不是……你说的那个词儿。”

阿尔伯特盯着她看。

“主人也做得到，”他最后说道，“我想你也早就发现你也做得到。只要你愿意，别人就看不到你，对吗？”

**吱吱**。鼠之死神说。

“什么？”阿尔伯特说。

**吱吱**。

“他让我告诉你，”阿尔伯特懒洋洋地说，“毛头小姑娘是指个子小的姑娘。他觉得你可能误解了。”

苏珊在椅子上弓起身来。

阿尔伯特拉过另一把椅子，坐了下来。

“你多大了？”

“十六岁。”

“哦，天，”阿尔伯特转了转眼珠说，“你十六岁多久了？”

“自打过完十五岁以后。你傻吗？”

“天哪，天哪，时间过得真快啊，”阿尔伯特说，“你知道为什么你会在这儿吗？”

“不知道，但……”苏珊犹豫了，“但这应该跟……一些事情有关，比如……我能看到别人看不到的东西，我遇到过那些只存在于传说中的人，而且我知道我曾经来过这里……还有那些骷髅和白骨图案……”

阿尔伯特瘦高的、鹰隼一般的身形赫然耸立在苏珊面前。“你想来杯可可吗？”他说。

这里的可可跟学校里的大不相同，学校那个就像棕色的热水。

阿尔伯特的可可上面还漂着脂肪。你要是一下把马克杯倒过去，里面的东西恐怕也得过一小会儿才会洒出来。

“你的爸爸妈妈，”阿尔伯特说，此时的苏珊正喝出了一脸巧克力胡子，跟她的年龄一点儿都不相称，“他们跟你解释过什么吗？”

“德尔克洛斯老师在生物课上讲过，”苏珊说，“她说得不对。”她又补了一句。

“我是说你祖父的事情。”阿尔伯特说。

“我记得许多事，”苏珊说，“当我看到的时候就能想起来了。比如浴室，比如你。”

“你的爸爸妈妈认为你最好不要记得这些，”阿尔伯特说，“哈哈！这些东西是根深蒂固的！他们担心会发生的事情终究是发生了。你还是遗传了。”

“哦，遗传这个事儿我也知道，”苏珊说，“就是小白鼠啊，豆子之类的东西。[1]”

阿尔伯特茫然地看了她一眼。

“好吧，我婉转一点儿说。”他说。

苏珊礼貌地看了他一眼。

“你的祖父是死神，”阿尔伯特说，“你知道吗？那个穿着黑色长袍的骨架子？你是骑着他的马到这儿来的，这里是他的家。只是他……不在。去思考一些事儿了，或者说是一件事儿。我认为，现在你已经身处其中了。这是根深蒂固的。你已经长大了。那儿有一个洞，而那个洞认为你是最合适的形状。我跟你一样，讨厌那个洞。”

“死神，”苏珊平淡地说，“好吧，我不能说我从没有过一丝的怀疑，就像是圣猪老爹、睡魔和牙仙之类的吗？”

“是的。”

**吱吱。**

---

1　此处指涉孟德尔的遗传学，用豌豆、老鼠进行的遗传实验。——译者注

“你希望我相信，是吗？”苏珊全力表现出极大的不屑，说道。

阿尔伯特回瞪了她一眼，像是在早些年前他也曾是如此不屑的人一般。

“你信不信我可一点儿也不在乎，女士。”他说。

“你说的是认真的吗，那个拿着镰刀的大个子什么的？”

“是的。”

“你听好，阿尔伯特，”苏珊用一种给幼齿儿童讲解的口吻说道，“即便世界上有一个这样的‘死神’，说真的，给一种简单的自然规律赋予人的属性本来就够荒唐的了，就算是有死神，也不可能有什么人能从他那儿遗传到任何东西。我了解什么叫遗传，就是什么长红头发之类的。你得从其他人身上得到那种属性，而不可能从……神话、传说上得到。嗯。”

鼠之死神被干酪盘深深吸引，此刻，他正用他的小镰刀从上面砍下一块奶酪。阿尔伯特放松了坐姿。

“我还记得你被带到这儿来的时候，”他说，“他一直在问问题。你知道，他这个人充满了好奇心。他喜欢小孩子。其实见过很多孩子，就是……不认识他们，如果你听得懂我的意思的话。你的爸爸妈妈不想让你过来，但是最后他们让步了，为了让你的祖父安静下来，他们把你带到这儿来喝茶。他们不想让你过来是因为觉得会吓着你，你会止不住地尖叫。但是……你没有尖叫。你笑了。这可把你爸给吓死了，实际上也的确如此。后来每当你祖父开口，他们就带你过来，可他们担心某些事情可能发生，被吓坏了，之后你爸爸就坚决拒绝，然后就没有然后了。大概是唯一一个敢跟我的主人叫板的人吧，你爸爸。你那个时候大概是四岁，我想。”

苏珊若有所思地抬手摸了摸脸颊上那几条淡淡的红线。

“主人说他们是按照现代教育来养育你的，”阿尔伯特冷笑着说，“逻辑。觉得旧的东西都是愚蠢的。我不知道……我想他们一定不想让你接触……这样的想法吧……”

“我骑过那匹马，”苏珊没有在听阿尔伯特说的话，“我在那间浴室里洗过澡。”

“弄得香皂到处都是，”阿尔伯特说，他的脸扭曲了，露出了个类似微笑的表情，“我在这儿都能听到主人的笑声。他还给你做了个秋千。试着做的。没有使用魔法什么的，完全是靠他的双手完成的。”

苏珊在一旁坐着，任凭记忆在她的脑中一点点苏醒，打着哈欠，伸展开来。

“我现在想起浴室的事儿了，”她说，“我全回想起来了。”

“不，它从未消失过，只是被遮盖起来了。”

“他对水管一窍不通。那个‘Y.M.R-C-I-G-B-S A, A-M.’是什么意思？”

“年轻男士的灵液之神贝尔山哈洛什的面目新狂热信徒协会，安卡–摩波，[1]”阿尔伯特说，“那是我去买香皂之类东西的时候待的地方。”

“可是你也……不年轻啊。”苏珊忍不住说。

“没有人怀疑过这一点。”他厉声说道。苏珊想这其实很可能是真的。虽然阿尔伯特的整个身形如指节一般弯曲，身上却有一种精气神。

“他什么都能做得到，”她半自言自语地说，“但是有些东西他并不明白，比如水管。”

“对。于是我们不得不从安卡–摩波找了一个水管工，哈，他说从下周四开始，他就能凑出一周时间来修。这种事你不必向主人提起，”阿尔伯特说，“我从没见过哪个浑蛋活儿干得那么快的。然后主人就

---

1　此协会英文原文为Young Men's Reformed–Cultists–of–the–Ichor–God–Bel–Shamharoth Association, Ankh–Morpork，此处是其名称首字母缩写。——译者注

抹去了他的记忆。他可以让所有人忘记，除了——”阿尔伯特停了下来，皱了皱眉。

“似乎我得一直忍受这件事，”他说，“似乎你有权利。我想你累了吧。你可以待在这儿，这里房间多的是。”

“不，我得回去了！要是到了早上还不在学校的话，我会有大麻烦的。”

“这里没有时间，除了人们自己随身携带的以外。事情是先后发生的。如果你愿意的话，冰冰可以把你带回到你离开的那个时间，但是你最好在这里休息一会儿。”

“你说世界上有个洞，我正被卷入其中。我不知道这是什么意思。”

“你先睡一觉会觉得好点儿。”阿尔伯特说。

这里没有真正的白天或夜晚。一开始阿尔伯特觉得不习惯。地面上景色明亮，头顶上却悬挂着夜幕，点缀着星星。死神也从未学会过使用白天和黑夜。当房子里有人类居住的时候，这里的一天就是二十六个小时。人类就会自顾自地采用比一天二十四小时更长的昼夜节律。每日太阳下山的时候他们就会像一个个小闹钟一样被清零重置。人类是时间的奴隶，但是日子则完全是一种个人选择。

每当阿尔伯特记起该睡觉的时候，他就上床去睡。

现在他坐起身来，点亮一支蜡烛，开始盯着虚空沉思。

“她记得浴室，”他小声嘟囔着，“她知道一些她并没有见过的东西。不可能有人告诉过她。她拥有他的记忆。这是遗传。”

**吱吱。**鼠之死神说。夜里，他喜欢坐在灯火旁。

“他上次离开的时候，人类停止了死亡，”阿尔伯特说，“但是这一次并没有。那马去找她了。她填补了这个洞。”

阿尔伯特望着黑暗出神。当他焦虑不安时，就会做出一系列咀嚼和烂人（乐队名）的动作，就好像是要从牙齿的沟壑里提取出一些被遗忘的下午茶残渣。此刻，他发出了一种类似于理发师用的U形烫发夹板运行的声音。

他甚至不记得自己年轻过。那大概是几千年前了吧。他现在七十九岁，可是在死神的家里，时间是可循环使用的资源。

他隐隐地觉得童年是很棘手的时期，尤其是到了快过完的时候。满脸的青春痘，身体的各个部分都有着自己的想法。

掌控生死大事的运转当然也是个额外的麻烦。

但是最要命的一点，也是最恐怖最无法逃避的一点，这活儿必须有人来做。

因为，正如之前说到的一样，死神掌管着大局，而不是具体细节。他就像是个君主。

如果你是君主制政体当中的一个子民，你就是由君主统治的。

无论醒着还是睡着。无论你或者他们碰巧在干什么。

这些情况都属于这种设定。女王不必真的来你家，占你的椅子，抢你的电视遥控器，给你下指令说你该怎么烤火，或是坐下来喝杯茶。你生活中的一切都是自然而然发生的，就像地心引力一样。唯一与地心引力不一样的是，必须有人坐在高高的宝座上。他们不需要做太多的事情，只要在那里就好。他们只需要存在。

“她？”阿尔伯特说。

**吱吱。**

“她很快就会崩溃的，”阿尔伯特说，“哦，是的，你不可能同时是凡夫俗子又是不朽之身。你将被撕成两半。我真的对她感到很抱歉。”

**吱吱。**鼠之死神附和道。

“这还不是最糟糕的，”阿尔伯特说，“等着她的记忆真正开始运行的时候吧……”

**吱吱。**

“你听着，”阿尔伯特说，“你最好马上把他找回来。”

苏珊醒了，完全不知道现在是什么时间。

床边摆着一个钟，因为死神觉得床边应该有个钟。钟上有骷髅和骨头和Ω的图案。可是钟是不走的。这个房子里除了客厅中特殊的那个钟以外，所有的钟都是不走的。这让余下的这些钟一下子沮丧不堪，停止了走字或是放松了发条。

她的房间看起来好像有人昨天才刚刚搬出去。梳妆台上还放着各式梳子，还有一些用剩下的化妆品。门后甚至还挂着一件睡袍，口袋上还有只兔子。要不是这兔子只剩个骨架，场面倒还挺温馨的。

她把几个抽屉里里外外都翻了一遍。这应该是她妈妈的房间，里面有好多粉红的元素。要是淡淡的粉红，苏珊倒是不反感，可这显然不是那种颜色。她穿上了自己的旧校服裙。

最重要的是，她暗下决心，要保持冷静。世界上一切事情都有合乎逻辑的解释，哪怕是要靠自己来编。

**吱呀。**

鼠之死神跳到了梳妆台上，四个爪子拼命乱扒着想找到一个支点。他从爪子上把小镰刀放了下来。

“我想，”苏珊认真地说，“我现在该回去了，谢谢。”

小老鼠点点头，跳了下去。

他落在粉红色地毯的边缘，然后穿过外围黑色的地板快速跑走了。当苏珊走下地毯时，老鼠停住了，并赞许地四处观望。

又一次，她觉得好像自己通过了某种考验。

她跟着老鼠走出房间进了客厅，然后又走进了厨房那烟熏火燎的小地盘。阿尔伯特正弯着腰在炉子上忙活着。

“早上好！”他说。问候只是出于习惯，并不是因为他知道现在是什么时间。

“你的香肠要配油炸面包吗？这里还有粥可以就着吃。”

苏珊看着那口大煎锅上发出“嘶嘶”声的黑暗料理。这是一个人饿着肚子的时候不应该看到的景象。看到了这种景象，哪怕是你肚子饱饱，也能吐到空空如也。阿尔伯特能把鸡蛋做得让它后悔被下出来。

“你有什锦麦片吗？”

“那是一种香肠吗？”阿尔伯特疑惑地说。

“是谷物和坚果。”

“里面有脂肪吗？”

“我想没有吧。”

“那你要怎么煎呢？”

“这种东西不用煎。”

“你管那个叫早餐？”

“早餐不必是煎出来的，”苏珊说，“我是说，你提到了稀饭，你也不会去煎稀饭啊。”

“谁说的？”

“那有煮鸡蛋吗？”

“哈，煮的可不好，没办法杀死所有的细菌。”

**阿尔伯特，给我煮个鸡蛋。**

一阵阵回声在房间里来回地反弹，然后渐渐消失了。苏珊很纳闷这个声音是从哪儿来的。

阿尔伯特做饭的长柄勺敲击着瓷砖“叮叮”乱响。

“好吗？”苏珊说。

“这声音是你发出来的。”阿尔伯特说。

“别管什么鸡蛋了。”苏珊说。这声音让她下巴疼。这给阿尔伯特带来的困扰远远不如给她带来的困扰大。毕竟，这嘴是她的。“我想回家！”

“你在家啊。”阿尔伯特说。

“这个地方？这不是我家。”

“是吗？那个大钟上刻的字是什么？”

“‘太迟了’。”苏珊快速回答。

“蜂巢在哪里？”

“在果园里。”

“我们有几个盘子？”

“七——”苏珊猛地闭上了嘴。

“看到了吧？这里就是你家。”阿尔伯特说。

“听着……阿尔伯特，”苏珊说，她想找到一些圆滑的理由，此时此刻这么说效果比较好，“也许……是有人……负责管理世间万物的，但我真的不是什么特殊的人……我是说……”

“是吗？那为什么这马认识你？”

“是的，但我真的是个正常的女孩儿。”

“正常的女孩儿不会在三岁生日时得到‘我的可爱小冰冰’套装！”阿尔伯特厉声说，“你爸爸把它拿走了。我的主人为此非常沮丧。他很努力。”

“我是说我是个普通孩子！”

“听着，普通孩子得到的是木琴什么的。他们不会让他们的祖父把衬衫脱下来！”

“我是说我也无能为力！这不是我的错！这不公平！”

“真的吗？哦，你之前为什么不说？”阿尔伯特酸溜溜地说，“这听着似乎有点儿意思，真的。如果我是你，我现在就走出去，告诉全宇宙‘这不公平’。我猜它会说：‘哦，这样啊，不好意思，让你受苦了，我放过你了。’”

“你这是讽刺！你不能这么跟我说话！你不过就是个仆人！”

“对啊。你也一样。我要是你的话，我会让一切从头开始。那老鼠能帮得上忙。虽然它主要为老鼠服务，但是原理都一样嘛。”

苏珊气愤地张着嘴坐在一旁。

“我要出去了。”她厉声说道。

“我不会拦着你的。”

苏珊从后门猛冲出去，穿过外面无边无际的房间，经过院子里的磨刀石，最后走进了花园。

“哼！”她说。

如果以前有人跟她说死神有间房子，她一定会骂他们是发神经，甚至是愚蠢。但如果非要她想象一下死神的房子，她一定会理智地用黑色的蜡笔画出一间高耸入云、城墙林立的哥特式大庄园。它是若隐若现的，那些以-oom结尾的单词都很适合用来描绘它[1]，例如阴森森和死气沉沉。房子上会有几千个窗户。天空中各个偏僻角落里，她都会画满蝙蝠。这才算得上是让人印象深刻。

它绝对不会是一间村舍，也不会有这么一个毫无品位的花园，前门也不会放着脚垫，上面还写着“欢迎光临”。

苏珊是有常识的。曾经，她那常识的城墙坚不可摧。可现在，它们就好像盐被潮湿的风吹着，慢慢融化了。这令她异常愤怒。

当然，她有祖父。她的祖父雷泽克经营着一家小农场，穷得连麻雀都得卑躬屈膝地吃食。她现在想起来，他是个脾气不错的小老头儿，就是有点儿懦弱，特别是当她爸爸在场的时候。现在她开始仔细地思考这一点。

她的妈妈告诉过苏珊她自己的父亲已经……

现在她开始仔细地思考这一点，她不太确定妈妈告诉过她什么。父母在不想告诉你什么事儿的时候可是手段高超，就算他们对你说了一大堆。她留下的大概印象就是祖父不在他们身边。

---

1　这里指代的是gloom（阴森森）和doom（死气沉沉）。——译者注

可现在的情况似乎透露着他其实一直都在。

这就像是有了一个可以用来做交易的亲戚。

一个神……一个神倒是挺了不得的。奥迪尔·弗鲁梅小姐在她五年级的时候，就常常夸口说，她曾曾曾祖母曾经被化身为插在花瓶里的雏菊的空眼爱奥引诱过，因此，她其实是一位半半半神。她说她的妈妈发现这个身份可以帮她在餐馆抢到好位置。可你要是说你是死神的近亲，可能并不会取得同样的效果。你很可能连靠近厨房的烂位置都抢不到。

如果这是个梦，她似乎没有机会醒来。无论如何，她是不相信这种事的。梦不是这样的。

一条小径顺着马厩蜿蜒经过一个菜园，慢慢下行通向一个果园，里面种满了长着黑色叶子的树。树枝上挂满了闪着光泽的黑苹果。另一边则有一些白色的蜂巢。

她知道她曾经见过这个场景。

其中有一棵苹果树跟其他的完全、完全不一样。

她站在那里，望着那棵苹果树，回忆翻涌。

她记得在她长到刚刚能明白这一切都是“不合逻辑，很愚蠢”的年纪，他一直都站在那里，焦急地等待着，看她会做些什么……

旧的信仰和确定性慢慢消失了，新的信仰和确定性取而代之。

现在她明白自己究竟是谁的孙女了。

破鼓酒馆这家店十分传统，开展各式各样的传统酒吧娱乐活动，比如多米诺骨牌、飞镖，还有“在别人身后捅刀子，并拿走他们的钱”这样的活动。新店主打算走高端路线，这也是他们唯一能发展的方向。

这里曾经有个趣味提问机，是根据奎尔姆的列奥纳多的新近设计制作而成的，是个重达三吨，由水力驱动的庞然大物。但这设计真的很糟糕。警卫队队长卡萝卜脸上笑眯眯的，心眼比针尖还小，悄悄地把里面的问题都换成了类似这样的：你十五号晚上去过沃尔廷的钻石仓库吗？以及，谁是上周第三个在贝尔哈格酿酒厂行骗的人？在顾客们还没反应过来之前，已经有三个人被捕了。

店主承诺现在要引进另一种机器了。图书管理员[1]是小酒馆这里的常客，已经轻轻松松地赚到了不少钱。

酒吧的另一头有一个舞台。店主尝试过在午餐时间上演脱衣舞秀，但也就实现过那么一次。看着一只巨大的猩猩坐在最前排，带着一脸纯真的笑容，拿着一大箱子的铜币和一根大香蕉，可怜的女孩儿吓得落荒而逃。另一家娱乐行会把这家店列进了黑名单。

新店主名叫西比柯斯·杜努姆。这不是他的错。他是真心想让破鼓酒馆成为一个有趣的地方。他恨不得在外面支起一个个条纹伞。

他低头看着戈罗德。

“就你们三个？”他说。

“是的。”

“我同意给五块可是因为你说你有个大乐队。”

“快问好，莱斯。”

“哎呀，真是个大乐队。”杜努姆后退了几步。“我想，”他说，“有几首脍炙人口的拿手活儿不？给我们营造营造气氛就行了。”

“气氛。”小恶魔一边环顾四周，一边说。“气氛”这个词他熟，但是在这样一个地方，他就不明白了。现在刚过傍晚时分，这里只有三到四个顾客。而且他们也完全没往舞台上看。舞台后面那堵墙倒是像经历过战斗似的，千疮百孔。他望着那堵墙出神。此时，莱斯已经耐心地把他的石头一个个垒起来了。

“哦，只要准备一点儿水果和不太新鲜的鸡蛋，”戈罗德说，“人们很可能就会嗨起来了。我倒是不太担心这个。”

1　这里是指被巫师变成了红毛猩猩的图书管理员。——译者注

“我也不太担心这个。”小恶魔说。

“我可不这么想。”

“我担心的是，那里都是斧子砍过的痕迹和箭射出来的洞，戈罗德。我们还没练练习过呢！没有好好练练习过！”

“你可以弹吉他，不是吗？”

“嗯……嗯，是的，我想……”

他试着弹了弹。太简单了。事实上，你想弹得糟糕倒是几乎不可能的。你怎么拨弦都没关系——弹奏出来的都是心中所想的声调。这毋庸置疑，就是你首次开始弹奏时所向往的那种乐器——那种你不用学习就能弹的乐器。他记起他第一次拿起竖琴，拨动琴弦的时候，满心期待能听到那种轻柔悠扬的声调，就像那些老人弹出来的一样。但他听到的却是嘈杂之声。但这吉他才是他梦寐以求的乐器……

“我们要演奏一些脍炙人口的曲目，”矮人说，“《巫师手杖》和《采大黄》之类的。人们喜欢听他们可以跟着偷笑的歌。”

小恶魔俯视着酒吧，现在顾客略微多了一些，但是他的注意力完全集中在一只大猩猩的身上，他把他的椅子挪到了舞台的正前方，还拿着一袋水果。

“戈罗德，那儿有个猩猩在看着我们。”

“是吗？”戈罗德一边说，一边打开了一个网兜。

“是只猩猩。”

“这里是安卡-摩波。这儿就是这样的。”戈罗德摘下他的头盔，从里面摊开了一些什么东西。

“你为什么要拿个网兜？”小恶魔说。

“水果是无辜的啊。不浪费，就啥也不缺。如果他们扔鸡蛋，就拿这个接着。”

小恶魔把吉他带挂到了肩上。他本想跟矮人说两句，但他能说什么呢？说这把吉他太简单了，他没法儿弹？

他希望现场能有位音乐之神。

现场真的有这么一位。这世上有许多音乐之神，几乎每种类型的音乐都有一位。几乎每种类型。但是那晚唯一照看小恶魔演出的是瑞格，酒吧音乐之神。他也顾不上多看，因为他自己也有三场现场演出要看。

“我们准备好了？”莱斯一边拿起他的锤子，一边说。

其他人点了点头。

“那就给他们演奏《巫师手杖》吧，现在，”戈罗德说，“这曲子最适合暖场了。”

“好的。”巨怪说。他数了数自己的指头。“一，二……一，二，许多，超多。”

第一个苹果是七秒之后扔上来的，戈罗德接住了，并且同时没有漏掉一个音符。可第一根香蕉的飞行曲线就很刁钻了，直接掉进了他的耳朵里。

“接着演奏！”他小声说。

小恶魔得令，躲开了一连串橘子的猛烈攻击。

坐在第一排的大猩猩打开了他的大袋子，拿出了一颗巨大的柠檬。

“有梨吗？”戈罗德深吸一口气说，“我喜欢梨。”

“我看到有个人打算扔斧子了。”

“那斧子值钱吗？”

一支箭贴着莱斯的头边飞了过去，插到了墙上。

现在是凌晨三点。科隆中士和诺比下士正得出结论，认为要是有人胆敢入侵安卡-摩波的话，那他应该不会这时候来。这时，警卫营里燃起了大火。

“我们留个字条吧，”诺比一边往手上哈着气，一边说，“写明天回来之类的。”

他抬起了头。一匹马正走在拱门之下。一匹白色大马，一位身着黑衣的骑手正襟危坐。

他们不会问什么“嘿！你是谁？从哪儿来的”，巡夜的警卫都是在夜深人静的时候出来巡视的，他们早就习惯看到那些普通人看不到的东西了。

科隆中士恭敬地摸了摸头盔。

“晚上好，大人。”他说。

“呃……**晚上好。**”

警卫们目送着马儿走出他们的视野。

“有些家伙要倒霉了。”科隆中士说。

“他可真敬业，你不能不承认这一点，”诺比说，“二十四小时营业。总是为人类挤出时间来。”

“是的。”

警卫们盯着天鹅绒般的黑暗出神地看着。好像有点儿什么不对。科隆中士想道。

“他名字叫什么？”诺比说。

他们又盯着看了一会儿。然后科隆中士还没有太明白诺比的意思，说道：“你说什么？他名字叫什么？”

“他名字叫什么呢？”

“他是死神，”中士说，“死神。这就是他的全名了。我是说……你什么意思？……你是说……比如叫个凯斯·死神之类的？”

“是啊，为什么不呢？”

“他就叫死神，不是吗？”

“不，那是他的工作。那他的朋友管他叫什么呢？”

“你什么意思，朋友？”

“好吧，随便你。”

“我们去喝杯热的朗姆酒吧。”

“我觉得他看起来像叫列奥纳多之类的。”

科隆中士想起了那个声音。就是那个声音，就在刚才……

“我一定是上年纪了，”他说，“刚才我觉得听他的声音，他应该叫个苏珊什么的。”

“我想他们看到我了。”当马儿拐了个弯之后，苏珊小声地说道。

鼠之死神把脑袋从苏珊的口袋里探出来。

**吱吱。**

“我们要去找渡鸦帮忙了，”苏珊说，“我是说，我……觉得我能理解你，可我就是不知道你在说什么……”

冰冰在路旁的一幢大房子门前停住了。这间居所略显自命不凡，上面有许许多多的三角墙和窗棂，而其实这样的房子根本不必有这么多这样的设计。这是解读这幢房子起源的一个线索：这一定是一位有钱的商人给自己建的那种房子，功成名就了之后需要炫耀炫耀自己敛的财。

“我不喜欢这样，”苏珊说，“这不可能成的。我是人。我得上厕所什么的。我不能就这么直接走进别人的房子，然后杀了他们！”

**吱吱。**

“好吧，不是杀人。但不管你从什么角度看，这都不是什么好事。”

门上有块标牌，上面写着：商人走后门。

“我算是——”

**吱吱！**

苏珊一般而言都不会梦到自己问问题。她总是把自己视为一生都走前门的人。

鼠之死神在小路上疾跑了一阵，穿过了门。

“等等！我不行——”

苏珊看着那木头。她行的。她当然行。更多的记忆在她眼前闪现出来。毕竟，这只是木头。在几百年之后就会腐朽。用无限来衡量的话，它几乎就不存在。想想多重宇宙的存在时间，几乎大多数的东西都可以算作不存在。

她迈步向前。沉沉的橡木门像影子一样，无法阻挡她。

悲伤的亲友们聚集在床的四周，床上放着许多枕头，枕头之中隐隐地能看到有个形容枯槁的老人躺在上面。床脚边躺着一只又大又肥的姜黄色的猫，一点儿都不理睬身边这一大群热切的人在干什么。

**吱吱。**

苏珊看着沙漏。最后几粒沙子翻滚着从中间的狭道中落下。

鼠之死神分外小心翼翼、蹑手蹑脚地向那只熟睡的猫走过去，狠狠地踢了它一脚。猫醒了，转过身，恐惧地贴紧耳朵，从被子上跳了下来。

鼠之死神偷偷地笑。

**嘻。嘻。嘻。**

其中的一个哀悼者，一个其貌不扬的男人，抬起了头。他偷偷瞟了眼逝者。

“到头了，”他说，“他死了。”

“我以为咱们一整天都会待在这里的，”男人旁边的女人站起来，说道，“你刚才看到那只老病猫动了吗？动物都有神通，你懂的。它们有第六感。”

**嘻。嘻。嘻。**

“哦，来吧，我知道你在这儿。”尸体说。它坐了起来。

苏珊对于鬼魂之说并不陌生。但是她没想过会是这样。她没想过鬼魂会是这种活生生的样子，它们跟坐在床上的老者相比，不过是半空中虚无缥缈的剪影罢了。这老者看起来是实实在在的样子，只是周身笼罩着一种蓝光。

“一百零七年，嗯？”他咯咯地笑着，“我想我让你烦恼不少时候了吧。你在哪儿？”

“呃，**在这儿。**”苏珊说。

“女的，嗯？”老者说，“好，好，好。”

他从床上滑下来，发着光的睡衣飘动着。他突然停住了，仿佛已经走到了链条允许的最大范围。差不多就是那么回事儿了。一道细细的蓝光拴着他，把他固定在肉身上。

鼠之死神在枕头上跳上跳下，用他的小镰刀急促地猛砍着。

“哦，对不起。”苏珊一边说着，一边切开了蓝光。蓝光“啪”的一声断了。

那些哀悼者在他们四周，有时也穿过他们的身体走来走去。痛哭的场面似乎已经停止了。老者已经去世了。那个其貌不扬的男人在垫子下面摸索着。

“看看他们，”老者厌恶地说道，“可怜的爷爷，哭啊，哭啊，大家都想他，我们再也见不到像他这样的人了，这个老浑蛋究竟把遗嘱放在哪儿了？那是我最小的儿子，对，他就是。如果你把在每个圣猪之夜就给你寄张卡片的人叫儿子的话。看到他的妻子了吗？笑起来就像污水桶里溢出来的小波浪一样。她还不是里面最糟糕的一个。亲戚？送给你要不要？我就是想给他们捣乱才留着一口气活着的。”

好几个人都在床底下搜索着。传来一声滑稽的瓷器碰撞声。老者在他们身后欢快地跳跃着，摆出各种各样的姿势。

“没门！”他咯咯地笑着，“嘿！嘿！我把遗嘱放在猫篮子里呢！我把所有的钱都留给这只猫了！”

苏珊环顾四周。猫正站在脸盆架上焦虑地看着他们呢。

苏珊觉得似乎应当有所回应。

“那……你人还……真……好呢。”她说。

“哈！这脏兮兮的畜生！十三年来就光是睡睡觉、拉拉屎，等着人把下顿饭送过来？肥胖的一生中连半个小时的运动都没做过。不管怎么说，等到他们找到遗嘱吧。那时它就可以成为这世上最有钱的一只猫了。”

声音渐渐消失不见了，声音的主人也是一样。

“可怕的老头儿。”苏珊说。

她低头看着鼠之死神，他正冲着猫做鬼脸呢。

“他会怎样？”

**吱吱。**

“哦。”他们身后，之前还在哭丧的哀悼者把抽屉整个儿翻倒在地上。猫儿瑟瑟发抖。

苏珊迈步穿墙而出了。

冰冰所过之处云卷云舒，仿佛是它留下的尾迹一般。

“哎，那也不算太糟。我是说，也没流血啊什么的。毕竟他也上年纪了，而不算什么好人。”

“挺顺利，是吗？”

渡鸦落在苏珊的肩上。

“你在这儿干什么？”

“鼠之死神说我可以搭个便车。我有约会。”

**吱吱。**

鼠之死神把鼻子从鞍囊里戳了出来。

“我们提供出租车服务吗？”苏珊冷冷地说。

老鼠耸了耸肩，把一个沙漏塞进她手里。

苏珊读了读玻璃上刻的名字。

“沃尔夫·沃尔夫之子之子之子之子？听起来像个哈布兰人。”

**吱吱。**

鼠之死神爬上冰冰的鬃毛，站在马儿的两耳之间，小小的斗篷在风中飘舞。

冰冰在一片战地上低速慢跑。不是什么重大战役，就是部落间的混战。这里也没有什么一目了然的敌军——那些战士看起来分成两堆，有些骑在马背上，位处于同一方的也不过就是碰巧站在一起罢了。人人都穿着一个样儿的皮草，佩戴着夸张的皮革制品。苏珊完全不明白他们是如何分辨敌友的。人们似乎都只是在大声叫喊，十分随性地挥动他们硕大的刀剑和战斧。换个角度来看，任何你能便利地击打到的对象都是你的敌人，从长远来看，准确率倒也很可能差不离。重要的是人不断在死去，令人难以置信的英雄主义愚蠢行径也正在上演。

**吱吱。**

鼠之死神急切地向下指着。

“下……下去。”

冰冰降落在了一个小山丘上。

“呃……好吧。”苏珊说。她从刀鞘中抽出了镰刀。刀刃瞬间活了过来。

要定位那些死者的灵魂并不是难事。他们正手挽手从战地走过来，欢笑着，踉跄着，径直向她走来。

**呃，**她说，**你们这些被杀的人里有叫沃尔夫的吗？**

她身后的鼠之死神双手捂住了脸。

**呃，你们好？**

没有人理她。战士们行军而过，在战场边缘汇成了一根细线，好像在等待着什么。

不是所有人都得她来……处……理的。阿尔伯特之前想解释，可是不承想，却陷到一段回忆里去了。她只需要处理一部分，那些或是机缘巧合或是有历史意义的，剩下的那些是自然而然发生的。她所需要做的不过就是让这种势头一直持续下去而已。

“你得更决绝一些，”渡鸦落到一块石头上，说道，“女的干这一行就是麻烦。不够决绝。”

“你来这儿干什么？”她说。

“这儿是战场，不是吗？”渡鸦耐心地说，“反正你结束也需要渡鸦。”他那靠惯性驱动的眼睛在脑袋上转来转去，“就像你说的，不管什么样的人，最后都是腐肉一堆。”

“你是说所有人都会被吃掉？”

“这是自然的奇迹之一。”渡鸦说。

“太可怕了。”苏珊说。许多黑色的鸟儿已经在空中盘旋。

“并不尽然，”渡鸦说，“你可以说，马儿就是用来跑路的。”

此刻，战斗中的其中一方，如果你要这么说的话，已经在逃离战场了，另一方在后面追赶着。

苏珊惊恐地发现，鸟儿们开始降落，享用它们的早餐。柔软的一块块，像只煎了一面的荷包蛋。

“你最好赶紧去找你要的小伙子了，”渡鸦说，“否则，他可能就要错过这一程了。”

“哪一程？”

渡鸦的眼珠又滴溜溜地转了。

“你学过神话吗？”

“没有。巴茨老师说那些都是编出来的故事，没什么文学内涵。”

“哈！亲爱的，不能那样，不是吗？哦，好吧，你很快就明白了。得赶快了。”渡鸦一跃飞到空中，“我一般都是坐在头颅旁边的。”

“我会明白——？”

这时，有人开始唱歌了，声音就像一阵疾风一般直冲天外，听起来像是女中音——

“嗨吼吐啾！嗨吐啾吼！”

声音过后，一个骑在马背上的身影出现了，那马跟冰冰一般出类拔萃，骑在马上的是一个女人。绝对是。集许多女人于一身的一个女人。她就像是那种你在一个地方能找到的数量庞大的女人的化身，只需要她一个就够了。她身穿锁子甲，闪亮的胸甲看起来罩杯有46-D，头顶戴着的头盔上还长着角。

那些集结好的死人看到她的马儿落地时，纷纷欢呼雀跃，她的身后又有六个骑着马唱着歌的女人破空而出。

“事情不都是这样吗？”渡鸦说着，拍着翅膀飞走了，“等了半天一个都没来，然后一下子来了七个。”

苏珊震惊地看着每个女骑士都捡起一具死尸，策马回到天际去了。她们在离地几码的地方陡然消失，然后又瞬时出现，再来寻一位新乘客。不一会儿，这里看起来就像航天飞机在繁忙地穿梭运营一般。

一两分钟后，其中的一个女人骑着马慢慢来到苏珊身边，并从胸甲里拉出了一卷羊皮纸。

“哦吼！说这里有叫沃尔夫的，”她用一种骑着马高高在上的人与区区路人对话的轻快口吻说，“幸运者沃尔夫……？”

“呃，我不知道——**我是说，我不知道哪个才是他**。”苏珊无助地说。

戴着头盔的女人向前倾了倾。她身上好像有什么似曾相识的地方。

“你是新来的吗？”

“是的。我是说，**是**。”

“那就别像个大女式衬衫似的杵在这儿了。乔利，去抓他，干得好。”

苏珊慌乱地环顾四周，最后终于看到了他。他就在不远处。一个挺年轻的人，周身闪烁着淡淡的蓝光，在一群倒下的死人之中，显得鹤立鸡群。

苏珊急匆匆地跑了过去，手上的镰刀已经准备好了。这个武士的灵魂和生前的躯体间连着一根蓝色的线。

**吱吱**！鼠之死神一边大叫，一边跳上跳下，做出一些提示性的动作。

"竖起左手的拇指，右手弯曲放在腰间，用点儿力！"戴着角状头盔的女人喊道。

苏珊挥动了镰刀，蓝线应声而断。

"发生了什么？"沃尔夫说，他低头看去，"躺在这儿的是我，不是吗？"他说。

他慢慢转过头去："还有躺在那儿的，跟那儿的。还有……"

他看着头上有角的女武士，露出了欣喜的神情。

"是空眼爱奥！"他说，"这是真的吗？女武神瓦尔基里会把我带到空眼爱奥的宫殿去，那里进行着永恒的宴饮？"

"别，我是说——**别问我**。"苏珊说。

瓦尔基里俯下身，把沃尔夫一把拖到了马鞍上。

"安静点儿，就是个好小伙子了。"她说。

她若有所思地看着苏珊。

"你是女中音吗？"

"你说什么？"

"你会唱歌吗，小姑娘？我们现在还需要一个女高音。这些年女中音太多了。"

"我不太精通音乐，不好意思。"

"哦，不要紧，我也只是随便想想。我得走了。"她高高地扬起头，傲人的胸甲也高高挺起，"嗨吼吐啾！"

马儿扬起前蹄后倾了一下，随后疾驰到了空中。在它还没到达朵朵云层之间时，已经变成了一个微弱的光点，不断闪烁着。

"这，"苏珊说，"都是怎么回事？"

渡鸦拍动着翅膀，飞到刚过世不久的沃尔夫的头颅上。

"嗯，这些人相信如果你在战斗中死去，会有一些又肥又壮，头上长着角，嘴里唱着歌的女人把你带到一个宏伟的宫殿中去，在那里，你将胡吃海塞直到永远。”渡鸦说着，文雅地打了一个饱嗝，“这种想法真是蠢极了。”

“可这刚刚发生了啊！”

“还是个蠢想法。”渡鸦环顾着满目疮痍的战场，除了倒在地上的死人和他的那群渡鸦小伙伴以外，空空如也。“真是浪费！”他又说道，“我是说，看看这些。太浪费了！”

“是的！”

“我是说，我肚子已经快撑破了，还有好几百具尸体没来得及动呢。我得去看看能不能找个打包袋！”

“这都是些死尸！”

“是啊！”

“你都吃些什么啊？”

“好吧，”渡鸦一边说，一边慢慢往后退，“这里够所有人吃的了。”

“太恶心了！”

“人又不是我杀的。”

苏珊无话可说。

“她看起来有点儿像钢铁莉丽。”她说。他们走回了冰冰身边，它耐心地等着他们。“我们的体育老师。声音听着也像。”她想象着歌喉婉转的瓦尔基里铿锵地飞过天际。拿出点儿勇气吧，你们这些娇滴滴的花朵……

“趋同进化，”渡鸦说，“这事儿经常发生。我曾经在哪儿读到过，有一种普通的章鱼长着跟人类的眼球一样的眼睛。哇哇！”

“你是打算说有些东西很相似——除了吃起来的味道，是吗？”苏珊说。

“绝喂（对）不能逾呜（逾）规则。”渡鸦含含糊糊地说。

“你确定吗？”

“难嗷（道）凭嘴上说说就放（任）事情发展？”

苏珊松开了紧握的拳头。

“这太可怕了，”她说，“这就是他以前做的事情？难道就没有自主选择的权利？”

**吱吱。**

“但如果他们并不该死呢？”

**吱吱。**

鼠之死神努力地表达着他的意思。他表达得也很到位。他认为在那种情况下，他们可以去找宇宙，说自己命不该绝。那么宇宙可能会说，哦，你不该死吗？哦，好的，那行了。你可以继续活着。鼠之死神的动作可谓是简单明了。

“所以……我的祖父是死神，他就那么顺其自然，袖手旁观？在他本可以做点儿好事的情况下？这太愚蠢了。”

鼠之死神摇了摇头颅。

“我是说，沃尔夫是正义的一方吗？”

“这不好说，”渡鸦说，“他是个瓦桑戈人。另一方是布尔戈蒂人。很显然，整件事情是从几百年前开始的。当时有个布尔戈蒂人带走了一位瓦桑戈的女人，也有可能是一个瓦桑戈人带走了一个布尔戈蒂的女人。总之，另一方入侵了一方的村落。然后进行了屠杀什么的。然后被入侵的一方又去了另一方的村落，又是一场屠杀。自打那以后，就像你会说的，还有那么一些残余的恶劣印象存在。”

“好吧，那么，”苏珊说，“下一个是谁？”

**吱吱。**

鼠之死神跳到马鞍上，俯下身去，用力从包裹里拖出了另一只沙漏。苏珊读了读上面的标签。

上面写着：小恶魔·伊·塞林。

苏珊突然有一种感觉，向后倒去。

“我认识这个名字。”她说。

**吱吱。**

“我……记得在哪儿见过这名字，”苏珊说，“这名字很重要。他……很重要……”

月亮悬挂在克拉奇沙漠的上方，就像一颗巨大的石球。

在如此动人心魄的一轮圆月面前，这里都算不上什么太起眼的沙漠。

这里只是一片沙漠带的其中一部分，周围环绕着纳夫大沙漠和脱水洋，日渐变得干旱、炎热。要不是像音乐家行会里的克拉特先生那样的人来到这里，绘制了地图，并且在这片沙漠上标上了一条无辜的虚线，划分出了克拉奇和赫施巴的边界，恐怕也没人会对这里动什么念头。

在那之前，德瑞格斯，一个好战的游牧部落，在这片沙漠上无忧无虑地流浪着。自打有了那条线之后，他们时而成了克拉奇的德瑞格斯，时而又是赫施巴的德瑞格斯，享受着两个国度的臣民所拥有的权力，特别是从他们身上压榨走尽可能多税赋的权力和卷入连敌人的名字都闻所未闻的战争的权力。由于那条虚线的存在，现在，克拉奇最初是与赫施巴和德瑞格斯开战，赫施巴又与德瑞格斯和克拉奇开战，而德瑞格斯又跟什么人都开战，包括赫施巴和克拉奇，并且从中获得无穷乐趣，因为德瑞格斯词中的“陌生人”，也是“目标”的意思。

碉堡是虚线的遗留物。

现在，这碉堡已经成了炙热的银色沙堆上的一个暗色长方形了。从碉堡中传来了一阵准确来说是手风琴的旋律，似乎有人想弹出一段曲调，可是却总在几个小节之后遇到麻烦，于是又重新开始。

有人在敲门。

过了一会儿，门的另一边传来刺耳的刮擦声，门上的小活窗开了。

“有什么事吗？”

**这里是克拉奇域外军团吗？**

门的另一边，小个子男人的脸露出了茫然的神色。

“哈，”他说，“你把我问住了，稍等一下。”小活窗关上了。门的另一边传来窃窃私语的讨论声。小活窗又打开了。

“是的，似乎我们……就是……那个叫什么来着？好吧，想起来了，克拉奇域外军团。是的，那你想要什么？”

**我想加入。**

“加入？加入什么？”

**克拉奇域外军团。**

“它在哪儿？”

门后又是一阵窃窃私语声。

“哦，好的。抱歉，是的，就在我们这儿。”

门一下子开了。来访者踱步走了进去。一个手臂上戴着下士条纹军衔的军团士兵向他走了过来。

“你得向……报告，”他的眼神呆滞了一下，“……你懂的……就是大人，三道杠……刚才还在嘴边儿呢……”

**中士？**

“是的，”下士松了一口气说，“你叫什么名字，士兵？”

**呃……**

“其实，你也不用说，这就是那个……那个……”

**克拉奇域外军团？**

“……这里就是这样的。人们加入……加入……，就是你脑子里想的，你懂的，当他们不能……发生的事情……”

**忘记？**

“是的。我是……”男人又是一脸茫然，“稍等一下，好吗？”

他低头看着他的袖子。“下士……”他说，他迟疑了，看似一脸愁容。

突然他灵光一闪，拉起了他的背心领子，歪着脖子斜着眼，十分吃力地看着后衣领上露出的标签。

“下士……中号？这听起来对吗？”

**我想不对吧。**

“下士……仅手洗？”

**也不太对。**

“下士……纯棉？”

**有可能吧。**

“好的，那么，欢迎加入……呃……”

**克拉奇域外军团。**

“好的，报酬就是每周三块，以及可以食用这里所有的沙子。我希望你喜欢沙子。”

**我发现你记得住沙子。**

“相信我，你永远忘不掉沙子。”下士愤愤地说。

**我不会的。**

“你刚才说你叫什么名字？”

陌生人沉默了。

“这个不重要，”纯棉下士说，“在……”

**克拉奇域外军团？**

“……是的……，我们会给你取个新名字，你将从头开始。”

他向另一个人招手示意。

“士兵……”

“士兵……呃……啊……呃……十五码，长官。”

“好的。把……这个人带走，给他一件……”他焦躁地打着响指，“……你懂的，那种东西……衣服，每个人都穿着……沙色的……”

**制服？**

下士眨了眨眼。因为某种不可言表的理由，“骨头”这个词一直往他那堆正在融化、正在流动的混乱思绪里钻。

“好的，”他说，“呃，这是一次长达二十年的旅程，士兵。我希望你够爷们儿能应付。”

**我已经喜欢上这里了。**死神说。

“我想现在我去那些特许烟酒店是合法的吧？”苏珊说。安卡-摩波又一次出现在了地平线上。

**吱吱。**

这座城市又在她们身下移动着。那儿有更宽广的街道和广场，她都认得出那一个个的人影。哈，她想……如果他们知道我在这上面就好了！而且，不论怎样，她不禁产生了优越感。所有那下面的人都得考虑那些，嗯，底层的事情，那些世俗的事情。她就好像在俯视小蚂蚁一般。

她一直都知道自己是与众不同的。她更了解这个世界，而很显然大多数人只用他们的眼睛看世界，而他们的脑子只是在认真地“炖煮”着。知道自己是与众不同的，这从某个方面带来了巨大的安慰感，这种感觉就像一件大衣一般包裹着她。

冰冰降落在了一个油腻腻的码头上。码头的一侧，小河水亲吻着木桩。苏珊下了马，卸下镰刀，走进了破鼓，里面吵吵嚷嚷的。鼓里的主顾们希望在他们显示出攻击性的时候表现得更民主一些。他们希望看到人人都有所得。所以，尽管观众一致认为这三个人是糟糕的音乐家，也就是他们合理的攻击目标，但是要么是由于许多导弹的准头有问题，打到了无辜群众，要么就是有人一整天没打架，技痒了，要么就是想往门边跑的，人群中爆发了各式各样的战斗。苏珊毫不费力就找到了小恶魔·伊·塞林。他就在舞台前方，挂着一脸的惊恐。他身后是一个巨怪，还有一个试着往巨怪身后躲的矮人。

她瞥了一眼沙漏，就剩下最后几秒钟了……

他真的很有魅力，长着黑色的卷曲头发，看起来有点儿像精灵。

并且十分熟悉。

她之前对沃尔夫感到抱歉，但至少他是死在战场上。小恶魔是在舞台上。你绝不会想到你会在舞台上死去。

我手握着镰刀和沙漏站在这里，等待着一个人死去。他看起来比我大不了多少，而我却不能施以援手。这太愚蠢了。我敢肯定我见过他……曾经……

实际上并没有人打算在破鼓里杀死音乐家。斧子扔来扔去，弓弩射来射去，一切都呈现出搞笑和随性的样子。并没有人在瞄准，尽管他们有能力这么做。看着人们躲来躲去倒是乐趣无穷。

一个身材高大的红胡子男人冲莱斯咧嘴一笑，从弹袋里掏出了一把小斧子。拿斧子扔巨怪没有任何问题。这些斧子会弹回来的。

苏珊一切都看得清清楚楚的。斧子弹回来了，击中了小恶魔。谁都没有错，真的。海上有更糟糕的事情发生。安卡-摩波一直都有更糟糕的事情发生。持续不断地发生。

这个人并不是打算杀死他。这只是无心之失。事情不应该变成这样，应该有人站出来做点儿什么。

她伸出手去抓住了斧柄。

**吱吱。**

“住口！”

嗡——啊——呜。

和弦充盈着整个喧闹的房间，小恶魔就像个掷铁饼者一样站着。

这声音听起来就像午夜时分，一根铁棒掉落在图书馆的地面上。

回声从房间的各个角落里反弹回来。每个回声都拥有了自己的和声。

这是一场声音的大爆炸，就如同圣猪之夜的火箭升空爆炸一般，每一颗掉落下来的火花又再一次爆炸……

小恶魔的手指抚摸着琴弦，又弹出了三段和弦。那个扔斧子的人放下了手里的斧子。

这是那种音乐，它不仅成功逃亡了，跑的时候还顺便抢了银行。这是那种音乐，它卷起了袖子，解开了衣服上的第一颗纽扣，举起了帽子冲你咧嘴一笑，并偷走了银币。

这是那种音乐，没有打电话给大脑先生报备，就顺着骨盆一路往下来到了脚上。

巨怪捡起了他的锤子，茫然地看着他的石头，随后开始敲击出韵律。

矮人深吸一口气，从号角里吹出了深沉的、有节奏的声响。人们用他们的指节敲击着桌子边缘，打着节拍。大猩猩挂着一脸沉醉的笑容坐在那里，就好像它刚刚吃掉了一根大香蕉。

苏珊低头看着写着小恶魔·伊·塞林名字的沙漏。

上边的玻璃球体里已经没有沙子了，但却有一种蓝色的东西在闪烁。

她感觉到背上有些像小回形针一样的爪子在往上爬着，最后在她肩上找到了支点。

鼠之死神低头看着沙漏。

**吱吱**。他平静地说。

苏珊还是不太懂老鼠，但当她听到的时候，她想她知道这是在说"啊——哦"。小恶魔的手指在琴弦上轻快地舞动着，但是琴上发出的声音与竖琴、鲁特琴都截然不同。吉他尖声叫喊着，就像一个刚刚发现自己站错了边的天使。琴弦上火花闪耀。

小恶魔闭上了眼睛，把吉他紧紧搂到了胸前，就像一位手持长矛的士兵一样，把它横亘于胸前。很难知道究竟是谁在弹着什么。

只有音乐仍旧在倾泻。

图书管理员全身上下的毛发根根直立。毛发的末梢发出"噼噼啪啪"的爆裂声。

它令你想踢倒围墙，踏着火焰直升天际。它令你想拉掉所有的开关，扔掉所有的杠杆，把手指伸到宇宙的通电插座里去，去看看接下来会发生什么。它令你想把房间的墙都漆成黑色的，并在上面贴满海报。

现在图书管理员身上的一块块肌肉都随着节拍在抽动，音乐注入了他的全身。

在角落中，有一小群巫师在集会。他们张着大嘴观看着整场演出。

节拍还在继续大步流星地走着，打着响指，噘着嘴，在人们的心头噼啪爆裂着。

活生生的音乐。里面有石头的音乐，摇滚乐，一发而不可收……[1]

终于自由了！它在人们的头上来回跳跃，噼噼啪啪响着钻进他们的耳朵里，直冲后脑而去。有些人的后脑比他人的更为敏感……就更接近节拍……

一个小时过去了。

图书管理员敲击着指节，全身摇摆地穿过半夜蒙蒙的细雨，音乐在他的头脑中不断爆炸。

他跳到了幽冥大学的草坪上，跑进了大会议厅，双手高举过头，拼命摆动以保持平衡。

他停下了脚步。

月光顺着一扇扇大大的窗户漏进了屋里，照亮了那个被校长称为"我们硕大之器物"的管风琴，尽管这个称呼令其他教职员工备感难堪。

一列列的风管布满了一整面墙，在黑暗中看起来像是一排排的柱子或是某些阴森的古代溶洞中的钟乳石。相比之下，演奏者坐的操作台就显得不太起眼了。台子上有三个巨大的键盘和数百个用来实现各种特殊音效的旋钮。

---

1 Live music和rock music都是一语双关。Live既指有生命，又指现场演奏。Rock既指石头，又指摇滚乐。——译者注

这个风琴不常用，除了偶尔的民政事务或是过巫师的“原谅我”[1]节的时候。

可是，此刻正在兴致勃勃地鼓动着风箱，并偶尔兴奋地喊“对——头”的图书管理员觉得这台管风琴能做的事儿其实多了去了。

一只完全成年的雄性猩猩也许看起来像是一大叠和蔼亲切的旧地毯，可他身上蕴藏的力量却足以让跟他同样重量的人吃掉一大堆小地毯。只有在控制杆热得手都握不住，边上贮气缸发出放屁和吹哨似的声音时，图书管理员才会停止鼓动风箱。

然后，他纵身一跃，坐到了风琴手的位置上。

整栋大厦都在巨大的气压下发出轻柔的嗡鸣声。

图书管理员十指交叠，用力按动指节发出“啪啪”的声响。这一幕倒是颇让人印象深刻，当你发觉猩猩的指节居然跟人一样多的时候。

他举起了双手。

他迟疑了。

他又放下了双手，然后拉出了人声音栓、上帝音栓和恶魔音栓。

风琴的哀叹更为急促了。

他举起了双手。

他迟疑了。

他又放下了双手，把剩下的所有音栓都拉了出来，包括十二个上面标着“？”的旋钮和两个两面贴着褪色标签的旋钮，标签上用几种语言警示着世人，无论在何种情况下，都绝对不要去触碰这两个钮。

他举起了双手。

他也举起了双脚，把它们放在了一些更加危险的脚踏板上。

他闭上了双眼。

---

1　巫师们以前没有水晶球。有一首脍炙人口的歌就是唱这个的。但是他们举行一年一度的“原谅我”节，或者叫“一切都免费舞”，这是安卡-摩波社会日历表上浓墨重彩的节庆之一。尤其是图书管理员对此十分心心念念，并且会用掉数量惊人的发蜡。

有片刻时间，他坐在那儿静静地沉思着，就像一位在“旋律号”星际飞船上的试飞员马上就要撕开信封的边缘。

他让那段如泣如诉的音乐回忆在脑中充盈，顺着他的双臂流淌而下，充满他的每一根手指。

他的双手落下了。

“我们干了什么？我们干了什么？”小恶魔说。光着脚丫子的兴奋感在他的脊椎上下来回窜着。

他们现在坐在酒吧后面的狭小房间里。

戈罗德摘下了头盔，把头盔内部擦得干干净净。

“你能相信吗，一小节四拍，四分之二拍，然后是主旋律，主旋律之前是低音拍子？”

“你在说什么？”莱斯说，“这些词都志什么意思？”

“你是个音乐家，不是吗？”戈罗德说，“你觉得自己都做了什么？”

“我就用锤子敲了它们。”莱斯说。他可真是个天生的鼓手。

“但是其中的一小段……”小恶魔说，“你懂我意思……就是中间的……你懂的，那个梆——叭，梆——叭，梆——梆叭……你知道你是怎么做到的吗？”

“这段它就应该志这样的啊。”莱斯说。

小恶魔看着吉他。他把它放在了桌上。它还在静谧中兀自弹奏着，发出猫儿般的“咕噜咕噜”声。

“这不是件寻常的乐器，”他一边用食指点着吉他，一边说道，“我只是站在那儿，它就自己开始演奏了！”

“我说过的，它可能以前是巫师的东西。”戈罗德说。

“不可能，”莱斯说，“从来没听说过有什么巫师懂音乐的。音乐和魔法可一点儿都不搭。”

他们都盯着吉他看。

此前，小恶魔从来都没有听说过有会自我演奏的乐器，除了欧文·米乌尼那架传说中的竖琴，一架当危险降临时，就会唱起歌儿来的竖琴。但那也都是火龙兴盛时期的老皇历了。会唱歌的竖琴和喷火龙倒是搭得很。在一个满是行会之类的现代化城市里，这些东西都显得那么格格不入。

门猛一下被推开了。

“这太……惊人了，孩子们，”西比柯斯·杜努姆说，“我从未听过这样的音乐！你们明天晚上还能再来吗？这是给你们的五块。”

戈罗德一枚一枚地数着钢镚儿。

“我们还加演了四首呢。”他含含糊糊地说。

“如果我是你的话，我就向行会投诉。”西比柯斯说。

三人组盯着这堆钱看。对于一些上顿饭已经是二十四小时以前吃的人，这些钱确实让人心心念念。首先，这不能用来交会费。再者，这二十四小时可真够漫长啊。

“如果你们明天再来，”西比柯斯说，“我愿意给你们……六块，怎么样？”

“哦，哇！”戈罗德说。

幽冥大学的校长马斯特朗·瑞克雷被颠得在床上坐了起来，因为他的床正轻柔地震动着，慢慢地移到了房间的另一边。

事情最终还是发生了！

他们出来找他了。

幽冥大学升迁的传统是人死了才由别人继任，有时候也会先想办法确保坐在这些位置上的人死掉，但这个传统近年来已经废止了。很大程度上是因为瑞克雷先生本人身材健硕，样貌齐整，还有，就像是那三个对校长之位垂涎欲滴的野心家发现的那样，他听力还很好。

这几个人都曾被抓着脚踝倒吊在窗户外面，或是被铁铲敲晕，或是手臂被一折为二。此外，大家还知道瑞克雷先生睡觉的时候床边放着上了膛的弓弩。他这个人很善良，一般不会把你两只耳朵都射穿。

这种情况让巫师们变得更有耐心。因为人迟早要死的。他们可以慢慢等。

瑞克雷先生重新评估了形势之后，发现自己的第一判断是错误的。并没有什么魔法谋杀在进行。只有声音，充盈了房间的每一个角落。

瑞克雷先生套上拖鞋，走到了走廊中，这儿已经挤满了没头苍蝇似的教职工，睡眼惺忪地互相询问着究竟发生了什么事。灰泥从天花板上像雨水一般飘落下来，房间里看起来雾气蒙蒙。

“是谁在闹事？”瑞克雷先生大声喊道。一阵寂静，仿佛大家都在无声地回答着，同时全都不约而同地耸了耸肩。

“好啊，我会找出来。”校长大人咆哮着向楼梯走去，其他人陆陆续续地跟在他后面。他走路的时候不怎么弯肘也不怎么屈膝，一看就是个脾气暴躁的直率人。

三人组走出破鼓酒馆，一路上一言未发。走在去金小雳熟食店的路上，也是一言不发。他们在店里排队等候的时候，仍旧一言不发。此后，他们说的所有的话就是：“嗯……好的……一份额外加了蝾螈的啮齿目四合一，加辣椒，一份加了双份蒜味腊肠的克拉奇热狗和一份地质层四拼，不要沥青铀矿。”

他们坐下来等待。吉他奏起了一小段四音符的反复乐节。他们试着不去想这回事，试着把注意力转移到其他事情上。

“我想我该改名字了，”最后，莱斯开了口，“我志说……莱斯？这对音乐事业的发展不利。”

“那你打算改成什么？”戈罗德说。

“我想……你们别笑……我想……悬崖？”莱斯说。

“悬崖？”

“对于巨怪真志个好名字。石头气十足，岩石气十足呢。没毛病。”悬崖兼莱斯自我解围地说。

“嗯……是的……不过，我不知道，我是说……嗯……悬崖？在这一行里还没见过有叫悬崖的可以火得长久的。”

“不管怎么说，总比戈罗德强多了。”

“我就叫戈罗德，才不改名字呢，”戈罗德说，“小恶魔也不会改名字的，对吧？”

小恶魔看着吉他。这不对劲，他想。我几乎都没碰过它。我只是……我好疲倦……

“我不确定，”他可怜巴巴地说，“我也不确定小恶魔对于搞……这种音乐的来说算不算一个好名字。”

他的声音渐渐弱下去。他打了个哈欠。

过了一会儿，“小恶魔？”戈罗德说。

“嗯？”小恶魔说。他感觉有人在那儿看着他。当然，这想法很愚蠢。他总不能跟别人说“我现在在舞台上，我感觉有人一直在盯着我看”。他们会说：“真的吗？那真是太玄幻了，那是……”

“小恶魔？”戈罗德说，“你为什么老是那样打着响指？”

小恶魔低下头去。

“我吗？”

“是的。”

“仔细想想，我的名字……也确实不适合这种音乐。”

“你的名字有什么含义吗？”

“嗯，我们的家族的人都姓伊·塞林，”小恶魔忽视了大家对古代语言的嘲讽，说道，“它的意思是‘神圣之物’，指的是所有在拉拉蒙多斯生长的东西，你知道的。除此之外的其他东西都会腐坏。”

“我不想这么说，”悬崖说，“但志我觉得小恶魔这个名字太像精灵了。”

“它的意思是‘小嫩芽’，”小恶魔说，“你也知道的。就像蓓蕾一样。”

“巴迪[1]·伊·塞林？”戈罗德说，“巴迪？这个名字还不如悬崖呢，我觉得。”

“我……倒是觉得这个名字不错。”小恶魔说。

戈罗德耸了耸肩，然后从口袋里掏出了一把钢镚儿。

“我们还有四块多，”他说，“我也知道我们该怎么花掉它。”

“我们应该把这钱用来交会费。”焕然重生的悬崖说。

戈罗德盯着不远不近的地方出神。

“不，”他说，“我们的音乐还不是很对。我是说，它很美妙，很……新颖，”他目光炯炯地盯着小恶魔兼巴迪看，“可是还是缺了点儿什么……”

矮人也目光如炬地看着巴迪兼小恶魔。

“你知道你的全身都在不停颤抖吗？”他说，“在你的椅子上动来动去的，就像裤子里全是蚂蚁。”

“我没办法。”巴迪说。他想睡觉，可是有个旋律在他的脑海中雀跃不止。

“我也看到了，”悬崖说，“我们刚才一路走来的时候，你就一直蹦来蹦去的。”他向桌子下面望去，“你还在用脚打拍子。”

“你还在不停地打着响指。”戈罗德说。

“我无法不去想那个音乐，”巴迪说，“你说得对。我们需要……”他用手指敲击着桌面，“……这样的声音……乓乓乓乓乓……”

---

1 巴迪（Buddy）取自“Bud of Holly”（神圣蓓蕾），即小恶魔名字在德鲁伊语言中的含义。这个名字是在致敬美国音乐家巴迪·霍利（Buddy Holly）。——编者注

“你是说钢琴吗？”

“是吗？”

“在河对面的歌剧院里就有一台新钢琴。”戈罗德说。

“呀，辣种东西不适合我们的音乐，”悬崖说，“辣种东西志给辣些又肥又大、戴白色假发的家伙准备的。”

“我认为，”戈罗德又瞥了一眼旁边的巴迪说，“如果我们把它放到小——巴迪身边的话，它很快就能融入我们的音乐。所以去试试吧。”

“我听说它值整整四百块呢，”悬崖说，“谁也没有辣么多的牙。”

“我没说要买它，”戈罗德说，“就是……借一段时间而已。”

“朗朗乾坤地偷东西。”悬崖说。

“不，不是偷，”矮人说，“我们用完了就给他们还回去。”

“哦，辣就没问题了。”

巴迪不是鼓手也不是巨怪，他很清楚戈罗德话中的逻辑漏洞。要是几个星期以前，他可能会把这个漏洞说出来。但那时的他是一个在山谷中乖乖地跟着德鲁伊们围圈圈的好孩子，他不喝酒，不骂人，在每次德鲁伊的献祭会上都会弹奏竖琴。

现在，他需要那架钢琴。之前那个声音差一点儿就完美无瑕了。

他打着响指的节奏正好跟他思考的节奏很合拍。

“可志我们找不到人演奏啊。”悬崖说。

“你负责弄钢琴，”戈罗德说，“我负责找演奏的。”

从头到尾，他们的眼神都不时地望向那把吉他。

巫师们集结在一起向着管风琴进发了。它周围的空气仿佛过热了一般在震颤着。

“真是亵渎之音！”近代如尼文讲师大声喊道。

“哦，我不知道！”院长尖声叫着，“这还挺容易记的！”

蓝色的火花在风琴管之间噼啪乱闪。只见图书管理员处在震颤不已的建筑物的高处。

“谁在鼓动风箱？”资深数学家尖声叫着。

瑞克雷先生站在一边环顾四周。风琴的手柄似乎在自动地上下摆动。

“我不能容忍这种事情，”他小声嘀咕着，“发生在我这该死的学校。这比学生还糟糕。”

他举起了弓弩，瞄准了主风箱，开火。

A键发出了长长的一声哀号，紧接着，管风琴爆炸了。

接下来的几秒钟发生的事都是在此后不久的一次讨论中一五一十地整合起来的。巫师们都到非凡之屋里去喝了点儿烈酒，庶务长呢，则是去喝热牛奶的。

近代如尼文讲师赌咒发誓说64调音栓的风琴管在一道烈焰柱中直冲天际。

不确定性研究主席和资深数学家说他们发现图书管理员头朝下出现在学校外面萨托广场的一处喷泉上，一直对他自己喊着“对——头”，还咧着嘴笑。

庶务长说他看到有十几个年轻的裸女在他床上跳上跳下的，不过他之前偶尔也这么说过，尤其是在家里待了太久的时候。

院长什么话都没说。

他眼神呆滞。

火花在他的发间噼啪响着。

他在想他是否能把自己的房间刷成黑色的。

……节拍还在继续……

小恶魔的生命沙漏放在了大桌子的中间。鼠之死神围着它走来走去，小小声地吱吱叫着。

苏珊也看着沙漏。毫无疑问，所有的沙子现在都在沙漏的底部了。但是，有点儿别的什么东西充盈了沙漏的顶部，并且通过狭窄的瓶颈向下倾泻。它是淡蓝色的，袅袅地缭绕着，仿佛轻烟一般。

“你见过这种东西吗？”她说。

**吱吱。**

“我也没见过。”

苏珊站了起来。墙壁附近的阴影，她已经习以为常了。那是一些东西——也不是机械，也不是家具。她们学校的草坪上有一个星象仪。那些远处的影影绰绰的形状让她想起了那个东西，虽然她也说不上那都是些什么星星，沿着怎样的轨道运行。那似乎是一些过于奇异之物的投影，哪怕对于这个奇异空间而言也是如此。

她那时想救他的性命。这没有错。她知道。当她一见到他名字的时候，她……哦，这很重要。她继承了一些死神的记忆。她可能没有见过那个男孩，但他也许见过。她感到这个名字和这张脸都深深地刻在她的脑海中，她的思维都得围着这个打转转。

是什么别的东西先救了他。

她又拿起沙漏放到耳边。

她发现自己在用脚打着拍子。

她意识到远处的阴影在移动。

她跑了过去，穿过了地面，真正的地面，超出地毯外围边界的地方。

这些影子要是更实体一些，看起来会更像数学的。都是一些属于……某个物体的巨大的曲线。像是钟表指针，可是比树还要长，在半空中缓慢地移动。

鼠之死神爬上了她的肩膀。

“我想你并不知道发生了什么，对吗？”

**吱吱。**

苏珊点点头。老鼠，她想，该死的时候就会死去。它们不会装死骗人，也不会起死回生。世界上并没有什么僵尸鼠。老鼠们知道什么时候该放弃。

她又看着那个沙漏。那个男孩儿——她像其他女孩儿一样用这个词称呼那些比她们略长几岁的年轻男性——在吉他上弹奏着和弦之类的音乐，然后，历史就被改变了，或是被删减了，还是什么的。

她身边的什么东西不想让他死。

现在是凌晨两点钟，外面下着雨。

安卡-摩波城的警卫、治安官巨石屑守卫着歌剧院。这一招维持治安的方法是他从科隆中士那儿学来的。要是在夜深人静的雨夜里，只有你一个人，就去守卫那些有着便利的遮雨屋檐的大家伙。科隆奉行这个政策好几年了。因此，从来没有重要的标志性建筑被盗过[1]。

这是一个不平静的夜晚。一个小时之前，一根64调音栓的风琴管从天而降。巨石屑漫步过去检查被砸出来的坑，但他也不确定这是否算是犯罪行为。而且，据他所知，风琴管都是从天而降的。

五分钟之前，他还听到歌剧院里传来了低沉的撞击声，有时还有叮叮当当的声音。他把这些都记录了下来。他可不想冒冒失失地就出现。巨石屑从来没进过歌剧院。他也不知道正常情况下，凌晨两点钟时里面该有什么声音。

前门打开了，一只形状怪异的巨大扁箱子，犹犹豫豫地走了出来。它在以一种奇异的路线行进着——先往前走几步，再往后退几步，而且边走还边自言自语。

巨石屑低头望去。他能看到……他停了一下……至少七条大小各异的腿，其中只有四条腿是长脚的。

他跌跌撞撞地走到箱子旁边，梆梆地敲着箱子的侧面。

1 嗯，除了幽冥大学曾经的那一次事件，但那只是一个学生的恶作剧。

“你好，你好，你好，这个都是些什么？”他努力集中着精力把这个句子说对。

箱子停住了。

然后它说：“我们是一架钢琴。”

巨石屑审慎地考虑了一下。他并不知道钢琴是什么。

“钢琴是会走来走去的，是吗？”他说。

“这个……我们有腿。”钢琴说。

巨石屑承认了这一点。

“可是现在是半夜。”他说。

“每台钢琴都得有放风的时候。”钢琴说。

巨石屑挠了挠头。这倒是说得过去。

“嗯……有道理。”他说。

他看着钢琴一路颠簸，摇摇晃晃地走下了大理石台阶，转过了拐角。

它还在一路喃喃自语。

“我们还要多久，你觉得？”

“我们得把这个弄到桥上去。他不够聪明，成不了鼓手。”

“可他是个警察啊。”

“所以呢？”

“悬崖？”

“啊？”

“我们可能会被抓起来。”

“他可拦不住我们，我们在完成戈罗德下达的神圣使命。”

“说得对。”

钢琴一路蹒跚向前行进，不一会儿就穿过了水洼，然后又自言自语道：“巴迪？”

“啊？”

“我为什么要说辣种话？”

“说什么？”

“就志关于我们在完成使命……你懂的……戈罗德下达的？”

“哦……哦……哦，是矮人让我们来弄钢琴的，他的名字就叫戈罗德，所以……”

“志的，志的。对……但志……但志……他本来可以拦住我们的啊，我志说，某个矮人下达的命令有什么了不起的……”

“可能你只是有点儿累了。”

“大概志吧。”钢琴由衷地说。

“无论如何，我们的确在完成戈罗德下达的使命。”

“志的。”

戈罗德坐在他的出租屋里，望着那把吉他。

巴迪出门之后，它就停止演奏了。尽管如此，当他把耳朵贴到琴弦上时，他还是确定地听到十分轻柔的嗡鸣声。

此刻，他小心翼翼地伸出手去，去摸——

形容这个突然的“噼啪”声为不和谐也过于客气了。这声音中夹杂着咆哮和怒骂，它是长着利爪的。

戈罗德跌坐回去。好吧，好吧。这是小恶魔的乐器。一件乐器被同一个人弹奏了好几年就会按照他的心意走，虽然根据戈罗德的经验判断，也到不了咬别人的程度。巴迪拿着这把吉他还不到一天呢，但是大致原理都是一样的。

矮人的传说里有一个著名的福尔谷号角的故事，它在危险逼近时会发出声音，奇怪的是，在旁边有山葵的时候，它也会响。

在安卡-摩波也有个传说，在王宫还是别的什么地方，有一面旧鼓，据说当看到敌军的舰队顺着安卡河溯江而上时就会发出“梆梆”的响声。几百年来这个传说已经湮灭了，部分原因是因为现在是理性时代，还因为不带着一队人扛着铁铲在前面开路，也没什么敌军的舰队能顺着安卡河溯江而上。

巨怪也有个故事，说有些石头，会在霜冻的夜晚……

这些故事的重点是告诉我们神奇的乐器是经常出现的。

戈罗德又伸出了手。

喳——啊嘟——啊嘟——嘟。

“好吧，好吧……”

那家旧乐器店就在幽冥大学的正对面，虽然那些巫师说什么会说话的耗子、会走路的树不过就是统计学上的巧合罢了，但是，魔法是真的会泄漏的。不过，这个倒不太像是魔法，感觉比魔法古老多了。它像……音乐。

戈罗德在想他是不是应该说服盈——巴迪把吉他送回店里去，换一把正常的……

可是话说回来，六块毕竟还是六块啊。至少有六块吧。

有什么东西在捶门。

“谁？”戈罗德抬起头说。

外面一阵长长的沉寂足以让他猜出答案。他决定给外面的人解解围。

“悬崖吗？”他说。

“志啊，我们弄到钢琴了。”

“拿进来吧。”

“得先把琴腿儿折了，盖子取了，再卸点儿别的什么零件，应该差不多就能拿得进来了。”

“那就先弄好了再拿进来吧。”

“门太窄了。”

巴迪跟在巨怪后面上了楼，他听到了“嘎吱嘎吱”做木工活儿的声音。

“你再试试。”

“不大不小刚刚好。”

门道上有一个钢琴形状的洞。戈罗德拿着斧子，站在旁边。巴迪看着楼梯平台上一地的木头渣子。

“你究竟在干什么？”他说，“这是别人的墙！”

“忐吗？这还忐别人的钢琴呢。”

“是，但是……你也不能在墙上凿洞啊——”

“什么事情更重要？忐墙重要还忐音乐重要？”

巴迪迟疑了。心中的一个他在说：那太可笑了，不过是音乐罢了；另一个他则一针见血地说：那太可笑了，不过就是墙罢了。最后两个他同声说道：“哦，既然你这么说了……可是谁来弹琴呢？”

“我说过了，我知道要上哪儿去找。”戈罗德说。

他心中一个小小的人惊讶地说道：我在我自己的墙上凿了一个洞！我花了好几天时间才把墙纸钉好的啊。

阿尔伯特待在马厩里，一手拿着铁铲，一手推着一辆手推车。

苏珊的影子出现在半截门上。“过得还好吗？”他说。

“呃……是的……我想……”

“很高兴听到你这么说。”阿尔伯特头也不抬地说。铁铲在手推车上撞击，砰砰直响。

“只是……有点儿不太寻常的事儿发生……”

“真是遗憾。”

阿尔伯特架起手推车，向花园方向推去。

苏珊知道她该做什么。她应该道歉，然后爱发脾气的老阿尔伯特就会表现出一颗金子般的心，他们就会和好如初，他就会帮助她，把事情都告诉她，然后——

然后，她就会成为那种无法自己解决问题的蠢女孩。

不。

她回到了马厩，冰冰正在那儿仔细研究一个桶里装的东西。奎尔姆女子学院鼓励大家独立自主，培养逻辑性思维。她的父母就是为此把她送到了那里。

他们觉得把她从浅薄的世界隔绝开来是最安全的做法。这种做法就好比不告诉别人如何自卫，也就没有人会去攻击他们了。

幽冥大学里的教职工对于稀奇古怪的事儿都见怪不怪了。毕竟，人们眼中的“正常人”这个概念始终是以周边人群为参照物得来的。当身边的这些人都是些巫师的时候，这个螺旋线便只能不断地下行。图书管理员是只猩猩，也没人大惊小怪的。深奥研究的读者长时间在那个被庶务长称为“最小的房间”[1]的地方阅读，哪怕是在官方文件上，他都已经被称为“洗手间读者”了。庶务长本人在任何正常社会当中都被认为是比一枚用过还淋过倾盆大雨的邮票还要没有黏性。院长花了整整十七年的时间写了一篇论文，叫《论早期混沌年代的飘浮咒中音节“嗯咳”的使用》。校长本人，定期使用大礼堂上面的长画廊进行射箭练习，曾经意外射中庶务长两次。校长觉得整个教职工团队像疯子一样疯疯癫癫的，无论是什么样的疯子。“新鲜空气不足，”他曾经说道，“老是在室内坐着，脑子都要腐烂了。”他更常说的是，“零蛋！”

除了端克雷先生和图书管理员之外，没有人愿意早起。如果说有早餐的话，也是在上午十点左右。巫师们在自助餐前一字排开，揭开

1　幽冥大学里最小的房间其实是四楼的一个储物柜。他真正指的是卫生间。深奥研究的读者相信，所有建筑物中真正的好书——至少，所有真正有意思的书（那些画着牛和狗的漫画的书。标题上还写着：“只要他一见到鸭子，埃尔默就知道今天准是糟糕的一天。”）都会在卫生间里摞成一摞，但是从来没有人有时间把它们都读完，甚至不知道这些书是怎么到那儿去的。他的研究引发了便秘，每天早上那扇门前都排起了长队。

大大的银质盖碗，因为金属碰撞发出的“叮叮当当”声，面部抽搐不止。瑞克雷先生喜欢油腻腻的丰盛早餐，特别是那些略微透明的腊肠，上面还带着绿色的小斑点，你只能希望那是些什么草药之类的。虽然制定菜单是校长的特权，但很多洁癖严重的巫师已经完全不吃早餐了，一整天就吃些午餐、下午茶、晚餐，还有零食。

因此，今天早上大礼堂的人不多。此外，礼堂里还冷风阵阵的。不少工人正在屋顶上忙碌着。

瑞克雷先生放下了手中的叉子。

“好吧，这是谁干的？”他说，“坦白承认吧，说的就是你。”

“干了什么，校长？”资深数学家说。

“有人在用脚打拍子。”

巫师们顺着桌子逐个望去。院长正在一脸欣喜地发着呆。

“院长？”资深数学家说。

院长的左手放在离嘴不远的地方，右手放在肾脏附近做出有节奏的敲击动作。

“我不知道他认为他做的事儿是怎么样的，”瑞克雷先生说，“但对我来说，那是不卫生的。”

“我想他是在弹着看不见的班卓琴吧，校长。”近代如尼文讲师说道。

“嗯，这是安静的，至少。”瑞克雷先生说。他看着屋顶上的洞，久违的阳光正顺着洞口洒进礼堂中。“有人看见图书管理员了吗？”

猩猩很忙。

他躲在图书馆的其中一间地下室中，那是他的工作室和图书医院。那里有各种各样的印刷机和切纸机，一张板凳，上面放满了装着恶心物质的瓶瓶罐罐，这是他用来制作黏胶的原料，还有文学缪斯使用的乏味化妆品的原料。

他取下了一本书。他整整花了好几个小时才找到这本书。这间图书馆里不仅有魔法类图书，就是那些用锁链锁在架子上的极其危险的书籍，还有一些十分普通的书，用常见的纸、平常的墨印制出来的。你如果认为这些书读的时候不会有烟火飞升到空中就不危险的话，那你就错了。有时候，这些书会在读者的头脑中悄悄地上演那些烟火升空的危险伎俩。比如，在他面前展开的那本大部头里面就收录了一些奎尔姆的列奥纳多的绘画作品。那是一个技艺精湛的艺术家，众所周知的天才，他的思想经常四处漫游，然后带回一些纪念品。

列奥纳多的书里全是素描——小猫咪、水流动的状态，还有安卡-摩波那些富商妻子的肖像，那是他谋生的手段。但列奥纳多是个天才，对世界上的各色奇迹极度敏感，所以书的边缘上全是他即兴的涂鸦——巨大的水力发动引擎，可以将城墙推倒，砸到敌军的头上；新型的攻城加农炮，可以向敌军喷射腾着火焰的热油；火药火箭，可以向敌军喷洒燃烧的磷，以及其他一些理性时代的产物。

还有点儿别的东西。图书管理员以前捎带注意到了，并且为此略感困惑。它似乎与其他东西格格不入[1]。他毛茸茸的手翻阅着这些书页。哈……就在这儿……

是的。哦，是的。

……它在用节拍的语言向他诉说着……

校长舒舒服服地坐在他的斯诺克台球桌前。

他早就受够了那些办公桌。台球桌可招他喜欢多了。东西不会从桌子的边缘掉下去，四周还有好多便利的口袋，可以装糖和其他东西。

1 看起来这个好像完全没有对敌人做什么。

他无聊的时候还可以把那些文件胡乱塞到里面，并开始桌球游戏[1]。他从来都懒得把那些文件再捡回来，他的经验告诉他，真正重要的事情是绝不会写在纸上的，因为要紧的时候，人们会忙着大叫大嚷的。

他拿起笔，开始写字。

他在构思着自己的回忆录，刚刚才想好了题目：《拿着弓弩、渔竿和一头带球形把手的拐杖漫步安卡河边》。

“很少有人发觉，”他写道，“安卡河里有数量庞大、种类繁多的鱼[2]。”

他扔下笔，气冲冲地穿过走廊，走进了院长的办公室。

“那究竟是什么？”他大嚷道。

院长跳了起来。

“那是，那是，那是一把吉他，校长。”院长说。当瑞克雷先生向他靠近的时候，他匆忙向后倒退着。“我刚刚买的。”

“我看得见，也听得见，我就想知道你究竟要干什么？”

“我在练习，呃，弹重复乐段。”院长说。他把一块粗制滥造的木版画甩到瑞克雷先生面前，挡住自己。校长一把抓住画。

“布勒特·翁德恩的《吉他入门》，”他读出上面的字，“‘三节基础课辰（程），十八节提升课辰带你走上演奏辰（成）功之路’。是吗？我倒是不讨厌吉他，舒心的曲调，五月清晨偶遇少女什么的，可那不叫‘演奏’，不过就是‘噪声’罢了。我说，书里究竟写

1 他是个巫师。桌球游戏并不属于三大古老的桌面消遣工作。他最好的战绩是一次打掉了窗帘，一次射下了一只海鸥，上周二还打中了在外面走廊经过的庶务长的后脑勺（他还在那儿转了几圈）。还有一颗球弹到天花板上又弹了下来。总之，他总是只差一点点，没有将该击的球击中。但是即便如此，问题还是颇为棘手的。

2 这是真的。物竞天择，自然几乎可以适应一切，进化出了一些可以在那条河里生存的鱼类。它们看起来像是软壳螃蟹和工业用真空吸尘器的杂交物。它们会在淡水中爆炸。你用什么东西来做饵不关别人的事，但是它们是鱼，一个像瑞克雷先生这样的体育爱好者是不会介意猎物吃起来是什么味道的。

了些什么？”

“用大七度做经过音的E调五声音阶小过门？”院长说。

校长凝视着展开的书页。

“可这里说的是‘第一课：仙女的足迹’。”他说。

“嗯……嗯……嗯……我有点儿没有耐心。”他说。

“你并不精通音乐，院长，”瑞克雷先生说，“这是你的一个优点。为什么突然对音乐感兴趣了呢。你脚下是什么东西？”

院长低下头去。

“我还以为你长高了点儿呢，”瑞克雷先生说，“你站在几块木板上吗？”

“就是鞋底厚一点儿而已，”院长说，“就是……就是矮人发明的那种东西，我想……不知道……在我衣橱里找到的……园丁莫多说他觉得这有点儿像可丽饼。”

“这话从莫多嘴里说出来就有点儿过了，但我觉得他说得对。”

“不，这是橡胶材质的……”院长沮丧地说。

“呃……打扰一下，校长……”

庶务长站在门口，他身后是一个长着大红脸的男人，正伸着脖子朝里面望。

“什么事，庶务长？”

“呃，这位先生有点儿事——”

“是关于您那只猴子的。”那人说。

瑞克雷先生神色飞扬了起来。

“哦，是吗？”

“很明显，呃，他偷……哦，不，拿走了这位先生马车上的几个轮子。”庶务长说。他看起来正处于情绪起伏的低落期。

“你确定是图书管理员干的？”校长说。

“胖胖的，红色毛发，老是说‘对头’的那个？”

“那确实是他。哦，天哪，我不知道他为什么要这么做。”瑞克雷先生说，“但是，你知道他们常说的话吗……一只五百磅重的猩猩想睡在哪儿就睡在哪儿。”

“但是一只三百磅重的猴子必须把我那操蛋的轮子还给我。”那人无动于衷地说，“如果你们不还我轮子，你们麻烦就大了。”

“麻烦？”瑞克雷先生说。

“是的。别以为你可以吓唬我。巫师可吓不到我。人人都知道有规定，巫师是不能用魔法来对付平民的。”那人把脸凑到了瑞克雷先生跟前，举起了拳头。

瑞克雷先生打了一个响指。一阵气流涌入，传来了“呱呱”声。

“我总认为那不过是个指导方针罢了，”他温和地说，“庶务长，把这只青蛙放到花圃里去，等他变回原来的样子以后，给他十块。十块总行了吧，是吧？”

“呱呱。”青蛙急切地说。

“很好，现在有人可以告诉我发生什么事了吗？”

楼下传来一连串“乒乒乓乓”的声响。

“为什么我不认为，”瑞克雷先生对着所有人说，“那是问题的答案呢？”

仆人们在为午餐摆放餐具。这一般要花点儿工夫。因为巫师们很重视餐饮，会留下一大堆杯盘狼藉的残局，这些桌子永远都处于摆放、清洁和使用的状态。光是摆放餐具就得花很长时间了。每位巫师都需要九把刀、十三把叉、十二只勺子和一个捣槌，还有各式各样的酒杯。

巫师通常在距离下顿饭还很早的时间就来了。其实，他们经常会在适宜的时机出现，以便吃到上一顿饭的第二轮食物。

一位巫师现在就坐在那里。

“那是近代如尼文讲师，是吧？”

他两手都拿着刀。面前还摆着各种装盐、胡椒粉和芥末的罐子。

还有蛋糕台、几个带盖碗的碟子。而他正在用力地拿刀敲击着这一切。

“他究竟要干什么？”瑞克雷先生说，“院长，你能不用脚打拍子吗？”

“哦，这倒是很唧唧上口。”院长说。

“是朗朗上口。”瑞克雷先生说。

教近代如尼文的讲师全神贯注地皱着眉。叉子在桌子上碰撞地叮当乱响，四处乱跳。一只勺子遭到侧击，像风车一般转动起来飞到空中，打在了庶务长的耳朵上。

“他究竟觉得自己在干什么？”

“真的好疼啊！”

巫师们聚拢在教近代如尼文的讲师四周。但他对此视而不见。汗水顺着他的胡子倾泻而下。

“他刚打破了调味瓶。”瑞克雷先生说。

“这会疼好几个小时的。”

“啊，是的，热辣辣的，像抹了芥末一样。”院长说。

“我会说热辣辣的，像是撒了一把盐一样。”资深数学家说。

瑞克雷先生直起身来。他举起了一只手。

“现在，有人打算说些什么‘我希望警卫别追上他’，是吧？”他说，“或者‘那可真无礼’，[1]或者我敢打赌你们正在想着该说些有关胡椒粉的什么愚蠢的俏皮话。我只想知道你们这些大学教师和一群长着豌豆脑子的白痴有什么区别？”

“哈哈哈。”庶务长一边揉着耳朵，一边紧张地说。

“这不是一个反问句。”瑞克雷先生从符文讲师手里夺过了刀。讲师还在继续敲击着空气，好一会儿才好像醒转过来。

---

1　Ketchup（番茄酱）与catch up（追上）谐音。Sauce（调味料）一语双关，既指调味料，也指无礼的话或举动。——译者注

“哦，您好，校长。有什么问题吗？”

“你刚才在干什么？”

讲师低头看着餐桌。

“他刚才省了音。”院长说。

“我才没有！”

瑞克雷先生皱了皱眉头。他是一个思想单纯、脸皮厚的人，行事风格雷厉风行，还不失幽默感，但他一点儿也不傻。他知道巫师们就像是风向标，或者是矿工们用来找瓦斯井的金丝雀一样。他们生来就被调到神秘的频率。如果有什么诡异的事情发生，那就会发生在巫师的身上。他们似乎要面对这一切，或者从他们的高位上掉下去。

“为什么突然间人人都变得如此精通音乐？”他说，“当然，我是说最宽泛意义上的音乐。”他看着集结在一起的巫师，然后向地面望去。

“你们的鞋子上都有可丽饼！”

巫师们颇为惊奇地看着自己的鞋子。

“哎呀，我还以为我长高了点儿呢，”资深数学家说，“我还以为是吃芹菜的功劳。[1]”

“巫师应该穿的鞋是尖头鞋或者结实的宽靴子。”瑞克雷先生说。

“当一个人的鞋子变得可疑的时候，一定有些不对头的事情发生。”

“是可丽，可丽饼，”院长说，“上面有点儿尖尖的玩意儿……”

瑞克雷先生沉重地喘息着。

“当你的靴子自动变化的时候——”他咆哮道。

“就是有人在施展魔法吗？”

“哈哈，真好笑，资深数学家。”院长说。

---

1　资深数学家有个理论，他说根据著名的形象学说，长的食物——豆子、芹菜和大黄——都能让你长高。这倒确实让他轻了不少。

"我想知道究竟发生了什么，"瑞克雷先生用低沉而平静的声音说道，"如果你们不全都闭嘴的话，我们会有大麻烦的。"

他将双手伸进衣袍兜里，在试了好几个兜之后，终于拿出了一个魔法测试仪来。他把它高高举起。幽冥大学里的背景魔法水平一直很高，但是小指针始终指向"正常"的标记。一般来说，都是如此。现在，指针在上面来回摆动，就像个节拍器一样。

瑞克雷先生将它举起来，好让人人都能看得见。

"这是什么？"他说。

"四四拍？"院长说。

"音乐不是魔法，"瑞克雷先生说，"别傻了。音乐只会发出拨弦声、击打声什么的……"

他停住了。

"有没有人有什么事应该告诉我的？"

巫师们紧张地挪动着他们穿蓝色麂皮绒鞋子的脚。

"哦，"资深数学家说，"昨天晚上，呃，的确发生过这样一件事，我必须说，我们中的一些人恰巧路过那家破鼓酒馆……"

"真正的旅人，"近代如尼文讲师说，"真正的旅人，无论白天还是黑夜，任何时候，到特许烟酒店，饮一杯酒，并无不可。法律规定，你懂的。"

"那你是从哪儿旅行过来的？"瑞克雷先生问道。

"'一串葡萄'店里。"

"就在拐角处是吧。"

"是的，可是我们……累了。"

"好了，好了，"瑞克雷先生用一种知道再用力扯着一根线就会让整件背心都拆掉的口吻说，"图书管理员那时跟你在一起吗？"

"哦，是的。"

"继续。"

“嗯，就是这种音乐声——”

“某种拨弦声。”资深数学家说。

“美妙的旋律在指引。”院长说。

“它是……”

“……一种……”

“……从某种角度来说，它……”

“……钻到你皮肤下面，让你浑身都冒泡泡，”院长说，“顺便问一句，有人有黑色油漆吗？我四处都找过了。”

“钻到你皮肤下面。”瑞克雷先生小声嘟囔道。他挠了挠下巴。“哦，天哪。属于那种声音。那些物质又泄漏到宇宙当中来了，嗯？来自外部空间的影响力，是吗？还记得洪先生在达贡街老庙旧址上开那家外卖鱼餐厅的时候发生的事情吗？还有那些移动的画面。我从一开始就是反对他们的。这些秘密势力还是向前发展。这个宇宙里可怕的洞比奎尔姆奶酪上的还要多。嗯，在——”

“朗克尔奶酪，”资深数学家热心地说道，“那种奶酪上有许多洞。奎尔姆奶酪是有蓝色纹理的那种。”

瑞克雷先生看了他一眼。

“实际上，我感觉那不像魔法。”院长说。他叹了口气。他已经七十二岁了。那乐声确实让他觉得自己重回了十七岁。他不记得自己曾经有过十七岁，那一定发生在他很忙的时候。但那乐声让他觉得自己想象到了十七岁时的样子，就好像在你的皮肤下面穿了一件永远通红炽热的背心一样。

他还想再听一次。

“我想他们今晚还会再次演奏的，”他小心翼翼地说，“我们可以，呃，到那儿去听一听。为了更加了解那种声音，以免它危害社会。”他又义正词严地说道。

“你说得对，院长，”教近代如尼文的讲师说，“这是我们市民应尽的责任。我们站在城市超能力防御的第一线。假设可怕的生物已经开始从天而降？”

“那该怎么办？”不确定性研究主席说。

“嗯，我们去吧。”

“是吗？那太好了，是吗？”

瑞克雷先生怒视着巫师们。他们当中有两个人正在偷偷用脚打着拍子。好几个明显在轻微地抽搐着。当然，庶务长也一直在轻轻抽搐着，但他的样子跟别人都不太一样。

像金丝雀一样，他想。或者是避雷针。

“好吧，”他不情愿地说，“我们去吧。但是我们不能引起别人的注意。”

“那是当然，校长。”

“每个人要给自己点的饮料买单。”

“哦。”

纯棉（大概是叫这个吧）下士站在堡垒里的中士面前敬礼，中士正打算刮胡子。

“这是新兵，长官，”他说，“他不服从命令。”

中士点点头，然后眼神茫然地看着自己手里的东西。

“我是剃须刀，长官，”下士热心地说，“他只会一直说些‘**这还没有发生**’之类的。”

“你试过把他脖子以下都埋到沙子里吗？这通常很有效。”

“这有点儿……呃……就是……对人做这个蛮恶心的……刚才还埋过……”下士打了个响指，“这个。残忍，就是这个词。现在这年头，我们都不给人……那个怜……怜……”

“这里是……”中士瞥了一眼他的左掌心，那里写着几行字，“域外军团”。

“是，长官。好的，长官。他很奇怪，一直坐着。我们管他叫鲍·尼德尔，长官。”

中士一脸困惑地盯着镜子看。

“那是你的脸，长官。”下士说。

苏珊眼神挑剔地看着自己。

苏珊……这不是个好名字，是吧？但也不全然是个坏名字，不像是四年级的典久跟碘酒谐音那么糟，或是尼基拉，意思是“哎呀，我们想要的是个男孩”。苏珊这个名字就是太乏味了。苏珊、苏、老好人苏，就是那种做着三明治、在任何困难面前都保持镇定的头脑、可以放放心心地让她照顾别人家孩子的那种名字。

没有任何女王或是女神会叫这个名字。

在拼写上你也基本是无计可施的。你可以拼成苏西，听起来就像你要靠在桌上跳舞为生似的。你可以在名字里加上一个Z、几个N和一个E，但看起来也不过是个延长了的名字。苏珊这个名字就像萨拉一样糟糕，那种哭着喊着想要个H当假体的名字。[1]

好吧，至少她可以改变她的外形。

她穿着睡袍，睡袍倒挺传统的，但……她不是。或者她可以换上自己的校服或是她妈妈粉色衣服集锦当中的一件。奎尔姆女子学院的宽大裙子是令人自豪的，至少在巴茨老师看来，它可以抵御一切肉体的诱惑……但它缺了一份潇洒神气，不能作为终极实体的着装。至于粉色，那是她想都不会想的。

在浩瀚宇宙的历史中，这是死神第一次为了穿什么而感到困惑。

“等等，”她对着自己镜中的身影说，“在这里……我是可以创造东西的，不是吗？”

1　Sara可拼写为Sarah，Susan可拼写为Suzanne。H对发音没有影响。——译者注她伸出手，想着：杯子。一只杯子出现了，边缘还装饰着骷髅和骨骼的图案。

“哈，”苏珊说，“我想玫瑰图案的应该是不可能的吧？很可能跟周围的气氛格调不符，我想。”

苏珊把杯子放在了梳妆台上，用手指轻轻敲击了它。它发出了实实在在的“叮叮”声。

“好的，那么，”她说，“我不想要什么多愁善感、矫揉造作的东西。不要愚蠢的黑色蕾丝或者是任何白痴会穿戴的东西，那些在房间里写诗，穿得像是吸血鬼，实际上就是吃素的白痴。”

衣服的影像在镜中一一飘过。很明显唯一的选择是黑色，但她最后选定了实用款的，不要有那些褶边装饰。她挑剔地把头歪向一边。

“好吧，来一点儿蕾丝吧，”她说，“也许要更……紧身一些。”

她对着镜中自己的身影频频点头。她很肯定，这不是一条叫苏珊的人会穿的裙子，尽管她还在疑虑周身有些最根本的苏珊气还在，不久之后就会浸润到这条裙子里。

“你在这儿太好了，”她说，“否则我就要彻底疯了。哈哈。”

然后，她去见了她的祖……死神。

有一个地方他一定会在。

戈罗德悄悄地溜进了幽冥大学的图书馆。矮人们崇敬学习，只要别让他们自己去学就好。

一位巫师从身边经过，戈罗德扯了扯他的袍子。

“这地方是一只猴子管的吗？”他说，“又大又肥毛茸茸的猴子，两只手有好几个八度音阶那么宽？”

这个巫师是个面色苍白的研究生，他低头看着戈罗德，一副鄙夷的神态，这种神态常是矮人专属的。

在幽冥大学当学生可不是什么有意思的事情。你得自己找乐子。

他莞尔一笑，嘴咧得又宽又大，一脸纯真。

“什么，哦，对，”他说，“我敢说他这个时候一定在他的地下工作室里。但你要非常小心地选择你对他的称呼。”

“是这样吗？”戈罗德说。

“是的，你一定要说：‘你想要颗花生吗，猴子先生？’”学生巫师一边说，一边向好几个同学递了眼色，“就是这样的，不是吗？他得称呼他猴子先生。”

“哦，是的，千真万确，”一个学生说，“事实上，如果你不想惹怒他的话，安全起见，最好挠挠你的腋下，这会让他觉得很自在的。”

“还要学猴子说‘对头’，”第三个学生说，“他喜欢这样。”

“哦，非常感谢，”戈罗德说，“我该怎么走？”

“我们给你带路。”第一个学生说。

“你们人真好。”

“小事一桩。乐意效劳。”

三个巫师领着戈罗德下了几级台阶，走进了一个地道。光线偶尔从上层地板上镶嵌的绿色玻璃嵌板中漏下来。戈罗德时而能听到身后传来的窃笑声。

图书管理员正蹲坐在一间又高又长的地下室的地板上。他面前的桌子上散落着各式各样的物品：一只车轮、零星的木头和骨头、各种各样的管子、竿子、一段段电线，仿佛在暗示着，在这城市的四周，人们正在为了损坏了的泵、全是洞的围栏而百思不得其解。图书管理员正嚼着一根电线的一端，全神贯注地看着眼前这堆东西。

“那就是他了。”其中一个学生一边说，一边推了戈罗德一把。

矮人慢吞吞地走上前去。他身后又传来一阵捂着嘴的咯咯笑声。

他轻轻拍了拍图书管理员的肩膀。

“您好……”

“对——头？”

“那几个人刚才叫你猴子，”戈罗德一边说，一边大拇指往门边一挥，“我要是你的话，我会让他们道歉的。”

一阵“嘎吱嘎吱”的金属噪声之后，紧接着外面又是一阵扭打声，几个巫师互相踩踏着，拼了命逃走。

图书管理员已经把铁管弯成了U形的，显然不费吹灰之力。

戈罗德走到门边，向外看去。石板旁边掉着一顶尖帽子，已经被踩得扁扁的尖帽子。

“真有趣，”他说，“要是我刚才直接问他们图书管理员在哪儿，他们一定会说‘走开，你这个小矮人’。你得知道怎么跟这些人博弈。”

他又走了回去，坐在图书管理员的身边。猩猩又在那根铁管上掰出了一个小点儿的弯。

“你在做什么？”

“对对对——头！”

“我表哥莫多是这里的园丁，”戈罗德说，“他说你是个很厉害的钢琴家。”他看着猩猩的手，这手正在忙着弯铁管。手真是大，而且毫无疑问，他有四只手。“他说得的确有点儿道理。”他又说道。

猩猩捡起了一段浮木，尝了尝。

“我们想你会愿意今晚跟我们一起在破鼓酒馆里演奏钢琴吧。”戈罗德说。

“我、悬崖和巴迪，就我们几个。”

图书管理员转动着一只褐色的眼睛朝他看去，然后捡起了一块木头，握住其中一头，漫不经心地拨弦弹奏起来。

“对——头？”

“对，”戈罗德说，“那个拿吉他的男孩儿。”

“对——头。”

图书管理员做了一个后空翻。

“对对对——对对对——头！”

“我觉得你已经渐入佳境了。”戈罗德说。

苏珊给冰冰装上马鞍，骑了上去。

死神的花园外面是一片片的玉米地，它们金黄的光泽是这块土地上唯一的色彩。死神应该并不擅长创造草地（黑色的）和苹果树（亮黑色层叠着黑色），但是他把在别处无从施展的所有色彩深度都放在了这些玉米地里。它们仿佛在风中波浪般起伏，只是这里并没有风。

苏珊无法想象他为何要这样设计。

那儿有一条小路。它在田野中纵深蜿蜒了半英里左右，然后陡然消失了。看起来好像是有人会时而走到那里，然后驻足，极目四望。

冰冰顺着那条路走着，停在了尽头处。然后它转过身，尽量不碰触哪怕一穗的玉米。

“我不知道你是怎么做到的，”苏珊低语道，“但是你一定做得到这些，你也知道我该往哪里去。”

马儿好像点了点头。阿尔伯特说过冰冰是一匹有血有肉的真马，但是你要是被死神骑了好几百年，也不可能没有任何长进。而且它看起来仿佛打从一开始就颇为聪明。

冰冰开始小跑，慢跑，然后疾驰。整片天空闪耀了一下。

苏珊期待的可不止这些。闪烁的星星、彩虹般缤纷色彩的爆发……不仅仅是一次闪耀。这穿越十七年的旅程颇为扫兴啊。

玉米地消失了，但花园依然故我。那里有修剪奇怪的灌木和养着骨架鱼的池塘。有在俗世花园中本该是花园精灵的生物，在这儿，却是穿着黑袍的快乐小骨架人，一个个快乐地推着手推车、拿着小镰刀。景物开始停止变化了。

但是马厩还是略有不同的。冰冰进了马厩，整装待发。

当苏珊带它走进身边的一个空马棚时，它平静地发出哀鸣声。

“我知道你们俩都了解对方。”她说。她从不指望这会有用，可它必须有用，不是吗？时间是发生在别人身上的玩意儿，不是吗？

她悄悄地走进屋去。

**不，我不能按别人的吩咐去做。我不能被人强迫，我只做我觉得对的事情……**

苏珊躲在沙漏架子的后面，一路偷溜了进去。

没有人注意到她。当你看死神打斗时，就不会注意到背景中的阴影。

他们从没有告诉过她这个。她的父母从来没有。你的父亲可能是死神的学徒，你的母亲是死神的养女，但当他们为人父母的时候，这些不过就是些细枝末节罢了。父母从不年轻。他们一直在苦苦等待以成为父母。

苏珊走到了架子的尽头。

死神站在她父亲的身上……她纠正了自己的想法，那个孩子将成为她的父亲。

死神打到了他的脸颊，上面显现出了三道灼热的红线。苏珊抬起一只手摸了摸她自己脸上的浅红印记。

但是这不是遗传该有的方式……

至少……不是正常的方式……

她的妈妈……那个将成为她妈妈的女孩儿……被抵在一根柱子上。随着岁月的流逝，她比以前进步了不少，苏珊想。她的着装品位的确提高了。苏珊的内心深感震撼。对你妈妈做时尚评论？现在是好时机吗？

死神站在小亡的身上，一只手拿着剑，另一只手里拿着小亡的沙漏。

**你不知道这让我有多难过。**他说。

“我大概知道。”小亡说。

死神抬起了头，直视着苏珊。片刻间，他的眼窝迸出了蓝光。苏珊想让自己没入那些阴影里。

他又低下头看了小亡一会儿，然后看了看尹莎贝尔，又看了看苏珊，最后又低头看着小亡。他笑了。

笑着把沙漏翻转了过去。

他打了一个响指。

在“砰”的一声空气爆破后，小亡消失了，伊莎贝拉和其他人也都消失了。

突然间，周围变得安静无比。

死神小心翼翼地把手中的沙漏，放到了桌子上，还看了一会儿天花板。然后他说：

**阿尔伯特？**

阿尔伯特从一根柱子后面走了出来。

**能不能麻烦你给我泡杯茶。**

“好的，主人。嘿嘿，您干净漂亮地解决了他——”

**谢谢。**

阿尔伯特一溜小跑向厨房而去。

又一次，在一间放满了沙漏的房间出现了最接近寂静的状态……

**你最好出来。**

苏珊走了出去，站在了终极实体的面前。

死神的个子有七英尺高。但他看起来比实际更为高大。苏珊隐隐约约地记得有个身影把她驮在肩上，穿过那一间间巨大黝黑的房间，但在记忆中，那是个人类的身影——瘦骨嶙峋，她也说不清楚，但敢肯定是人类。

死神不是人。他高大、傲慢、可怕。只要他愿意，他可以任意歪曲规则，苏珊想，但这不会让他显得像人一样。他是冥界的看门人，不死之身的代名词，万物的尽头。

他是我的祖父。

无论如何，将来是，现在是，过去也是。

但是……那棵苹果树上有个什么东西。她的思绪不断地飘了回去。你抬起头看着那个身影，然后再想想苹果树。一个人的脑海中几乎不可能同时呈现这两种影像。

**好，好，好。你很像你的母亲，**死神说，**也很像你的父亲。**

“你怎么知道我是谁？”苏珊说。

**我有独一无二的记忆力。**

“你怎么能记得我？我还没有被生出来呢！”

**我说了，独一无二。你的名字叫……**

“苏珊，可是……”

**苏珊？**死神语气挖苦地说。**他们真的要确定，不是吗？**

他坐到了椅子上，十指相对搭成尖塔状，眼神越过塔尖盯着苏珊看。

她毫不示弱，定睛直视回去，以眼还眼。

**告诉我，**过了一会儿，死神说，**我以前……将来……现在是个好祖父吗？**

苏珊若有所思地咬着唇。

“如果由我告诉你，那不是自相矛盾吗？”

**对于我们俩来说不是。**

“好吧……你的膝盖瘦骨嶙峋。”

死神望着她。

**膝盖瘦骨嶙峋？**

“对不起。”

**你来这儿就是为了告诉我这个？**

“你在我们的时空……失踪了，我就得替你去履行职责。阿尔伯特很担心。我来这儿是为了……找出真相。我之前并不知道我的父亲是为你工作的。”

**他干得一塌糊涂。**

“你怎么对他了？”

**他们目前暂时安全。我很庆幸一切都结束了。旁边一有人就会开始影响我的判断力。啊，阿尔伯特……**

阿尔伯特出现在了地毯边儿上，手里托着一个茶盘。

**如果你不介意的话，我想换杯茶。**

阿尔伯特四处张望，完全没有看到苏珊。如果你可以在巴茨老师面前隐形的话，其他人就更不在话下了。

“您怎么说我就怎么做，主人。”

**所以，**在阿尔伯特已经拖着脚走远后，死神说道，**我失踪了，你就觉得你已经继承了家族生意了。就凭你？**

“我一点儿也不想继承！那匹马和那只老鼠是自己出现的！”

**老鼠？**

“呃，我想那是未来发生的事情。”

**哦，是的，我记得。嗯，一个人类在做我的工作？当然了，从技术角度来说，这是可能的。但是为什么呢？**

“我想阿尔伯特知道些什么，但是他老是岔开话题。”

阿尔伯特再次出现了，手里端着另外一只茶碟。他毫不掩饰地将茶碟重重地放在死神的书桌上，一副被欺骗的受害者模样。

“这杯总行了吧，可以吗，主人？”

**谢谢你，阿尔伯特。行了。**

阿尔伯特又走了，这次走的速度比平时慢，还不时地回过头来看。

“他不会变，对吧？”苏珊说，“当然，这是这个地方的特征。”

**你觉得猫怎么样？**

“你说什么？”

**猫。你喜欢猫吗？**

“它们……”苏珊犹豫了，“挺好的。可是猫就是猫。”

**巧克力，**死神说，**你喜欢巧克力吗**？

“我想可能会一次吃太多。”苏珊说。

**你真的不像尹莎贝尔。**

苏珊点点头。她妈妈最喜欢的菜就是沾着巧克力的种族灭绝。

**你的记性怎么样？你记性好吗？**

“哦，是的，我……记得很多事情。关于如何做个死神，死神应该如何工作。瞧，你刚刚说你记得老鼠的事，可是那还没发——”

死神站了起来，踱着步子走到了碟形世界的模型面前。

**形态共鸣，**他看都没看苏珊，说道，**该死的。人类还没开始理解它。灵魂和声，很多事情都源于此。**

苏珊拿出了小恶魔的沙漏。蓝色的烟雾还在通过瓶颈向下奔涌。

“你能告诉我这件事的答案吗？”

死神转过身去。

**我不应该收养你的母亲。**

“那你为什么要那么做？”

死神耸了耸肩。

**你拿的是什么？**

他从苏珊手中接过小恶魔的沙漏，把它举了起来。

**哈，很有意思。**

“你知道这意味着什么吗，外公？”

**我以前从没见过，但是我想这是可能的。在某些情况下，它意味着……不知道为什么……他的灵魂中有韵律……外公？**

“哦，不。那不可能。那应该只是一种修辞手法吧。还有，叫你外公有什么问题吗？”

**你叫我祖父，我还可以接受。外公？在我看来，下一步就要叫我姥爷了吧。我还以为你相信逻辑呢。我们管一种东西叫修辞手法并不意味着它不是真的。**

死神茫然地挥了挥沙漏。

**比如说，**他说，**许多事情都比用根钝棍子戳眼睛要强。[1]我根本理解不了这个短语。当然了，如果用尖头的棍子会更糟。**

死神停住了。

**我怎么又来了！我为什么要在意这个倒霉的短语是什么意思，或者是你叫我什么？都不重要！我都陷进人类思考的团团云雾里去了。听我的，别陷进去了。**

“但是我是人。”

**我并没有说事情会很简单，对吧？别去想它，别感受。**

“你是个专家，对吗？”苏珊激动地说。

**最近我似乎允许自己拥有一些情绪的火花，**死神说，**但是只要我愿意我随时都可以掐灭它。**

他又举起了沙漏。

**这件事情很有趣，音乐的性质是永世不朽，因此，它可以延长那些与它密切相关的人的生命。**他说，**我注意到，尤其是那些著名的作曲家，可以活很长时间。他们当中的大多数人，在我去召唤他们的时候，聋得什么都听不见。我想大概是哪个地方的什么神觉得这个很有趣吧。**死神做出一脸鄙夷的样子。**这是他们开的一个玩笑**[2]。

他把沙漏放了下来，用一根手指骨在上面拨出了弦音。

哦哦哦咦——切嗒——切嗒——切嗒。

**他没有生命。他有音乐。**

“音乐从你手里夺走了他？”

**你可以这么说吧。**

“延长了他的生命？”

---

1 源于习语“better than a poke in the eye with a blunt stick”，意为糟糕透了。——译者注

2 当然了，这个玩笑一点儿都不好笑。耳聋不能阻止作曲家们听到音乐，它只能阻止他们听到那些令他们分心的事。

**生命是可以延展的，这在人类之中偶有发生。不是很经常。通常是悲剧性的，用很戏剧化的方式。但是这个不是人的原因。这是音乐的原因。**

“他在一把类似吉他的弦乐器上弹奏了什么音乐——”

死神转过身来。

**真的吗？哦，哦，哦……**

“这重要吗？”

**这……很有趣。**

“这个是我该知道的吗？”

**这不重要。一块源于神话的残骸而已。事情会迎刃而解的，你放心好了。**

“你是什么意思，会迎刃而解？”

**他会聋上好几天的时间。**

苏珊看着沙漏。

“但是那太可怕了！”

**你是喜欢上这个年轻人了吗？**

“什么？不是的！我只见过他一次！”

**你们没有在人潮涌动的房间里交换过眼神，或是什么之类的？**

“没有！当然没有！”

**那，为什么你要这么在意呢？**

“因为他很重……因为他是一个人，这就是原因。”苏珊说，内心对自己诧异不已。“我不明白为什么人要被那样随意摆弄。”她心虚地说道，“就是这样。哦，我不知道。”

他俯下身来直到他的颅骨与苏珊的脸齐平。

**但是大多数人都是愚蠢的，在虚度他们的生命。难道你看不到吗？难道你不曾从马背上俯视过一座城市？不曾想过那像是一个蚁穴，充满了那些心盲目盲的生物，认为自己的小小世俗世界是真实的？你见**

**过那些亮着灯的窗户，你希望那些窗户后面是一个个有趣的故事，但是你心里清楚，那里不过是些庸庸碌碌的灵魂罢了。不过就是些耽于吃喝的人，他们觉得七情六欲是他们的本能天性，他们的卑微生命比一声风的叹息更为重要。**

他眼中的蓝色光芒是幽深无底的，仿佛要把她的思维从她的脑子里吸走。

“不，”苏珊小声说，“不，我从没有那样想过。”

死神突然直起身来，转身离开了。**你会发现那很有用，**他说。

“但那不过是一片混乱，”苏珊说，“人们死亡的方式毫无道理可言。没有正义！”

**哈。**

“你手下留情了，”她执意地说了下去，“你放过了我的父亲。”

**我真愚蠢。改变个体的命运是在改变这个世界。我记得这一点，你也应该记住。**

死神还是没有转过身来面对苏珊。

“我不知道为什么我们不能改变事物，如果那能让这个世界变得更好的话。”苏珊说。

**哈。**

“你是过于恐惧，不敢改变世界吗？”

死神转过身来。他脸上的表情令苏珊不禁后退。

他慢慢地朝她走了过去。他发出了一阵嘶声。

**你竟然这么说我？你穿着漂亮裙子站在那里，竟然这样说我？你竟然在高谈阔论什么改变世界？你有勇气接受改变的结果吗？觉得什么该做就去做，无论付出什么样的代价？这世上有哪怕一个人知道责任意味着什么吗？**

他的双手激动地一张一合。

**我说过你要记住……对于我们而言，时间不过是个地方，不断延**

**展的地方。就是这样，以后也还是这样。如果你想改变它，你就要为改变付出代价，那代价太昂贵，你负担不起。**

“这就是个借口！”

苏珊满脸怒气地瞪着这个高大的身影。然后她转过身，大步流星地走出了房间。

**苏珊？**

她走到一半时停住了，但还是没有回头。

“什么事？”

**真的是……瘦骨嶙峋的膝盖吗？**

“是的！”

这大概是史上造出的第一架钢琴吧，而且还是用地毯做的。悬崖轻轻松松地就把它甩到肩上，另一只手拎起了他装石头的麻袋。

“重不重？”巴迪说。

悬崖单手托起钢琴，若有所思地掂了掂。

“有点儿，”他说，他脚下的地板“咯吱咯吱”地响着，“你觉得我们把辣些零件都扔了，辣样做对不对？”

“这很有效，”戈罗德说，“就像是……一辆马车。你卸掉的东西越多，它就跑得越快。快走吧！”

他们出发了。身为人类的巴迪尽量让自己看起来不惹人注意，因为他身边还站着一个带着巨大号角的矮人、一只猩猩，还有一个扛着一大口袋钢琴的巨怪。

“我愿意坐马车，”悬崖说，他们一路朝着破鼓酒馆进发了，“黑色大马车。上面站满了刺猬。”

“刺猬？”巴迪问。他已经慢慢开始习惯自己的新名字了。

“盾牌啊什么的。”

“哦，你说的是侍卫啊。”

“就志辣个。”

“你要是有了一堆金子，你会怎么花，戈罗德？”巴迪说。他口袋里的吉他随着他的嗓音发出轻柔的拨弦声。

戈罗德迟疑了。他想说，对于矮人而言，有一堆金子的意义就在于，嗯，有一堆金子。什么别的都不用做，就像金子一样闪着金光就好了。

“我不知道，”他说，“从来没想过我会有一堆金子。你呢？”

“我发誓我会成为世界上最有名的音乐家。”

“很危险的，发这种誓。”悬崖说。

“胡说。”

“这难道不志每个艺术家都想要的吗？”

“据我的经验来说，”戈罗德说，“每一位真正的艺术家想要的，真正想要的是，拿到酬劳。”

“和变得有名。”巴迪说。

“我不太懂什么叫有名，”戈罗德说，“有名和有命两者不可兼得。我只想每天演奏音乐，然后听到别人说：‘谢谢。演出太棒了。这是你的钱，明天同一时间过来，行吗？’”

“就这样吗？”

“这就够了。我希望别人能说：‘我们需要一个出色的小号手，就戈罗德·戈罗德之子吧。’”

“听着有点儿无趣。”巴迪说。

“我喜欢无趣。无趣的事儿持久。”

他们走到了破鼓酒馆的侧门，进了一间阴森森的房间，里面一股老鼠和二手啤酒的气息。吧台后面远远地传来了窃窃私语的声音。

“听起来好像有不少人在里面。”戈罗德说。

西比柯斯兴冲冲地走了过来。“你们几个都准备好了，是吧？”他说。

“再等一下，”悬崖说，“我们的酬劳还没谈妥呢。”

“我说了是六块，”西比柯斯说，“你希望是多少？你们不是行会会员，行会要求给整整八块呢。”

“我们不会跟你要八块的。”戈罗德说。

“很好！”

“我们要十六块！”

“十六块？你们不能这样！这是行会规定的两倍了！”

“但是那儿有好多人，”戈罗德说，“我敢打赌你租了不少啤酒回来吧。我们可不介意现在就回家。”

“我们好好谈一谈。”西比柯斯说。他一手搂着戈罗德的头，把他带到了房间的角落里。

巴迪看着图书管理员仔细地查看钢琴。他从没见过一位音乐家从一开始就打算吃掉自己的乐器。然后猩猩掀起了琴盖，凝视着键盘。他试了几个音，显然是为了尝尝味道。

戈罗德搓着手走回来了。

“谈妥了，”他说，“啊哈！”

“多少钱？”悬崖说。

“六块！”戈罗德说。

大家一片沉寂。

“不好意思，”巴迪说，“我们还等着你说前面的‘十’呢。”

“我意志特别坚定，”戈罗德说，“他一度把价格降到两块。”

一些宗教认为宇宙起源于一个词、一首歌、一支舞蹈或是一段音乐。锤顶山的凝听派僧侣会不断训练自己的听力，直到他们可以靠着听牌，说出扑克牌上的点数。他们的任务就是专心聆听宇宙中的微妙声响，通过那些化石般的回声，拼凑出宇宙的初音。

当然，他们说了，万物的发端之时都有一种很奇怪的噪声。

但是那些耳朵最灵敏的僧侣（打扑克牌赢得最多的那些人），在从鹦鹉螺化石和琥珀中听到尘封的回声时，赌咒发誓说他们能感知到在那些噪声之前还有些微小的声音存在。

那声音听起来，据他们说，就像是有人在数数：一、二、三、四。

其中听力最佳的一位，还听过玄武岩。他说，他觉得他隐隐约约地听到在那些数字之前，还有一些数字的声音。

当他们问他那是什么样的声音时，他说："听起来像一、二。"

从来没有人问过，如果存在一种声音让宇宙从无到有，那这种声音之后又去了哪里？这是神话。你不应该问那种问题。

话说回来，瑞克雷先生相信万物都是随机而生，但是就院长的存在而言，是出于泄愤。

高级巫师们并不经常在破鼓酒馆里喝酒，除非是在他们不当班的时候。他们心里很清楚今天晚上来这儿是公职在身，虽然这职责有些含混不清。因此，他们都颇为拘谨地坐在他们的酒水面前。

他们周围是一圈空椅子。但空着的面积并不大，因为破鼓酒馆今晚异常人声鼎沸。

"这儿的气氛真不错，"瑞克雷先生环顾四周后，说道，"哈，我看到他们又在做'地道麦芽酒'了。请给我一品脱特波特的'超级古怪'。"

巫师们看着他把杯子里的酒一饮而尽。安卡-摩波的啤酒别有一番独到的风味，这跟酿酒的水有关系。有些人说有点儿像清炖肉汤味儿，但是他们错了。清炖肉汤更凉一些。

瑞克雷先生高兴地抹着嘴。

"哈，我们肯定知道安卡-摩波的优质啤酒里有什么。"他说。

巫师们点了点头。他们当然知道。这就是为什么他们喝的是加了奎宁水的杜松子酒。

瑞克雷先生环顾四周。通常到了晚上这个点钟，哪儿就应该开打了，或者至少也会开始拿刀子温柔地捅人了。可是，今天只能听到交谈的喧闹声，人人都在盯着房间另一边的小舞台看，并没有什么事情大规模地发生。理论上来说，舞台上应该挂着一块幕布，但那里只有一块旧床单，床单后面还传来一连串“砰砰”的撞击声和出拳声。

巫师们离舞台非常近。巫师们通常都能占到好位置。瑞克雷先生听到了一些低语声，还看到了床单后面有些阴影在移动。

“他说我们要怎么称呼我们自己来着？”

“悬崖、巴迪和图书管理员啊。我以为他知道的。”

“不，我们得给我们所有人起一个名字。”

“辣他们要按人头给钱，志吗？”

“叫快乐的民谣歌手什么的，可能吧。”

“对——头！”

“戈罗德与戈罗德们？”

“哦，志吗？辣叫悬崖与悬崖们怎么样？”

“对对对——对头？”

“不。我们需要另外一类的名字，像我们的音乐一样。”

“那就叫戈罗德怎么样？一个不错的矮人名字。”

“不，要跟那个不一样。”

“银子，怎么样？”

“对——头！”

“我不认为我们应该给自己起任何重金属的名字，戈罗德。”

“那什么才特别呢？我们是一群玩音乐的人。”

“名字很重要的。”

“那把吉他很特别。不如就叫‘有巴迪吉他的乐队’，怎么样？”

“对——头。”

“短一点儿的。”

“呃……”

整个宇宙都屏住了呼吸。

"摇滚乐队？"

"我喜欢。又短又有点儿脏兮兮的，像我一样。"

"对——头。"

"我们也该给我们的音乐想个名字。"

"我们迟早会想到的。"

瑞克雷先生环顾酒吧。

在房间另一侧的是自割喉咙迪布勒——安卡-摩波最引人注目的失败商人。他正在向别人兜售一根罪孽深重的热狗，这意味着他近来的那些必火的商业投资已经打了水漂了。迪布勒只有在其他生意都失败的时候才会卖香肠[1]。

他免费对着瑞克雷先生挥了挥手。

旁边的一张桌子上坐的是鲨鱼嘴·柠檬，音乐家行会的招募专员之一，还有好几个伙伴，那些人对于音乐的显性知识只限于能敲击到的人类颅骨的数量。柠檬脸上坚毅的表情意味着他不是为了自身的健康而来的。行会官员通常都是一副凶神恶煞的样子，这是不争的事实。这表情透露着他是为了别人的健康而来，很可能是为了把别人的健康夺走。

瑞克雷先生神采飞扬。今天晚上可能比他预想的更精彩。

舞台旁边还有一张桌子。他刚才差点儿忽略了它，之后他的眼神又不由自主地转了回去。

那儿坐着一位年轻女子，孤身一个人。当然了，在破鼓酒馆看到年轻女子也是常事，没有同伴的年轻女子也不少见。她们到这里来就是为了寻找同伴的。

---

1 倒不是味道的问题。很多热狗的味道都很糟糕，但是迪布勒现在已经成功地生产出了没有任何味道的热狗。这很古怪。不管人们在上面放多少芥末酱、番茄酱和泡菜，这些热狗吃起来就是没有任何味道。就算是在赫尔辛基街头，半夜里卖给那些醉鬼的热狗都无法做到如此极致。

奇怪的是，尽管人们在板凳上都挤得满满当当了，她的周围却是空的。她身材苗条，颇有魅力，瑞克雷先生想。用假小子那话怎么说来着？腌猪腿还是什么的。她穿着一件黑色的蕾丝裙，就是那种健康的年轻女性会穿的，希望自己看起来像患了肺结核一样的裙子。她的肩上还停着一只渡鸦。

她转过头来，看到了瑞克雷先生在看她，就消失不见了。

差不多是这样吧。

毕竟他是个巫师。当她闪出他的视线时，瑞克雷先生感觉到自己的眼睛湿润了。

啊。是这样，他之前听过这些日子城里有牙仙出没。可能就是那九个牙仙之一吧。她们今天可能放假，像其他人一样。

桌子的震动令他向下望去。鼠之死神拿着一碗花生，匆匆跑过去了。

他回头看看巫师们。院长还在戴他的尖头帽。他脸上也有些微微发亮的东西。

“你看起来很热，院长。”瑞克雷先生说。

“哦，我既可爱又酷，校长，我向你保证。”院长说，一些黏糊糊的鼻涕从他的鼻子里渗了下来。

教近代如尼文的讲师满心怀疑，用力闻了闻。

“这儿有人在煮培根吗？”

“把帽子摘掉吧，院长，”瑞克雷先生说，“你会感觉好得多的。”

“我觉得闻起来更像是帕姆小姐的可转让情感之屋里的味道。”资深数学家说。大家一脸惊讶地望着他。“我只是凑巧路过一次罢了。”他快速地说。

“近代如尼文讲师，请你把院长的帽子摘掉，好吗？”瑞克雷先生说。

“我向您保证——”

帽子落下了。一个长长的、油腻腻的、形状跟帽子一样尖尖的东西往前倒了出来。

“院长，”瑞克雷先生最终开了腔，“你对你的头发都做了些什么？从前面看起来像长钉，后面，我的克拉奇啊，看起来像鸭子屁股。而且还都闪闪发光的。”

“猪油。闻着是培根的味道。”讲师说。

“是的，”瑞克雷先生说，“可那种植物的味道又是什么？”

“咕哝咕哝咕哝薰衣咕哝草咕哝。”院长满脸阴沉地说。

“你说什么，院长？”

“我是说，那是因为我加了薰衣草油，”院长大声地说，“我们不少人觉得这是个挺时兴的发型呢，真是多谢你了。校长，这是你的问题，你不了解我们这个年纪的人。”

“什么……你是说比我大七个月的你吗？”瑞克雷先生说。

这一次，院长迟疑了。

“我刚才说了什么？”他说。

“你有一直在吃干青蛙丸吗，老伙计？”瑞克雷先生说。

“当然没有啊，那是给精神状态不稳定的人吃的！”院长说。

“啊，那麻烦可来了。”

幕布拉开了，或者说是，被磕磕巴巴地扯到了两边。

摇滚乐队在火把光中闪亮登场。

没有人鼓掌。话说回来，也没有人扔东西。据破鼓酒馆的标准来看，这无异于是衷心欢迎了。

瑞克雷先生看到了一个个子高高、满头卷发的年轻人握着一把看起来营养不良的吉他，或者也可能是在打斗中用过的班卓琴。他旁边站着一个矮人，拿着一只战斗号角。后面是一个巨怪，两爪握槌儿，坐在一堆石头后面。另一侧是图书管理员，站在……瑞克雷先生俯过身去……好像是个钢琴骨架的前面，骨架稳稳地放在一堆啤酒桶上。

那个男孩儿似乎被观众的目光望得不知所措。

他说："大家……好……呃……安卡-摩波……"

这些客套话好像已经耗尽了他的全身力气，他，开始演奏了。

这是一段简单的小旋律，如果你在街上碰巧听到，可能根本就注意不到它。之后加入了一连串的和弦，然后，瑞克雷先生发现，并不是旋律后面跟和弦，因为旋律一直都没断过。这根本不可能。没有吉他可以如此演奏。

矮人用号角吹出了一连串音符。巨怪打起了鼓点。图书管理员双手落在了琴键上，看得出来，他是随便放的。瑞克雷先生从未听过这样的喧闹声。

然后……然后……它变得不再是喧闹声。

它就像是年轻的矮人在高能量魔法楼里谈论的白光一般无厘头。他们说所有的颜色汇聚在一起就形成了白色，这对于瑞克雷先生而言简直就是无稽之谈，因为人人都知道当你把所有的颜色都搅和在一起之后，你将满手都是绿褐色的污物，根本就不是白色的。但是现在，他好像隐隐约约懂了他们的意思。

这些噪声，乌七八糟的音乐，突然组合在一起之后，里面诞生了新的音乐。

院长的额发在颤动着。

整个人群都在舞动。

瑞克雷先生发觉自己的脚在打着拍子。他用另一只脚踩住了它。

然后，他看着巨怪带动着节奏，击打着石头直至墙面震动不已。图书管理员的手指在琴键上东突西跑，脚趾也是。吉他鸣响着、叫嚣着，唱出整首曲调。

巫师们在椅子上跳来跳去，手指在空中打着圈儿。

瑞克雷先生向庶务长俯过身去，冲他大叫。

"你说什么？"庶务长大声喊。

“我是说，除了你我之外，他们都疯了！”

“什么？”

“是音乐！”

“是的！这音乐太棒了！”庶务长一边高高挥动他瘦骨嶙峋的双手，一边说。

“那么，我不太确定你是不是没疯！”

瑞克雷先生重新坐了下去，拿出了他的魔法测试仪。它也在疯狂地震颤着，根本用不了。似乎它也无法确定这到底是不是魔法。

他用力地拿肘顶了顶庶务长。

“这不是魔法！这是别的什么东西！”

“你说得很对！”

瑞克雷先生感觉突然不会好好说话了。

“我是说太多了！”

“是的！”

瑞克雷先生叹了口气。

“到了你吃干青蛙丸的时候了吗？”

钢琴用力弹奏过久，冒出了烟来。图书管理员的双手在琴键上游走着，就像是女修道院中的卡姗纳达一样。

瑞克雷先生环顾四周。他感到很孤独。

还有一个人没有被音乐征服。鲨鱼嘴站起来了，还有他的两个同伴。

他们抽出了几根疙疙瘩瘩的大棒子。瑞克雷先生了解行会的法律。当然，法律是需要执行的。没有法律，你是无法好好管理一座城市的。这不是合法的音乐——如果有不合法的音乐出现的话，就是这样。尽管……他卷起了袖子，准备发射连珠火球，以防万一。

他们当中一个人丢下了棒子，砸到了自己的脚。另一个疯狂转身，好像有人在扇他耳光一样。鲨鱼嘴的帽子凹了，好像有人刚在他头上挥了一拳一样。

瑞克雷先生的一只眼中泪水汹涌，他好像看到了那个牙仙女孩拔出了一把镰刀，柄按在鲨鱼嘴的头上。

校长是个很聪明的人，就是通常改变不了自己的思维轨迹。他现在弄不清楚镰刀是怎么回事，毕竟，草是没有牙齿的，于是，火球烧着了他自己的手指。再然后，他把手指塞进嘴里疯狂地吮着，突然，他意识到声音里好像有点儿什么。什么额外的东西。

“哦，不，”他说，此时，火球掉落到了地上，烧着了庶务长的靴子，“它是活的。”

他抓起啤酒杯，一饮而尽，把杯口朝下重重地砸在了桌面上。

月亮照耀着克拉奇沙漠，在虚线周边的区域。虚线两旁得到的月光量是一模一样的。虽然像克雷特先生这样的人定会为此深感不满。

中士信步穿过练兵场上夯得实实的沙地。他停下脚步，坐了下来，拿出了一根方头雪茄。然后，又掏出了一根火柴，伸手下去，捅在沙地上的一个凸出物上，那个东西说话了：

**晚上好。**

“我想你应该受够了吧，嗯，士兵？”中士说。

**受够什么了，中士？**

“晒了两天太阳，不吃，不喝……我想你该渴得神志不清，要苦苦哀求我们把你挖出来了，是吗？”

**是的，这里的确非常无聊。**

“无聊？”

**我想是的。**

“无聊？我们可不是为了无聊！这是沙坑！这是恐怖的肉体与精神的双重折磨！待上一天，你就应该是个……”中士偷偷看了看他手腕上写的字，“……胡言乱语的疯子了！我观察了你一整天了！你竟然一声呻吟都没有！我不能坐在我的……那个东西，就是你坐在里面，还有文件啊什么东西的……”

**办公室。**

“……工作，而你这样待在外面！我受不了！”

鲍·尼德尔抬起头来看了看。他觉得该是示弱的时候了。

**救命啊，救命啊。救命啊，救命啊。**他说。

中士宽慰地松了一口气。

**这可以帮助人们遗忘，不是吗？**

“遗忘？人们可以遗忘一切，当他们被困在……呃……”

**沙坑。**

“是的！就是它！”

**啊。您介意我问一个问题吗？**

“什么？”

**您介意我在这儿再待一天吗？**

中士张开嘴正要回答，此时，德瑞格斯人在离此最近的沙丘上发起了攻击。

“音乐？”王公大人说，“哈。再跟我说说。”

他仰着身，似乎表明在认真听着。他是个绝佳的聆听者。他制造出一种精神吸力。人们对他侃侃而谈不过就是为了避免冷场。

此外，维第纳利大人，安卡-摩波的最高领导人，颇喜欢音乐。

人们猜测着哪种音乐能够投其所好。

极度正式的室内乐，可能，或者是，电闪雷鸣的歌剧配乐。

其实，他真正喜欢的那种音乐是那种从未有人演奏过的。在他看来，这会毁掉音乐本身，折磨它，把它卷到脱了水的皮肤上，上面还有死猫的残躯和一堆堆的被锤子击打成铁线和铁管的金属。它应当只被记录下来，停留在纸上，只是一排排的点点叉叉，整整齐齐地分布在五线之间。只有那时它才是纯洁的。当人们开始弹奏它的时候，腐化就开始了。最好只是静悄悄地坐在房间里，读着乐谱，除了墨水潦草的印记之外，你和作曲家的心灵之间再无任何障碍。一些满头大汗的肥胖男人来演奏它，耳朵里塞着头发的人的唾液从他们的双簧管的另一头滴落下来……一想到这些他就不禁战栗，但是战栗的幅度不大，因为他是一个从来不走极端的人。

所以……

“然后怎么样了呢？”他说。

“然后他就开始唱歌，呀呀，大人。”加布林·迈克尔说。他是一名持证乞丐，也是非正式的线人。“一首关于‘巨大火球’的歌。”

王公大人扬起了一边眉毛。

“你说什么？”

“诸如此类的啦。我也听不清具体歌词，钢琴爆炸了。”

“啊？我想这应该把演奏都打断了吧。”

“不，那只猴子在钢琴的残骸上继续弹着，”加布林·迈克尔说，“人们站起来，开始欢呼，呀呀，舞蹈，还跺着脚，就好像脚下出现了成千上万只蟑螂一样。”

“你说音乐家行会来的人受伤了？”

“这非常奇怪。之后他们的脸色变得像床单一样白。至少，”加布林·迈克尔说想到了自己床铺的样子，更正了一下，“像某些床单一样白。”

王公大人在乞丐说话的时候，漫不经心地看着他的报告。那的确是个诡异的夜晚。破鼓酒馆的骚乱……哦，那倒是正常，可是听起来不太像典型的骚乱，而且他也没听说过巫师们还会跳舞。他感觉自己认出了那些征兆……只有一件事能让它变得更糟。

“告诉我，”他说，“迪布勒先生对此反应如何？”

“什么，大人？”

“一个足够简单的问题，我早该想到了。”

加布林·迈克尔心里想到的话是“可你怎么知道老家伙迪布勒在场？我从来没提过”。这句话在他喉咙口排列来排列去，第二次，第三次，第四次，他想说出来。

“他就是坐在那儿看着，大人。他的嘴巴张着，然后就冲出去了。”

“知道了。哦，天哪。加布林·迈克尔，非常感谢。你可以走了。”

乞丐迟疑了。

“脏鬼老罗说过大人有时候会给线人付钱。”他说。

“他说过吗？真的吗？他说过是吗？嗯，那还真有意思。”维第纳利在一份报告的边缘潦草地写下了一个字。“谢谢。”

“呃……”

“别让我扣留你。”

“呃，不。上帝保佑线人。”加布林·迈克尔说着，快速逃命去了。

乞丐的靴子声响渐渐消失，王公大人踱到了窗户边上，双手背在身后，叹了口气。

很可能有些城邦，他推测着，那里的国王只为些小事情而烦恼……蛮族入侵啊，收支平衡啊，暗杀啊，本地火山爆发啊……那儿不会有人频繁地拉开现实之门，寓意深刻地说：“嘿，进来吧，很高兴见到你，你的斧子可真漂亮，顺便说一下，既然你在这儿，那你能给我点儿钱吗？”

有时维第纳利大人也会想到底那时洪先生发生了什么事。当然，这个人人皆知。都知道个大概。但都不知道底细。

这是座多糟糕的城市啊。春天，河流着火了。大概一个月之前，炼金术士行会爆炸了。

他走回了自己的书桌旁，又做了简单的记录。他很担心他会不得不杀死谁。

然后，他又拿起了方德尔的《G大调前奏》第三乐章，坐下看了起来。

苏珊走回她之前跟冰冰分开的小巷。卵石路面上横七竖八地躺着六个男人，紧抓着自己身体的某个部位，痛苦地呻吟着。苏珊无视了他们。任何打算偷走死神的马的人很快就会明白什么叫“疼得生不如死的境界”。冰冰下蹄挺准的。那是一个很小很小、很私人的境界。

“是音乐在演奏他，而不是他在演奏音乐，”她说，“你也看到了。我都不确定他的手指是不是碰到了琴弦。”

**吱吱。**

苏珊揉着手。鲨鱼嘴的头真的很硬。

“我能在不杀他的基础上杀掉它吗？”

**吱吱。**

“毫无希望，”渡鸦翻译道，“就是它让他活着。”

“但是外公……但是他说过它无论如何最后会杀掉他的。”

“这是一个宽广奇妙的宇宙，不要紧的。”渡鸦说。

**吱吱。**

“但是……你看……如果它是一种……一种寄生虫，或是……之类的，”苏珊说，冰冰开始疾步升空了，“杀死它的宿主对它来说又有什么好处呢？”

**吱吱。**

“他说是你把他带到那里的，”渡鸦说，“我要从奎尔姆下，好吗？”

“它想从他身上得到什么呢？”苏珊说，“它在利用他。但是为了什么呢？”

"二十七块！"瑞克雷先生说，"花了二十七块把你弄出去！那个中士一直在咧嘴笑！巫师们被捕了！"

他在一排垂头丧气的人面前走来走去。

"我是说，破鼓酒馆叫警卫进来的情况多长时间才有一次？"瑞克雷先生说，"我是说，你知道你在干什么吗？"

"咕哝咕哝咕哝。"院长眼睛看着地板说。

"你说什么？"

"咕哝咕哝跳舞咕哝。"

"跳舞。"瑞克雷先生平静地说。他又沿着这排人走了回来。"那是跳舞，是吗？往别人身上撞？把他们一个个抡到你身后去？在那里到处打转转？巨怪都不会那么干。（我对巨怪没有恶意，只是提醒你们，了不起的人就是了不起的人。）你们是巫师。人们应该尊敬你们，不是因为你们会在他们头顶上翻跟头，近代如尼文讲师，别以为我没看到你的小动作，说实话，真让我感到恶心。可怜的庶务长只能躺下来。舞蹈是……要围成圈，你们不知道吗，像是仲夏柱[1]什么的，还有健康的旋转轴，可能是在打着光的小舞厅里……不是像个拿着战斧的矮人一样围着别人团团转。（注意：我总是说矮人们是社会的栋梁。）我表述得够清楚了吗？"

"咕哝咕哝咕哝每个人都这么干咕哝咕哝。"院长说。他的眼睛还在盯着地板看。

"我从来没想过我会对十八岁以上的巫师说这些，但是你们在接到我下一个通知之前不准走出校门一步！"

关在校园里也算不上什么惩罚。连空气都要在室内徘徊上一会儿，才能得到巫师们的信任。他们生活的大部分时光都是在他们的房间

---

1 仲夏柱，也称五朔节花柱。五朔节是欧洲传统民间节日，用以祭祀树神、谷物神，庆祝农业收获及春天的来临。庆祝五朔节时，人们绕此柱跳舞，手拉从柱子顶部垂下的彩带。——译者注

与餐桌之间的槽状通道中度过的。但是，他们觉得很奇怪。

“咕哝咕哝不明白为什么咕哝。”院长咕哝着。

很久之后，他才说，那天当音乐声消逝之后，很可能是因为他从未真正年轻过，或者至少，岁数大到知道自己年轻过。像大多数巫师一样，他很小的时候就开始了巫师训练，那时的他，正式场合戴的尖帽子都能一下子扣到耳朵下面。在那之后，他就，嗯，成了一名巫师了。

他又一次感觉到，自己好像错过了什么东西。在几天之前，他根本就没有意识到它。他不知道那是什么。他只是想做些事情。他也不知道想做的事情是些什么，但就是想尽快做出来。他想……他觉得自己就像一个在苔原住了一辈子的人，有一天早上醒过来，突然有一种强烈的冲动，要去滑水。只要空中还散播着音乐，他就绝不可能待在屋子里。

“咕哝咕哝咕哝不待在屋子里咕哝。”

他胸中有一股陌生的感觉在翻涌。他要违抗命令！违抗一切！包括重力法则。在上床睡觉之前也绝对不会去叠衣服的！瑞克雷先生马上会说，哦，是个反叛者呢，是吧，你在反抗什么，他还可能会说……他会说一些让你记忆犹新的混账话，他一定会这么做的！一定——

但是，校长已经扬长而去了。

“咕哝咕哝咕哝。”院长挑衅地说道，一个反叛者是不羁的。

有人在敲门，这声音在一片喧嚣中若隐若现。悬崖小心翼翼地把门打开了一条缝。

“是我，西比柯斯。这是你们的啤酒，把它喝掉，然后给我滚出去！”

“我们怎么能滚出去呢？”戈罗德说，“每次他们看到我们，都非让我们多演奏一会儿！”

西比柯斯耸了耸肩。“我不在乎，”他说，“但是这啤酒一块，还有那些破损的家具，你们要再赔二十五块。”

悬崖关上了门。

“我可以跟他协商一下。”戈罗德说。

“不，我们赔不起。”巴迪说。

他们面面相觑。

“嗯，观众爱我们啊，”巴迪说，“我们取得了巨大的成功。呃。”

一片寂静中，悬崖把啤酒瓶的一端咬了下来，把啤酒倒在了自己的头上[1]。

“我们想知道的是，”戈罗德说，“你们觉得自己刚才都在干什么？”

“对——头。”

“还有，”悬崖咯吱咯吱地把剩下的酒瓶子都嚼碎了，“我们怎么知道要演奏什么？”

“对头。”

“还有，”戈罗德说，“你们刚才在唱什么？”

“呃……”

“志《别踩我的新蓝色靴子》吗？”悬崖说。

“对头。”

“《和蔼亲切的波利小姐》？”戈罗德说。

“呃……”

“《斯托·赫里特蕾丝》？”悬崖说。

“对头？”

“那是一种斯托·赫里特城出产的极其精致的蕾丝。”戈罗德说。

戈罗德斜着眼看了看巴迪。

“你说‘你好，小宝贝’的时候，”他说，“你为什么那么做？”

---

1 巨怪啤酒是将硫化铵溶解在酒精里，喝起来就像在喝发了酵的电池一样。

“呃……”

“我是说，他们好像根本就不让太小的孩子进破鼓酒馆来。”

“我不知道，那几个词自己跑出来的。”巴迪说，“它们是音乐的一部分……”

“而且你……在非常奇怪地动来动去。就像你的裤子穿得不舒服一样，”戈罗德说，“当然，我也不是很了解人类，但是我看到观众席中有几个女士看着你的样子就像是一个矮人看着一个女孩儿，好像他知道这个女孩儿的父亲有一个大大的采矿井，还有几个大煤矿。”

“志啊，”悬崖说，“也像一个巨怪在想：嘿，你志在辣人身上看到岩层了吗……”

“你肯定你身上没有精灵血统，是吗？”戈罗德说，“有那么一两次，我总觉得你的行为举止有点儿……精灵气。”

“我不知道发生了什么！”巴迪说。

吉他在嗡鸣着。

他们都看着它。

“我们要做的志，”悬崖说，“把它拿起来，扔到河里去。同意的人说‘赞成’，也可以说‘对头’。”

又是一阵沉默，并没有人冲过去拿起吉他。

“但是问题是，”戈罗德说，“问题是……那里的人们的确喜欢我们。”

他们仔细地想了想。

“这确实让人感觉……不错。”巴迪说。

“必须承认……我一生中从没见过辣样的观众。”悬崖说。

“对——头。”

“如果我们这么出色的话，”戈罗德说，“为什么我们这么穷呢？”

“因为志你在出面协商，”悬崖说，“如果我们得赔辣些家具的话，我很快就得靠吸管吃晚餐了。”

“你是说我不够出色？”戈罗德说。他愤怒地站了起来。

“你吹得一手好号角，但你不志精通财务的巫师。”

“哈，我倒想看看——”

又传来了一声敲门声。

悬崖叹了口气。“肯定又志西比柯斯，”他说，“把辣个镜子递给我。我打算从另一边儿再拔颗牙出来。”

巴迪打开了门。西比柯斯站在门口，他后面还有一个身材矮小的人，穿着一件长大衣，还咧着大嘴善意地微笑着。

“啊，”微笑脸说，“你是巴迪，是吧？”

“呃，是的。”

男人进来了，看起来似乎根本就没有移动过，然后，他当着房东的面踢了一脚房门，门关上了。

“我叫迪布勒，”微笑脸接着说，“自割喉咙迪布勒。我敢说你之前听过我的名字吧？”

“对——头！”

“我不是跟你说话！我是跟你们其他几个人说！”

“没有，”巴迪说，“我想我们可能没听过。”

微笑脸嘴咧得更大了。

“我听说你们几个现在有点儿麻烦，”迪布勒说，“损坏家具之类的。”

“我们甚至还没拿到报酬呢。”悬崖对着戈罗德怒目而视，说道。

“那么现在，”迪布勒说，“可能只有我能帮你们了。我是个商人，我做的是生意。我知道你们是音乐家，你们玩音乐。你们不想为钱的事情而发愁，对吧？不想让那些事儿妨碍你们的创作过程，对吧？把这个麻烦交给我怎么样？”

“哼，”戈罗德说，他还在为自己的财务敏感度遭到侮辱而生气，“你能做些什么呢？”

“嗯，”迪布勒说，“首先，我能把你们今晚的酬劳结清。”

“那么家具呢？”巴迪说。

“哦，这儿每天晚上都会打破东西，”迪布勒兴高采烈地说，“西比柯斯是在诓你们。我会跟他协商好的。悄悄说一句，你们可要小心像他那样的人。”他俯身前去。如果他嘴巴咧得再大一点儿的话，上半截的脑袋瓜一定会掉下来的。

“这座城市，孩子们，”他说，“是个丛林。”

“如果他能给我们酬劳，我就相信他。”戈罗德说。

“就辣么简单？”悬崖说。

“我相信所有给我钱的人。”

巴迪望了一眼桌子。他不知道为什么，但他有种感觉，要是事情不对劲的话，吉他会有反应的——也许，会弹奏和弦。但是它只是轻柔地兀自发出“咕噜咕噜”声。

“哦，好吧，如果这意味着我就能保住我的牙的话，我赞成。”悬崖说。

“好的。”巴迪说。

“太好了！太好了！我们可以一块儿制造美妙的音乐啦！至少——你们几个可以，嗯？”

他掏出了一张纸和一支笔。从迪布勒的眼里看来，那只狮子怒吼了。

在锤顶山的高空中，苏珊骑着冰冰越过了一处云堤。

“他怎么能那么说话呢？”她说，“玩弄人们的生命，然后侃侃而谈说职责？”

音乐家行会的灯全都点亮着。

杜松子酒瓶碰撞着一只酒杯的杯口发出了“叮叮叮”的敲击声。当鲨鱼嘴把它放在桌上时，又“咯咯”响了两下。

“难道就真没人知道他们究竟是谁？”克雷特先生说。鲨鱼嘴在第二次试着去拿酒杯的时候终于拿到了。“一定有人知道他们是谁！”

“不知道那个男孩的底细，”鲨鱼嘴说，“以前从来没人见过他。嗯……嗯……啊，你也知道巨怪……他们看起来长得都一样……”

“他们当中一个肯定是幽冥大学的图书管理员。”“大键琴先生”赫伯特·乱序说道。他是音乐家行会的图书管理员。

“那我们就暂时不管他了。”克雷特说。

其他两人都点点头。在还有一些更弱小的目标可以对付的时候，没有人真的想去惊动图书管理员。

“那么矮人呢？”

“啊。”

“有人说他们觉得那是戈罗德·戈罗德之子，住在菲德尔路的什么地方——”

克雷特先生咆哮着：“马上派些人过去。我希望他们马上把这座城里的音乐家的处境了解清楚。快去，快去。”

音乐家们匆匆穿过夜色，把破鼓酒馆的喧嚣甩在了后面。

“他难道不是个好人吗？”戈罗德说，“我是说，我们不仅拿到了酬劳，有趣的是，他还自己掏钱给了我们二十块！”

“我想，他说的志，”悬崖说，“他会给我们二十块，作为利息。”

“这不是一回事吗？他还说了他会给我们找活儿干的。你看过合同了吗？”

“你看过了吗？”

“字写得非常小，”戈罗德说，“内容倒是挺多的，”他又说道，“内容多的合同一定是好合同。”

“图书管理员跑了，”巴迪说，“一直叫着‘对头’，然后跑了。”

“哈！没事儿，他很快就会后悔的。”戈罗德说，“以后，别人对他说的时候，他就会说‘你也知道，我在他们出名之前就离开了’。”

“他只会说‘对头’。”

“可是不管怎么说，钢琴需要修一修了。”

“志的，”悬崖说，“好像，我以前在辣儿见过有个家伙能用火柴做东西的。他也许能修好钢琴。”

好几块已经化作了咖喱花园的两份羊肉咖喱和沥青铀矿咖喱肉，还有一瓶酒，这酒里化学成分丰富，连巨怪都能喝呢。

“吃完之后，”他们坐下等待食物，戈罗德说，“我们得找个地方待着。”

“你家不行吗？”悬崖说。

“那儿风太大了。门上有个钢琴形状的洞呢。”

“志的，但辣洞志你弄的。”

“所以呢？”

“房东不会有意见吗？”

“他当然会有意见。那是房东们都爱干的事儿。无论如何，我们的事业在上升，上升，朋友们。我感觉得到。”

“我还以为你只是因为拿到酬劳而高兴呢。”巴迪说。

“是的，是的，但是如果拿到很多酬劳，我会更高兴的。”

吉他轻轻地嗡鸣着。巴迪把它拿起来，拨动了一根琴弦。

戈罗德扔下手里的餐刀。

“那听起来像钢琴声！”他说。

“我想它可以模仿一切的声音，”巴迪说，“现在它知道钢琴是什么声音了。”

“魔法。”悬崖说。

“当然是魔法，”戈罗德说，“我一直这么说。一个风雨交加的夜晚，在一家积满灰尘的旧乐器店找到的一件古怪的旧乐器。”

“不志风雨交加的夜晚啊。”悬崖说。

“它应当是……是的，好吧，但是雨下得很大……那应该是一个特别的夜晚。我敢说如果我们现在回去的话，那乐器店肯定不在那儿了。这能证明一切。那些知道我们从不存在的店里买过东西的人明天就会离奇死亡。这是命运的安排。命运女神正在向我们微笑呢，一定是这样的。”

“命运女神正在对我们做着什么，”悬崖说，“希望志在向我们微笑吧。”

“迪布勒先生说明天会给我们找点儿特别的地方去演出呢。”

“很好，”巴迪说，“我们必须演出。”

“是的，”戈罗德说，“我们的演出很棒。那是我们的工作。”

“人人都应该听到我们的音乐。”

“当然，”悬崖一脸迷惘，“对的，当然。辣志我们想要的。还有，酬劳，也志。”

“迪布勒先生会帮我们的。”戈罗德说。他太投入了，根本没听出巴迪声音中的怨气。“他一定非常成功，在萨托广场有间办公室。那里只有非常高档的生意才开销得起。”

晨曦初露，新的一天来了。

瑞克雷先生急匆匆穿过幽冥大学花园中挂满露珠的草地，咚咚地敲响高能量魔法大楼的门，清晨才会悄然来临。通常来说，他从不会靠近这个地方。这倒不是因为他不明白那些年轻巫师在这儿做的那些事儿，而是因为他强烈怀疑他们自己也不知道自己在做什么。他们似乎很享受对万事万物的怀疑与不确定，经常会在吃晚餐的时候，说道：“哦，我们刚刚推翻了马鲁叶夫有关魔法失重的理论！太不可思议了！”仿佛这是什么值得骄傲的事情一样，其实，这是非常粗鲁无礼的。

他们还会经常谈论要将神秘元——最小的魔法单位再进行分解。校长不明白为什么要这么做。把东西分成小块，弄得到处都是，又有什么好处？没有人在戳戳捅捅的时候，宇宙就已经够糟了。

门打开了。

“哦，是您啊，校长。”

瑞克雷先生把门推得更大了。

“早上好，斯蒂本。很高兴看到你这么早就起来了。”

庞德·斯蒂本，幽冥大学最年轻的教师，对着天空眨了眨眼。

“已经是早上了吗？”他说。

瑞克雷先生一把推开了他，走进了高能量魔法大楼。对于一个传统的巫师来说，这个地方看起来很陌生。既看不到一颗颅骨，也看不到滴蜡的蜡烛。眼下的这个房间看起来就像个炼金术士的实验室一样，经历过不可避免的爆炸，落到了铁匠铺里。

他也看不上斯蒂本的长袍。长度倒算是合适，但是已经洗成了灰绿色，上面有一大堆口袋和纽扣，帽子边上还镶了一圈兔子毛。衣服上根本就没有亮片、珠宝或是神秘的符号，只有一块钢笔漏水留下的脏印子。

“你最近都没出去过吗？”瑞克雷先生问。

“没有，校长。呃，我应该出去吗？最近一直忙着制造我的‘让它变大’机。您知道的，我给您看过……”[1]

“是的，是的，”瑞克雷先生一边环顾四周，一边说，“还有人在这儿工作吗？”

---

1 但是结果却并不太理想。斯蒂本花了好几个星期的时间打磨透镜、吹制玻璃器皿，最后制造出了一台机器，在一滴安卡河水中能看到数量庞大的微生物。校长曾经看了一眼，并评论道，里面蕴藏着那么多生命的东西一定是非常健康的。

“嗯……有我、可怕泰兹、斯卡兹，还有大疯子德朗格，我想……”

瑞克雷先生眨了眨眼。

“他们是谁？”他说。同时，从他的记忆深处，一个恐怖的答案渐渐清晰起来。只有一种非常特殊的物种才会叫这样的名字。

“学生？”

“呃，是？”庞德后退了几步，说道，“这没问题吧，是吧？我是说，这里是大学……”

瑞克雷先生挠了挠耳朵。当然，这个人说得对。你身边是得有些浑球，你无法远离这一切。从他个人角度来说，他会躲开他们，只要躲得开。学校里的其他教职员工也是一样。当他们看到他们的时候，有时会往另一个方向跑，或是躲在门后面。近代如尼文讲师为了不对他们进行个别指导，宁可把自己锁在衣柜里，这件事情人人皆知。

“你最好去把他们找来，”他说，“事实上，我好像已经失去了我的教学团队。”

“为什么呢，校长？”庞德礼貌地说。

“什么？”

“我没明白。”

他们一脸茫然地面面相觑，两人的脑回路如同在一条窄窄的街道上背道而驰的两辆车，都在等着对方先掉头。

“我们学校的教学团队，”瑞克雷先生先投降了，他说，“院长之类的，全都去了那拐角处。整个晚上都没睡，都在弹吉他什么的。院长给自己做了一件皮大衣。”

“哦，皮革确实是一种非常实用、功能性很强的面料。”

“他可不是那么用的。”瑞克雷先生阴郁地说道。

（……院长后退了几步。他从管家维特矮夫人那儿借了一个裁缝用的人体模特。他对自己脑海中冒出的设计理念做了些许改良。首先，对于巫师来说，在他们灵魂深处，他们是不愿意穿不能遮盖到至少脚踝以下的东西的。所以这是很费皮料的。有相当多的地方可以用饰钉进行装饰。

他先从“院长”两个大字开始。

但是空间太大了，这几个字不够填。过了一会儿，他又加了“生来”，后面留了空间，因为他也不是很确定他生来是为了什么。“生来为了吃大餐”好像也不太合适。

又想了几个滑稽的念头之后，他又继续，“活得纵放，死得轻年”[1]。好像有点儿不对劲，他自己也看出来了。刚才他在用饰钉扎洞的时候，把皮革翻了过来，然后他就忘了自己是该往那一边儿去了。

当然了，你往哪一边儿去并不重要，只要你去就是了。这就是摇滚乐的精义所在。）

……“近代如尼文讲师正在房间里打鼓，剩下的都在弹吉他。庶务长对自己的长袍底边做了些很奇怪的事情，”瑞克雷先生说，“图书管理员在到处晃悠着偷东西，没有人听我说一句话。”

他一直盯着那些学生看。这是个令人忧心的场面，倒不仅仅是因为这些学生的长相。当这个该死的音乐让所有人都用脚打着拍子的时候，这里有些人彻夜都待在屋里——工作。

“你们这些人在这儿干什么？”他说，“你……你叫什么名字？”

被瑞克雷先生手指圈定的学生巫师焦虑地扭动着身体。

“呃……嗯……大疯子德朗格。”他说，手里扭着帽子的檐。

“大，疯子，德朗格。”瑞克雷先生说，“这就是你的名字，是吗？那就是你马甲上绣的？”

“嗯……不，校长。”

“那是……？”

1 原文为Live fast die young（活得放纵，死得年轻），院长把字绣反了。——译者注

“艾德里安·特尼希德，校长。”

“那为什么他们叫你大疯子德朗格呢，特尼希德先生？”瑞克雷先生说。

“嗯……嗯……”

“他有一次喝掉一整品脱的香蒂酒。”斯蒂本一脸尴尬地说。

瑞克雷先生认真而茫然地看了他一眼。哦，好吧，就当是这么回事吧。

“好吧，你们几个，”他说，“你们觉得这是什么做的？”

他从长袍里拿出了一个破鼓酒馆店的大啤酒杯，杯口上封着一个啤酒垫，用线扎得紧紧的。

“你拿着什么东西，校长？”庞德·斯蒂本说。

“一段音乐，伙计。”

“音乐？可你不可能把音乐装在里面。”

“我希望我也是像你这样的傻蛋，觉得自己他妈什么事儿都知道。”瑞克雷先生说。

“把那个烧瓶拿过来……就你，大疯子艾德里安，把盖子拿掉，当我说话的时候再把它盖上。准备好盖子，疯子艾德里安……现在！”

瑞克雷先生把啤酒垫从杯子上拿下来，并迅速把它倒进烧瓶，这时传来了一声短促而愤怒的和弦声。疯子德朗格·艾德里安“砰”的一声盖上了烧瓶盖，吓得校长魂不附体。

然后，他们听到了……一种微弱却持续的节拍声，在玻璃烧瓶的内壁弹来弹去。

学生们都在凝神看着里面。

好像有什么东西。空气中有某种律动……

“这是我昨天晚上在破鼓店里抓到的。”

“这不可能，”庞德说，“你不可能抓到音乐的！”

“那又不是克拉奇的雾，小伙子。”

“从昨天晚上开始它就一直在那个酒杯里吗？”庞德说。

“是的。”

“但那不可能！”

庞德看起来一副垂头丧气的样子。世界上就是有这么些人，他们生来就本能地觉得宇宙万物都是可解的。

瑞克雷先生拍了拍他的肩。

“你从未想过当巫师是个好干的活儿，对吧？”

庞德看着罐子，嘴抿成了一根细细的线，看得出决心满满。

“对！我们一定要把这个谜团解决掉！这一定跟频率有某种关系。对！可怕泰兹，把水晶球拿过来！斯卡兹，把铁线卷取过来！这一定跟频率有关！”

摇滚乐队晚上睡在了闪烁街之外的一个小巷子里的一家单身男性旅社里，那四个坐在菲德尔路上那个钢琴形状的洞外面的音乐家行会强制执行人一定会对此甚感兴趣的。

苏珊在死神的各个房间里大步流星地走来走去，暗自生着闷气，还有一点点的恐惧，这种恐惧感让她更是愤愤不平。

怎么会有人那么想呢？怎么能有人甘心于做一股盲目力量的化身呢？嗯，一定要有所改变……

他的父亲也试着改变过，她知道。但那只是因为他，嗯，坦白说，有点儿多愁善感。

他曾经被斯托拉特的凯莉女王封为公爵。苏珊知道那头衔意味着什么——公爵意味着要做“战争领袖”。但是他的父亲从来没有跟谁打过仗。他似乎把所有的时间都花在游历一个又一个倒霉的城邦上了，与人攀谈，令他们主动再去与别人攀谈。据苏珊所知，他从未杀过一个人，虽然他可能将几个政治家说死过。那似乎并不是一个战争领袖该干的事儿。必须承认的是，似乎出现的战争并不像过去的那般规模小小，但是……这不是令人骄傲的人生。

她穿过放满沙漏的大厅。即便是那些放在最高架子上的沙漏，在她经过时，都在轻柔地咯吱咯吱响。

她拯救过生命。好人应该放过，坏人应该早死。这也将使一切重获平衡。她会让他看到的。至于责任，嗯……人类通常都在做着改变。这就是人类的天性。

苏珊打开了另一扇门，迈步走进了图书馆。

这间房间比沙漏大厅还要大。书架如悬崖般耸立；屋顶雾气缭绕，影影绰绰。

但是，当然了，她也暗暗告诉自己，像挥动魔杖一般挥动镰刀，世界一夜之间就变得更美好的想法也是幼稚的。这需要时间。所以她应该从小处着手，慢慢来。

她伸出了一只手。

“我不打算用那个声音，”她说，“那是毫无必要的戏剧效果，而且真的有点儿愚蠢。我只想要小恶魔·伊·塞林之书，非常感谢。”

在她四周，图书馆的忙忙碌碌还在继续。上百万本书在静静地自我书写，发出像蟑螂一般“窸窸窣窣”的声音。

她记得曾经坐在一双膝盖上，或者，是坐在膝盖上放着的垫子上，因为光是膝盖是肯定不可能的。她看着一根手指骨跟读着书页上不断显现出来的文字。她学过如何阅读自己的生命之书。

“我还在等着。”苏珊意味深长地说。

她握紧了双拳。

**小恶魔·伊·塞林**。她说。

那本书出现在了她面前。在它掉落到地上之前，她一把接住了它。

“谢谢。”她说。

她快速翻动他的生命之书，直到看到最后一页，她眼神定住了。

然后她又急匆匆地回头去找，直到她找到，他死在破鼓酒馆店里的事，这清晰地记载在书上。全写在那儿——都是假的。他并没有死。这本书在撒谎。或者，这一次她用了一种更为精确的方式看待它——这书是真的，是现实在撒谎。

更重要的是从他死亡的那一刻开始，这本书就是用音乐记录的。一页页画满的全是五线谱。当苏珊看的时候，一枚低音谱号还打出了一连串漂亮的循环来。

它想要什么？为什么它要救他？

她要去救他，这非常非常重要。她感觉到这种确定性就像一颗球一样深深嵌在她心中。这势在必行。她从没有近距离见过他，也没有跟他说过一句话，他只是一个普通人，但是，她必须去救他。

祖父说过她不应该做那种事。他怎么能知道所有的那些事情是什么样的？他从来没有活过。

布勒特·翁德恩是做吉他的。这是一份安静的，也颇令人满意的工作。如果木头是现成的，还经过了适当的风干的话，他和学徒吉普森要花五天时间才能做出个像样的乐器。他是个勤勉认真的人，把许多年的时光都投入到对一种乐器的精益求精上，虽然他自己并不是个出色的演奏者。

根据他的经验，吉他手可以分为三类。第一类，他认为是真正的音乐家，在歌剧院工作，或是给小型的私人管弦乐团打工。第二类是民谣歌手。他们根本就不会弹吉他，但那也没关系，因为他们大多数人连歌也不会唱。还有一类就是游吟诗人和那些黑不溜秋的人，他们觉得吉他就像是齿间叼的玫瑰、一盒巧克力和一双精心摆放过的袜子一样，是两性角力战场上的另一件利器。除了一两个和弦之外，他们什么都不会弹，可是他们却是这里的常客。对于抢在一位愤怒的丈夫前面从卧室窗户里跳出去的奸夫来说，最容易丢弃不要的就是他的乐器。

布勒特想这形形色色的人他都见过了。

当心，今天早上一大早他就卖了一些吉他给了几个巫师。这可很不寻常。有几个人甚至还买了他的《吉他入门》。

铃声响了。

“你好，”——布勒特看着前来的顾客，内心狠狠地给自己鼓了鼓劲——“先生？”

不是因为那件紧身皮大衣，也不是因为钉满了铆钉的袖口，也不是因为那把大腰刀，也不是因为满是长钉的头盔。而是因为除了皮大衣还有饰钉还有刀还有头盔。这位顾客肯定不属于目录中的第一类和第二类人，布勒特暗暗断定。

这个身影站定了，一脸的不确定，双手痉挛般地握着，明显是对对话情境感到不自在。

“这里是吉他铺？”他说。

布勒特环顾四周，看了看四面墙上和屋顶上挂的商品。

“呃，是啊？”他说。

“我想买一把。”

如果是目录中的第三类，这个人看起来也不像是会花心思在玫瑰和巧克力上的，甚至连个“你好”都不愿多说。

“呃……”布勒特随意地抓了一把吉他，递到那人面前，“这样的行吗？”

“我要那种能发出卜唧、卜唧、卜唧昂、卜唧、卜唧姆姆喝噫噫噫那种声音的。你懂吧？”

布勒特低头看着吉他。“我不确定它能发出这种声音。”他说。

两只硕大无比、长着黑色指甲的大手一下子把吉他从他手中抢了过去。

“呃，你握琴的方式不——”

“有镜子吗？”

“呃，没有——”

一只毛茸茸的手举到了空中，然后猛地冲琴弦而去。

布勒特再也不愿回顾接下来的十秒钟。人们应该被禁止对手无寸铁的乐器做这样的事。这就好像你精心养育了一匹小马，好好地喂养它，给它刷刷洗洗，在它尾巴上编上缎带，为它准备一片漂亮的田野，上面跳跃着兔子，长满了雏菊。紧接着，你就看着第一个骑手拿着马刺和皮鞭就把它带走了。

看这个恶棍弹奏的样子，他好像是在寻找什么。他没有找到，但是当最后几声和弦终于消逝的时候，他的五官拧成了一团，呈现出一个坚定的神情，那是一个决心继续寻找的人会有的表情。

“嗯，好吧，多少钱？”他说。

这把吉他本来在打折，该卖十五块。但布勒特的音乐灵魂在反抗。他厉声回答。

“二十五块。”这就是他厉声说出的话。

“呃，好吧。那，这些够吗？”

那人从兜里不知什么地方掏出了一颗小红宝石。

“这我可找不开！”

布勒特的音乐灵魂还在抗争，但他的生意头脑走了过来，一把钩住了音乐灵魂的手肘。

“但是，但是，但是，我还会附赠你我的《吉他入门》、吉他肩带，再加几个弹拨器，怎么样？”他说，“书上有图片，教你该怎么摆手位什么的，怎么样？”

“呃，好吧。”

野蛮人走了。布勒特直勾勾地盯着自己手中的红宝石。

铃声又响了。他抬起了头。

这个人看起来倒是没那么糟，铆钉数没那么多，头盔上也只有两根长钉。

布勒特的手紧紧捏住了红宝石。

“你不会告诉我你想买吉他吧？”

“是的，就是那种能发出呜嗯呜嗯呜呜嗯嗯嗯的。”

布勒特一脸茫然地左看看右看看。

“嗯，这一把吧，”他拿起离他最近的一把吉他，“我不知道什么呜嗯呜嗯声，但是这是我的《吉他入门》，还有吉他肩带和弹拨器，卖你三十块。我会告诉你我会怎么做，琴弦与琴弦之间的空隙也算是我白送的，行吗？”

“好的。呃，你有镜子吗？”

铃声响了。

又响了。

一个小时之后，布勒特靠在了他工作室的门框边儿上，脸上挂着癫狂的笑容，双手紧紧地抓着腰带，以防裤兜里的钱太重了会把裤子给坠下去。

“吉普森？”

“我在，老板？”

“你还记得那些你造的吉他吗？你还在学的时候做的？”

“就是您说弹起来像猫要拉屎却缝上了屁股拉不出来的那些吗，老板？”

“你把它们扔了吗？”

“没有，老板。我想，我得留着它们。在五年之后，当我能造得出合格的吉他的时候，我就把它们再拿出来，好好地乐一乐。”

布勒特擦了擦额头，几枚小金币从他的手帕里掉了出来。

“你把它们放在哪儿了，我就是好奇问一问。”

“我把它们丢在小棚子里了，老板。还有那些你说过，没用得就像一只在合唱的美人鱼的那根木头。”

“把它们取出来，好吗？还有那根木头。”

“可是您说过……”

“还有，给我拿一把锯子。还有，再跑去给我拿一些，嗯，几加仑的黑漆。还要一些亮片。”

“亮片，老板？”

“你可以到卡斯摩普利特太太的服装店里去拿。还要问问她，她有没有那些闪闪亮亮的安卡石，还有一些可以用来装饰肩带的炫酷材料。哦……问问她能不能把她最大的镜子借给我们……”

布勒特又猛拽了一把裤子。

“然后到那些码头上去，雇一个巨怪，告诉他站在角落里，如果有人走进来，打算弹……”他停下来想了想，记起来了，“《天堂之路》，我想他们是这么叫的……就把他们的头拧下来。”

“不用先警告他们一下吗？”吉普森说。

“那就是警告。”

一个小时之后。

瑞克雷先生无聊了，让可怕泰兹到厨房去看看有没有小零食。庞德和另外两个人围着烧瓶在忙活着，周围乱七八糟地摆满了水晶球和线。现在……

在板凳的两颗钉子之间紧紧地拴着一根线，它顺着一个有趣的节拍砰砰地颤动着，看起来不很真切。

它上方的空气中悬挂着好几道巨大的绿色曲线。

“那是什么？”瑞克雷先生说。

“就是那个声音看起来的样子。”庞德说。

“声音的样子，”瑞克雷先生说，“嗯，倒是新鲜。我从没见过那个样子的声音。这就是你们这些小伙子用魔法完成的，是吗？看着声音？嘿，我们厨房里有不少很棒的奶酪，我们不如去听一听它们闻起来是什么味道的？”

庞德叹了一口气。

“如果你把耳朵当作眼睛，这就是声音呈现出来的样子。”他说。

“真的吗！”瑞克雷先生高兴地说，“真是不可思议！”

“它看起来非常复杂，”庞德说，“当你从远处看，就很简单了，凑近了看，非常复杂。几乎……”

“是活生生的。”瑞克雷先生坚定地说。

“呃……”

说话的那个家伙叫斯卡兹。他看上去重七英石[1]。他的发型是瑞克雷先生见过的最有趣的一种，因为一头长发囫囵个儿扣在脑袋上，齐肩长。只有靠着他凸出来的鼻尖儿才能知道他面朝着哪一个方向。如果他的脖子后面长出个疖子，你都觉得他是在倒着走路。

“怎么了，斯卡兹先生？”瑞克雷先生说。

“呃，我曾经在哪儿读到过这个。”斯卡兹说。

“了不起。你是怎么做到的？”

“您知道锤顶山上的那些凝听派僧侣吗？他们说宇宙是有背景杂音的？像是某个声音的回声？”

“听起来挺有道理的。整个宇宙肯定是源于一次大爆炸，‘砰砰’的爆炸声。”瑞克雷先生说。

“声音倒不用特别大，”庞德说，“就是得一下子，就传得哪儿哪儿都是了。我看过那本书。是‘计算器’老里克多写的。他说，那些僧侣还在听着，那个永远不会消逝的声音。”

“我觉得应该挺大声的，”瑞克雷先生说，“大到所有地方都听得见。如果风向不对的话，你连刺客行会的钟鸣声都听不见。”

“要哪儿哪儿都听得见，声音也不必太大，”庞德说，“因为，在那时，哪儿哪儿都在同一个地方。”

---

1 英制质量单位，1英石≈14英磅。——编者注

瑞克雷先生看着他，就像看着刚从耳朵里掏出一个鸡蛋的魔术师一样。

“哪儿哪儿都在同一个地方？”

“是的。”

“那么，除了哪儿哪儿的其他地方在哪儿呢？

“通通，都在同一个地方。”

“同一个地方？”

“是的。”

“缩得小小的？”

瑞克雷先生开始表现出一些迹象。如果他是火山的话，住在附近的居民就该找找周边是否有触手可得的处女。

“哈哈，事实上，你也可以说，缩得大大的，”庞德说，他是那种还会走进火山里去的，“因为，在宇宙出现之前空间是不存在的，所以，那时的万物都是哪儿哪儿都在。”

“跟我们刚在说的哪儿哪儿是同一个地方？”

“是的。”

“好的，请继续。”

“里克多说他认为先是有了那个声音。一声极大而复杂的和弦。亘古至今，最大最复杂的声音。复杂得你都无法在宇宙内部弹奏它，就好像你无法用装在盒子内部的撬棍打开盒子一样。一声巨大的和弦……可以这么说……弹奏生万物。是那音乐的源头，如果你愿意这么想的话。”

“一种‘嗒嗒’的声音吗？”

“我想是吧。”

“我还以为宇宙是因为有个神剪下了另一个神的生殖器，然后用那个造出来的呢，”瑞克雷先生说，“在我看来，简单明了，我是说，就是那种你能想象得到究竟发生了什么的。”

“嗯——”

“现在你告诉我们是有人吹了个大大的汽笛，然后我们就诞生了？”

“我不知道是不是‘有人’。”庞德说。

“噪声是不会自我制造的，这个我知道。”瑞克雷先生说。他放松了一些，确信理性已经充盈了他的头脑之后，拍了拍庞德的背。

“我们得做点儿什么，小伙子，”他说，“老里克多有点儿……不太牢靠，你懂的。他认为什么东西都可以归结为数字。”

“注意，”庞德说，“宇宙的确是有节奏的。日与夜，明与暗，生与死——”

“鸡汤与烤面包丁。”瑞克雷先生说。

“嗯，不是所有的隐喻都经得起细细推敲。”

门口传来了敲门声。可怕泰兹进来了，手里拿着一个托盘，后面还跟着管家维特矮夫人。

瑞克雷先生惊得下巴都掉了。

维特矮夫人行了屈膝礼。

“早上好，阁下。”她说。

她的马尾辫摆动着，在硬邦邦的衬裙上擦出了窸窸窣窣的声音。

瑞克雷先生重新把下巴收了回去，只有这样，他才能说话：“你对你的……做了什么？”

“打断一下，维特矮夫人，”庞德迅速说道，“今天早上，你给其他教师送过早餐了吗？”

“是的，斯蒂本先生，”维特矮夫人说，她丰满又神秘的胸部在毛衣下边儿动来动去，“没有一位先生下来吃饭，所以我拿托盘给他们都送过去了。老兄。”

瑞克雷先生的视线继续向下游走。他以前从未想过维特矮夫人是有腿的。当然了，理论上来说，女人得有这个东西才能走来走去，但是……嗯……

但是，硕大的蘑菇裙里伸出了两根粗短的小腿，再往下是一双白袜子。

“你的头发——”他开了腔，声音有点儿沙哑。

“有什么不妥吗？”维特矮夫人说。

“没有，没有，”庞德说，“非常感谢。”

她走了出去，把门关上了。

“她走出去的时候一直在打响指，就像你说的那样。”庞德说。

“不是只有那个玩意儿在打响指。”瑞克雷先生说。他还在战栗不已。

“您看她的鞋了吗？”

“我想我的眼睛在挪到那儿的时候就启动自我保护机制闭上了。”

“如果这声音是活生生的，”庞德说，“那它还极具传染性。”

这一幕发生在克拉什爸爸的马车房里。但这只是波及全城的场景的一个回声罢了。

克拉什的正式名字并不叫克拉什。他的父亲是经营干草和饲料生意的富商，但是他瞧不起他爸爸，因为他觉得他爸脖子以上的部位都是死的，脑子里想的全是物质的东西，毫无想象力，同时也因为他爸每周会给他三块当零花钱，太可笑了。

克拉什的爸爸把马都留在马车房里。那时，这些马儿正在试图在墙上踢出个洞来，却没有成功，它们就都挤到一个角落里。

“我觉得差不多是那回听到的那个声音了。”克拉什说。干草灰扑啦啦地从屋顶上往下掉，木蛀虫们也纷纷挪窝，另寻他处。

“这不是……我是说，这不像是我们在破鼓酒馆里听到的声音，”金波目光如炬地说，“有点儿像，但不是，绝对不是。”

金波是克拉什最好的朋友，他也希望自己能成为那些人中的一员。

“一开头就有这种进展，不错，”克拉什说，“所以，你和诺迪，你们俩弹吉他。斯卡姆，你……你可以打鼓。”

“我不会打鼓。”斯卡姆说，这倒是他的真名。

“没有人知道怎么打鼓，”克拉什耐心地说，“没什么好知道的。你就拿着棍子敲就是了。”

“好吧，可我要是没敲着怎么办？”

“坐近点儿。好啦，”克拉什说着向后一靠，“现在……最重要的是，真正重要的是……我们要管自己叫什么？”

悬崖朝四处张望。

“嗯，我敢说我们所有的房子都看过了，如果我在辣儿看到过迪布勒的名字，就让我不得好死。”他咆哮着说。

巴迪点点头。萨托广场大部分地区是幽冥大学的前脸儿，但也有几栋其他的建筑。那些房子门边儿上挂了好几个黄铜名牌，暗示着你要是敢在门垫子上蹭蹭脚，就能让你赔个够呛。

“你们好，孩子们。”

他们转过身去。迪布勒拿着一个大概是放满了香肠和圆面包的托盘，微笑着看着他们，身旁还有几个麻布袋。

“不好意思我们来晚了，”戈罗德说，“但是我们怎么都没找到你的办公室——”

迪布勒张开了双臂。

“这就是我的办公室，”他同样豪迈地说，“萨托广场！数千平方米的空间！沟通交流的上佳之地！过境贸易！穿上试试，”他又说道。他拿起其中一个麻袋，打开了。“我不知道你们的尺寸，我瞎猜的！”

都是黑色的，用劣质棉做的，其中一件是加加加加大号。

“印字的马甲吗？”巴迪说。

“‘摇滚乐队’，”悬崖慢慢地读着，“嘿，说的志我们，对吧？”

“我们要这些干吗？”戈罗德说，“我们知道自己是谁。”

“广告呀，”迪布勒说，“相信我。”他往嘴里塞了一根棕色的圆柱体，然后点燃了一端，“今晚穿起来，猜猜我给你们找到活儿了吗？”

“你找到了吗？”巴迪说。

“我说过了啊！”

“不，你只是问我们，”戈罗德说，“我们怎么知道？”

“志旁边有侍卫的辣种吗？”悬崖说。

迪布勒又开了腔。

“是个很大的地方，你们会有很多观众！还有，你们能拿到……”他看着几张洋溢着信任的率真脸庞，“比行会要求还要高十块，怎么样？”

戈罗德的脸绽放出了灿烂的微笑。“什么，是每个人吗？”他说。

迪布勒又打量了他们一眼，仿佛是在评估价格。“哦，不，”他说，“很公道。一共是十块。我是说，严肃点儿。你们需要曝光率。”

“还志辣句话，”悬崖说，“音乐家行会很快就会找上门的。”

“这个地方不会，”迪布勒说，“安全有保证。”

“那，究竟在哪儿呢？”戈罗德说。

“你们准备好了吗？”

他们冲他眨眨眼。迪布勒笑了，吐出了几圈油腻腻的烟雾。

“是大洞穴！”

节奏还在继续……

当然了，里面肯定有些变奏……

戈特里克和锤壶是两个歌曲作家，也是音乐家行会的全额会员。

他们为矮人谱写各种场合的歌曲。

有些人说只要能记得怎么拼“金子”两个字，写歌就不是什么难事，这话说得有点儿愤世嫉俗了。许多矮人歌曲[1]里的确有一行行的“金子，金子，金子”，但那都是在转调的时候。矮人们有几千个词可以用来表达“金子”这个含义，但是他们在紧急情况下用到随便哪一个都有可能。比如说，当他们看到了些不属于他们的金子的时候。

他们在听里巷有个小办公室，他们会坐在一根铁砧的两头，一边写着流行歌曲一边挖矿。

“戈特？”

“什么事？”

“你觉得这一首怎么样？”

锤壶清了清嗓子。

我小气又坚强啊，我小气又坚强，
我小气又坚强啊，我小气又坚强，
啊，我和我的朋友们，朝你走去，
我们的帽子反着戴，咄咄逼人啊。
哟！

戈特里克若有所思地嚼着他用来作曲的小锤子的一头。

“节奏不错，”他说，“有些词还要再改改。”

“你是说要多用点儿金子，金子，金子吗？”

“是，是的。你觉得应该起个什么名字？”

“呃……呃……老鼠……音乐……”

---

1 好吧，其实是所有的矮人歌曲，除了那一首关于“嗨吼”的歌。——原注（此处影射迪士尼1937年版《白雪公主和七个小矮人》动画电影中的歌曲。——编者注）

“为什么叫老鼠音乐呢？”

锤壶一脸迷惘。

“我也说不清楚，”他说，“就是我脑子里的一个想法。”

戈特里克摇了摇头。矮人们是爱打地洞的民族。他知道他们喜欢什么。

“好的音乐里面一定要有洞，”他说，“如果没有洞，那就一无是处。”

“现在冷静一下，冷静一下，”迪布勒说，“那是安卡-摩波最大的场所，就是这样。我不明白这有什么问题……”

“大洞穴？”戈罗德尖叫道，“那是巨怪绿玉髓开的！那就是问题！”

“他们说他志角砾岩区域的教父呢。”悬崖说。

“算了吧，至今都没有人证实过呢……”

“那只志因为当有人在你脑袋上挖个洞，再把你的脚塞进去的话，事情就很难证明了。”

“我们没必要因为他是个巨怪，就心存偏见吧。”迪布勒说。

“我就志巨怪！所以我可以对巨怪心存偏见，对吧？他志个小气巴拉的矿主！他们说肢解帮遇到他，所有人一颗牙都不剩……”

“什么是大洞穴？”巴迪说。

“巨怪的地盘，”悬崖说，“他们说——”

“那是很棒的地方！有什么好担心的呢？”迪布勒说。

“那也是个赌场[1]！”

“但是行会的人不会去那儿，”迪布勒说，“就算他们知道去那

1 巨怪赌博甚至比澳大利亚赌博还要简单。其中一项最风行的游戏叫作“一面朝上”，步骤包括往空中扔一枚硬币，然后赌它究竟还会不会掉下来。

儿对他们有好处，他们也不会去的。”

“我也知道什么是对我有好处的！”戈罗德大喊着，“我脑子清醒得很！我知道不要到巨怪的地盘对我有好处！”

“那些在破鼓酒馆的人会拿斧子扔你。”迪布勒理智地说。

“是的，可他们只是扔着玩儿的，他们甚至好像都没有瞄准。”

“无论如何，”悬崖说，“只有巨怪和辣些愚蠢的年轻人才会去辣儿，只有他们觉得在巨怪酒吧里喝酒志聪明的做法。辣儿一个观众都没有。”

迪布勒轻轻敲击着鼻子的一侧。

“你们演出，”他说，“就会有观众。那是我的工作。”

“他们的门不够大，我可进不去！”戈罗德厉声说。

“门很大。”迪布勒说。

“对我来说不够大，因为如果你想把我弄进去，你就准备好把整条街都拖进去吧，因为我会紧紧抓着不放手的！”

“不，请你们理智一点儿。”

“不！”戈罗德尖叫着，“我会为了我们仨的安全而尖叫的！”

吉他开始哀鸣了。

巴迪把它一把扭过来，抓在手里，弹出了几组和弦，这才让它渐渐冷静下来。

“我想……它……呃……喜欢这个主意。”他说。

“它喜欢这个主意，”戈罗德也略微平静了一点儿，“哦，好的。嗯，你知道他们会怎么对待到‘大洞穴’去的矮人吗？”

“我们确实需要钱，再糟糕也应该强过行会的人会对我们做的事儿，如果我们到别处演出的话。”巴迪说，“我们必须演出。”

他们站着面面相觑。

“你们几个小伙子现在该做的是，”迪布勒说着，他的嘴里吐出了一个烟圈，“找一个安静舒服的地方打发一下白天的时间，好好休息一下。”

“说得太对了，”悬崖说，“我从来没想过要一直拿着这些石头到处走来走去……”

迪布勒伸出了一根手指。“啊，”他说，“我也想到了这一点。你们不愿意每天拖着行李走来走去，荒废自己的才华，这也是我跟自己说过的话。我给你们雇了一个帮手。很便宜，每天只要一块，我会直接从你们工资里扣的，所以你们不用发愁。来见见沥青吧。”

“谁？”巴迪说。

“是我。”迪布勒身边的一个麻袋说。

麻袋开了一点儿口，原来根本就不是个麻袋，而是一个……一团……可移动的一堆……

巴迪感到自己的眼睛里流出泪来了。他看起来像个巨怪，除了一点，他的个头比矮人还要矮。倒也不比矮人块头小——虽然沥青不高，他的宽度弥补了这一切，说起来，他体味也特别重。

“怎么会这样呢，”悬崖说，“他怎么辣么矮？”

“有只大象在我身上坐过。”沥青绷着脸说。

戈罗德擤了擤鼻子。

“只是坐过吗？”

沥青已经穿上了一件印着“摇滚乐队”的T恤。身上绷得紧紧的，却长得一直垂到了地上。

“沥青会照顾你们的，”迪布勒说，“对于演艺行业，他无所不知。”

沥青冲他们咧嘴一笑。

“你们跟着我绝对没问题，”他说，“我一直跟他们合作，一直。哪儿都去过，什么都干过。”

“我们可以到前面去吧，”悬崖说，“幽冥大学放假了，辣儿没什么人。”

“很好，我还有事要安排一下，”迪布勒说，“晚上见了。‘大洞穴’，七点钟。”

他大步流星地走了。

“你知道有关他的什么趣事吗？”戈罗德说。

“什么？”

“他抽着那根香肠的样子，你觉得他知道吗？”

沥青一把抓起悬崖的袋子，轻轻松松地就甩到肩上了。

“我们走吧，老板。”他说。

“一只大象坐在你身上过？”巴迪说。他们一路走着穿过了广场。

“是啊，在马戏团的时候，”沥青说，“我曾经精通这门艺术。”

“你就是这么变成这样的吗？”

“不，是很多只大象在我身上坐了三四次之后才变成这样的。”小小扁扁的巨怪说，“也不知道为什么，每次完了我都洗得干干净净的，可是下一分钟就全脏了。”

“要是我，经过第一次之后肯定就不干了。”戈罗德说。

“不，”沥青洋溢着一脸心满意足的微笑说，“不能放弃。演艺事业融在我的灵魂里。”

庞德低头看着他们拿着锤子一起敲敲打打出来的东西。

“我也不理解，”他说，“但是……看起来我们好像可以把它禁锢在琴弦里，它能让琴弦重新弹奏出那段音乐。这看起来像是声音的配图。”

他们把琴弦放进了盒子里，琴弦发出了美妙的共鸣，一直重复演奏着同样的十几个小节，循环往复。

“一个音乐盒啊，”瑞克雷先生说，“哎呀！”

“我打算，”庞德说，“再找那些音乐家在一大堆这样的琴弦面前演奏。也许这样我们就能捕捉到这段音乐了。”

“为了什么呢？”瑞克雷先生说，“这到碟[1]是为什么呢？”

“嗯……如果你可以将音乐装在盒子里，你就不再需要音乐家了。”

瑞克雷先生迟疑了。这个想法倒是内涵丰富。一个没有音乐家的世界倒确实令人神往。他们那群脏兮兮的人，以他的经验来看，非常不卫生。

他摇了摇头，一脸的不情愿。

“不是这种音乐，”他说，“我们必须阻止这种音乐的传播，而不是制造出更多来。”

“这种音乐究竟有什么问题呢？”庞德说。

“它……嗯，你看不出来吗？”瑞克雷先生说，“它能让人做滑稽的事情。穿上奇怪的衣服。举止粗鲁。不听指挥。让我无法与他们共事。这是不对的。此外……你还记得洪先生吗？”

“它的确极不寻常，”庞德说，“我们能多弄一些吗？为了研究？校长？”

瑞克雷先生耸了耸肩。“我们跟着院长。”他说。

“天哪，”巴迪深吸了一口气，巨大的回声在空荡荡地回响，“难怪他们管这儿叫‘大洞穴’。真的大极了！”

“我感觉自己变矮小了。”戈罗德说。

沥青信步走到了舞台前方。

“一二，一二，”他说，“一，一，一二，一二——”

“三。”巴迪好心地插嘴道。

沥青停住了，看起来一脸尴尬。

“只是试一试那个，你知道的，就是试试那……试试那个……”

---

1 碟形世界的人不说“到底”（on earth），他们只说“到碟”（on Disc）。——编者注

他小声嘟囔着，“只是想试一试……而已。”

“我们没办法填满这个舞台。”巴迪说。

戈罗德在舞台的一侧戳开了一个箱子。

他说：“我们也许可以。看看这些。”

他展开了一张海报。另外几个人都拥了过来。

“这志一张我们的画像，”悬崖说，“有人给我们画了一张画像。”

“看起来不怎么样。”戈罗德说。

“巴迪画得不错，”沥青说，“他就是那样挥动吉他的。”

“那为什么还有闪电啊什么的？”巴迪说。

“我吹号角吹得最好的时候，看起来也没有那么厉害。”戈罗德说。

“《四处传扬的新声音》。”悬崖读着上面的字，他的前额因为用力都起了褶子。

“‘摇滚乐队’。”戈罗德说。

“哦，不！它上面写了我们会在这儿还有其他的一切，”戈罗德哀号道，“我们死定了。”

“不见……就不走……”悬崖说，“我看不懂哎。”

“这里还有好几十卷呢，”戈罗德说，“这些是海报。你知道这意味着什么吗？他已经把这些海报张贴在各个地方啦。说起来，等音乐家行会的人抓到我们——”

“音乐是免费的，”巴迪说，“它必须是免费的。”

“什么？”戈罗德说，“在这个矮人的城里可不是这样的。”

“那它应该是，”巴迪说，“人们不该被迫为演奏音乐而交钱。”

“对！这孩子说得对！这就是我一直在说的话！难道我不是一直这样说的吗？这是我说过的话，的确如此。”

迪布勒从舞台侧边的阴影里闪了出来。他身边还跟着一个巨怪，巴迪猜，那一定是绿玉髓。他的身材不算特别高大，身上也没有特别怪石嶙峋。事实上，他看起来倒是平滑而有光泽的，就像是海滩边儿上发现的鹅卵石一样，身上也没有一丝青苔的痕迹。

他还穿着衣服。穿衣服，而不是制服或是特别的工作装什么的，对于巨怪来说倒是不常见。大多数巨怪只会缠个腰带来装东西，也就是那样了。但是，绿玉髓穿着西装，看起来似乎剪裁得很不得体。事实上，西装的剪裁倒是很考究，只是就算不穿衣服，也没有一个巨怪看起来是身形得体的。绿玉髓刚到安卡-摩波的时候，学东西很快。一开始，他学到的重要一课就是：打人属于谋财害命，雇别人替你打人就是一桩不错的生意了。

“我希望你们见见绿玉髓，”迪布勒说，“我的一个老朋友。我们俩有很深的交情，是吧，玉髓？”

“当然。”绿玉髓给了迪布勒一个温暖和善的微笑，就如同一只鲨鱼冲着一只跟着它的黑线鳕笑，这很得体，至少现在，它们在往同一个方向游。舞台角落里，有人在秀他们的硅质肌肉，同样也在预示着，总有一天，某些人会后悔管他叫“玉髓”。

“喉咙先生告诉我，李们这些孩子是打从切片面包以来最好的东西，”他说，“李们拿到需要的东西了吗？”

他们点点头，默不作声。人们尽量不跟绿玉髓说话，以免会说出什么得罪他的话。当然了，他们在当时也不会知道是不是得罪他了。以后就知道了，当他们身处某条漆黑的小巷子的时候，后面有个声音说：绿玉髓先生真的很不开心。

“李们到更衣室去休息一下吧，”他又说道，“李们要什么食物饮料，就尽管说好了。”

他的手指上戴满了钻石戒指。悬崖禁不住一直盯着那些戒指看。

更衣室就在厕所旁边，里面一半儿地方都放满了啤酒桶。戈罗德靠在门上。

“我不要钱了，”他说，“就活着放我出去吧，这就是我想要的。”

“哦哇啊哦咿……”悬崖开口了。

“你在闭着嘴说话哎，悬崖。”巴迪说。

“我志说，你不用担心，你又没有长我这样的牙。”巨怪说。

门外传来了敲门声。悬崖一把捂住了自己的嘴。但是这次敲门的是沥青，他手里还拿着一个托盘。

盘子里有三种啤酒，甚至还有去了皮剪了尾巴的烟熏老鼠三明治，还有一碗里面撒了灰的细腻无烟煤焦炭。

“好好嚼碎了，”悬崖接过碗的时候，戈罗德哀号着说，“这可能是你最后一次……”

“也许不会有人来，我们就能回家了呢。”悬崖说。

巴迪用手指抚摸着琴弦，和弦充满了整个房间，其他人都放下了手中的食物。

“真神奇。”悬崖摇了摇头说。

“你们这些孩子别担心，”沥青说，“就算有什么问题，受伤的也是别人。”

巴迪停止了弹奏。

“什么别人？”

“这事儿很有意思，”小巨怪说，“突然之间，人人都弹奏起了摇滚乐。迪布勒先生为这场音乐会还签了一支乐队，用来暖场的。”

“哪个乐队？”

“叫作‘疯狂男孩’。”沥青说。

“他们在哪儿呢？”沥青说。

“嗯，这么说吧……你知道为什么你的更衣室在厕所的旁边吗？”

克拉什躲在“大洞穴”破破烂烂的幕布后面，想给吉他调调音。这么简单的一件事儿居然阻力重重。首先，布勒特先生已经意识到客人们真正想要的是什么，在祈祷祖先原谅之后，他花了大把时间，把亮闪闪的小东西粘到吉他上，却没怎么注重乐器的实际功能。换句话说，他在上面敲了十二颗钉子，把琴弦系在钉子上了。但是，这个问题倒是不太严重，因为克拉什对音乐称得上是“一窍不通”。

他看着金波、诺迪和斯卡姆。金波现在是贝斯手了（布勒特疯狂地咯咯笑着，他曾经用过一块更大的木头和一些围栏铁丝来弹奏贝斯），正犹犹豫豫地举起一只手。

“怎么了，金波？”

“我有一根吉他弦断了。”

“嗯，那你还有五根，不是吗？”

“是，可是我不知道这样该怎么弹？”

“有六根你也不知道该怎么弹，对吧？所以，少一根至少让你变得不那么无知啊。”

斯卡姆隔着幕布转来转去地看着。

“克拉什？”

“怎么了？”

“下面有好几百个人呢。好几百！很多人也带着吉他。他们正拿着吉他在空中挥来挥去呢。”

疯狂男孩聆听着幕布另一边发出的喧嚣声。克拉什的脑细胞不是太多，而且这些脑细胞通常得靠挥手才能吸引彼此的注意。但是克拉什隐隐地觉得疯狂男孩们弹拨出的声音，虽然听着不错，却不是昨天晚上他在破鼓酒馆里听到的那个声音。那个声音令他想尖叫、舞蹈，而他们弄出的这个声音……嗯……让他想把斯卡姆的架子鼓尖叫着砸到它主人的头上，坦白地说。

诺迪从幕布缝儿里向外窥探。

“嘿，那儿有一群巫……我想是巫师吧，就在第一排，”他说，“我……很肯定他们是巫师，但是，我是说……”

“你一下就看出来了，蠢货，”克拉什说，“他们都戴着尖头帽呢。”

“那儿有一个……头发尖尖的家伙……”诺迪说。

其他几个疯狂男孩成员都把眼睛凑到了缝儿上。

“看起来像……一根用头发做的独角兽的角……”

“他长袍背上写着什么？”金波说。

“写着‘为魔法而生’。”克拉什说。他是他们当中阅读速度最快的，而且还不用拿手指着一个字一个字地读。

“那个瘦干干的穿着一件喇叭形的长袍。”诺迪说。

“他一定很老了。”

“他们都拿着吉他！你认为他们是来看我们的吗？”

“一定是的。”诺迪说。

“真是一群龙凤呈祥的观众！”金波说。

“是的，你说得对，龙凤呈祥，”斯卡姆说，“呃，龙凤呈祥是什么意思呢？”

“意思是……意思是非常吉利的。”金波说。

“好的。看起来会顺风顺水的。”

克拉什把心中的疑虑丢到了一边儿。

“我们出场吧，”他说，“让他们看看什么叫摇滚乐！”

沥青、悬崖和戈罗德坐在更衣室的一角。观众的喧嚣声这里都听得见。

“为什么他什么话都不说？”沥青小声地问道。

“我也不知道。”戈罗德说。

巴迪正对着空气出神，怀里还搂着他的吉他，时而还在外盖上轻轻地拍击几下，以跟他头脑中哗啦啦流泻而过的念头合拍。

“他有时候就这样，”悬崖说，“就坐在辣儿，盯着空气发呆……”

“嘿，他们好像在喊着什么，”戈罗德说，“你们听。”

外面的喧闹声呈现出了一个整齐划一的节奏。

“听着像志‘摇滚，摇滚，摇滚’。”悬崖说。

门猛一下被推开了，迪布勒半是跑，半是摔地进来了。

“你们得出去了！”他大声喊着，“马上！”

“我还以为疯狂男孩儿……”戈罗德开口了。

“别问问题！”迪布勒说，“赶快！否则他们会砸场子的！”

沥青拿起了那袋石头。

“行吧。”他说。

“不。”巴迪说。

“怎么了？”迪布勒说，“紧张？”

“不，音乐应该是免费的，像空气和天空一样不用收钱。”

戈罗德甩了甩头。巴迪的声音里竟然有一点儿和声的味道。

“那是当然，好的，那是我说过的，”迪布勒说，“行会……”

巴迪伸开双腿，站了起来。

“我想大家是交了钱才进来的，对吧？”他说。

戈罗德看着其他几个人。除了他并没有人注意到这一点。但是巴迪的话尾上有种拨弦声，一种琴弦发出的“嘶嘶”声。

“哦，你说这个啊，当然，”迪布勒说，“总要负担开销吧，你的工资……地板的磨损费……暖气啊灯光啊……折旧费什么的……”

外面的喧闹声更大了，里面还有踩踏声。

迪布勒咽了一口口水。他脸上突然显现出一副打算报国捐躯的表情。

“我可以……也许可以……给你们涨……大概……一块，”他说着，每个字都是从他灵魂的保险库里挣扎着才挤出来的。

“如果我们现在上台的话，我希望能另外再做一场演出。”巴迪说。

戈罗德一脸疑虑地瞪着那把吉他。

“什么？没问题啊。我马上就可以……”迪布勒开口了。

“免费的。”

“免费？”这个词从迪布勒的嘴里冒了出来，然后他迅速闭上了嘴。他很快精神为之一振：“你们不打算要报酬？当然可以，如果……”

巴迪纹丝不动。

“我是说，我们不要报酬，观众也不需要付费来听，让尽可能多的人都来听。”

“免费？”

“是的！”

“那利润在哪儿呢？”

一只空啤酒瓶震颤着从桌子上摔了下去，在地上摔了个粉碎。一个巨怪出现在门口，或者说至少是他身体的一部分出现了。不把门框卸了他是进不来的，可是看起来他似乎会毫不犹豫这么做的。

“绿玉髓先生问，发生了什么事？”他咆哮着。

“呃——”迪布勒开了口。

“绿玉髓先生不喜欢一直等别人。”

“我知道，是——”

“如果让他一直等着，他会不开心的——”

“好吧！”迪布勒大喊道，“免费！这简直就是在割我自己的喉咙。你懂吗？你不会不懂吧？”

巴迪弹出了一个和弦，它似乎在空中留下了一些光亮。

“我们走吧。”他温柔地说。

“我知道这个城市，”当摇滚乐队匆匆走向震颤不止的舞台时，迪布勒喃喃自语道，“告诉那些人免费，到时候好几千个人都会来……”

还要管吃的，他头脑中有个声音说。那声音“噔唧”了一下。

还要管喝的。

还要给摇滚乐队买T恤穿……

迪布勒的脸上，很慢很慢地，在阴晴变化后又挤出了一个咧嘴笑来了。

“免费的盛会！”他说，“很好！这是我们的社会责任。音乐应该是免费的。夹香肠的面包应该是每个一块，芥末另算。大概一块五吧。这简直就是在割我自己的喉咙。”

在舞台的侧边，观众发出的噪声已经形成了一堵实实在在的噪声墙。

“人太多了，”戈罗德说，“我一辈子都没有给这么多人演奏过！”

沥青在舞台上摆起了悬崖的石头，赢得了大量的掌声与喝彩。

戈罗德抬头看着巴迪。他长期以来并没有完全放开地弹奏过他的吉他。矮人不善于做深刻的反思，但戈罗德突然间意识到自己应该离这儿远远的，躲到个什么洞里去。

“祝你们好运，伙计们。”他们身后一个声音平静地说道。

金波正在给克拉什包扎手臂。

“呃，谢谢，”悬崖说，“你们怎么了？”

“他们朝我们扔了什么东西。”克拉什说。

“扔了什么呢？”

“诺迪，我想。”

克拉什的脸上突然绽放出了巨大而恐怖的微笑。

“但是，我们完成了！”他说，“我们顺利演奏了摇滚乐！就金波砸碎他的吉他的那一段儿，他们喜欢那一段儿！”

“砸碎他的吉他？”

“是的，”金波洋溢着一脸艺术家的骄傲，说道，“砸在了斯卡姆头上。”

巴迪闭上了眼睛。悬崖觉得他看到巴迪周身都笼罩着一圈非常非常微弱的光亮，就像一层薄薄的雾气，雾气中透着一颗颗微小的光点。

有时候，巴迪看起来真是精灵气十足。

沥青从台上匆匆跑了下来。

“好了，都准备好了！”他说。

其他人都看着巴迪。

他还是闭着眼站着，好像站着睡着了一样。

“我们……上去吧，现在？”戈罗德说。

“是，”悬崖说，“我们上去吧，怎么样？呃，巴迪？”

巴迪的眼睛猛一下睁开了。

“让我们摇滚吧。”他小声低语道。

悬崖原想那噪声已经够大了，但是当他们几个从舞台侧面鱼贯而出时，那声音还是像根大棒子一样击中了他。

戈罗德拿起他的号角。悬崖坐定，拿起了他的锤子。

巴迪走到了舞台中央，但令悬崖惊讶的是，他只是低头站在那儿。

欢呼声渐渐平息下来。

之后，完全消失了。硕大的大厅里的数百人都在屏息静气，鸦雀无声。

巴迪的手指动了。

他弹出了三个简单的小和弦。

然后，他抬起了头。

“你好，安卡-摩波！”

悬崖感觉到那音乐从他的背后升腾而起，激励着他向前冲，跳进一条大火熊熊、火星四溅、满是兴奋激越的隧道里。他落下了手中的槌儿。这就是摇滚乐。

自割喉咙迪布勒站在外面的大街上，这样他就不用听到音乐了。他正在一边抽着雪茄，一边在一张关于过期面包的逾期账单背面算算写写。

让我想想……好的，就选在户外什么地方吧，这样就不用租金了……就算一万人吧，每个人买一个一块五的香肠面包，哦，不，算一块七毛五，要芥末酱另加十分，一万件印着摇滚乐队的T恤，每件五块，不，要十块……加上其他商户的摊位租金，因为那些喜欢摇滚乐的人很可能让他们买什么，他们就买什么……

他觉察到有一匹马从街上走来。他对它视而不见，直到有一个女性的声音在问他："我该怎么进去呢？"

"没门儿。票都卖完了。"迪布勒头也不抬地说。摇滚乐队的海报，好多人愿意花三块买一张海报，巨怪白垩能订一百——

他抬起了头。那匹马，一匹相貌堂堂的白马，正在漫不经心地看着他。

迪布勒四处张望："人去哪儿了？"

酒吧入口处有好几个巨怪在游荡。

苏珊没理会他们。他们也没理会苏珊。

在观众席上，庞德·斯蒂本左右看了看，然后小心翼翼地打开了一个木盒子。

里面绷紧的弦开始振动。

"这全是错的！"他在瑞克雷先生的耳边咆哮着，"这不符合声音法则！"

"也许那不是法则。"瑞克雷先生尖叫着。就算离他只有一英尺远的人也听不到他的说话声。

"也许不过就是些指导方针罢了！"

“不！一定有法则！”

瑞克雷先生看到院长精神亢奋，试图爬到舞台上去。沥青那双硕大无比的巨怪足重重地踩到了院长的手指上。

“哦，正中靶心。”校长说。

突然，他感觉到脖子后面有针扎般的疼痛感，他四下望去。

虽然“大洞穴”里挤得水泄不通，但是地板上却有一小片空地。人们摩肩接踵地贴在一起，可是，这一小圈地盘却像四面有墙一般分毫无损。圈的中间站着那个他在破鼓酒馆里见过的女孩儿。她正优雅地牵着她的裙摆，一步一步地走过来。

瑞克雷先生的眼里流出了眼泪。

他迈步上前，精神高度集中。如果你精神集中的话，那几乎是无所不能的。如果他们的感官能让他们感知到那儿有个圈的话，什么人都是可以走得进去的。

走进圈里之后，外面的声音就变得小了些。

他拍了拍那女孩儿的肩膀。她惊得四处张望。

“晚上好。”瑞克雷先生说。他上上下下地打量了她，然后说：“我是马斯特朗·瑞克雷，幽冥大学的校长。我想知道你是谁。”

“呃……”那女孩儿看起来惊慌失措了好一会儿，“嗯……严格来说，我是死神。”

“严格来说？”

“是的，但是，此刻我不当值。”

“听到你这么说我真欣慰。”

舞台上传来了一声尖叫，沥青将如尼文讲师扔到观众席上去了，观众们纷纷热烈鼓掌。

“我不敢说自己见过太多次死神，”瑞克雷先生说，“但迄今为止，据我见过的来说，他应该……嗯……首先，他是个男的，而且要比你瘦得多……”

“他是我的祖父。”

“啊，啊，真的吗？我都不知道他——”瑞克雷先生停住了，“好吧，好吧，真想不到。你的祖父？所以你现在也在干家族产业？”

“闭嘴，你这个愚蠢的人，”苏珊说，“你敢光顾我的生意吗？你看到他了吗？”她指着舞台，巴迪正弹到反复乐节的一半处，“他马上就要死了，因为……因为愚蠢。如果你对此无能为力的话，快滚！”

瑞克雷先生瞥了一眼舞台，当他回过神来时，苏珊已经消失了。他马上集中精力，似乎觉得自己在不远处又瞥见了她，可是，她知道他在找她，然后，他就再也找不到她了。

沥青第一个回到了更衣室。一间空荡荡的更衣室很让人感到悲伤。它与一条被人丢弃的内裤有许多相似之处。它们都见识过很多的活动，甚至目睹过激动亢奋和人类激情的每一个音阶，但是现在，除了一点儿淡淡的气味之外，什么都没有留下。

小巨怪把那袋石头都倒在了地上，并咬开了好几瓶啤酒的盖子。

悬崖进来了。他走到中间的时候就倒了下去，身体的每一个部位都在瞬间同时撞到了木地板。戈罗德从他身上走了过去，猛地坐到了一个啤酒桶上。

他看着那些啤酒瓶。他脱掉了头盔。他把那些啤酒倒进了头盔里，然后，他一头扎了进去。

巴迪走进来，靠着墙坐在角落里。

迪布勒也跟进来了。“哦，我能说什么呢？我能说什么呢？”他说。

“别问我们，”趴着的悬崖说，“我们怎么会知道？”

“真的太棒了！”迪布勒说，“那个矮人怎么了？他是淹死了吗？”

戈罗德头也不抬地伸出一只手，捏碎了另一瓶啤酒的盖子，把酒浇到了头上。

"迪布勒先生？"

"什么事？"

"我想我们得谈一谈。就我们，乐队。如果你不介意的话。"

迪布勒眼神在他们每个人身上游离，巴迪在盯着墙看，戈罗德发出了吹泡泡的声音，悬崖还趴在地上。

"好的，"他说，然后又兴高采烈地说，"巴迪？免费演出……真是个好主意。我马上就着手安排。等你巡回演出回来就可以举行了。对。嗯，我只是……"

他转身离开，却撞到了悬崖的手臂。悬崖突然抬手堵住了门。

"巡回演出？什么巡回演出？"

迪布勒后退了几步。"哦，就几个地方。奎尔姆啊，伪都啊，斯托拉特什么的。"他转着头看着他们，"你们难道不想要吗？"

"这个我们以后再说。"悬崖说。

他一把把迪布勒推出门去，"砰"的一声关上了门。

啤酒顺着戈罗德的胡子流了下来。

"巡回演出？还要有三个这样的晚上？"

"有什么问题吗？"沥青说，"太棒了！每个人都在喝彩。你们表演了整整两个小时！我还得不断把他们从台上踹下去！我从未觉得如此……"

他停住了。

"的确如此，真的，"悬崖说，"问题志，当我站到辣舞台上，坐下来的时候，根本不知道我们要演奏些什么，下一分钟，巴迪在辣个玩意儿上弹出曲调后，我就开始梆梆砌恰砌恰梆梆。我都不知道自己在演奏什么，辣旋律就自然地进入我的脑子里，又顺着流到我的手上。"

"是的，"戈罗德说，"我也是一样。对我来说就像从号角里吹出了一些从没放进去过的东西。"

“这不像志正常的演奏，”悬崖说，“要我说，这更像志我们被演奏了。”

“你已经从事演艺行业很久了，是吗？”戈罗德对沥青说。

“是的，一直没离开，什么都干过，什么都见过。”

“那你见过这样的观众吗？”

“在歌剧院的时候，我见过他们扔花喝彩——”

“哈哈！扔的就只是花吗？有些女人把她们的……衣服都往舞台上扔！”

“志的，说得太对了！还掉在我头上了！”

“瓦瓦乌姆小姐在酿酒街上的臭鼬俱乐部里跳羽毛舞。所有的观众都试图冲上舞台，但她身上只剩下一根羽毛的时候……”

“那情形跟今天一样吗？”

“不，”小巨怪承认，“我不得不说，我从来没有见过如此……饥饿的观众。就算是瓦瓦乌姆小姐的观众，他们都没饿得这么厉害过，我可以告诉你。当然了，也没有人往舞台上扔内衣。以前都是她从台上往下扔的。”

“还有一件事儿，”悬崖说，“这个房间里有四个人，可志只有三个人在说话。”

巴迪抬起了头。

“这音乐很重要。”他嘟囔着说。

“这不是音乐，”戈罗德说，“音乐不会对人做这些。它不会让你觉得仿佛受尽磨难。我流了一大堆汗，现在随时都打算把我的背心换掉。”他擦了擦鼻子，“还有，我看着那些观众的时候，我心里想：他们是付了钱才进来的。我敢打赌他们付的钱超过了十块。”

沥青举起了一小张纸。

“这张票是在地上找到的。”他说。

戈罗德读了上面的字。

“一块五？”他说，“六百个人每人一块五？那……那总共是四百块！”

“九百块，”巴迪用同样平静的语调说，“但是钱不重要。”

“这钱不重要？你老是这么说。你算哪门子的音乐家？”

外面依旧传来了一阵温和些的咆哮声。

“过了今天以后，你还想回到哪个地下室里给六七个人演奏音乐吗？”巴迪说，“谁是迄今为止最伟大的号角手，戈罗德？”

“查奈尔老哥，”矮人不假思索地回答，“人人都知道。他从欧福勒神庙偷了祭坛上的金子，把它制成了一支号角，还吹出了有魔力的音乐，直到众神抓到了他，并把他的……”

“是的，”巴迪说，“但如果你现在走出去，问他们谁是最伟大的号角手，他们记得那个罪孽深重的僧侣，还是直接喊出你的名字——戈罗德·戈罗德之子呢？”

“他们会……”

戈罗德迟疑了。

“是的，”巴迪说，“好好想一想吧。一位音乐家要被人听见。你现在不能停下，我们现在不能停下。”

戈罗德扬起手指向了吉他。

“就是那个玩意儿，”他说，“非常危险。”

“我能掌控它。”

“是的，但它打算在哪儿结束呢？”

“重要的不是你怎么结束，”巴迪说，“重要的是你怎么去往那里。”

“这听起来精灵味儿十足……”

门又一次被猛地推开了。

“呃，”迪布勒说，“孩子们，如果你们不赶紧回来再演奏点儿什么的话，我们就会被深褐色的……”

“演不了，”戈罗德说，“我因为缺钱已经喘不上气了。”

“我说了，十块，不是吗？”迪布勒说。

“每个人。”悬崖说。

迪布勒根本没想过会居然不到一百块就把他们打发了。他高高地举起了双手。

“应当感恩，不是吗？”他说，“你们想让我自割喉咙吗？”

“我们愿意帮忙，如果你愿意的话。”悬崖说。

“好吧，好吧，三十块，”迪布勒说，“我连茶都喝不上了。”

悬崖看着戈罗德，他还在琢磨着谁是世界上最伟大的号角手那个事儿。

“观众席上有很多矮人和巨怪。”悬崖说。

“《洞深山高》？”戈罗德说。

“不。”巴迪说。

“那弹什么？”

“我会想到的。”

观众都拥到街上去了。巫师们围在院长周围，纷纷打着响指。

“喂啦，喂啦，喂啦——”院长开心地唱着歌。

“已经是半夜了！”符文讲师一边打着响指，一边说，“而我一点儿都不在乎！现在我们干点儿什么呢？”

“我们可以‘咕噜咕噜’[1]一下。”院长说。

“那倒是，”不确定性研究主席说，“我们错过了晚餐。”

“我们错过了晚餐？”资深数学家说，“哇！那真是太摇滚了！我们不在乎！”

“不，我是说……”院长停住了。他不太确定，现在他真得好好

1 双关，既可以指肚子咕噜咕噜叫，也指打群架。——译者注

想一想，他刚才到底是什么意思。“还要走一大段路才能回学校，”他让步了，“我想我们至少可以停下来喝个咖啡什么的。”

“再吃一两个甜甜圈。”符文说。

“再吃点儿蛋糕。”系主任说。

“我只想要些苹果派。”资深数学家说。

“以及一些蛋糕。”

“咖啡，”院长说，“是——的。找个咖啡吧。说得对。”

“什么是咖啡吧？”资深数学家问。

“就像巧克力棒一样吗？”符文说。这顿错过的晚餐，虽然之前被遗忘了，渐渐在每个人的胃里变得异常高大起来。

院长低头看着自己闪闪发亮的皮长袍。大家都说它做工精良，上面“为魔法而生”几个字也是让人艳羡不已。他的发型也很正。他正在考虑把胡子剃了，就两边留一点儿，因为那样感觉很正。咖啡……对……咖啡一定就在哪儿。咖啡是不可缺少的一部分。

那儿还得有音乐，就在那儿，哪儿哪儿都是。

但是还有点儿别的什么东西。缺了什么东西。他不确定那是什么，只有当他看到之后他才知道那是什么。

“大洞穴”后面的小巷子里很黑，只有目光最敏锐的人能看到有几个身影贴着墙站着。

黑暗中时而能看到那生了锈的亮片在闪光，这暗示着见过这些东西的人的身份。他们是音乐家行会训练有素的执行人——格利杉·佛尔德密集和声歌手。跟克雷特先生雇用的大多数人都不一样，事实上，他们的确是有些音乐才华的。

他们也在观看摇滚乐队演出的观众之列。

“嘟呜噗，啊嘟呜噗，啊嘟呜噗——”身材瘦小的一个说道。

“叭叭叭叭叭——”高个儿说。几个人比较起来终归是有个高个子的。

“克雷特先生说得对。如果他们继续这样招揽观众的话，其他人就没法儿演出了。”格利杉说。

“哦，是耶。”贝斯手说。

“他们从门里走进来的时候……”——另外三把刀要出鞘——“嗯，都听我指挥……”

他们听到了有人上楼的声音。格利杉点了点头。

“一，二，三……”

**先生们？**

他们腾一下齐刷刷转过了身。

一个黑影站在他们身后，手里拿着一把发光的镰刀。

苏珊阴恻恻地笑着。

**要再从头开始一遍吗？**

“哦，不——”贝斯手说。

沥青拉开门闩，迈步走了出来，融入了夜色中。

“嘿，那是什么？”他说。

“什么是什么？”迪布勒说。

“我好像是听到什么人逃跑的声音了……”小巨怪上前几步。地上“叮”的一声响，他弯下腰捡起了一件东西。

“不知道谁掉了这个……”

“就是个什么物件罢了，”迪布勒大声地说，“走吧，孩子们，你们今晚不回什么廉价旅馆了，我为你们订了格里兹酒店！”

“那是个巨怪酒店，对吧？”戈罗德一脸怀疑地问。

“巨怪气十足。”迪布勒一边懊恼地挥着手，一边说。

“嘿，我以前在辣儿做过卡巴莱表演呢！”悬崖说，“他们简直什么都有！几乎每间房间的水龙头都能流出水来！还有辣种会说话的管子，拿着它可以大声向厨房订餐，辣些穿着鞋子的人会直接把饭给你送过来！真的可以！”

“好好享受吧！”迪布勒说，“你们付得起的！”

“然后就是巡回演出了吧？”戈罗德尖锐地说道，“我们能付得起吗？”

“哦，我会帮你们解决的，”迪布勒豪情满怀地说，“明天，你们将去往伪都，在那儿待上两天时间，回程的时候会经过斯托拉特和奎尔姆，星期三回到这儿，参加免费音乐盛宴。真是个了不起的主意。回馈社会。我一直都十分赞成回馈社会的做法。这对于……对于……对于社会来说十分有利。你们离开的时候我会安排好的，行吧？然后是……”他一手搂着巴迪的肩膀，另一手搂着戈罗德的脑袋，“热努阿！克拉奇！赫施巴！客迈拉！好望地！甚至是衡重大陆！他们很快就会谈论又一次发现了它！对于对的人来说真是绝好的机会！有了你们的音乐和我准确无误的商业头脑，世界将是我们的软体动物！现在，你们只要跟着沥青走就行了，最好的房间，我的孩子们怎么享受都不为过，去好好地睡上一觉，不用担心账单——”

“谢谢。”戈罗德说。

“——你们可以明天早上再付。”

摇滚乐队踉踉跄跄地向最好的酒店走去。

迪布勒听到悬崖问：“什么志软体动物？”

“就像是两片轻质碳酸钙中间夹着一条小咸鱼什么的。”

“听起来挺好吃的。中间辣东西不一定要吃的，对吧？”

他们走了之后，迪布勒看着从沥青手里接过来的那把刀，上面还有亮片呢。

是的，把这几个家伙支开几天的确是一步好棋。

坐在高高的檐沟上，鼠之死神正在对着自己语无伦次地说着什么。

瑞克雷先生慢慢地走出了“大洞穴”。只有台阶上的一小堆用过的废票见证着这几个小时的音乐盛会。

他觉得自己像是个什么规则都不懂的人看完了整场比赛。比如，那男孩儿一直唱的……那是什么歌?《胡言乱语进来》。这究竟是什么意思?胡言乱语，那他倒是明白，院长就是一个绝好的例子。胡言乱语进来?可是好像除了他，大家都知道这是什么意思。还有，他还记得，有一首歌是关于不要踩别人鞋子的。十分有理，明智的建议，没有人希望被别人踩到脚，可是为什么一首让人们不要踩别人脚的歌能有这样的效果?瑞克雷先生压根儿就不明白。

至于那些女孩儿……

庞德慌慌张张，一把抓住他的盒子。

“我差不多都拿到了，校长！”他大声喊道。

瑞克雷先生的眼神绕过了他，飘了过去。那是迪布勒，手里还拿着一叠没卖出去的摇滚乐队T恤。

“是的，很好，斯蒂本先生，（闭嘴闭嘴闭嘴）”他说，“这太好了！我们回去吧。”

“晚上好，校长。”迪布勒说。

“哎呀，你好啊，喉咙先生，”瑞克雷先生说，“刚才都没看到你在这儿。”

“盒子里是什么?”

“哦，没有，什么都没有——”

“太神奇了！”庞德说，脸上洋溢着一位真正发现者对谁都不加掩饰的喜悦激动，同时也是蠢得出奇，“我们能捕捉到啊唧啊啊唧啊唧。”

“哎呀，我真是老糊涂了，”瑞克雷先生说，年轻巫师此刻正紧紧抓着他的腿，“来，让我来替你拿着这个全然无害的东西吧——”

可是那个盒子从庞德的手中滚了出来，在瑞克雷先生还没来得及抓住的时候，它就撞到了街面上，盖子也飞了出去。

音乐从里面洒了出来，融进了夜色中。

“你是怎么做到的？”迪布勒说，“是魔法吗？”

“这音乐可以关在盒子里，这样就可以一遍遍地听了。”庞德说，“还有，我觉得你这么做是故意的，校长！”

“一遍遍地听？”迪布勒说，“怎么做，只要打开盒子就行了吗？”

“是的。”庞德说。

“不是。”瑞克雷先生说。

“是的，你可以，”庞德说，“我给您展示过，对吧，校长？你不记得了吗？”

“不记得了。”瑞克雷先生说。

“什么样的盒子都可以吗？”迪布勒说，他的声音充满了钱味儿。

“哦，是的，但是你得先在里面拉根线，这样音乐才有地方可以存活，啊，啊，好疼。”

“我也不知道怎么回事，突然肌肉痉挛了。”瑞克雷先生说。

“走吧，斯蒂本先生，我们别再浪费迪布勒先生的宝贵时间了吧。”

“哦，你们没有浪费我的时间，”迪布勒说，“装满音乐的盒子，呃？”

“这个我们得拿走，”瑞克雷先生一边说，一边飞快捡起了音乐盒，“这是个重要的魔法实验。”

他把庞德的双手背到了他自己的后脑勺上，强行把他拖走了。这活儿可不轻松，因为年轻巫师籂着腰，还在呼哧呼哧地喘着气。

“你为什么非要走……还要……这么干？”

“斯蒂本先生，我知道你是一个致力于了解宇宙的人。但是有一条重要的规则你要知道：永远不要把香蕉园的钥匙交给一只猴子。有时候你会看到祸事在等着——哦，不。”

他撒开了手，放开了庞德，茫然地向大街挥手。

“关于那个你有什么想法吗，年轻人？”

一些金褐色、黏糊糊的东西，从这堆东西后面的一家店里渗漏到了街上。当两位巫师定睛望去时，他们听到了玻璃的脆响，这些褐色物质开始从二楼涌了出来。

瑞克雷先生踏步向前，用手舀起了一把，在墙要倒在他身上之前纵身往后一跳。他用力闻了闻手上的东西。

“是地下世界来的可怕泄漏物吗？”庞德说。

“我不这么想。闻起来像是咖啡。”瑞克雷先生说。

“咖啡？”

“无论如何，是咖啡味儿的泡沫。为什么我现在觉得这里头什么地方有巫师呢？”

一个身影突然蹒跚着从泡沫里走了出来，身上褐色的泡泡还在不断往下淌。

“是谁？”瑞克雷先生问。

“啊，是啊！谁有那辆牛车的号码吗？好心人，再来一个甜甜圈吧！”那个身影愉悦地说，然后又一下子跌进了那堆泡沫里了。

“听起来像是庶务长的声音，”瑞克雷先生说，“出来，伙计。那就是些泡泡。”说着，他大步走进了泡沫里。在片刻的犹疑之后，庞德意识到青年巫师界的面子正岌岌可危，这股力量推动着他也一头扑了进去。

几乎是同时，他撞到了泡沫堆里的一个人。

“呃，你好？”

“谁在那儿？”

“是我，斯蒂本。我来救你了。”

“太好了，要怎么出去？”

"呃——"

突然，从这朵咖啡云里传来了一些"砰砰"的爆炸声。庞德眨了眨眼。泡泡的水平面在降低。

各式各样的尖头帽露了出来，就像不断干涸的湖面上露出已经溺水而亡的原木一般。

瑞克雷先生蹚着水走了过去，咖啡泡沫顺着他的帽子滴滴答答地往下淌。

"发生了什么愚蠢的事情，"他说，"我会耐心等着院长自己来坦白的。"

"我不明白为什么您觉得是我干的。"一根咖啡颜色的大柱子嘟嘟囔囔地说。

"哦，那么，是谁？"

"院长说咖啡应该是由沫沫构成的，"一堆泡沫里传来了资深数学家的说教声，"他施展了一点儿简单的魔法，我宁可觉得我们是走神了。"

"哈，果然是你，院长。"

"是的，没错，可这只是个巧合罢了。"院长暴躁地说。

"你们所有人，都给我滚，"瑞克雷先生说，"马上滚回学校去。"

"我是说，我不明白为什么您觉得是我的错只是因为那恰好就是我……"

泡沫又消下去一些，露出了一个矮人头盔和下面的一双眼睛。

"打扰了，"一个声音从泡泡下面传来，"但是哪一位来买单呢？一共四块，谢谢。"

"庶务长有钱。"瑞克雷先生迅速回答。

"现在没了，"资深数学家说，"他买了十七个甜甜圈。"

"糖？"瑞克雷先生说，"你们让他吃糖？你们知道他一吃糖就……变得有点儿可笑。维特矮夫人说过如果我们再让他接近糖的话，她就不干了。”他把这群湿漉漉的巫师都赶到了门边，“没关系的，好兄弟，你可以信任我们的，我们是巫师，明天早上就叫人把钱给你送过去。”

“哈哈，你指望我会相信你的话，是吗？”矮人说。

这是个十分漫长的夜晚。瑞克雷先生转过身，往墙上挥了挥手。一种偏黄绿色的紫色火焰[1]“噼啪”作响之后，石头上焚烧显现出了“我欠你四块钱”几个大字。

“这就行了，没问题了。”小矮人说着，又一头扎进了泡沫堆里。

“我认为维特矮夫人不会担心，”他们吧唧吧唧地穿过夜色时，如尼文讲师说道，“我在音乐会上看到她和那几个女佣了。你知道的，厨房里的那几个女孩儿。茉莉啊，波莉啊，呃，多莉啊。她们都在，呃，尖叫。”

“我没想到那音乐竟然那么糟糕。”瑞克雷先生说。

“不，呃，不是痛苦地尖叫，呃，我不是说这个，”如尼文讲师说着，脸上泛起了红晕，“而是，呃，当那个年轻人像那样扭着屁股的时候——”

“在我看来，他的确精灵气十足。”瑞克雷先生说。

“——呃，我想，她往台上扔了她的内……那个。”

这话一出口，大家都鸦雀无声了，就算是瑞克雷先生，也愣了好一会儿。每位巫师都突然间开始忙着浮想联翩。

“什么，维特矮夫人？”不确定性研究主席说道。

“是的。”

“什么，她的……”

“我，呃，想是的。”

---

1　碟形世界中光谱的第八种颜色，只有巫师和猫看得见。——译者注

瑞克雷先生曾经见过一次维特矮夫人的晾衣绳。他印象深刻。他以前都不相信世界上竟然有那么多粉红色的松紧带。

“什么，真是她吗？”院长问，他的声音听起来仿佛是从很远的地方飘过来的。

“我，呃，很肯定。”

“听起来很危险，”瑞克雷先生刻薄地说，“会给别人造成严重伤害的。现在，你们这些人，马上都给我回学校去冲个冷水澡。”

“真的是她的……”不确定性研究主席说道。不知为什么，他们中没有一个人能忍住不去想这件事。

“有点儿出息吧，去找找庶务长，”瑞克雷先生厉声说，“要不是因为你们就是学校的领导层，我明天一大早第一件事就是把你们拎到学校的领导层面前。”

脏鬼老罗是个专业的狂躁症患者，也是安卡-摩波最勤劳的乞丐之一。他在黑暗中眨巴着眼睛。维第纳利大人有着绝佳的夜间视力，但是糟糕的是，他的嗅觉也很发达。

“然后发生了什么呢？”他一边说，一边把脸别开，不冲着乞丐。因为虽然脏鬼老罗穿着一件硕大无比的脏大衣，实际上他是个身材矮小的驼背，而虽然他的实际身材并不高大，但他的味道可以充盈整个世界。

事实上，脏鬼老罗在肉体上是个肉体分裂症患者。可以分成脏鬼老罗本人，和脏鬼老罗的味道。这种味道显然是在经年日久之后，已经发展到了进化出自己个性的阶段了。有些人是在离开一处之后，会留下味道久散不去，而脏鬼老罗的味道则是先发制人，人还没到，味道却已经在那儿飘了几分钟了，要赶在他本人到达之前，先伸展伸展，弄得舒舒服服的。这味道已经进化成了一种异常犀利的东西，它不是靠鼻子闻出来的，因为一碰到这种气味，鼻子会立即关闭，启动自我保护机制。

所以，当人们的耳屎开始融化的时候，他们就可以判定脏鬼老罗来了。

“啧啧，啧啧，穿反了，我告诉他们，喳喳……”

王公大人在耐心等待着。跟脏鬼老罗打交道，你得给他点儿时间梳理一下，让他混乱的思维和他的舌头能回到同一区域。

“……用魔法暗中监视我，我告诉过他们，绿豆汤，看看这儿……那时大家都在跳舞，你看，之后，有两个巫师走在街上，其中一个一直在说把音乐关在盒子里的事儿，迪布勒先生很感兴趣，然后，咖啡屋就爆炸了，他们都回到幽冥大学去了……啧啧，啧啧，喳喳，看我能不能。”

“咖啡屋爆炸了，真的吗？”

“泡沫状的咖啡洒得到处都是，大人……啧……”

“好了，好了，就这些了，”王公大人一边说，一边挥着瘦干干的手，“你能告诉我的就这些了？”

“好吧……啧——”

脏鬼老罗与王公大人的目光交会了一下，很快克制住了自己。虽然他神志清醒的标准跟别人截然不同，脏兮兮的他还是知道什么时候不要贪得无厌、得寸进尺。他的味道在房间里徘徊，翻读着文献，细细品味着那些图片。

“他们说，”他说，“他使所有的女人……疯狂。”他俯下身去。王公大人随即向后一仰。“他们说，当他像那样扭动屁股之后……维特矮夫人把她的……那个什么……扔到台上去了。”

王公大人挑起了一边眉毛。

“什么那个什么？”

“您懂的。”脏鬼老罗的双手开始在半空中比画起来。

“一对枕套？两袋面粉？一条宽宽大大的裤——哦，我懂了。哎呀，有人员伤亡吗？”

“我也不知道，大人。但是有件事我真知道。”

“什么事？”

“呃……加布林·迈克尔说过线人的情报要给钱的……？”

“是的，我知道。我无法想象这种谣言是怎么传出去的，”王公大人站起身来，打开了一扇窗户，“我得采取点儿措施了。”

又一次，脏鬼老罗在心中提醒自己，虽然他精神不健全，但也还没疯得那么厉害。

“我只拿到这个，大人，”他说着，从他空洞洞的大衣深处抽出了什么东西，“它上面都写着呢，大人。”

这是一张海报，用亮闪闪的三原色印制的。它原本不是特别旧，但在脏鬼老罗身上揣了一两个小时之后，它迅速老化了。王公大人拿着一把镊子展开了它。

“这是那些乐手的图片，”脏鬼老罗热心地说，“这儿还写着字。那儿也有字，看。迪布勒先生说这是巨怪白垩刚印出来的，是我插队威胁他们，要是不给我一张，我就对着他们哈气，他们才给我的。”

“这招肯定闻名遐迩。”王公大人说。

他点亮了一根蜡烛，细细看起了那张海报。在脏鬼老罗在场的时候，所有的蜡烛的火焰边缘都会带上一抹蓝。

“摇滚乐队的免费音乐盛宴。”他说道。

“就是不用花钱就能进去，”老脏鬼奥勒·罗恩又热心地说，“喳喳，啧啧。”

维第纳利大人继续往下读。

“在兽皮公园。下周三。很好，很好，是个公共开放地，当然，我想知道会不会有很多人去？”

“很多很多，大人。当时有好几百人进不了‘大洞穴’呢。”

“那个乐队看起来就那样吗？”维第纳利大人说，“都是那副愁眉苦脸的样子？”

“大汗淋漓，我看见他们大部分时间都在流汗。”脏鬼老罗说。

“不见……就不走？”王公大人说，“这是什么神秘代码吗，你觉得呢？”

“不好说，大人，”脏鬼老罗说，“我渴的时候脑筋就转不动了。”

“是说，完全就不可能去看他们啊，路太远了！”维第纳利大人郑重地说。他抬起了头。“哦，真对不起，”他说，“我可以找个人给你送点清凉儿又醒神的东西喝……”

脏鬼老罗咳嗽了一声。这话听起来像是非常真诚的提议，但是，不知道为什么，他突然觉得一点儿也不渴了。

“那，我就不留你了。非常感谢。”维第纳利大人说。

“呃……”

“还有什么事？”

“呃……没有了……”

“非常好。”

当老脏鬼满口啧啧、啧啧、喳喳地走下楼梯的时候，王公大人一边若有所思地用笔点着纸，一边望着墙出神。

笔尖一直在“免费”这个词上跳跃着。

最后，他拉响了一个小铃铛。一个年轻的职员把头凑到了门口。

“啊，丬纳啊，”维第纳利大人说，“去告诉音乐家行会的会长，叫他来跟我谈一谈，好吗？”

“呃……克雷特先生在等候室了，大人。”那职员说。

“他碰巧身上带着海报吗？”

“是的，大人。”

“那他很生气吗？”

“您说得太对了，大人。是关于什么音乐会的事儿。他坚持要求停办。”

“我的天哪。”

“而且他要求马上见您。”

“哈。那让他等二十分钟吧，然后再带他过来。”

“好的，大人。他一直在说，想知道那事儿您是怎么处理的。”

“好的，到时我也要问他这个问题。”

王公大人又坐着往后一仰。“非破而勿修之。”这是维第纳利家族的格言。如果你袖手旁观的话，一切都将顺顺利利的。

他拿起了一沓活页乐谱，开始听起了萨拉米的《巴布拉主题夜曲前奏曲》。

过了一会儿，他抬起了头。

“你可以退下了。”他厉声喝道。老脏鬼的味道悄悄溜走了。

**吱吱！**

“别傻了！我不过就是把他们吓跑了。我又没伤害他们。如果都不能用这些法力的话，它们又有什么用呢？”

鼠之死神用他的爪子捂住了鼻子。有了老鼠们[1]，事情就简单多了。

自割喉哝迪布勒经常不睡觉。他晚上通常要去见巨怪白垩。白垩是个块头很大的巨怪，但是在光线下，身体会干涸，碎片剥落。

其他的巨怪都看不起他，因为他出身沉积岩家族，在巨怪中等级很低。但他不在意。他是个非常和蔼亲切的人。

他做着一些奇怪的工作，为了那些急需一些非凡之物，但又不想

1 老鼠在安卡-摩波的历史上占有重要的一席之地。就在王公大人掌权后不久，城里就闹了一场非常可怕的鼠疫。市政厅的对策就是一条老鼠尾巴可以换二十便士。这种方法，在一两周之内，的确减少了老鼠的数量，然而随着拿着老鼠尾巴换钱的人陡然增多之后，市财政就快没有经费了，而且也好像没有人干活儿了。城里还是到处闹老鼠。维第纳利大人认真地凝听了大家对于问题的解释，只用了令人记忆犹新的一小句话就解决了问题。这句话可以让我们深入了解王公大人大人，也道出了之前的慷慨赏金的愚蠢以及安卡-摩波人在任何关于钱的问题上不变的自然天性。那句话就是：“向有老鼠的农场征税。”

纠缠不清的人，和那些口袋里有着丁零当啷钱的人服务。而这次的工作真的很奇怪。

“就是盒子吗？”他说。

“有盖子的，”迪布勒说，“就像是我做好的这个一样。里面放一截绷得紧紧的线。”

有些人可能会问“为什么呀”或是“这是做什么用的”，但是白垩不是那样赚钱的。他拿起了盒子，在手上反反复复地转来转去。

“做多少个？”他说。

“先做十个，”迪布勒说，“但是我想以后会需要更多。要多得多。”

“十个是几个？”巨怪问。

迪布勒举起了双手，伸出了十根手指。

“每个两块。”白垩说。

“你是想让我割自己的喉咙吗？”

“两块。”

“这一批每个一块，下一批每个一块五。”

“两块。”

“好吧，好吧，每个两块。一整批十块，行吧？”

“行。”

“那简直是割我自己的喉咙。”

白垩把盒子扔到了一边。它弹到了地上，盖子掉了。

过了一会儿，一只灰褐色的小杂种狗悄声而来，寻找着食物。它一瘸一拐地走进作坊里来，坐在地上，眯眼往盒子里看了好一阵子。

然后，它觉得自己有点儿傻，就漫步走开了。

当城里的钟敲响两点的时候，瑞克雷先生咚咚地敲响了高能量魔法大楼的门。他还扶持着庞德·斯蒂本，他正趴在里德先生脚上睡觉。

瑞克雷先生不是个思维敏捷的人，但是什么事情他最后都想得通。

门开了，露出了斯卡姆的头发。

“你是面朝着我的吗？”瑞克雷先生问道。

“是的，校长。”

“那，我们进去吧，露水已经浸透了我的靴子。”

瑞克雷先生扶着庞德进去时，四下张望着。

“真希望我知道是什么在支撑着你们这些小伙子没日没夜地工作，”他说，“当我还是个小伙子的时候，我从没觉得魔法有那么有趣。去给斯蒂本先生取些咖啡来吧，好吗？然后把你的朋友们都叫过来。”

斯卡姆匆匆忙忙地去了，只剩下瑞克雷先生一个人了，除了那个还在酣睡的庞德。

“他们究竟在做什么？”他说道，但他其实从未真正试图去找到答案。

斯卡姆之前一直在一面墙边的一张长凳上工作。

至少他认出了那个小小的木碟。上面有很多小块的椭圆形石头排列成的几圈同心圆，一根可以旋转的把手上还装了一个蜡烛灯，这样就可以把灯移动到圆周的任意一处。

这是德鲁伊的旅行电脑，一种便携式的巨石阵，他们管这个叫“手提石阵”。曾经有人给庶务长寄了一个，盒子上还写着“给那位匆匆忙忙的牧师”。他从来都没有正确使用过这个东西，现在就当个门挡来用。瑞克雷先生看不出来这些跟魔法有什么关系。毕竟，这不过就是个日历，而你花八分就能买一个相当好的日历了。

更令人费解的是它后面放的那一大列的玻璃试管。那就是斯卡姆一直工作的地方。那学生坐的地方上还有一个用弯曲的玻璃器皿、各种广口瓶和小块的硬纸板构成的奇怪物品。

那玻璃导管看起来好像是有生命的。

瑞克雷先生俯过身去。

上面爬满了蚂蚁。

数以千计的蚂蚁沿着导管疾速爬行，穿过一个个复杂的螺旋弯道。在房间里一片寂静映衬下，它们不断爬行的身躯发出轻微而持续的“沙沙”声。

在与校长目光齐平之处有一个狭小的孔洞。玻璃上贴着一张纸，上面写着“入”。

板凳上放着一张椭圆形的卡片，形状大小看起来正合适放到那个小孔洞里去。卡片上还打了一些圆圆的洞。

先是两个洞，然后是一整排洞，接着又是两个洞。上面还有人用铅笔潦草地写着“2 + 2”。

瑞克雷先生是那种什么样的控制杠都会去推一推，看看到底会发生什么结果的人。

他把卡片放到了那个一目了然的孔洞里去了……

“沙沙”声立刻起了变化。蚂蚁们匆匆忙忙地列队通过了导管，其中一些看起来还背着种子……

然后是一小声闷响，玻璃迷宫的另一端掉出了一张卡片。

卡片上有四个洞。

瑞克雷先生还在盯着卡片看时，庞德出现在他的身后，揉着惺忪的睡眼。

“这是我们的蚂蚁计算器。”他说。

“二加二等于四，”瑞克雷先生说，“嗯，嗯，真是没想到啊。”

“它也能做其他数字的加法。”

“你是告诉我蚂蚁会算数吗？”

“哦，不。不是个别的蚂蚁……这有点儿难解释清楚……卡片上面那些洞，你看，堵住一些管口，让它们从其他口通过……”庞德叹了一口气，“我们觉得这个还能用来做点儿别的事情。”

“比如呢？”瑞克雷先生追问道。

“呃，我们也在尝试……”

“你们在尝试？这东西是谁做的？”

“斯卡姆。”

“现在你们还在尝试看它能做什么？”

“嗯，我们想它大概能解一些很复杂的数学题，如果里面放的虫子够多的话。”

蚂蚁们还在这座巨大的透明建筑里忙碌着。

“在我还是个小伙子的时候，会弄个老鼠、沙鼠什么的，”瑞克雷先生在他完全无法理解的事物面前选择了放弃，“让它们整天在踏车上面跑。一圈又一圈，没日没夜。这不是跟这个有点儿像？”

“从最宽泛的意义上来说，是吧。”庞德小心翼翼地说。

“以前我还有个老鼠农场，”瑞克雷先生回忆起了时隔遥远的想法，“那些小畜生根本就不会笔直地犁地，”他控制了一下自己的情绪，“算了，马上把你们的那些朋友都叫过来吧。”

“为什么呢？”

“给你们开个小灶。”瑞克雷先生说。

“我们不是要好好研究一下那个音乐吗？”

“那个慢慢来不用急，”瑞克雷先生说，“但是首先，我们得跟某个人谈一谈。”

“我不确定，”瑞克雷先生说，“他出现的时候我们会知道的，或者说是‘她’。”

戈罗德看着他们的套房。店主们在说一番“这个志窗户，志真的可以开的哦。这个志水泵，拉这儿的把手就可以出水。这个志我，等着你们给一些小费”之类的话后，刚刚终于离开了。

“嗯，就是那么做，把铁头盔放在上面，就是那样，”他说，

“我们整晚演奏了摇滚乐，就得到这样的一个房间？

“很温馨啊，”悬崖说，“看，巨怪不喜欢生活中出现什么褶边装饰——”

戈罗德低头往脚边看去。

“都在地上，很是柔软呢，”他说，“我真蠢，还以为是地毯呢。谁给我拿个扫把。哦，不，谁给我递个铲子。然后再给我拿个扫把。”

“不用麻烦了。”巴迪说。

他放下吉他，平躺在一块木板上，很显然，那就是其中的一张床。

“悬崖，”戈罗德说，“能跟你谈一谈吗？”

他粗短的大拇指往门边一跷。

他们最后决定站到楼梯平台上。

“情况越来越糟了。”戈罗德说。

“志啊。”

“现在他不在台上时几乎都不说话。”

“志啊。”

“你见过僵尸吗？”

“我认识个石头人。住在长霍米的多弗尔先生。”

“他？他是正宗的僵尸吗？”

“志啊，他脑袋上有个神圣的字呢，我见过。”

“哈哈。真的吗？我向他买过香肠呢。”

“辣个不说……僵尸怎么样啊？”

“……口感上你也分辨不出来啊，他的香肠做得真是棒极了呢。”

“你在说什么呀？”

“……很有意思，一个你认识好几年的人，突然发现他们长着泥土做的脚……”

“僵尸……”悬崖耐心地说。

“什么？哦，是的。我是说他行为有点儿像个僵尸，”戈罗德回忆着在安卡-摩波见过的一些僵尸，“至少，举止像僵尸该有的样子。”

“志啊，我明白你的意思。”

“我们俩都知道为什么。”

“志啊，呃，为什么呢？”

“那把吉他。”

“哦，对，志的。”

“当我们站在舞台上时，是那个玩意儿在掌控……”

房间里寂静无声，吉他在黑暗中静静地躺在巴迪的床上，它的琴弦随着矮人的说话声轻柔地震动着……

“好的，辣么我们该怎么办呢？”悬崖说。

“它是木头做的。拿个斧子，不出十秒钟，所有问题都解决了。”

“我不确定。辣不志普通的乐器。”

“我们刚遇到他的时候，他是个好孩子。按人类的标准来看。”戈罗德说。

“所以该怎么办呢？我觉得我们没法儿把它从他身边拿走。”

“也许我们可以让他——”

矮人停住了。他意识到他声音中有一种模模糊糊的回音。

“那个该死的玩意儿在听我们说话！”他小声说道，“我们出去吧！”

他们走到了外面的马路上。

“我不明白它怎么会听人说话，”悬崖说，“一个乐器竟然听人说话……”

“那些琴弦会听，”戈罗德平静地说，“那不是个普通的乐器。”

悬崖耸了耸肩。“有个办法能让我们知道真相。”他说。

清晨，雾气弥漫在街头巷尾。幽冥大学附近的雾被轻微的魔法背景辐射雕塑成了各种奇怪的形态。各种怪模怪样的东西在湿漉漉的鹅卵石路上游来荡去。

其中两个就是戈罗德和悬崖。

“好了，”矮人说，“我们到了。”

他抬起头看着一堵空墙。

“我就知道！”他说，“我说什么来着，就是魔法！这个故事我们听过几次啦？有一间以前从没人见过的店铺，有人走进去，买了一样生了锈的老古董，结果发现它是——”

“戈罗德——”

“——某种护身符或是装着妖怪的罐子，然后他们有麻烦的时候，又回到店里去，发现那家店——”

“戈罗德——？”

“——已经神秘消失了，回到了原来的那个次元去了——是吧，是这样的吧？”

“错了，你站到路对面儿去啦。店在这儿。”

戈罗德盯着那面空墙看，然后转过身，噔噔噔地走到了马路对面。

“这是个人人都会犯的错误。”

“志啊。”

“它在这儿也不能证明我说的是错的。”

戈罗德用力地推了推那扇门，令他意外的是，门竟然没有锁。

“凌晨两点钟就开门了！什么样的乐器店凌晨两点就开门？”戈罗德擦亮了一根火柴。

满布尘灰的旧乐器坟墓赫然出现在他们四周，看起来就像许多突然被山洪困住的史前动物变为了化石一样。

“辣个长得像条蛇的志什么？”悬崖小声问。

“就叫它蛇吧。”

戈罗德很不安。他一生的大部分时间都是一名音乐家。他讨厌看到死去的乐器，而这些乐器都是死的。它们不属于任何人。没有人弹奏它们。它们就像是没有生命的躯体，没有灵魂的人一样。它们曾经包含的某样东西已经消逝了。这里的每一样乐器都代表一位噩运连连的音乐家。

那堆巴松管构成的小丛林里有一束光线。老妇人在一张摇椅上沉沉地睡着，大腿上放着一团编织物，身上裹着一件披肩。

“戈罗德？”

戈罗德跳了起来：“怎么了？什么事？”

“我们为什么来这里？我们现在知道这个地方实实在在地存在了——”

“抓好天花板吧，小流氓！”

戈罗德眨着眼看着戳在他鼻尖上的弩箭，举起了双手。

老妇人从熟睡到摆出射击姿势之间，似乎完全没有经过任何过渡。

“我最多只能做到这样了，”他说，“呃……门没锁，你看到了，还有……”

“所以你就想抢劫一位手无寸铁的可怜老妇人？”

“完全没有，完全没有，实际上，我们——”

“我加入了城区巫师计划，我加入了！我只要说一个字，就能把你变成青蛙，让你到处跳着去找那位有两栖动物癖的公主！”

“我想闹成这样已经够了。”悬崖说。他伸出手，把一只硕大的手掌搭在弓弩上，用力一压，点点木屑从手指之间渗了出来。

“我们没有恶意，”他说，“我们志为了你上周卖给我们朋友的辣个乐器来的。”

“你们是警卫吗？”

戈罗德深鞠一躬。

“不是，女士。我们是音乐家。”

“你们这么说是想让我安心，对吧？你们说的是什么乐器？”

“一把吉他。”

老妇人把头歪到一边，眯缝起了双眼。

“我是不会收回的，你知道的，”她说，“价格公道合理。乐器的状态也很好。”

“我们只是想知道它是哪里来的。”

“没有什么哪里来的，”老妇人说，“一直就在这儿。别吹那个！”

戈罗德差点儿没拿稳刚战战兢兢地从废墟里捡起来的笛子。

“……否则老鼠会堆到我们膝盖这么高的。”老妇人说。她又转身面朝悬崖。“一直就在这儿。”她重复了一遍。

“有个人在上面用粉笔写了字。”戈罗德说。

“一直在这儿，”老妇人说，“从我有这家店开始就是这样的。”

“谁把它带到这儿来的呢？”

“我怎么知道？我从来不问他们的名字，人们不喜欢那样。他们只有号码。”

戈罗德看着那把笛子。笛子上系着一个泛黄的标签，上面潦草地写着“431号”。

他盯着临时柜台后面的那排架子看。那儿有一个粉红色的海螺。海螺上也有数字。他舔了舔嘴唇，伸出手去……

“如果你吹那个，最好先准备一个用于献祭的处女，旁边还要一大锅面包果和海龟肉。”老妇人说。

海螺旁边还有一个喇叭，看起来熠熠生辉的。

“那这个呢？”他说，“如果我吹它的话，就会世界末日，天都塌下来砸到我身上，是吗？”

“你这么说可真有意思。”老妇人说。

戈罗德垂下了手，突然，另一样东西吸引了他的注意。

“天哪，”他说，“这个还在这儿吗？我都忘记了……”

“什么东西？”悬崖说，然后顺着戈罗德的手指望去。

“辣个吗？”

“我们有点儿钱，为什么不买下来呢？”

“志啊。也许这东西有用。可你知道巴迪说过的，我们不可能找到——”

“这是个大城市。如果在安卡-摩波找不到的话，别的什么地方都找不到。”

戈罗德捡起了半根鼓槌，若有所思地看着一半埋在一堆乐谱架里的锣。

“不能吹，”老妇人说，“如果你不想让七百七十七个骷髅武士破土而出的话。”

戈罗德抬手指了过去。

“我们要这个。”

“两块。”

“嘿，为什么我们要给钱？就好像是你的东西一样——”

“付钱吧，”悬崖叹了一口气说，“不要议价了。”

戈罗德很不情愿地把钱递了过去，一把抢过老妇人递给他的包，昂首阔步地走出了商店。

“你这儿的藏品可真志引人入胜啊。”悬崖一边盯着那面锣，一边说。

老妇人耸了耸肩。

“我的朋友有点儿不高兴，因为他以为你志民间传说里说的辣种神秘店铺，”悬崖又继续说道，“你知道的，今天在这儿，明天就不见了。今天他还在路的另外一边找着呢，哈哈！”

“听起来真蠢。”老妇人用一种杜绝进一步不得体的轻佻举止的口吻说。

悬崖又瞥了一眼那面锣，耸了耸肩，就跟着戈罗德走了。

老妇人等待着，等着他们的脚步声完全消逝在雾气中。

然后，她又打开了门，对着街上左看右看。街面上空无一人，她显然甚感满意。她又走回了柜台，伸手去够下面的一个古怪的杠杆。有一刻，她的眼中闪出了绿光。

“下面忘记我自己的头。”她一边说，一边拉动了杠杆。

隐秘的机械传来刺耳的摩擦声。

商店消失了。片刻之后，它又出现在路的另一侧。

巴迪躺在床上看着天花板。

食物是什么味道？很难记起来。这几天以来他也吃过了许多顿饭，一定是吃过的，但是他记不得味道。他什么事都不太记得，除了那次演出。戈罗德和他们几个说话的声音听起来就像隔着厚厚的一层纱。

沥青已经不知逛到哪儿去了。

他纵身躺倒在硬板床上，用手枕着头，往窗外看去。

安卡-摩波的剪影在薄暮来临前灰色的微光中清晰可见。一阵轻风从敞开的窗户里吹了进来。

但他转过身来时，只见有一位年轻女子站在房间的中央。

她把手指竖在两唇之间。

“嘘！别喊那个小巨怪，”她说，“他在楼下吃晚饭，而且，他根本就看不到我。”

“你是我的缪斯吗？”

苏珊皱了皱眉。

“我想我懂你的意思，”她说，“我见过那些图片。一共有八个缪斯，是……嗯……是以哈密瓜[1]为首的。她们是来保护人的。以弗

1 苏珊的记忆错误，九大缪斯之首是卡利俄佩（Calliope），她记成了cantaloupe，意为哈密瓜。——译者注

比人认为她们是音乐家和艺术家的灵感来源，但是，当然了，她们不存——”她停住了，一丝不苟地更正了一下，“至少，我没见过她们。我名叫苏珊，我来这儿是因为……”

她的声音逐渐微弱下去。

“哈密瓜？”巴迪说，“我敢肯定不是哈密瓜。”

“无所谓。”

“你是怎么进来的？”

“我……听我说，坐下。好的。嗯……你知道有些东西……就像缪斯，像你说的这样……人们觉得有些东西是由人来代表的，是吧？”

巴迪困惑的脸上显现出了暂时明白的表情。

“就像圣猪老爹代表的是仲冬节的神灵，对吧？”他说。

“对的。嗯……我就是做这种事的，”苏珊说，“至于我具体做什么，一点儿也不重要。”

“你是说你不是人？”

“哦，不，我是人。但是我……在做一份工作。把我想象成一个缪斯是最好不过的。我是来这儿警示你的。”

“管摇滚乐的缪斯吗？”

“不完全是，但是听着……嘿，你还好吗？”

“我不知道。”

“你看起来脸色苍白。听着，这种音乐很危险……”

巴迪耸了耸肩：“哦，你是指音乐家行会吗？迪布勒先生说不用担心这个。我们要离开这座城市到——”

苏珊咚咚地走上前来，拿起了那把吉他。

“我是说这个！”

琴弦在她手下颤动、哀鸣着。

“别碰那个！”

“它已经操纵了你！”苏珊说着，一把把吉他扔到了床上。巴迪抓起他，弹奏出了一个和弦。

“我知道你要说什么，”他说，“每个人都这么说。那两人也觉得它很邪恶。但是并不是这样的！”

“它也许并不邪恶，但它不对！地点不对，时间也不对。”

“是的，但我能掌控它。”

“你掌控不了它，是它在掌控你。”

“无论如何，你是谁？要告诉我这些？我不需要听牙仙说教！”

“听着，它会杀了你的！我敢肯定！”

“所以我现在应该放弃演奏，是吧？”

苏珊迟疑了。

“呃，也不是……因为现在——”

“哦，我不会听什么神秘古怪的女人的话！你可能根本就不存在！所以飞回你的魔法城堡去，好吗？”

苏珊一时语塞。她对大多数人类无可救药的愚蠢妥协了，特别是站得直直的，早上还要刮胡子的这一部分人。但她还是深感屈辱。从来没有人敢这样跟死神说话。至少，很长时间内没人敢这么做了。

“好吧，”她伸出手去，碰了碰他的手臂，“但是你还会见到我的……你不会愿意见到我的！因为，让我告诉你吧，我凑巧就是——”

她的表情变了。她感觉自己直直地向后倒去，映衬着巴迪那张惊恐的脸，房间像风车般高速地旋转了起来，从她身旁飘过，堕入了黑暗之中。

黑暗爆炸了，然后有了光。

滴着蜡的蜡烛光亮。

巴迪在苏珊原来站着的地方来回挥动着手，现在那里空无一物。

“你还在这儿吗？你到哪儿去了？你是谁？”

悬崖四下望去。

“我想我听到了什么，”他小声嘟囔，“这儿，你知道的，对吧？这些乐器当中有一些绝对不寻常——”

“我知道，”戈罗德说，“真希望我刚才试着吹吹那个老鼠笛子。我又饿了。”

“我志说它们都志神……”

“是的。”

“所以它们志怎么落到辣个二手乐器店里去的呢？”

“你以前典当过你的石头吗？”

“哦，当然了，”悬崖说，“每个人迟早都会这么干，你懂的。有时想换一顿饭吃，这也就志你的全部身家了。”

“这就对了。你也说了，这是每个音乐家迟早都会干的事儿。”

“志啊，但志巴迪的辣个玩意儿……我志说，它上面的号码志1号……”

“是的。”

戈罗德抬起头仔细地看着一块路标。

“能工巧匠街，”他说，“我们到了。看，到晚上这个时候，这里一半的作坊都还没有打烊呢。”他把口袋换到另一只肩上，里面有什么东西在噼噼啪啪地响。“你敲那边，我敲这边。”

“嗯，好吧……但志，我志说，1号。就辣那个海螺也不过志52号。谁曾经拥有过这把吉他呢？”

“不知道，”戈罗德一边敲着第一家的门，一边说，“但我希望他们不要回来找它。”

“那，”瑞克雷先生说，“就是阿示克恩仪式。做起来很简单，但你需要一颗新鲜的鸡蛋。”

苏珊眨了眨眼睛。

地上画了一个圈，圆圈边上是一些奇怪的神秘形状。但是，当她调整心绪时，她发现这些不过都是非常普通的学生。

“你是谁？”她说，“这是什么地方？现在马上放我走！”

她迈步想跨出那个圈，却被一堵看不见的墙弹了回来。

那些学生都在盯着她看，脸上露出的那种神情，就好像他们都听说过“女性”这个物种，但却从没指望这么近距离接触过一样。

“我要你们放我走！”她一脸怒容地看着瑞克雷先生，“你不就是我昨天晚上见过的那个巫师吗？”

“是的，”瑞克雷先生说，“而这，是阿示克恩仪式。它可以把死神召唤到圈里来，他——也有可能像这次一样，是她——在我们准许之前是无法离开的。这本书里有很多东西在拼写的时候充满了又长又滑稽的‘s’音，都是跟弃绝和召唤有关系的，但那实际上都是假象。一旦你进来了，你就得一直在这里待着。我不得不说你的前任——哈哈，这是个双关[1]——可比你亲切和蔼多了。”

苏珊怒目圆睁。这个圈是在对她的空间概念要花招，这太不公平了。

“那你为什么要召唤我呢？”她说。

“这样好多了。这跟剧本设置更吻合，”瑞克雷先生说，“我们是允许向你提问的，你瞧。而且你必须回答我们的问题，老老实实地回答。”

“什么？”

“你愿意坐下来吗？要不要喝杯什么？”

“不用。”

“随你高兴。这种新的音乐……跟我们谈一谈吧。”

---

1　这里的predecessor指小亡。一语双关，该词既指“前任”，小亡是上一任死神，又指“前辈”，暗指小亡是苏珊的父亲。——译者注

“你召唤死神就为了问这个？”

“我不确定我们召唤到的是谁，”瑞克雷先生说，“它真的是有生命的吗？”

“我想……是的。”

“它住在什么地方吗？”

“它好像曾经住在一个乐器里，但是我想现在它正在四处移动。我能走了吗？”

“不行。可以杀死它吗？”

“我不知道。”

“它应该在这儿吗？”

“什么？”

“它应该在这儿吗？”瑞克雷先生耐心地重复了一遍，“这是应该要发生的事情吗？”

苏珊突然觉得自己很重要。坊间传言巫师拥有智慧——实际上，那是巫师自己造的词[1]。但是他们正在问她问题。他们在听她回答。她的眼中闪烁着骄傲的神采。

“我……不这么认为。它只是机缘巧合在这里出现的。这里不是它该来的地方。”

瑞克雷先生一副自鸣得意的模样：“我就是这么想的。这不对，我说过。它让人们变得不像自己。我们怎么样才能阻止它呢？”

“我不认为你阻止得了。它对魔法免疫。”

“你说得对。魔法对音乐无效，不论何种音乐。但是一定有东西可以阻止它。给我看看你的盒子，庞德。”

“呃……好的，给您。”

他打开了盖子。音乐，轻微沾染上了点儿锡的味道，但还是认得

1 源于古老的巫师文学。智慧的意思是：至少是一个非常聪明的人。

出来的。它飘了出来，弥漫在房间里。

“听起来好像是被困在火柴盒里的蜘蛛，对吗？”瑞克雷先生说。

“你不能这样去复制音乐的，用盒子里的一根线去复制它。”苏珊说，“这是违背自然规律的！”

庞德一副如释重负的样子。

“我就说嘛，”他说，“但是不知道怎么回事，这音乐这么干了。它愿意。”

苏珊盯着盒子看。

她的脸上浮现出了微笑。这微笑并不是因为心情好。

“它又在扰人心智了，”瑞克雷先生说，“嗯……看看这个。”他从长袍里抽出了一卷纸并展开了，“我逮住一个小伙子，他打算往我们门上贴这个。那张生机盎然的脸庞啊！所以我把这个抢过来了，还把他赶走了，现在看起来处理得十分合适。这是关于什么摇滚音乐节的。最后的结局一定是异度空间的怪物会入侵世界，走着瞧吧。这些地方经常发生这样的事情。”

“打扰一下，”大疯子艾德里安用满是怀疑的口吻说，“我无意生事，嗯，可是这究竟是不是死神呢？我见过死神的图片，长得不像她。”

“我们施行了阿示克恩仪式，”瑞克雷先生说，“这就是我们抓到的。”

“是的，可是我爸爸是个鲱鱼渔夫，他的鲱鱼网里根本连鲱鱼都找不到。”斯卡姆说。

“是啊，她可能谁都不是，”可怕泰兹说，“我想死神个子更高，更瘦骨嶙峋吧。”

“她只是个来瞎胡闹的姑娘吧。”斯卡姆说。

苏珊盯着他们。

“她连镰刀都没有呢。”泰兹说。

苏珊凝神静气，镰刀出现在了她的手中，蓝光闪闪的刀锋发出的声响，就像手指在玻璃杯边缘游走一般。

学生们全都直起身来。

“但我总是想该到改变的时候了。”泰兹说。

“你说得对。是到了女孩儿尝试各种职业的时候了。”斯卡姆说。

“你可别光顾我哦！”

“说得对，”庞德说，“没理由死神一定要是男的啊。这份工作，女性一定能做得跟男性一样好！”

“你做得很好。”瑞克雷先生说。

他一脸笑意地给苏珊加油鼓劲。

她突然回击了他。我是死神，她想——严格来说，不管怎么样——这个肥老头儿无权对我发号施令。我要满脸怒气地瞪着他，这样他很快就会意识到形势的严峻性了。她怒目而视。

“年轻的女士，”瑞克雷先生说，“你想吃早餐吗？”

破鼓酒馆很少打烊，大概早上六点的时候会有个平静期，但是只要有人想进来喝一杯，西比柯斯就不会关门。

有人想喝很多酒。有个模模糊糊的身影站在吧台边上，好像有沙子从他身上不断地漏出来，还有，西比柯斯目前能看得清的，就是他身上插着许多克拉奇制造的箭。

酒吧服务生俯过身去。

“我以前见过你吗？”

**我经常到这儿来，比如，上上周三。**

“哈！那天有点儿特殊活动。那是可怜的老文森被捅的日子！”

**是的。**

“真是自讨苦吃，居然管自己叫刀枪不入的文森特。”

**是的。也不准确。**

“警卫管这个叫自杀。”

死神点点头。走进破鼓酒馆，管自己叫刀枪不入的文森特，按照安卡-摩波的标准来说，显然是自杀。

**这酒里有蛆。**

酒吧服务生眯缝着眼看了看。

“这不是蛆，先生，”他说，“只是一条蠕虫。”

**哦，比蛆好，是吗？**

“这是酒里本来就有的，先生，是墨西哥风味儿的。他们往酒里放虫就是想看看酒有多烈。”

**烈得能把虫淹死？**

酒吧服务生挠了挠头，他从来没有想过这些。

“人们就是这么喝的。”他模棱两可地回答。

死神拿起杯子，把它举到通常眼睛所在的高度。那只虫子绝望地扭动着。

**感觉怎么样？**他说。

“嗯，是一种……”

**我不是在跟你说话。**

“早餐？”苏珊说，“我是说——**早餐？**”

“时间差不多了，”校长说，“距离我上一次跟迷人的年轻女士吃饭已经很长时间了。”

“哎呀，你们这些人都是半斤八两。”苏珊说。

“非常好，还算过得去的迷人，”瑞克雷先生平静地说，“不过，麻雀在枝头咳嗽个不停，太阳在墙边偷窥，我又闻到了厨房的香气，跟死神一块儿吃饭倒不是人人都有的机会。你不会下象棋，是吧？”

“下得非常好。”苏珊还是一脸迷惑。

“我也这么想。好吧，你们这些人，回去接着摆弄宇宙吧。您这边儿请，女士？”

“我出不了这个圈子！”

“哦，我邀请的话，是可以的。这是种礼仪。我不知道有没有人给你解释过这个概念？”

他伸出手来，拉住了她的手。她犹豫了一下，接着迈步跨过了那条粉笔线。有种刺刺麻麻的感觉。

学生们迅速向后退。

“继续，”瑞克雷先生说，“这边走，女士。”

苏珊从未体验过什么叫迷人。瑞克雷先生倒拥有不少迷人的特质，比如，闪闪发亮的眼睛。

她跟随着他走过草坪，来到了大厅。

早餐桌已经摆好了，但还没有人入席。大大的餐具柜上突兀地放着一个个铜质盖碗，就像秋天长出的蘑菇一样。三个颇为年轻的女仆正站在这列蘑菇后面耐心等待着。

“我们一般自取自用，”瑞克雷先生搭着话茬，掀起了一个盖子，“服务生什么的声音太大——我说笑的。”

他拿叉子戳中了盖子下面的什么东西，招手示意离他最近的那个女仆。

“你是哪一个？”他说，“茉莉？波莉？还是多莉？”

“我是茉莉，大人，”女仆说着，行了一个屈膝礼，而且还在微微颤抖，“有什么问题吗？”

“错——错——错——错，大——错——特——错。”另外两个女仆说。

“这些烟熏鲱鱼怎么回事？这是什么？看起来像是面包里夹着牛肉馅。”瑞克雷先生一边说，一边盯着那几个女仆看。

“维特矮夫人吩咐厨师做的，”茉莉紧张地说，“这是——”

“——是啊，是啊，是啊——”

“——是汉堡。”

“这还用你说，”瑞克雷先生说，“还有，为什么你头上的发型弄得像个蜂巢一样，请问？你看起来就像根火柴棍。”

“对不起，大人，我们——”

“你去看过摇滚音乐会了吧？”

“是的，大人。”

“是啊，是啊。”

“你，呃，你没往台上扔东西吧？”

“没有，大人。”

“维特矮夫人在哪儿？”

“她感冒卧床不起了，大人。”

“我一点儿也不意外，”瑞克雷先生转身朝向苏珊，“恐怕，有人在弹奏蠢兮兮的汉堡。”

“我早上只吃什锦麦片。”苏珊说。

“那儿有稀饭，”瑞克雷先生说，“我们给庶务长准备的，因为这个不会让人亢奋。”他掀起了一个汤碗的盖子。“对的，在这儿。”他说，“有些东西是摇滚乐无法改变的，其中一个就是稀饭。我给你舀一勺吧。”

他们坐在长桌子的两侧。

“嗯，还不错吧？”瑞克雷先生问。

“你是在嘲笑我吗？”苏珊满是狐疑地说。

“丝毫没有这个意思。据我的经验而言，鲱鱼网里捕到最多的就是鲱鱼。但作为一个终有一死的人，就像你说的，一个顾客，我很好奇为什么死神突然间成了一个少女，而不是那个我们熟知的……有生命的骼……”

“骼？”

“另一个表示骨架的词。多半是从‘骨骼’这个词衍生而来的。”

“他是我的祖父。”

“哈，是的，你说过。那是真的吗？”

“把这事儿告诉别人，听起来有点儿傻。”

瑞克雷先生摇了摇头。

“你应该先干五分钟我的这个活儿，然后告诉我什么叫傻。”他说。他从口袋里掏出了一支铅笔，小心翼翼地把牛肉馅汉堡的上半部分弄到自己的碟子里。

“这里面有芝士。”他用一种责难的语气说道。

“但他去了别的地方，然后我就继承了一切。我是说，不是我主动要的！为什么是我呢？带着这把愚蠢的镰刀走来走去，这不是我要的生活——”

“这的确不是职业手册里会提到的东西。”瑞克雷先生说。

“真的不是。”

“我想你是坚持做下去了？”瑞克雷先生说。

“我们不知道他到哪儿去了。阿尔伯特说他为什么事情感到很沮丧，但是他不告诉我是什么事。”

“天哪，有什么事情能让死神沮丧？”

“阿尔伯特似乎觉得他在做一些愚蠢……的事情。”

“哦，天哪。希望不要太傻了。那怎么可能呢？莫非是……死神杀，我想，或者是杀死神。”

令苏珊惊讶的是，瑞克雷先生拍了拍她的手以示安慰。

“但是我敢肯定，知道是你在当班，我们能睡得安稳些。”他说。

“全都乱了！好人是笨死的，坏人却能活到垂垂老去……完全没有章法，没有意义。完全没用公理。我是说，有个男孩儿——”

“什么男孩儿？”

令苏珊又惊又恐的是，她发现自己脸红了。“就是某个男孩儿。”她说，“他本该已经离奇死去了，我救了他，然后那音乐也救了他，现在那音乐令他陷入了各种各样的麻烦，无论如何，我要去救他，我也不知道为什么。”

“音乐？”瑞克雷先生说，“他弹吉他吗？”

“是的！你怎么知道的？”

瑞克雷先生叹了口气：“你是巫师的话，对这些事情的直觉就很准。”他又戳了汉堡几下，“还有生菜，因为某种原因。还有一片非常非常薄的黄瓜片。”

他扔掉了那个面包。

“那个音乐是有生命的。”他说。

在过去的十分钟里，有个东西一直在轻轻碰着苏珊，想引起她的注意，最后终于忍不住给了她几脚。

“哦，我的上帝啊。”她说。

“你的上帝是哪一位？”瑞克雷先生礼貌地问。

“这很简单！它瞎逛到陷阱里的！它改变了人类！他们想要演奏音——我得走了，”苏珊急匆匆地说，“呃，非常感谢您的稀饭……”

“可你根本就没吃啊。”瑞克雷先生温和地指出。

“是的，但是……但是我看了个够。”

她消失了。过了一会儿，瑞克雷先生俯过身去，在苏珊刚才坐的地方略略挥了挥手，以防万一。

然后他伸手从长袍里掏出了那张关于免费音乐节的海报。了不起的大事都是影响深远的，那就是问题所在。在一处施以足够的魔法，宇宙的材质上紧跟着就变得像是院长的袜子一般，瑞克雷先生注意到，院长的袜子好几天以来都色彩鲜艳。

他朝女仆们挥了挥手。

“谢谢，茉莉、多莉或者波莉，”他说，“你可以把这个东西清理掉了。”

“好，好。”

“是的，是的，谢谢。”

瑞克雷先生很寂寞。他很喜欢跟那个女孩交谈。她好像是这地方唯一一个一点儿也没疯的人，或是完全沉浸在他，瑞克雷，不理解的事情里的人。

他又漫步回了书房，但却被院长的房间里传来的砸锤子声吸引了注意力。门是半开的。

高级巫师的套间很大，包括书房、工作间和卧室。院长弯腰趴在工作间的熔炉上，脸上戴着一个烟色玻璃的面罩，手上还拿着一把锤子。他在辛勤工作着，火星四溅。

这可令人高兴多了，瑞克雷先生想。也许这标志着他已经告别了这些荒谬的摇滚乐，回归真正的魔法了。

“一切都还顺利吗，院长？”他说。

院长掀起面罩，点了点头。

“快完工了，校长。”他说。

“路过走廊的时候听到你在这儿‘梆梆梆’敲个不停。”瑞克雷先生搭着话茬说。

“哈，我在做口袋。”院长说。

瑞克雷先生一脸茫然。有很多更难的咒语跟加热与捶打有关，但是，口袋听着是个新咒语。

院长举起了一条裤子。

这条裤子，严格意义上来说，不太像普通的裤子。高级巫师们有着与众不同的五十寸腰围和二十五寸的腿围，这表明这样的人如果坐在墙上，需要叫皇家救援队才能把他的双腿拢在一起。这条裤子是深蓝色的。

“你在捶打这条裤子？”瑞克雷先生说，“维特矮夫人又放多了浆洗剂吗？”

他又凑近看了看。

“你是用铆钉把裤子拼接在一起的？”

院长眉开眼笑。

“这是这条裤子……”他说，“的关键所在。”

“你又在说‘摇滚乐’吗？”瑞克雷先生满脸狐疑地说。

“我是说这裤子很酷。”

“嗯，这种天气里倒是比厚厚的长袍要强，”瑞克雷先生让步了，“但是——你不是打算现在穿起来吧？”

“为什么不呢？”院长挣扎着脱下他的长袍。

“穿裤子的巫师？不能出现在我的学校！女里女气的，人们会笑话的。”瑞克雷先生说。

“你总是试图阻止我去做想做的事情！”

“你没必要用那种口气跟我说话……”

“哦！你从来不听我说话，我不明白为什么我不能穿我喜欢的东西！”

瑞克雷先生环顾房间四周。

“这间房简直乱七八糟！”他怒吼着，“马上给我收拾干净！”

“我不！”

“那你就再也别想摇滚乐了，年轻人！”

瑞克雷先生“砰”的一声把门关上了。

他又“砰”的一声把门打开了，说了一句：“我从未允许过你把房间漆成黑色的！”

他又“砰”的一声把门关上了。

他“砰”的一声把门打开了。

“这条裤子也不适合你！”

院长一边挥动着他的锤子，一边冲到了走廊上。

“你想说什么就说什么吧，”他大声喊着，“当历史来为这一切命名的时候，他们绝对不会管这一切叫校长的！”

现在是早上八点钟，到了酒客们要么忘了自己是谁，要么记起自己住在哪儿的时候了。破鼓酒馆的其他客人都在墙边坐着，一边弓着腰喝着酒，一边看着一只大猩猩在玩“野蛮入侵者”的游戏，每输掉一分钱就气得大声尖叫。

西比柯斯真的想打烊了。可是从另一方面来说，又像是爆发了金矿。他能做的就是不断提供干净的杯子。

“你现在忘记了没？”他说。

**好像我只忘了一件事情。**

“什么事？哈哈，我真笨，还问这种问题，既然你已经忘了——”

**我忘了该怎么喝醉了。**

酒吧服务生看着一排又一排的杯子，红酒杯、鸡尾酒杯、啤酒杯，还有身形如富态大男人的大啤酒杯。还有一个啤酒桶。

“我想你是对路的。”他斗胆猜道。

陌生人拿起自己刚用过的一个杯子，漫步走到“野蛮入侵者”的游戏机旁边。

这是一个设计复杂精巧的齿轮发条装置。游戏机下面的大红木柜子里应该有许多齿轮和蜗杆传动装置，它的功能是把一排排雕工粗糙的野蛮入侵者猛地拉出来，摇摇晃晃地穿过一个矩形的舞台。玩家通过杠杆和滑轮系统，操纵入侵者身下一个小型的可以自动装载弹药的弹射器，它可以向上发射小型子弹。同时，入侵者会（通过棘齿和制转杆构成的机械装置）向下发射小金属箭。定期还有铃声响起，此时，骑在马背上的一位入侵者会犹犹豫豫地穿过游戏上方，并投射长矛。整个游戏设备在不断地咯吱咯吱响个不停，一半是因为整个机械运行发出的声响，一半是因为那只猩猩在不断用力扭动两根手柄，在控制火焰发射的踏板上跳上跳下，还扯着嗓子在尖叫着。

“我不应该把它放在这种地方，”他身后的酒吧服务员说，“但是它很受顾客的欢迎，你也看到了。”

**只有一个顾客，反正。**

“嗯，总比水果机强一些，至少。”

**什么?**

“他吃掉了所有的水果。”

从游戏机的方向传来了愤怒的叫喊声。

酒吧服务员叹了口气：“你没想到有人会为了一分而这么小题大做，是吧？”

猩猩往柜台上拍了一枚一块的硬币，拿着两大把零钱走了。往投币口里塞一分就可以拉动一根非常大的操纵杆。如奇迹一般，所有的野蛮人都起死回生了，并又开始了他们摇摇晃晃的侵略。

“他把自己喝的酒倒进去了，”酒吧服务员说，“这可能是我想象出来的，但是我觉得那些野蛮人现在晃得更厉害了。”

死神在一旁盯着这个游戏看了好一会儿。这是他所见过的最令人沮丧的事情之一了。这些野蛮人终将回到游戏机的底部去。为什么要冲他们投射武器呢？

为什么呢……？

他冲着那一堆酒客挥动着手中的酒杯。

**你们，你们，就是，你们知道记性太好，呃，是什么样的感受吗，对了，好到你甚至能记得还没发生的事情？那就是我。哦，是的，确实如此。仿佛，仿佛，仿佛没有未来……只有还没有发生的过去。还有，还有，还有，你还得做很多事。你明明知道将要发生什么事，可你还得继续做事。**

他环顾着那一张张脸庞。破鼓酒馆的顾客们早就听惯了各种酒话，但是这一次的倒很新鲜。

**你们看到，你们看到，看到前方有什么像冰山一般高高耸起，但你**

**什么都不能做。因为，因为，因为这是规定好的，不能违抗，就是这样。**

**看到这个杯子了吧？看到了吗？这就像记忆一样，如果你放进去的东西越多，流出来的东西就越多，对吧？这就是事实。任何人有了我这样的记忆力都会走向……走向疯狂，除了我。可怜的我，我记得所有的事，就好像那些事就发生在昨天一样。所有的事。**

他低下头看着自己的酒。

**哈，**他说，**事情老是回来纠缠你，太滑稽了，不是吗？**

这是这个酒吧见过的最令人记忆犹新的一次精神崩溃。这位高大黝黑的陌生人像棵树一样，慢慢地向后倒去。他的膝盖没有娘兮兮地打弯，倒下去的时候也没有借口赖到桌子上再弹开。他只是画了一道完美的几何弧线，就从直立变作了平躺。

在他撞击到地板的那一刻，几个人爆发出一阵掌声。然后，他们就掏了他的兜儿，或者说，至少努力地去掏了他的兜儿，只是什么都没找到。再然后，他们就把他扔进了河里[1]。

在死神巨大的黑色书房里，有一根蜡烛在燃烧，但并没有因燃烧而变短。

苏珊在疯狂地翻阅那些书。

生命并不简单，她知道。这些知识是与这份工作相辅相成的。芸芸众生的简单生命的确存在，但那是……嗯……很简单的……这世上还有其他类型的生命。城市有生命。蚁冢和蜂群有生命，一个整体比部分的总和要伟大得多。每个世界都有生命。神也有生命，那是由他们信徒的信仰铸成的。

宇宙不断舞蹈着走向生命。生命是一种极其常见的商品。所有足够复杂的东西免不了遭受一些削减，就如同那些足够庞大的东西，它们

---

1 或者说，至少是，扔到河上去。

的万有引力也十分可观一样。宇宙的的确确在朝拥有自我意识而演化着。这表明在宇宙时空的肌理中掺进了某种微妙的残忍。

也许，甚至连音乐都可以是有生命的，如果它存在的时间够久。生命是一种习惯。

人们说：我没法儿把那个讨厌的旋律从脑子里清除出去。

不仅仅是一种节奏，还是心跳的节奏。

所有有生命的东西都想繁衍下去。

自割喉咙迪布勒喜欢迎着第一缕曙光起床，这样他就有机会把虫子卖给早起的鸟儿了。

他在白垩一间作坊的一角搭起了一张书桌。他，总的来说，是反对固定办公室这个概念的。从积极的方面来说，固定办公室能让顾客更容易找到他，而从消极的方面来说，什么人都能更容易找到他。迪布勒成功的商业策略在于让他能找到顾客，而不是让顾客找到他。

今天早上，好大一群人似乎都找到了他。当中的许多人还拿着吉他。

“好的。”他对沥青说。沥青扁扁的脑袋刚比临时办公桌的桌面高一点儿，恰好能看见。“都明白了吧？你们要花两天时间才能到伪都，然后你去向布尔矿井的克洛普斯托克先生报到。什么东西都要开发票。”

“好的，迪布勒先生。”

“我跟你说了什么东西都要开发票了吗？”

“说了，迪布勒先生。”沥青叹了口气。

“那现在你可以走了，”迪布勒略过巨怪，挥手招呼起一群刚才在旁边耐心闲逛的矮人来。“好的，你们几个，过来啊。所以你们是想成为摇滚明星，对吗？”

“是的，先生！”

“那就好好听我下面说的话……”

沥青看着那些钱，不够四个人吃几天饭的。

在他的身后，面试还在继续。

“所以你管自己叫什么？”

“呃，矮人，迪布勒先生。”领头的矮人说。

“‘矮人’？”

“是的，先生。”

“为什么呢？”

“因为我们就是矮人，迪布勒先生。”领头的矮人耐心地说。

“不不不，那可不行，一点儿都不行。你们得起一个有点儿……”迪布勒的双手在空中挥舞着，“……有那么点儿摇滚乐气势的。不能只叫‘矮人’。你们得……哦，我不知道……起个更有意思的。”

“可我们千真万确是矮人啊。”其中一个矮人说。

“‘我们千真万确是矮人’，”迪布勒说，“是的，这个名字倒不错。好的。我给你们订好周四在‘一串葡萄’，然后参加免费音乐节。当然，因为那是免费的，所以你们自然也是没有酬劳的。”

“我们写了这首歌。”领头的矮人满怀希望地说。

“很好，很好。”迪布勒一边说，一边在他的记事本上潦草地记录着。

“歌名叫《有什么进了我的胡子》。”

“很好。”

“你不想听一听吗？”

迪布勒抬起了头。

“听歌？我如果到处听音乐的话，就什么事儿都别想做了。你们走吧。下周三见。下一个！你们都是巨怪吗？”

“是的。”

在这种情况下，迪布勒不会与他们争辩。巨怪的块头可比矮人大多了。

“好的。但是你们写的时候后面加个子，叫巨怪子。”

“好的，看着不错。破鼓店，星期五，还有免费音乐节。还有什么事？”

“我们写了首歌……”

“你们太棒了，下一个！”

“是我们，迪布勒先生。”

迪布勒看着金波、诺迪、克拉什和斯卡姆。

“你们胆子可真大啊，”他说，“昨晚之后还敢来。”

“我们昨天有点儿太忘我了，”克拉什说，“我们想您是不是能再给我们一次机会？”

“您说过观众是爱我们的。”诺迪说。

“憎恶你们，我说那些观众憎恶你们，”迪布勒说，“你们俩一直在看布勒特·翁德恩的《吉他入门》！”

“我们已经改了名字了，”金波说，“我们想，嗯，叫‘疯狂男孩’有点儿傻，这对于一个严肃乐队来说不是个好名字。我们的乐队将拓展音乐表达的疆域，总有一天会成为一个了不起的乐队。”

“星期四。”诺迪点着头说。

“所以我们现在是‘烂人’乐队了。”克拉什说。

迪布勒冷冷地看了他们好一会儿。逗熊、赶牛、斗狗、吓羊这些项目现在在安卡-摩波城都被禁止了，但是王公大人还是准许向疑似街头剧团的成员随意投掷烂水果的行为。这也许可以作为开场。

“好吧，”他说，“你们可以在音乐节上演出。完了之后……我们到时候再看。”

毕竟，他想，他们有可能还活着呢。

一个身影慢慢地、踉踉跄跄地从安卡河里爬上来，爬到了弥斯贝戈桥边的码头上，在那儿站了一会儿，泥水滴滴答答地从他身上流下来，在脚下的木板上形成了一个小水洼。

这座桥很高，桥面两旁都是一字排开的各式建筑，因此实际能通行的道路十分狭窄。这里的桥都是极受欢迎的建筑用地，因为有十分便利的排水系统和淡水资源，这是不言而喻的。

桥下的幢幢暗影中，有一团火焰睁着火红的眼睛燃烧着。这个身影向着光一瘸一拐地走了过去。

火光四周的黑色身影回过头，眯缝着眼在黝黑的夜色中张望，想弄清来人究竟是谁。

“是辆农场马车，”戈罗德说，“我只要看到农场马车就能马上认出来。就算它漆成蓝色了。而且都破破烂烂的了。”

“这是你们唯一雇得起的，”沥青说，“无论如何，我在里面放了新鲜稻草了。”

“我还以为我们要坐驿站马车去呢。”悬崖说。

“哦，迪布勒先生说你们这些出色的艺术家不能乘坐普通的公共交通设施，”沥青说，“而且，他说，你们也不愿意花那个钱。”

“你觉得呢，巴迪？”戈罗德说。

“不介意。”巴迪含含糊糊地说。

戈罗德和悬崖交换了一个眼神。

“我敢打赌如果你去找迪布勒，要求换个好点儿的，他一定会答应的。”戈罗德满怀希望地说。

“这车有轮子，”巴迪说，“那就行了。”

他爬上车去，在稻草堆里坐了下来。

“迪布勒先生又做了一些新T恤，”沥青感觉到气氛不是太融洽，赶忙说道，“是专门为了巡回演出做的。看，背后把我们要去的每一个地点都印得清清楚楚的呢，是不是很棒？”

“是啊，当音乐家行会的人拧着我们的脖子打转儿的时候，我们就能看到我们去过的地方了。”

沥青抽打着马儿。它们慢悠悠地启程了，悠闲的步子表明它们一整天都将保持这个速度。而柔弱得不知道该怎么正确使用皮鞭的傻子是无法让它们改变主意的。

“啧啧，啧啧！那个人，我说。啧啧。他是个爱嫉妒的人，就是这样。一万年了！啧啧。”

**真的吗？**

死神松了一口气。

火堆旁围坐着六个人，都在饮酒作乐。大家都在轮着喝一个瓶子。哦，其实那是半个罐头，死神看不太清里面装的是什么，还有另外一个更大的罐头盒架在用旧靴子和泥巴生起的火堆上咕嘟咕嘟地冒着泡。

他们并没有问他是谁。

目前据他所知，他们都没有名字。他们有……绰号，像是磨叽肯、棺材亨利和脏鬼老罗，这些绰号只能透露他们现在的状态，对于他们的过去则是一无所知。

罐头盒递到他手里了。他尽量巧妙地把它递了出去，并且平静地仰身躺下了。

没有名字的人。跟他一样隐形的人。任何时候都有可能死掉的人。他可以在这儿待一会儿。

“免费的音乐？”克雷特先生大声咆哮着，“免费！什么样的白痴才会做免费的音乐？至少你要把帽子摘下来，让人们把零钱放进去吧，否则，为什么要做呢？”

他久久地盯着面前的文件看着，直到鲨鱼嘴礼貌地咳嗽了一声。

“我是在想……”克雷特先生说，“那该死的维第纳利。他说过行会的法律应当由行会来执行——”

“我听说他们离开这座城市了，”鲨鱼嘴说，“去巡回演出了，全国各地，我听说的。我们的法律出了城就无效了。”

“国家，”克雷特先生说，“是的。危险的地方，国家。”

“是的，”鲨鱼嘴说，“首当其冲的就是大萝卜。”

克雷特先生的目光落在了行会的账目本上。一个念头闪过他的脑海，也不是第一次了，当金子能用来打造一些最好的武器时，还是有太多太多的人会愿意相信钢铁。

“刺客行会的会长还是唐尼先生吗？”他说。

其他的音乐家顿时神情紧张起来。

“刺客？”“大键琴先生”赫伯特·乱序说，“我不认为有人召集过刺客。这是我们行会的事情，对吧？我们不能让另一个行会来干涉。”

“说得对，”鲨鱼嘴说，“如果别人知道我们请过刺客的话，会发生什么事？”

“我们的会员数会大大增加，”克雷特先生用理性的口吻说道，“我们的会费还可能再涨一涨。哈，哈，哈。”

“稍等一下，”鲨鱼嘴说，“我不介意看到有些人不加入我们。那是正常的行会行为，是的。但是刺客……嗯……”

“那么，怎么了？”

“他们刺杀别人。”

“你想要免费的音乐，对吗？”

“嗯，我当然不想要……”

“当你上个月踩着街头小提琴手的手指跳上跳下的时候，我记得你不是这样说的。”克雷特先生说。

“是啊，是的，可那跟……刺杀，不一样，”鲨鱼嘴说，“我是说，他还能走掉……嗯……爬掉。而且他还能继续谋生，”他又加了一句，“只要不是要用手的工作，当然，可是——”

“那那个吹锡笛的男孩儿呢？那个每次一打嗝就能演奏出和弦的人呢？哈，哈，哈。”

“是的，可那不一——”

“你知道那个做吉他的工匠布勒特·翁德恩吗？”克雷特先生说。

鲨鱼嘴因为突然换了话题有点儿错愕。

“我听说他一直在疯狂地卖吉他，就好像下周三再也不会来了一样。”克雷特先生说。

“可是我们的会员数并没有增加呀，对吧？”

“嗯——”

“一旦人们发现他们可以免费听音乐，最后会怎么样？”

他盯着另外两个人看着。

“不知道，克雷特先生。”夏福尔温顺地说。

“很好，王公大人已经对我冷嘲热讽了，”克雷特先生说，“我不会让这种事情再发生了。这次我要找刺客行会。”

“我觉得我们不应该杀人。”鲨鱼嘴固执地说。

“我不想再听到你说这种话，”克雷特先生说，“这是行会事务。”

“是的，但是这是我们的行会……”

“说得一点儿也不错！所以闭嘴吧！哈！哈！哈！”

马车在一望无际的白菜地之中咯吱咯吱地向前行进，那是通往伪都的路。

“我以前也巡回演出过，你知道的，”戈罗德说，“当我还跟‘斯诺利·斯诺利之表亲和他的白痴男低音’在一起的时候。每天晚上都在不同的床上睡觉。过一段时间，你连每天是星期几都能忘了。”

“辣今天志星期几呢？”悬崖说。

“看到了吧？我们才刚刚上路……什么……三个小时？”戈罗德说。

“我们今晚停在辣儿？”悬崖说。

“斯克洛特。”沥青说。

“听起来志个很有意思的地方。”悬崖说。

“我去过那儿，和马戏团一起，”沥青说，“那是个乡村小镇。”

巴迪望向马车的另一侧，但是丝毫不值得这么做。淤泥满满的斯托平原是这片大陆的杂货铺，但却没有令人称羡的美景，除非你是那种看到五十三种白菜和八十一种豆子都能兴奋激动的人。

这些星罗棋布的田野上，每隔一英里左右就有一座村庄，隔得再远一些则是各种城镇。它们之所以被称为城镇，是因为它们比村庄大。马车已经穿过好几个城镇了。它们有两条纵横交错的街道，一家酒肆，一家种子铺，一家锻造铺，一家名叫“乔的车马房”的车马房和几个谷仓。三个老男人坐在客栈的外面，三个年轻男人游荡在乔家店外，嘴里信誓旦旦地说着他们很快就会离开城镇，到外面的世界去闯一闯。真的很快。指日可待。

“你想家了，志吗？”悬崖用肘推了一下巴迪，说道。

“什么？没有！拉蒙多斯全是山巅山谷，还有雨，还有雾。一年四季都是郁郁葱葱的。”

巴迪叹了口气。

“你在辣儿有所大房子吧，我猜？”巨怪说。

“只有一个小屋，”巴迪说，“用泥土和木头造的。嗯，其实是泥巴和木头。”

他又叹了口气。

“在路上就是这样，”沥青说，“伤感。除了我们彼此没有别人可以交谈。我知道有些人会疯——”

“现在过去多长时间了？”

“三小时零十分钟。”戈罗德说。

巴迪叹了口气。

他们都是隐形的人，死神意识到。他早已习惯了“隐形”，这与他的工作相伴而生。不到人生最后关头，人类是看不到他的。

可话说回来，他是具有人形化身的神，而脏鬼老罗是个人，至少，严格来说，是个人。

脏鬼老罗一路跟着别人走，直到他们给钱让他别跟了，他靠此勉强为生。他还有一条狗，这又进一步丰富了老脏鬼身上的味道。这是一条灰褐色的小猎犬，一只耳朵扯烂了，身上没毛的地方是一块块难看的斑秃。它会用仅存的几颗牙叼着破帽子到处行乞。因为人们不愿意给人的东西倒是会慷慨大方地施舍给动物，这条狗给这个团队增加了不菲的收益。

棺材亨利，正好相反，是靠着不到什么地方去来赚钱的。组织隆重社交活动的人会给他送“禁绝邀请函”，还会附上一点儿钱，以确定他到时不会出现。这是因为，亨利有个老毛病，如果他们不这么做的话，他会厚颜无耻地悄悄闯入结婚派对，并邀请大家参观他身上的皮肤病大集锦。他还会咳上几声，那声音听起来真是浓痰满满。

他在地上用粉笔写了一行标语：“为了一点点钱，我会跟你肥（回）家。咳，咳。”

横行者阿诺德是没有腿的，他倒是不太介意这个缺陷。他会一把拉住别人的腿，说：“您能找开一分吗？”趁着人们大脑混乱之际便从中获利，无一失手。

还有一个人，他们管他叫“鸭人”，因为他头上顶了个鸭子。没有人提到这个。也没有人注意这个。就好像只是个无关紧要的小特点一样，就像阿诺德没有腿，老脏鬼独立存在的味道或是亨利火山喷发般的痰液一样，不值一提。但是这事儿一直搅扰着死神平静的心绪。

他一直想着该怎么引入这个话题。

**毕竟，**他想，**他一定是知道的，对吧？这又不像是夹克里的内衬什么的……**

大家一致同意，管死神叫摩擦先生。他也不知道为什么。话说回来，他可是身处一堆跟一扇门都可以长篇大论的人群中。他们一定是有什么合乎逻辑的理由的。

乞丐们每天隐形似的在街头游荡着，那些看不见他们的人会小心翼翼地绕开他们经过的地方，偶尔给他们扔几个钢镚儿。摩擦先生很快就融入了这个团队。当他开口要钱的时候，人们会觉得很难拒绝。

斯克洛特一条河都没有。它之所以存在是因为你在这儿可以拥有很多土地，你还来不及想要别的什么。

这儿有两条纵横交错的街道、一家酒肆、一家种子铺、一家锻造铺、几个谷仓，还有，为了表明原创性，有一家名叫“赛斯的车马房”的车马房。

一切都一动不动，即便是苍蝇都睡着了。几个拉得长长的阴影是街道上的唯一的过客。

“我还以为你说的志，这里志只有一匹马的城镇。”悬崖说，他们停在车辙遍地、坑坑洼洼的地方。这个地方因为有了个“城市广场”的名字而增色了不少。

“那匹马可能已经死了。”沥青说。

戈罗德在车上站了起来，展开了双臂。他喊道：“你好，斯克洛特！”

车马房牌子上的最后一颗钉子也掉了，牌子一下子落到了尘土里。

“我之所以喜欢这种在路上的生活，”戈罗德说，“是因为能去有趣的地方，碰到有魅力的人。”

“我希望这里到了晚上能变得生机勃勃。”沥青说。

“志的，”悬崖说，“志的，我想一定会的。看起来就像志辣种晚上就热闹的镇子。这地方看起来就像整个镇子都被埋住了，只有十字路口处还剩个长长的牛牌子在外面插着。”

“说到牛排啊……”戈罗德说。

他们看着那间酒肆。那面裂痕累累、油漆斑驳的牌子上能看得清的就剩下“快乐白菜”这几个字了。

“我不太看好这里。”沥青说。

灯光昏暗的酒肆里，有几个人阴沉沉地坐着，一言不发。店主给旅人们上着酒，他的态度仿佛在透露着他希望这些客人一离开客栈就立刻暴毙身亡。这里的啤酒的味道也仿佛希望为店主的心愿尽一份力。

他们围坐在一张桌子上，感觉到周围有一双双眼睛在盯着他们。

“我听说过这样的地方，”戈罗德小声说，“你走进这个小镇子，管自己叫‘友好’啊、‘和睦’啊，第二天，你就会成为别人吃的猪排骨。”

“我不行，”悬崖说，“我志石头做的，太硬了。”

“嗯，那你就会被扔到假山上去。”矮人说。

他环顾四周，看着一张张满是皱纹的脸，动作夸张地举起了自己的酒杯。

“白菜长得不错吧？”他说，“我在田里看到了，长得很好，黄澄澄的。成熟了吧，嗯？那很好，嗯？”

“那是花蝇，那是。”黑暗中有个人回答。

“好，好。”戈罗德说。他是矮人，矮人不会种地。

“我们斯克洛特人不喜欢马戏团。”另一个声音说。这是个低沉而缓慢的声音。

“我们不是马戏团，”戈罗德神采飞扬地说，“我们是音乐家。”

“我们斯克洛特人不喜欢音乐家。”另一个声音说道。

黑暗中的人仿佛越来越多了。

“呃……你们斯克洛特人喜欢什么呢？”沥青说。

“嗯，”酒肆老板说，在渐浓的暮色中，只能看到他隐隐的轮廓，“大约到每年的这个时候，我们通常会在假山下烧烤。”

巴迪叹了口气。

这是他们到达这个镇子以后，他发出的第一个声音。

“我想我们应该给他们表演一下。”他说。他的嗓音中有拨弦声。

过了一段时间之后。

戈罗德看着那个门把手。那是个门把手，你可以一把抓住它。但是下一刻会发生些什么呢？

“门把手。”他说，期盼着这就能把门打开。

“你应该……呼……动手做点儿什么。”悬崖说，他的声音是从离地板不远处传来的。

巴迪俯过身，越过身下的矮人，一把转动了门把手。

“……呼……不可……思议。”戈罗德说着，蹒蹒跚跚地往前爬了两步，双手用力，把自己撑离了地板。他环顾着整个房间。

“怎么……样？”

“酒吧老板说我们可以免费在这儿住。”巴迪说。

“……呼，乱七八糟，”戈罗德说，“谁给我拿个扫把和一个硬毛刷，现在。”

沥青摇摇晃晃地走了进去，手上拿着行李，还用牙叼着悬崖的石头袋子。

他把这些都扔到了地上。

“嗯，真是令人难以置信呢，先生，”他说，“你刚刚进谷仓的样子，还有你说的话……说……你说什么了？”

“我们就在这里演出吧。”巴迪躺在一个草垫子上说。

“太不可思议了！他们肯定是从四里八乡来的！”

巴迪盯着天花板，弹出了几个和弦。

“还有那个烧烤会！”沥青热情洋溢地说，“那调味酱！”

“牛……牛肉！”戈罗德说。

“木炭。”悬崖高兴地嘟嘟囔囔。他的嘴边有一圈宽大的黑环。

“谁能……能想得到，”戈罗德说，“竟然可以用花椰菜酿出那……那样的啤酒？”

“很有先见之明。”悬崖说。

“我还以为我们会遇到点儿麻烦，在你们开始演奏之前，”沥青一边将另一个草垫子里的甲虫用力抖出来，一边说道，“我不知道你是怎么让他们那样跳起舞来的。”

“是的。”巴迪说。

“我们还没拿……拿到报酬呢。”戈罗德小声嘀咕着。他重重地倒在了垫子上。很快就传来了呼噜声，头盔内的回声给他的呼噜增加了一些金属的质感。

当其他人都睡着的时候，巴迪把吉他放到了床上，静静打开了门，溜下楼去，融入了夜色之中。

如果此刻天上挂着圆月就好了，就算是月牙儿也行，一轮满月就更好了。但是现在只有一轮半月，从未出现在任何或浪漫或神秘的绘画作品中。然而，这其实是月亮最具魔力的时期。到处都有一种难闻的气味，混合着过期啤酒、腐烂白菜、烧烤余灰和卫生状况不佳而带来的臭味。

他斜靠在赛斯车马房的墙上，墙体略略移动了一下。

当他站在舞台上，或者是像今天晚上一样，站在用几块砖头撑起来的谷仓门上时，一切都棒极了。周遭的一切都是色彩鲜艳饱满的。他能感觉到一个个白炽的影像从他脑海中画着弧线飘过。他的身体也仿佛着了火一般，重要的是，仿佛它就应该要着火燃烧着一样。他感觉到自己是活着的。

然而，结束之后，他觉得自己死了。

世界上还有色彩，他也能分辨得出那些色彩，可是看起来就像戴着悬崖的烟色眼镜一样。声音也好像是从棉絮中传来一般飘忽。很显然那个烧烤会也棒极了，他相信戈罗德的话，但是对于巴迪来说，不过就是普通口感，仅此而已。

一个身影从两栋建筑间的空地中闪过……

可是话说回来，他才是最棒的那一个。他知道的，这么想并不是因为他骄傲或是傲慢，这是事实。他能感觉到音乐从他的身体里流淌出来……流进观众的身体中去……

“是这个吗，师父？”车马房边的一个人影小声说道。巴迪正在洒满月光的街上漫步而行。

“是的。这个先来，然后到酒肆里去解决那两个。那个大个子巨怪也要干掉。他脖子后面有个黑点。”

“可是没有迪布勒吗，师父？”

“很奇怪，居然没有。他不在这儿。”

“真丢脸。我曾经从他手上买过一个肉饼。”

“你这个提议倒是很有吸引力，可是没人给钱让我们杀迪布勒。”

刺客们抽出了刀，刀刃已经涂成黑色的了，以防它闪出的寒光会露馅儿。

“我可以给你两便士，师父，如果可以的话。”

“倒确实很诱人——”

资深刺客紧紧地贴墙站着，巴迪的脚步声越来越大了。

他齐腰握着刀。任何对刀有所了解的人都从来不会用那种著名的举手过肩的戳刺姿势，虽然那是插画家的最爱。那太业余了，效率也很低。专业人士应当是从下往上刺的，经由人的胃捅到心脏里去。

他的手向后缩着，绷紧了肌肉。

一个沙漏，发着微微的蓝光，突然垂到了他的眼前。

**罗伯特·塞拉齐阁下？**他耳边有一个声音说，**这是你的生命。**

他眯起了眼。沙漏上刻着的名字不可能认错。他看到一颗颗细小的沙子，在流向过去……

他转过身，看了一眼那个戴着兜帽的身影，就匆忙逃命去了。他的学徒已经跑了一百码[1]远了，并且还在加速中。

“对不起？谁在那儿？”

苏珊把沙漏塞回了袍子里，又把头发抖了出来。

巴迪出现了。

“是你？”

“是的，是我。”苏珊说。

巴迪又往前走了一步。

“你又打算消失不见吗？”他说。

“不，说实话，我刚刚救了你的命。”

巴迪环顾着空空如也的夜色。

“从谁手上？”

苏珊弯下腰，捡起了一把涂成了黑色的刀。

“这个。”她说。

“我知道我们之前谈过这个，可是，你究竟是谁？总不是我的仙女教母吧？”

“我想你必须更加成熟，”苏珊说，“性情也要更好一点儿才行。听着，我不能再告诉你了。你甚至不应该看到我，我也不应该在这里。你也不——”

“你又打算告诉我不要再演奏了，是吗？”巴迪愤怒地说，“我不愿意！我是个音乐家！如果我不演奏了，那我变成什么了？我还不如死了呢！你明白吗？音乐是我的生命！”

1　1码≈0.91米。——编者注

他又向着苏珊走了几步。

“你为什么老是跟着我？沥青说过我们会遇到像你这样的女孩儿！”

“你到碟什么意思，‘像我这样的女孩儿’？”

巴迪的怒气平息了一点儿，但只有一点点。

“她们围着演员和音乐家转，”他说，“因为，你知道的，他们是名人——”

“名人？一辆臭气熏天的马车和一家满是大白菜味儿的酒肆？”

巴迪举起了双手。

“听着，”他急切地说，“我一切都好。我在工作，人们在听我的音乐……我不需要任何帮助，好吗？我已经有很多烦恼了，所以请你别插手我的生活——”

突然，一阵奔跑声传来，沥青出现了，后面还跟着其他几个乐队成员。

“你的吉他在尖声鸣叫，”沥青说，“你还好吗？”

“你最好问问她。”巴迪小声嘟囔着。

三个人都直直望向苏珊。

“谁？”悬崖问。

“她就在你面前。”

戈罗德朝空中挥了挥粗短的手，距离苏珊只有方寸之遥。

“很可能志辣个大白菜。”悬崖对沥青说。

苏珊静静地向后退去。

“她就在那儿！但是现在正在走远，你们看不见吗？”

“对的，对的，”戈罗德说，“她正在走远，终于摆脱了，所以你快回来——”

“现在她上马了！”

“是的，是的，上了一匹大黑马……”

“是白马，你们这些白痴！”

地上的马蹄印火红地灼烧了片刻，然后消失无踪了。

“它现在走了！”

摇滚乐队凝望着夜色。

“志的，我看到了，既然你也提到了，”悬崖说，“一匹马不在辣儿了，果真如此。”

“是的，马儿离开的场景就应该是这样的。”沥青小心翼翼地说。

“你们没有一个人看见她？”巴迪说。他们温柔地哄着他穿过黎明前的青灰暮色回到酒肆中去了。

“我听说过，音乐家，真正杰出的音乐家，身边会围绕着那些叫‘缪斯’的半裸年轻女性。”戈罗德说。

“比如说‘哈密瓜’。”悬崖说。

“我们不管她们叫‘缪斯’，”沥青咧着嘴，笑着说，“我跟你说过，我给民谣歌手伯蒂和他的游吟诗人们打工的时候，我们身边经常围满了数量不一的女人——”

“你仔细一想，就会发现神话传说的起源有多不可思议了，”戈罗德说，“现在跟着我们走吧，小伙子。”

“她刚才就在那儿，”巴迪抗议地说，“她刚才就在那儿。”

“哈密瓜吗？”沥青说，“你肯定是这么叫的吗，悬崖？”

“曾经在一本书上读到过，”巨怪说，“哈密瓜，我很肯定。就志诸如此类的。”

“她就在那儿。”巴迪说。

渡鸦在颅骨上轻轻地打着呼噜，梦中数着一只只死羊。

鼠之死神纵身画出一条弧线，跳过窗户进来了，碰到一根滴着蜡的蜡烛又弹开了，最后四脚着地落在了桌子上。

渡鸦睁开了一只眼睛。

“哦，是你啊——”

鼠之死神的一只爪子拉住了渡鸦的腿，又顺势跳下了颅骨，进入到无限空间中去了。

第二天有了更多的白菜地，但是路上的景色的的确确开始有了些变化。

“嘿，那个真有趣啊。”戈罗德说。

“你说什么？”悬崖说。

“那儿有一片菜豆地。”

他们凝望着那片菜豆地直至它从他们的视野中消失。

“那些人真好，给了我们这么多吃的，”沥青说，“我们应该不会缺白菜了吧？”

“哦，闭嘴！”戈罗德说。他转身面向巴迪。他正手托着下巴坐在那里。

“打起精神来，再过几个小时我们就到伪都了。”他说。

“好的。”巴迪冷冷地说道。

戈罗德爬回了马车前方，把悬崖拽到了身边。

“你注意到了吗，他一直没说话？”他小声低语道。

“是啊，你觉得那个……你知道的……能在我们回来之前完成吗？”

“在安卡-摩波什么事儿都完成得了，”戈罗德坚定地说，“我那时一定把能工巧匠街上每一扇该死的门都敲过了。整整二十五块啊！”

“你抱怨什么？又不志用你的牙付的。”

他们俩同时回过头去看着他们的吉他手。

他正望着无边无际的田野出神。

“她就在那儿。”他喃喃自语道。

羽毛盘旋着落向地面。

“你完全没必要那么做，”渡鸦一边拍打着翅膀向上飞，一边说，“你问问我就行了。”

**吱吱。**

“好吧，但在那之前问一问情况会好得多，”渡鸦一边拨弄着羽毛，一边四下望着幽暗天空下的那一片明亮景色。

“到地方了是吧？”他说，“你确定你没有兼任渡鸦之死神吧？”

**吱吱。**

“形状没那么重要。不管怎么说，你的口鼻也是尖尖的。你想要的是什么呢？”

鼠之死神抓住一个翅膀，使劲拉了一把。

“行了，行了！”

渡鸦瞥到了一个花园地精。它正在一个装饰性的池塘里钓鱼。那里的鱼全是鱼骨架，但这丝毫不影响它们享受生命，或者说不影响它们享受别的什么其他的。

渡鸦扑打着翅膀，跳来跳去地跟在老鼠的后面。

自割喉咙迪布勒靠后站着。

金波、克拉什、诺迪和斯卡姆满怀期待地看着他。

“这些盒子都是用来做什么的，迪布勒先生？”克拉什问。

“是啊。”斯卡姆说。

迪布勒小心翼翼地把第十个盒子放在三脚架上。

“你们见过小鬼留影机[1]吗？”他说。

“哦，是的……我是说，是啊，”金波说，“那个里面有个小

1 碟形世界里类似于照相机的东西，里面有一个小鬼，可以把拍到的东西画出来。——译者注

鬼，你把那个对准什么，里面的小鬼就把那些东西画出来。”

“跟这个很像，只是这个是用来留声的。”迪布勒说。

金波眯着眼睛从掀开的盖子缝里看进去。

“什么都看不见……我是说我没看见小鬼。”他说。

“那是因为里面没有小鬼。”迪布勒说。这一点也让他很担忧。要是里面有个小鬼还是什么魔法的话，他应该能开心些。那简单一点儿，很容易理解。他不喜欢掺和数学概念。

“那么……‘烂人’——”他开口了。

“是‘秘密纤维’。”金波说。

“什么？”

“‘秘密纤维’，”金波热心地重复了一遍，“这是我们的新名字。”

“你们为什么改名字了？你们叫‘烂人’还不到二十四个小时呢。”

“是啊，可是我们觉得那个名字在拖我们后腿。”

“它怎么能拖你们后腿？你们压根儿动都没动。”迪布勒望着他们，耸了耸肩，“算了，不管你们叫什么……我想让你们唱你们最棒的歌，我要说什么呢，哦，在那些盒子前面唱歌。还没开始……还没开始……稍等一下……”

迪布勒退到了房间里距此最远的一个角落，把帽子一把拉下来，盖住了耳朵。

“好了，可以开始了。”他说。

他在天赐的耳聋状态中静静盯着“秘密纤维”看了好几分钟，直到有人做出一个“卡”的动作，表明他们的犯罪行为已经中止了。

然后，他仔细检查了那些盒子。那些线在轻轻地颤动，但是什么声音都没有。

“秘密纤维”簇拥了过来。

“这能行吗，迪布勒先生？”金波说。

迪布勒摇了摇头。

“你们没有它想要的东西。”他说。

“它想要什么呢，迪布勒先生？”

“你可把我难住了，你们有一些什么，”他望着一张张灰心丧气的脸庞说道，“但是不多，无论它是什么东西。”

“呃……这不意味着我们不能在免费音乐节上演出，是吧，迪布勒先生？”克拉什说。

“也许吧。”迪布勒堆起一脸仁慈的笑意，说。

“非常感谢，迪布勒先生！”

“秘密纤维”漫步着走到了大街上。

“我们必须沉着应战才能在音乐节上一鸣惊人。”克拉什说。

“什么……你是说……比如……学习演奏？”金波说。

“不！摇滚乐是自然而然发生的。如果你努力去学的话，你将一无所获，”克拉什说，“不是，我是说……”他环顾四周，“比如，穿得好一点儿。你去看皮大衣了吗，诺迪？”

“差不多吧。”诺迪说。

“你这是什么意思，‘差不多吧’？”

“一些皮料。我去过菲德尔路的皮革厂，他们有些不错的皮料，但是就是有点儿……刺鼻……”

“好吧，那我们就从今晚开始吧。那些豹皮裤子怎么样，斯卡姆？你知道我们说过豹皮裤子是个绝佳的好主意。”

一种玄妙的忧虑神色闪过斯卡姆的脸庞。

“那个我大概有一点儿。”他说。

“你只能有或者没有……”克拉什说。

“是啊，但是它们大概……”斯卡姆说，“听我说，我找不到一家店听说过那样的东西，但是，呃，你知道上周来这里的那个马戏团吗？我跟那个戴高顶礼帽的家伙聊过，嗯……就是类似于讨价还价……”

“斯卡姆，”克拉什说，“你买了什么？”

“你这么看哈，”斯卡姆挂着一脸亮晶晶的汗珠，说，“就是一条豹皮裤子和一件豹皮衬衫和一顶豹皮帽子。”

“斯卡姆，”克拉什说，他低沉的嗓音虽然显得无可奈何，却隐隐带着一丝威胁的口吻，“你买了一只豹子，是吗？”

“大概是一只豹子吧，是的。”

“哦，天哪……”

“但稍微有点儿明抢了，整整二十块呢，”斯卡姆说，“但这没什么要紧的，那人说的。”

“那，他为什么不要了呢？”克拉什追问道。

“它聋了。听不见驯兽员的话，他说。”

“嗯，这对我们来说也不是好消息！”

“我不明白为什么。你的裤子又不用听话。”

**施舍一个铜板吧，年轻人？**

“走开，老头子。”克拉什轻松地说。

**祝你好运。**

“这年头乞丐太多了，我爸说的。”克拉什说。他们一边说着，一边从他身边挤了过去：“他说乞丐行会应该采取点儿什么措施了。”

“但是所有乞丐都属于乞丐行会。”金波说。

“嗯，他们不应该允许这么多人加入。”

“是的，但总比待在大街上强啊。”

斯卡姆是他们这群人里唯一一个没有使用脑力活动把自己和对世界的真正观察和认知分隔开的人。他跟在其他几个人的屁股后面走着。他感到很不安，总觉得自己正走在某个人的坟墓上。

“那个人看起来稍微有点儿瘦。”他小声嘀咕着。

其他几个人都对此置之不理。他们又回到日常争论中去了。

“我受够了叫‘秘密纤维’了，”金波说，“真是个蠢名字。”

“真的，真的很瘦。”斯卡姆说。他在兜里掏了掏。

“是啊，我最喜欢我们叫‘那谁’的时候。”诺迪说。

“可是‘那谁’我们只叫了半个小时[1]啊！”克拉什说，“昨天，我们先是叫‘污点’，然后叫了‘那谁’，不叫‘那谁’之后，又叫了‘铅气球’，还记得吧？”

斯卡姆摸到了一枚十分的硬币，转过身去。

“一定还有某个好名字，”金波说，“我敢打赌只要我们一看到就马上知道那是对的。”

“哦，是的。嗯，要不是我们开始争论了整整五分钟，我们已经想到某个好名字了，”克拉什说，“如果我们都不知道自己是谁，这对我们的职业生涯来说是大大不利的。”

“迪布勒先生说过，确实如此。”诺迪说。

“是的，但是滚石不生苔啊，我爸爸说过的。”克拉什说。

“给你，老头儿。”斯卡姆说。他又折回了街上。

**谢谢。**死神感激地说。

斯卡姆匆匆跑回去追上了另外几个人。他们又再次说到了那只有听力障碍的豹子。

“你把它放哪儿了，斯卡姆？”克拉什说。

“嗯，你知道你的那个房间——”

“你要怎么杀死一只豹子？”诺迪说。

“嘿，有办法了，”克拉什阴恻恻地说，“我们让它吞下斯卡姆活活噎死。”

---

1 只是语法意义上的半个小时。

渡鸦用完全明白什么是优质道具的老练眼光仔细审视着大厅里的钟。

正如苏珊之前看到的那样，它并没有像次元位移过看起来那么小。它看起来小，但是原理跟近大远小是一样的，也就是说，头脑一直提醒着眼睛，它们看到的是错的。但是这个是远大近小的。它是因为岁月流逝而变黑的深色木头制成的。还有一个钟摆，在缓慢地摆动着。

这个钟没有指针。

“真是令人印象深刻，”渡鸦说，“那个钟摆上的镰刀刃。真是神来一笔，非常具有哥特气息。任何一个看着这个钟的人都会想——”

**吱吱！**

“好了，好了，我来了！”渡鸦扑打着翅膀穿过一个装饰性的门框，上面还有骷髅和骨头的图案。

“品位出众。”他说。

**吱吱。吱吱。**

“嗯，什么人都可以做水管工，我想，”渡鸦说，“一个有趣的知识：你知道盥洗室这个词其实是因查尔斯·拉文特里爵士而命名的吗？[1]不是很多人——”

**吱吱。**

鼠之死神用力推着通往厨房的门。门“吱呀”一声开了，但是，这也有些不太对劲的地方。听者会觉得这个“吱呀”声是人为加上去的，像是那人觉得这样的门旁边又有一扇那样的门，那就应该发出“吱呀”声，于是就加了一个。

阿尔伯特在石头水槽上洗着碗，发着呆。

“哦，”他转过头来，说，“是你啊。这个东西是什么？”

“我是一只渡鸦，”渡鸦紧张地说，“顺便说一下，渡鸦是最聪明的鸟。很多人说最聪明的鸟是八哥，但是——”

---

1　查尔斯·拉文特里爵士姓Lavatory，在英文里是盥洗室的意思。——编者注

**吱吱！**

渡鸦拨了拨羽毛。

“我是来这儿当翻译的。”他说。

“他找到他了吗？”阿尔伯特说。

鼠之死神吱吱叫了半天。

“什么地方都找过了。都没有迹象。”渡鸦说。

“那么是他不想被人找到。”阿尔伯特说。他抹掉了一块有骷髅图案的碟子上的一块油渍。“我不喜欢这样。”

**吱吱。**

“老鼠说这不是最糟糕的，”渡鸦说，“老鼠说你应该知道他的外孙女都在干些什么……”

老鼠吱吱地叫着。渡鸦翻译着。

碟子掉到水槽里摔碎了。

“我就知道！”阿尔伯特大声叫道，“救他！她什么都不知道！是的！我要解决这件事儿。主人觉得他可以溜掉，对吗？不，不可能从老阿尔伯特眼前溜掉！你们俩在这儿等着！”

伪都已经四处张贴出海报了。消息传得很快，特别是当迪布勒付这些马儿的费用时……

“你好，伪都！”

他们得出动城里的警卫。他们得从河边开始安排人手传递水桶。沥青得在巴迪的更衣室外面拿着大棒子站着，棒子上还有一根钉子。

阿尔伯特站在他卧室里的一小块镜子面前，生气地梳着头。他的头发是白色的。至少，很久以前是白色的。现在已经变成了类似烟鬼食指的颜色。

“这是我的职责，是我职责所在，”他小声嘟囔着，“不知道没有我他会去哪里。也许他能记得未来，但是他总是弄错！哦，他可能一直在为了那些永恒的真相而伤神，但是当一切都尘埃落定的时候，谁又能解决得了呢……蠢人啊，只有他。”

他看着镜中的自己。

“对！”他说。

床底下放着一个破破烂烂的鞋盒子。阿尔伯特十分、十分小心地把它拉了出来，揭开了盖子。里面装着半盒棉絮，像一枚珍贵的蛋一般，摆在棉絮之中的，是一个沙漏。

上面刻着主人的名字：阿尔伯通・马里奇[1]。

里面的沙子是凝固的，不动了，已经往下漏了一半。沙漏上部的沙子已经所剩不多了。

这里，没有时光的流逝。

这就是协议的一部分。他为死神工作，没有时光的流逝，除非，他回到世间去。

沙漏旁边有一张小纸条，最上方写着数字“91”，下面的数字顺着页面向下依次变小：73……68……37……19。

十九！

他一定是太蠢了。他让自己的生命一小时一小时、一分钟一分钟地漏走了，本来之前剩的多得多的。都是跟那个水管工打交道闯的祸！当然，还有买东西。主人不喜欢去买东西。很难有人愿意为他服务。还有，阿尔伯特去度过几次假，因为能看到太阳真的太好了，什么样的太阳都行，还能感受风和雨。主人已经尽力了，可是他永远无法把这些东西造对。还有像样的蔬菜，主人也造不出来。那些菜吃起来都是没有成熟的味道。

在世上的时间只剩十九天了，但是完全足够了。

1　阿尔伯特在为死神工作前，名字叫阿尔伯通。——编者注阿尔伯特把沙漏装进口袋里，穿上大衣，咚咚咚地下了楼。

“你，”他指着鼠之死神说，“就不能感受到他的踪迹吗？一定有什么的。集中注意力。”

**吱吱。**

“他说什么？”

“他说他能记住的只有沙子。”

“沙子，”阿尔伯特说，“好吧。开头不错。我们去搜索全部的沙子。”

**吱吱？**

“无论主人在哪里，他都会给别人留下深刻印象的。”

悬崖被一种“嗖嗖”的声音吵醒了。黎明的曙光勾勒出了戈罗德的剪影，他正在挥舞着一支刷子。

“你在干什么，矮人？”

“我让沥青去弄点儿油漆来，”戈罗德说，“这些房间太难看了。”

悬崖支着手坐了起来，左看右看。

“门上的志什么颜色？”

“鸭蛋青色。”

“不错。”

“谢谢。”戈罗德说。

“窗帘也很棒。”

门“吱呀”一声开了。沥青进来了，手上还捧着一个托盘。他又向后踢了一脚，门关上了。

“哦，对不起。”他说。

“那个痕迹我会再刷一次的。”戈罗德说。

沥青放下了托盘，全身因为兴奋而颤抖着。

“每个人都在谈论你们几个！”他说，“他们说是时候建个新剧院了。我给你们弄了鸡蛋配培根、鸡蛋配老鼠、鸡蛋配焦炭，还有……还有……那什么……哦，对了。警卫队长说如果日出之后你们还不离开城里的话，他就亲自把你们活埋了。我已经把车备好了，就在后门。年轻姑娘们已经用口红在那门上面写了各种东西了。顺便说一句，窗帘很漂亮。”

他们三个人都盯着巴迪看。

“他一直都没动过，”戈罗德说，“演出完了之后就轰然倒下了，然后就睡死过去了。”

“他昨天晚上肯定一直在跳来跳去。”悬崖说。

巴迪还在轻轻地打着呼噜。

“等我们回去以后，”戈罗德说，“我们应该到哪儿去度个假。”

“你说得对，”悬崖说，“如果我们活着出去了，我打算背上我的石头，出去好好走一走，等到第一次有人跟我说，‘你背上背的志什么东西啊’，辣就志我要停下来落脚的地方。”

沥青偷偷往楼下的街道望去。

“你们能吃快一点儿吗？”他说，“那儿有一些穿制服的人，还拿着铲子。”

在安卡-摩波城里，克雷特先生震惊极了。

“可是我们雇用了你！”他说。

“这个词是‘聘请’而不是‘雇用’。”刺客行会的会长唐尼爵士说。

他带着一脸毫不掩饰的厌恶神情看着克雷特先生。“但是，不幸的是，我们不再接受你的合同了。”

“他们是音乐家，”克雷特先生说，“杀他们能有多难呢？”

“我的同事们不愿意谈及此事，”唐尼爵士说，“他们似乎觉得这些客户受到了某种保护。当然了，我们会把费用的余额退给你。”

“受到保护。”克雷特先生小声嘀咕着。他们千恩万谢地走出了刺客行会的拱门。

“嗯，我跟你说过在破鼓酒馆里发生的事——”鲨鱼嘴开口了。

“那只是迷信。”克雷特厉声说。他瞥了一眼边上的一面墙，上面贴着三张音乐节的海报，仿佛正在炫耀着自己身上漂亮的三原色呢。

“你真是够傻的，居然相信那些刺客到了城外还能有用。”克雷特小声嘟囔。

“我？我没有——”

“让他们离像样的裁缝和镜子五英里远，他们的精神就会崩溃了。”克雷特又说道。

他盯着海报看着。

“免费，”他喃喃自语，“你告诉过他们，任何一个在这次音乐节上演出的人都将被踢出行会了吗？”

“是的，我说了，先生，但我觉得他们一点儿也不担心。我是说，他们一些人已经联合在一起了，先生。他们说既然想成为音乐家的人比我们准许入会的多，那么我们就应该——”

“这是暴民政治！”克雷特说，“成群结党将令人无法接受的规则强加在毫无抵抗之力的城市身上！”

“麻烦的是，先生，”鲨鱼嘴说，“如果他们人多的话……如果他们直接闹到王宫里去的话……嗯……你也知道王公大人，先生……”

克雷特阴郁地点了点头。所有行会只有在代表自身选民的时候才势力庞大，当然，行会代表选民这一点一般是不言而喻的。他在想，有好几百个音乐家涌向王宫……好几百个没有加入行会的音乐家……

王公大人是个实用主义者。他从来不会去限定运转正常的事物，但是无法正常运转的事物，会被打破。

唯一的希望是他们都光顾着搞音乐，没时间想这些更为宏大的图景。对于克雷特先生而言，一直如此。

接着，他想起了那个要命的迪布勒也牵涉其中。指望迪布勒不要去想跟钱有关的事儿就如同指望岩石都失去重力一样。

“你在吗？阿尔伯特？”

苏珊推开了厨房的门，硕大的房间里空无一人。

“阿尔伯特？”

苏珊上楼去找。这儿有她的房间，有一整廊不能打开的房门，很可能从来就没打开过——所有的门和门框看起来都是浑然一体，死死地焊在一起的。想必死神也有一个卧室，虽然众所周知，死神是不睡觉的。可能他只是躺在床上看书吧。

她逐一试了所有的把手，直到她发现有一个真的可以转动。

死神真的有一个卧室。

卧室里的很多细节都是对的。当然了。毕竟，他见过不少卧室。房间的中间摆了一张巨大的四柱床，但是当苏珊试着拿手戳一戳它的时候，她发觉上面的床单硬得像石头一样。

房间里还有一面全身镜和一个衣橱。她看了一眼衣橱里边，就想看看里面是不是挂满了各色的袍子，可是里面除了下面摆着的几双旧鞋子之外，什么都没有[1]。

一张梳妆台上放着带有骷髅和Ω图案的牙杯和脸盆，还有各种各样的瓶子和别的一些东西。

她把它们逐个拿起来看，剃须润肤露、发蜡、漱口水、两把银背头梳。

---

1　旧鞋子总是出现在每一个衣柜的下层。如果美人鱼有个衣柜的话，旧鞋子也会出现在她衣柜的底层的。

真是颇让人伤感。死神非常清楚地知道一位绅士的梳妆台上应该放些什么，在这里他并没有遇到什么根本性的问题。

最后，她发现了一小节窄窄的楼梯。

“阿尔伯特？”

楼梯顶上有扇门。

“阿尔伯特？有人吗？”

如果我先这么喊一喊，那就不算擅闯了吧，她对自己说。她推开了门。

这是一间很小的房间。真的很小。里面只有几件卧室家具和一张很小很窄的床。一个很小的书架，上面放了几本看着就很没意思的小书。地上还有一张年代久远的纸。当苏珊把它捡起来时，发现上面写满了数字，除了最后一个数字之外，其他全部都打叉划掉了。最后一个数字是：19。

其中的一本书是《恶劣条件下的园艺学》。

她又反身回了书房。她已经知道家里空无一人了。空气中飘荡着死亡的气息。

花园里也是一样。死神除了下水管道之外，什么都能创造出来。但是，他无法创造出生命。生命就像是面包里的酵母一样，需要额外添加进去。没有生命，一切都是干净美好、赏心悦目、整整齐齐，以及乏味、乏味和乏味的。

这里应该和过去一模一样吧，她想。然后，有一天，他收养了我的母亲。他充满了好奇心。

她又一次走上通往果园的路。

但我出生的时候，爸爸妈妈十分担心我会喜欢上这儿，于是他们把我……抚养成了一个普通女孩儿。死神的孙女应该叫什么？那样的女孩儿颧骨应该会更漂亮些，留着直发，名字里应该有“v”或者“x”。

在这里，她又一次看到了，死神给她做的那个东西。亲手做的。从基本原理开始全是手工打造……

一个秋千，一个简简单单的秋千。

克拉奇与赫施巴之间的沙漠已经灼热到可以燃烧起来了。

空气在震动，紧接着是“砰”的一声巨响。阿尔伯特出现在一个沙丘上。地平线上耸立着一个砖土制的碉堡。

“克拉奇域外军团。”他小声嘟囔着。沙子开始不断地往他的靴子里面灌。

阿尔伯特开始向着碉堡艰难跋涉，他的肩上坐着鼠之死神。

他敲了敲门，门上还插着许多箭。过了一会儿，门上的小窗格打开了。

“你有什么事？”窗格后面有一个声音传来。

阿尔伯特举起了一张卡片。

“你见过长得不像这个人的人吗？”他追问道。

没有人回答。

“那这么说吧：你们有没有见过什么神秘的陌生人，从来不谈论他的过去的？”

“这是克拉奇域外军团，人们都不会谈论他们的过去。他们加入是为了……是为了……”

这个停顿拉长了，阿尔伯特突然明白了，应该由他将这个对话继续下去。

“忘记？”

“对，忘记。是的。”

“那么你们最近有没有来过新兵，有一点儿，怎么说呢，有一点儿奇怪的那一种？”

“大概有吧，”那个声音慢慢地说，“不记得了。”

小窗格“砰”的一声关上了。

阿尔伯特又咚咚敲起了门。小窗格又打开了。

“你好，有什么事吗？”

“你确定你不记得了？”

“记得什么？”

阿尔伯特深呼吸了一次。

“我要见你的长官！”

小窗格关上了。小窗格打开了。

“对不起。好像我就是这里的长官。你不是德瑞格斯人，也不是赫施巴人，对吧？”

“难道你不知道吗？”

“我……很肯定我一定知道的。曾经。你知道那个怎么说……像头一样……的东西，你知道的……上面都是洞……你会用来给生菜沥水的……呃……”

传来了拨开门闩的声音。大门上的一扇小边门打开了。

这个大概是长官的人是个中士，就阿尔伯特掌握的克拉奇的军衔等级来说。

他望着阿尔伯特的神情仿佛在说，在他忘记的一系列事情里，一定也有好好睡一觉。如果他能记得需要睡觉的话。除了他，碉堡里面还有好几个克拉奇士兵，或是坐着，或是站着。很多人都缠着绷带。还有更多的士兵是趴着或躺着的，他们大概再也不需要睡觉了。

“这里发生了什么？”阿尔伯特说。他的嗓音如此有威严，中士发现自己都忍不住敬礼了。

“我们被德瑞格斯人袭击了，长官。”他说着，身体在轻微晃动，“好几百个人呢！他们的人数超过了我们……呃……九后面那个数是什么来着？里面有个一杠的那个？”

“十。”

“十比一，长官。”

“但是，我看你活下来了。”阿尔伯特说。

“啊，”中士说，“是的。呃，是的。这就有点儿复杂了，实际上。呃，下士？就是你。哦，不不，你旁边那个人。有两条杠的那个？”

“我吗？”一个肥肥矮矮的士兵说。

“哦，对。呃，嗯，那些浑蛋朝我们射了很多箭，对吧？看起来我们都要完蛋了。然后有个人把尸体竖到城垛上，给他们挂上长矛和弓弩什么的，这样那些浑蛋会觉得我们人员充足……”

“这可不是什么有创意的想法，我说，”中士说，“以前就干过几十次了。”

“是的，”下士尴尬地说，“他们一定也是这么想的。于是……于是……当他们顺着沙丘飞奔而来的时候……当他们靠近我们的时候，他们都在狂笑，嘴里还说着‘又是这个老把戏’之类的话……有人大喊‘开火！’，然后他们就开火了。”

“那些死人——？”

“我加入军团是……呃……你知道的，用用你的脑子……”下士开口了。

“为了忘记？”阿尔伯特说。

“对的，为了忘记。我很擅长遗忘。但是我不会忘记我的老战友纳德格尔·马利克全身中箭，但还在对抗着敌人。”下士说。

“虽然并没有坚持多久。听着，我将来也会这么干的。”

阿尔伯特抬头看着城垛。现在那里空无一人。

“有人集结了那些尸体，他们之后就列队走了，”下士说，“我刚刚出去看过了，外面只有坟墓。他们一定是互相挖好了坟……”

“告诉我，”阿尔伯特说，“你一直提到的这个‘有人’是谁？”

士兵们面面相觑。

“我们刚刚一直在说这个，”中士说，“我们一直努力要想起来。他曾经在……沙坑里……开始的时候……”

“个子高吗，他？”阿尔伯特说。

“应该是高的，应该是高的，”下士说，“声音也很高。”他似乎对从自己嘴里说出来的话也是一脸茫然的样子。

“他长什么样？”

“嗯，他有一个……带着……和他大概……差不多……”

“他看起来喧闹又深沉吗？”阿尔伯特说。

下士欣慰地咧嘴笑了。“就是他。”他说，“私下里……私下里……叫鲍尔……鲍尔什么来着……不太记得他的名字了……”

“他从……走出去的时候我还记得呢，”中士开口了，并且开始焦躁地打起了响指，“……就是那个打开又关上的东西。木头做的，上面还有铰链和门闩。谢谢。是大门。对的……大门。他走出了大门，还说……说了什么来着，下士？”

“他说，**‘每一个细节’**，长官。”

阿尔伯特环顾着碉堡。

“所以，他走了。”

“谁？”

“他们刚才跟我说的那个人。”

“哦，是的。呃，你知道他是谁吗，冒昧一问？我是说，真是不可思议……说到振奋士气……”

“团队精神？”阿尔伯特说，他有时候会令人反感，“我想他没说他下一站去哪里吧？”

“谁下一站去哪里？”中士皱起眉头，一脸真诚地问。

“就当我没问过吧。”阿尔伯特说。

他最后一次环视了小小的碉堡。也许这座碉堡的存或亡对世界历史而言无足轻重，地图上的那条虚线究竟该这样设还是那样设，也无关痛痒。就像主人爱瞎掺和事情一样……

有时，他也试着通晓人情世故，他想。最后却总是让人啼笑皆非。

“继续吧，中士。”他说着，慢慢地走回沙漠中去了。

军团士兵们看着他渐渐消失在堆堆沙丘之中，接着又继续开始清理碉堡了。

“你觉得他是谁？”

“谁？”

“你刚才提到的那个人。”

“我有吗？”

“你有什么？”

阿尔伯特站在一个沙丘顶上。站在这儿，那道虚线历历在目，蜿蜒着穿过这个沙漠，充满了危险与背叛的意味。

**吱吱。**

“我们俩都是。”阿尔伯特说。

他从口袋里掏出了一块无比肮脏的手帕，在四角上打上结，然后戴在了头上。

“好了，”他说，但他的声音里却透着一丝不确定，“我觉得，我们这事儿好像做得不太合逻辑。”

**吱吱。**

“我是说，我们可能在漫无目的地追着他。”

**吱吱。**

“所以也许我们应该好好想一想。”

**吱吱。**

“现在……如果是你在碟形世界里，肯定会觉得有点儿陌生，绝对什么地方都有可能去，什么地方都有可能……那你会去哪儿呢？”

**吱吱？**

“什么地方都可以，但一定是一个没有人记得你名字的地方。”

鼠之死神环顾着无边无际、苍苍茫茫而又干燥无比的沙漠。

**吱吱？**

“你知道吗，我想你是对的。”

那是在一棵苹果树上。

他给我造了一个秋千。苏珊记得这个。

她坐在那儿，凝望着那个秋千。

这个秋千结构很复杂。它背后的建造思路可以从眼前看到的这个结构物推导出来，思路可能如下：

很明显，秋千应该是悬挂在最粗壮的一根树枝上的。

实际上——以安全第一为理念的话——能挂在两根最粗壮的树枝上就更好了，一边系一根绳子。

这样的两根树枝竟然出现在树的两侧。

不能走回头路，这是逻辑基本要求的一部分。继续向前推进，一步步有逻辑地推进。

所以……他切除了树干中间大约六英尺长的区域，这样，秋千就能……摇起来了。

这棵树并没有死，它还活得很健康。

可是，少了这么一大块主干部分的树干又带来了一个新问题（树的上半部分是悬空的）。但是他又在两侧秋千绳的外围的树枝下面竖了两个大大的支撑物，来保证树的上半部分始终处在离地面适当的高度。

她记得自己在秋千上笑得有多开心，即使是小时候的事情。他站在那里，完全看不出来哪里不对劲。

然后，她什么都看见了，一切都展现在她眼前了。

死神就是干这个的。他从来都不知道自己在干什么。他每做一件事，这件事就被证明是错的。比如她的妈妈；突然之间，他有了一个成年的姑娘，他并不知道接下来该干什么。所以他做了另外一些事儿，希望纠正之前的错误，结果却错上加错。她的爸爸。死神的学徒！当那件事也错了，它潜在的错误就渗透到了内部，他又做了一些别的事来纠正它。

他将那个沙漏翻转过来了。

之后，那就成了一个数学问题。

还有职责的问题。

“哎……见鬼，戈罗德，告诉我我们到哪儿了……斯托拉特！哇！”

这里的观众更多。因为有更充裕的时间来张贴海报，有更充裕的时间让好口碑从安卡-摩波传来。此时，乐队成员发现，有一部分铁杆歌迷跟着他们从伪都过来。

在一次曲目间歇之际，就是在唱那首让大家开始在家具上跳来跳去的歌之前，戈罗德凑到了悬崖身边。

“你看到第一排的辣个巨怪了吗？”他说，“就是沥青在她手指上跳来跳去的那个？”

“看起来像废石堆的那个吗？”

“她之前在伪都，”悬崖满脸笑意地说，“她一直在看我！”

“去吧，小伙子，”戈罗德一边说，一边把号角里的口水清了清，“你随随便便就能搞定，是吗？”

“你是觉得她是沥青跟我们说过的那种女孩儿？”

“也许吧。”

其他的消息也传得很快。黎明来临时，这里又有了另一间被重新粉刷装饰过的房间，一个来自凯莉女王的皇家口谕，乐队要在一个小时之内离开本城，违者将受到重罚，若没能离开，将被罚快速撤离。

巴迪躺在马车上，马车一路颠簸在鹅卵石路上，去往奎尔姆。

她不在那里。两个晚上，他仔细审视过那些观众，她都不在。他甚至在午夜时分起床，走到空荡荡的街道上去，万一她在找他呢。现在他不知道她是否存在过。说到存在这件事吧，他也只有一半肯定他是存在的，除了那些上台表演的时候。

他心不在焉地听着其他几个人的谈话。

“沥青？”

“什么事，戈罗德先生？”

“悬崖和我忍不住一直在看一样东西。”

“什么呢，戈罗德先生？”

“你一直拿着一个很沉的皮袋子，沥青。”

“是的，戈罗德先生。”

“这个袋子今天早上变得更沉了，我想。”

“是的，戈罗德先生。”

“里面是钱，是吧？”

“是的，戈罗德先生。”

“有多少？”

“呃……迪布勒先生说让我别拿钱的事情烦你们。”沥青说。

“我们不介意。”悬崖说。

“说得对，”戈罗德说，“我们愿意自寻烦恼。”

“呃……”沥青舔了舔嘴唇。悬崖的神色里有些从容不迫。“大概两千块，戈罗德先生。”

马车又颠颠簸簸地走了一阵子。周围的景色有些改变了。开始有一座座小山了，农场也变得更小巧一些。

“两千块，”戈罗德说，“两千块，两千块，两千块。”

“你为什么一直说两千块？”悬崖说。

“因为我以前从来没有机会说两千块。”

“别说得这么大声！”

“两千块！”

“嘘！”沥青绝望地说。戈罗德的喊声在山峦里回响。“这是强盗出没的地方！”

戈罗德盯着钱袋子。“这还用你说。”他说。

“我指的不是迪布勒先生！”

“我们现在身在斯托拉特和奎尔姆之间的路上，”戈罗德耐心地说，“这不是锤顶山的路。这是文明之地。在文明之地，他们不会在路上抢劫的。”他又阴郁地看了一眼钱袋子。“他们会等到你进了城。那就是为什么我们管它叫‘文明’。哈哈，你能告诉我上次有人在这条路上被抢是在什么时候吗？”

“星期五，我确定，”岩石堆上传来一个声音，“哦，巴格——”

马儿们抬起前腿向后仰去，随即又向前疾驰了起来。沥青下意识地抽动着鞭子。

他们沿着路前进了好几英里，才放慢了速度。

“闭嘴，别提钱了，好吗？”沥青小声说。

“我是个专业的音乐家，”戈罗德说，“当然会考虑钱的问题。现在离奎尔姆还有多远？”

“不太远了，”沥青说，“还有几英里吧。”

他们又翻过了一座山，之后，那座傍海的城市就展现在他们眼前了。

城门都是关闭的，门前聚拢了一群人。午后的阳光在一个个头盔上闪动着光芒。

“你们管那些长长的棍子，一段还绑着斧子的东西叫什么？”沥青说。

“长矛。”巴迪说。

“一定有很多的长矛。”戈罗德说。

“不志给我们准备的，对吧？”悬崖说，“我们只志音乐家。”

“我看到一些穿长袍、戴金链子之类的人。”沥青说。

“有钱的市民。”戈罗德说。

“你们知道的，今天早上超过我们的那个骑手……”沥青说，“我想可能消息是这样传出去的。”

“志的，可志辣剧场又不志我们砸坏的。”悬崖说。

“嗯，你只是给他们加了六首歌。”沥青说。

“街上的那些暴乱也不是我们干的。”

“我敢肯定那些带着尖刀刃的人也能理解这一点。”

“可能他们不愿意宾馆被重新装饰呢。我就说辣志个错误，橘色的窗帘配黄色的壁纸。”

马车停了下来。一个圆圆胖胖、戴着三角帽、穿着带毛边儿的斗篷的男人皱着眉头，一脸难受地看着乐队成员们。

“你们就是‘摇滚乐队’的音乐家吗？”他说。

“有什么问题吗，长官？”沥青说。

“我是奎尔姆的市长。根据奎尔姆的法律，摇滚乐队不能在本城演出。看着，就在这儿写着呢……”

他挥着一个卷轴，戈罗德接过了它。

“我觉得墨还没干呢。”他说。

“摇滚乐队代表着公害，有损身心健康与道德风化，并会引起身体的异常抽搐。”那人说着，一把抽回了卷轴。

“你是说我们不能进入奎尔姆城？”戈罗德说。

“你们如果非要进也行，”市长说，“但是你们不能演奏。”

巴迪在马车上站了起来。

“但是我们一定要演奏，”他一边说，一边将挂在身上的吉他猛地掉过头来，一把抓住琴颈，另一只手举起来，一副作势要弹奏的咄咄逼人样子。

戈罗德绝望地四下张望。悬崖和沥青已经用手捂住了耳朵。

“啊！”他说，“我想我们现在可以好好协商一下，对吗？”

他从车上跳了下来。

“我想市长大人还没听说吧，”他说，“音乐税的事儿？”

“什么音乐税？”沥青和市长异口同声地说。

“哦，这是最近的事儿了，”戈罗德说，“考虑到摇滚音乐大受欢迎。每张票收取五十便士的音乐税。我想应该总计到了，嗯，二百五十块了，在斯托拉特。当然了，安卡–摩波收到了斯托拉特的两倍以上。王公大人想出来的。”

“真的吗？听着倒确实是维第纳利的风格。”市长说。他用手摸了摸下巴。“你是说在斯托拉特城收了二百五十块？真的吗？那地方地盘儿可不大呀。”

一位头盔上插着一根羽毛的士兵神情紧张地敬了个礼。

“打断一下，市长大人，但是斯托拉特城来的消息确实说……”

“稍等一下，”市长不耐烦地说，“我在想……”

悬崖俯下身去。

“这算志贿赂，对吧？”他在戈罗德耳边小声说。

“这是税款。”戈罗德说。

那警卫又敬了个礼。

“但是说真的，市长先生，那里的警卫……”

“警卫队长，”市长一边厉声说，一边若有所思地盯着戈罗德，“这是政策！请服从！”

“也志政策？”悬崖说。

“而且为了表示我们的诚意，”戈罗德说，“如果我们在演出之前就把税交了，岂不妙哉，您觉得呢？”

市长一脸震惊地看着他们，一副万万没想到世界上竟然还有有钱的音乐家的模样。

“市长大人，那消息说……”

“二百五十块。”戈罗德说。

“市长大人……”

“好了，警卫队长，”市长脸上露出了心意已决的神色，“我们知道这些人在斯托拉特是有些古怪。但毕竟，也就是音乐而已。我说过我觉得那调子是有些怪。但是我也不觉得音乐能有什么危害。这些年轻人——显然是非常成功的。”他又说道。这话市长说出来是非常有分量的，其他人这么说也同样分量十足。毕竟，没有人喜欢贫穷的贼。

“是的，”他继续说，“可能只是那些斯托拉特人来试探我们的。他们觉得我们住在这偏远之地就头脑简单了。”

“是的，但是伪都人——”

“哦，他们呀，那些自大的家伙。就是些音乐能有什么大不了的，对吧？特别是，”市长给戈罗德递了眼色，“特别是当这个对公民有利的时候。让他们进去吧，队长。”

苏珊飞身上马了。

她知道那个地方。她曾经见过一次。他们已经在路边设置了新的围栏，但仍旧很危险。

她也知道那个时间。

就在人们把那地方称为“夺命急弯”之前。

“你好，奎尔姆！”

巴迪拨出了一个和弦，摆好一个姿势。他周身都笼罩在一圈仿佛廉价亮片闪烁出的微弱白光中。

“啊——哈——哈！”

喝彩声很快就汇成了熟悉的音墙。

以前，我觉得我们很快就会被不喜欢我们的人弄死，戈罗德想。现在，我觉得我们很可能会被喜爱我们的人弄死……

他小心翼翼地四处张望。四周全是警卫，警卫队长可不是个蠢材。我只希望沥青能照我的吩咐已经把马和马车备好了……

他瞥了一眼巴迪，他正在聚光灯下熠熠生辉。

加演几首，然后就顺着后边儿的楼梯下去，溜之大吉，戈罗德想。那个大皮钱袋子已经拴在悬崖腿上了。任何打着要抢那个钱袋主意的人会发觉自己要拖一个一吨重的鼓手。

我根本不知道马上要演奏什么，戈罗德想。我从来都不知道要演奏什么，我只是吹了号角而已……那些曲子就出来了。这肯定是不对劲的。

巴迪像个掷铁饼者一般甩动了手臂，一个和弦飘了出来，飘进了观众们的耳朵里。

戈罗德把号角举到嘴边，吹出来的声调就如同在无窗的房间里熊熊燃烧的黑丝绒一样。

在摇滚乐的魔力占据他的灵魂之前，他想：我要死了。那是这音乐的一部分。我真的很快就要死了。我能感觉得到，每天都感觉得到，死亡越来越近了……

他又看了一眼巴迪。他在观众席中来回审视，仿佛是在惊声尖叫的人群里寻找着某个人。

他们演奏了《有好多好多人在颤抖》。他们演奏了《给我摇滚乐》。他们演奏了《天堂之路》（观众里还有一百个人发誓明天早上就要去买个吉他）。

他们用心演奏着，用灵魂演奏着。

他们在加演完第九首曲目之后溜走了。他们顺着厕所的窗户爬出去，跳到巷子里的时候，里面的观众们还在跺着脚要求继续加演。

沥青又把一袋子钱倒进了大皮袋子里。“又赚了七百块！”他一边说着，一边拉着他们爬上了马车。

“很好，我们每个人分十块。”戈罗德说。

“你去告诉迪布勒先生。”沥青说。他们的马车嗒嗒嗒地向着城门而去。

“我会的。”

“这不重要，”巴迪说，“有时候我们是为了金钱演出，有时候我们是为了演出而演出。”

“哈哈！会有那么一天的。”戈罗德在座位下面摸索着，沥青之前在那儿藏了两瓶啤酒。

“明天晚上就志免费音乐节了，伙伴们。”悬崖低沉地说。他们已经穿过了城门。在这儿，他们都还能听到观众们的跺脚声。

“在那之后我们要签订新的合约，”矮人说，“里面得加上好多个零。”

“我们现在就有好多个零。”悬崖说。

“是的，可是零的前面没有几个数字啊，嗯，巴迪你说呢？”

他们四下张望。巴迪已经睡着了，吉他还紧紧地搂在胸前。

“像一根蜡烛一样熄灭了。”戈罗德说。

他又转过身来了。星光中，略显苍白的路不断地在他们面前延展。

“你说过你只志想要工作，”悬崖说，“你说过你不想成名的。你怎么会喜欢辣样的生活呢？得面对着辣一大堆的金子发愁，得面对着辣一大堆女孩子，争先恐后地向你扔锁子甲？”

“我忍忍就行了。”

“我想要个采石场。”巨怪说。

“是吗？”

“志啊，心形的。”

这是一个风雨交加的黑夜，一辆马车疾驰而来，马儿早已不见了踪影，马车直愣愣地撞向路边东倒西歪的栅栏中，又翻滚着跌进峡谷里。掉落过程中崖边一块凸起的岩石都没碰着，就嘭地砸在崖底干枯的河床上，撞了个稀碎。这时马车上的油灯点着了火，接着又是一次大爆炸——就算是悲剧也有某些固定的桥段——火海中滚出一只燃烧的车轮。

对于苏珊来说，奇怪的是她竟然无动于衷。她的脑海里出现过悲伤的念头，但那是因为在这样的情境里，情绪肯定是要悲伤的。她知道马车里坐的是谁，可那已经发生了。她做什么都是回天乏术的。如果她在一切发生之前力挽狂澜了，那这一切就不会发生。可她就只是在这儿眼睁睁地看着一切的发生。所以之前她并没有阻止，于是一切都发生了。她感觉到这件事情的逻辑就像一连串巨大无比的铅板一般交叠得严丝合缝。

也许在这世上什么地方，这件事情不曾发生过。也许马车滑向了路的另一侧，也许崖壁边恰巧有那么一块救命的石头，也许马车根本就没往这条路走，也许那车夫记得有这么个急弯。但是这一切也许都只存在于这世上有这么个地方。

这并不是她能知道的事情，它是从一个比她年长、年长得多的头脑中飘过来的。

有时，你唯一能为别人做的事情就是无动于衷。

她骑着冰冰躲到了那悬崖路旁的暗影中，等待着。一两分钟之后，传来了石头“咔嗒咔嗒”的撞击声，一个人沿着河床边的崖壁那几乎垂直的路径策马而上。

冰冰翕动着鼻翼。通灵学也无力描述那种你看到你自己的焦躁不安之感[1]。

苏珊看着死神下了马，用镰刀拄着地，站在崖边俯视着下方的河床。

她想：可他本应该做些什么的。

难道他不能吗?

那个身影直起腰来，但却没有转身。

**是的，我本应该做些什么的。**

---

1　但是，严格意义上来说，人类一直都有这种感觉。

“你怎么……怎么知道我在这里……？”

死神不耐烦地摆了摆手。

**我记得你。现在也理解了这件事：你的父母知道事情一定会发生的。一切都一定会发生的，无论何处。难道你以为我没跟他们提过这个？但是我无力给予生命。我只能授权……生命的延长。于事无补。只有人类能够给予生命，他们想成为人，而不做永世不朽的神。如果能对你有帮助的话，他们愿意立刻死去。立刻。**

我必须问，苏珊想。我必须说出来，否则我就不是人。

“我能回去救他们……？”她的声音中只带有一丝丝颤抖，这表明她说的这句话是个问句。

**救？为什么呢？为了已经耗尽了的生命吗？天下无不散之筵席。我知道。有时候我也会想想如果事情不是这样，又会如何。但是……没有了责任，我又是谁呢？这世上必须有规则的。**

他又爬上了马背，并且始终没有回头看她，就驾着冰冰，越过峡谷而去了。

在非德尔路的一间车马房后头，有一堆干草堆突然鼓了起来，随后就传来了一阵含混的咒骂声。

几分之一秒之后，又是一阵咳嗽声，然后在牲口市场附近的一个谷仓里又传来了一阵清晰得多的咒骂声。

片刻之后，小短街一家旧饲料库的几块朽木地板突然爆炸了，随即从一个面粉袋子里弹出了另一声咒骂。

“该死的啮齿动物！”阿尔伯特一边咆哮着，一边急忙用手指把耳朵里的麦粒儿抠了出来。

**吱吱。**

“我该想得到的！你觉得我个子有多高？”

阿尔伯特拨掉了大衣上的干草与面粉，走到了窗户旁边。

“啊，”他说，“让我们修正路线，到破鼓酒馆去吧！”

在阿尔伯特的口袋里，沙漏里的沙子又恢复了下落。

西比柯斯·杜努姆决定打烊一个小时。这个收拾打烊的过程倒是不烦琐：首先，他和手下把那些没破的酒杯都收了收，这倒也花不了多长时间。然后就是漫无目的地翻一翻，看看是不是有些什么武器值得回收换钱的，然后在那些主人没有异议的情况下，迅速地搜一搜他们的口袋，那些主人要么是醉了，要么是死了，要么是二者兼而有之。再然后就是把家具挪到一边，把剩下的那些人啊物的都从后门清出去，扔到安卡河宽广的棕色怀抱中去，它们先会在河上叠成一座小山，之后，渐渐地沉入河底。

最后，西比柯斯便会锁上那扇大前门，闩上门闩……

但是门关不上。他低头望去，有一只靴子挤了进来。

“我们打烊了。”他说。

“没有，你没有打烊。”

门又转了回去，阿尔伯特进来了。

“你见过这个人吗？”他亮了一张长方形的硬纸板在杜努姆的眼前，厉声说道。

这可于理不合。杜努姆可不是做那种告诉了别人你见过谁还能活得下去的工作。杜努姆可以一整个晚上给人上酒可就是一个人都没见着。

“这辈子都没见过这个人。”他不假思索地说，甚至看都没看那卡片一眼。

“你必须帮我，”阿尔伯特说，“否则会发生一些可怕的事情。”

“走开！”

阿尔伯特抬脚踢了门一下，门关上了。

“可别说我没警告过你。”他说。站在他肩上的鼠之死神满腹猜疑，正在用力嗅着空气。

片刻之后，西比柯斯的下巴就牢牢地嵌在了一张桌子的桌板上了。

“现在，我知道他可能来过这里，”阿尔伯特说，他的呼吸一点儿都不急促，“因为每个人都可能来过这里，这是迟早的事儿。你再看一眼吧。”

“那就是张塔罗牌啊，”西比柯斯吐字不清地说，“那是死神啊！”

“你说得对，他就是那个骑白马的人。你不可能注意不到他。除非他不想在这里让人认出这个样子，我想。”

“让我捋捋，”破鼓酒馆的老板一边说着，一边试图从阿尔伯特的铁拳之下挣脱出来，“你想让我告诉你是不是见过一个长得跟画像不一样的人？”

“他应该很古怪，极其古怪。”阿尔伯特想了一会儿说，“还有，如果我猜得没错的话，他一定喝了很多酒。他一向如此。”

“这是安卡-摩波，你也知道的。”

“别耍花招，否则我会生气的。”

“你是说你现在没有在生气吗？”

“我只是有点儿不耐烦而已。如果你想让我生气，尽可以试试。”

“几天前……有个人……我也记不太清楚长得什么样儿——”

“哈，那就是他了。”

“把我这儿的酒都喝没了，还抱怨《野蛮入侵者》游戏，然后就喝醉了，就……”

“就怎么了？”

“记不起来了。我们把他扔出去了。”

“从后门扔出去了？”

“是的。”

“但是那外面有条河。”

“嗯，大多数人在沉下去以前酒会醒的。”

**吱吱**。鼠之死神说。

“他说过什么吗？”阿尔伯特说，他忙得顾不上去听鼠之死神的话。

“说什么事儿都记得，我想。他说……他说即便是醉了，也还是什么都记得。还一直说什么门把手，还有……毛茸茸的阳光。”

“毛茸茸的阳光？”

“之类的吧。”

压在西比柯斯手臂上的力道突然间消失了。他原地不动等了一两秒钟，然后小心翼翼地，扭过了头。

他身后一个人都没有。

又小心翼翼地，西比柯斯弯下腰去看了看桌子下面。

阿尔伯特已经迈步走了出去，黎明渐渐来临了。他在口袋里摸索了一阵，掏出了他的盒子。他打开盖子，看了一眼自己的沙漏，然后“啪”的一下把盖子合上了。

“行了，”他说，“下一站去哪儿？”

**吱吱**！

“什么？”

突然有人给了他当头一棒。

这一下子倒是不致命。小偷行会的提莫·拉兹曼心里清楚，小偷杀了人会是什么结果。刺客行会的人来跟他们简单地交涉过了——实际上，他们就说了一句话：“再见。”

所以，他不过就是想把这个老头儿敲晕，好掏一掏他的兜。

他也没想到当老头儿倒地的时候，会发出那样的声音，就像是打碎玻璃的“叮当”声，可是，刺耳的泛音却连绵不绝地在提莫耳朵里回响着，这些声音早该停止了呀。

突然，老头儿的身体里蹿出了什么东西，“嗖”的一下扑到了他脸上。两只白骨森森的爪子猛地抓住了他的两只耳朵，骨骼毕露的口鼻向前一伸，狠狠地击中了他的前额。他尖叫着，逃命去了。

鼠之死神又跳到了地上，一溜小跑回到阿尔伯特的身边。他用爪子拍着阿尔伯特的脸，又疯狂地踢了他几脚，最后，在绝望之中，还咬了他的鼻子。

之后，鼠之死神抓着阿尔伯特的领子，想把他从水沟里拖上来。又是一阵玻璃的“叮当”声，仿佛在警告着他。

老鼠的眼窝子发狂般地望向了破鼓酒馆紧闭的前门。已经化为骨质的几根胡须根根直立起来。

很快，西比柯斯打开了门，仿佛只是为了让这雷鸣般的敲门声停下来。

“我说过我们——”

一个东西从他的两腿之间“嗖”的一下穿了进来，停留片刻之后咬了他的脚踝，又一路蹿到了后门边上，把鼻子紧紧地贴在地板上。

兽皮公园之所以得名不是人为起的，而是因为兽皮曾经是土地的丈量单位。一张兽皮大小的土地恰好是一个人加三只半牛在下雨的星期四能耕完的面积，而兽皮公园刚好就是这么大。安卡-摩波的人是遵循传统的，同时，也遵循其他一些东西。

公园里有树、有草，还有一个湖，里面有真鱼的那一种。由于城市历史的波折，这里成了一个颇为安全的地方。几乎没有人在兽皮公园被打劫。打劫者跟其他人一样，喜欢待在“阳光普照”的地方。而这里，是一个中立地区。

这里已经在火热布置中了，虽然除了河边几个工人还在敲敲打打拼起来的一个大舞台之外，什么也看不到。舞台后面的一块区域已经竖起了木桩子，钉上廉价的麻袋条子隔挡起来了。偶尔有一脸兴奋的人试图闯进去，都被绿玉髓的巨怪们扔到湖里去了。在一大堆排练的音乐家里，一眼就能瞧见克拉什和他的乐队，他们之所以这么引人注目，部分原因是因为克拉什把上衣脱掉了，让金波在他的伤口上敷碘酒呢。

“我还以为你是开玩笑的呢。”他咆哮着。

“我都说了，它在你的卧室里。”斯卡姆说。

“我这个样子还怎么弹吉他？”克拉什说。

“反正你怎么样都是不能弹吉他的。”诺迪说。

“你看看我的手，你看看。”

他们看着他的手。金波的妈妈在处理完伤口之后往手上戴了一只手套。伤口并不深，因为即便是再愚蠢的豹子也不会在那些想着要扒掉它裤子的人身边来回晃荡。

“一只手套，”克拉什用恐怖的嗓音说道，“谁听说过有哪个正经的音乐家戴手套的？”

“戴着手套我要怎么弹吉他呢？”

“不论戴不戴手套，你都没法儿弹吉他啊！”

“我不知道我为什么要受你们三个的气，”克拉什说，“你们限制了我的艺术发展道路。我现在在考虑离开你们，去组建我自己的乐队。”

“不，你不会的，”金波说，“因为你找不到比我们还差劲的人了。我们面对现实吧，我们是垃圾。”

他说出了迄今为止无人敢提，但是大家却心知肚明的话。诚然，他们身边的那些音乐家也是很糟糕的。但也就仅此而已了。他们其中的一些人有些小小的音乐天赋，而对于绝大多数人来说，他们不过是不会弹奏乐器而已。他们的团队中不会有一个鼓手连鼓都打不到，他们也找不到一个贝斯手，韵律感像车祸现场一样。而且，他们通常对于名字没有什么争议。他们的名字可能没什么创意，比如，“大个子巨怪和其他巨怪”“伟岸的小矮人们”等等，但是至少他们知道他们是谁。

“那叫‘我们是垃圾乐队’如何？”双手插着兜儿的诺迪说。

“我们可能是垃圾，”克拉什怒骂道，“但我们是摇滚垃圾。”

“好了，好了，一切进展得如何呀？”迪布勒拨开麻袋条子走了进来，“时间不多了——你们在这儿干什么呢？”

“我们在定节目单，迪布勒先生。”克拉什谦恭地说。

“我连你们名字叫什么都不知道，怎么可能在定节目单？”迪布勒暴躁地挥手指着其中一张海报，说道，“你们的名字在上面，是吧？”

“我们在这上面很可能是叫‘安迪后援乐队’。”诺迪说。

“你的手怎么了？”迪布勒说。

“我的裤子咬的，”克拉什说着，一脸怒气地瞪着斯卡姆看，“说实话，迪布勒先生，你能再给我们一次机会吗？”

“我看看吧。”迪布勒说着，大步流星地走了。

他心情雀跃，不想与人争论。夹腊肠的圆面包卖起来快极了，但是这些钱也只够抵掉很少一部分费用。还有很多能从摇滚乐上赚到的钱，是他以前想都没想过的……自割喉咙迪布勒永远都在想着钱。

比如，那些衬衫。那些都是用很廉价的棉布做的，薄到在光线好的地方都很可能看不见了，到水里一洗可能就烂了。可他已经卖出去六百件了！每件五块！他所要做的就是以十件一块的价格从克拉奇批发市场买来衬衫，再以十件半块的价格让白垩在上面印字。

而白垩也有着与一般巨怪不一样的创新精神，他甚至印出了属于他自己的衬衫，上面写着：

白垩

渣滓街12号

业务范围广泛

人们争先恐后地买着这些衬衫，掏钱给白垩的作坊做广告。迪布勒从来没想过这个世界竟然还可以这样运转，就好像看着绵羊们自己给自己剪羊毛。无论是什么造成了这种商业操作规律的大反转，他都希望这样的事情能多多益善。

他已经把这个想法转手卖给了新鞋匠街上的制鞋匠普拉格[1]。于是，一百件衬衫径直从那店里走了出来，卖得比普拉格平常的商品好多了。人们想要衣服只是因为上面写了字！他在不停地赚钱。一天好几千块呢！舞台前方还有一百个排成一列的音乐盒子，准备好要捕捉巴迪的声音。如果事态照这个速度发展，几十亿年之后他会富得流油的！

摇滚乐万岁！

这个闪亮亮的大银边儿旁边只有一朵小乌云。[2]

音乐节中午就要开始了。迪布勒原打算先让许多小型的技艺不精的乐队先开场演出，再让摇滚乐队来压轴。所以巴迪他们现在不在这儿倒也不让人感到担心。

可是他们现在不在这儿。迪布勒很担心。

一个小小的黑影驻扎在了安卡河的两岸。它移动的速度之快，连影像都很模糊。它在河岸边绝望地来回穿梭着，同时不断用力地抽动着鼻子嗅着。

人们看不到它。但是他们能看到许许多多的老鼠，黑的、棕的、灰的。它们纷纷从河边的仓库和码头里逃窜而出，成群结队、态度坚决地远远逃开了。

一个干草堆晃动了起来，戈罗德从里面出来了。

---

1 **普拉格**
他们有鞋底
**感受钉子吧！**

2 这里是对习语“每朵乌云都镶着银边（every cloud has a silver lining）”的戏仿。——译者注他滚到了地上，痛苦地呻吟着。天与地都笼罩在蒙蒙的细雨中。

然后，他跌跌撞撞地站了起来，环顾四周，看着绵延不绝的田野，接着又消失在一个树篱后面不见了。

几秒钟之后，他又快步走了回来，在干草堆上摸索了一阵子，直到他找到了一个异乎寻常的大肿包，然后用他带金属头的靴子连续朝它踢了好几脚。

“嗷！”

“降C调，”戈罗德说，“早上好，悬崖。你好，世界！我想我可能无法忍受快速地脉上的生活了——一堆堆的大白菜、劣质的啤酒，还有那些一直骚扰你的老鼠——”

悬崖爬了出来。

“我昨天晚上可能志吃了什么坏了的氯化铵，”他说，“我上半截儿脑袋还在吗？”

“是的。”

“真遗憾。”

他们拉着沥青的靴子把他拖了出来，接着不断重重地捶打他，终于把他弄醒了。

“你是我们巡回演出的经理人，”戈罗德说，“你应当保证我们的安全。”

“嗯，我一直在保证你们的安全，不是吗？”沥青小声嘀咕着，“我又没打你，戈罗德先生。巴迪呢？”

这三个人围着干草堆打转，不停地戳着那些凸起的地方，可惜，那些全是湿漉漉的干草。

他们最后在地面上的一个小山丘上找到了他，就在离干草堆不远的地方。那里长着几棵冬青树，由于风力的作用，那些树都成了曲线形的。他就坐在一棵冬青树下，膝盖上放着吉他，雨点儿把他的头发都贴到了脸上。

他还在沉睡着，浑身都已经湿透了。

雨滴落在他膝盖上的吉他上，弹奏出了声响。

“他很奇怪。”沥青说。

“不，”戈罗德说，“他被某些奇怪的力量驱动着去穿越重重的黑暗路径了。”

“是的，很奇怪。”

雨势减小了。悬崖抬头望了望天。

“太阳已经升得很高了。”他说。

“哦，不！”沥青说，“你睡了多久了？”

“跟我醒着的时间一样久。”悬崖说。

“快中午了。我把那些马留在哪儿了？有没有人见过我们的马车？得有人把他叫醒！”

几分钟之后，他们又上路了。

“你知道吗？”悬崖说，“我们昨天晚上离开得太匆忙了，我都不知道她有没有来过。”

“她叫什么名字？”戈罗德说。

“不知道。”巨怪说。

“哦，那就是真爱了，真爱。”戈罗德说。

“你灵魂中就没有任何的浪漫色彩吗？”

“在人潮汹涌的房间里彼此看对眼儿吗？”戈罗德说，“不，没有——”

巴迪俯身向前，把他们俩拨拉到了两边。

“闭嘴。”他说。他的嗓音低沉，一点儿也不像在开玩笑。

“我们就开开玩笑罢了。”戈罗德说。

“不要开玩笑。”

沥青感觉到整体的气氛不太融洽，于是就一心看着路。

“我想你们都很期待音乐节，是吧？”他过了一会儿才说。

没有人回答。

“我想那儿观众一定很多。”他说。

一片寂静，除了马蹄子的“嗒嗒”声和马车的“嘎吱”声以外，什么声音都没有。他们现在身处连绵的群山中，道路沿着一个峡谷蜿蜒向前。峡谷下面连条河都没有，除非是在最湿润的雨季。前方是一片幽暗的区域，沥青觉得那幽暗越来越浓密了。

“我想你们会过得很愉快的。”他最后又说道。

“沥青？”戈罗德说。

“什么事，戈罗德先生？”

“好好看路，好吗？”

校长一边走一边擦着他的法杖。这真是一根极其出色的法杖，足足六英尺长，法力无边。他并不经常使用魔法。根据他的经验，如果用一根六英尺长的橡木棒重重地打上几下还解决不了的事情，通常对于魔法也是免疫的。

“你不觉得我们应该把那些高级巫师带上吗？”庞德一边竭尽全力追赶着校长，一边说。

“以他们目前的精神状态，我担心带了他们只会让事情……”瑞克雷先生搜肠刮肚地想了半天合适的词儿，最后说道，“更糟糕。我还是坚持让他们留在学校里。”

“那德朗格他们几个怎么样？”庞德满怀期望地说。

“如果魔法维度出现了大比例的裂口，他们在又能带来什么好处呢？”瑞克雷先生说，“我还记得可怜的洪先生。上一分钟他还在烹制双倍鳕鱼和豌豆泥，下一分钟……”

“‘嘭’？”庞德说。

“‘嘭’？”瑞克雷先生一边在人流摩肩接踵的大街上奋力挤开一条路，一边说，“我听到的版本不是那么说的。更像是‘啊啊嗯嗯尖叫——格鲁格鲁——格鲁——咔嚓’，然后就喷出了一大堆的油炸食物。在那些薯条哗啦啦落下的时候，大疯子艾德里安和他的朋友们在又能有什么用呢？”

“呃……很可能没什么用，校长。”

“对。人们叫喊着，四处逃亡。带不来任何好处。而一个装满了咒语的口袋和一根能量满满的法杖则在十次中有九次能让你脱困。”

“十次中有九次？”

“对。”

“那你已经用过几次了呢，校长？”

“嗯……洪先生的……庶务长衣橱里的那个玩意儿……那条龙，你记得的……”瑞克雷先生一边扳着手指，一边无声地念着，“九次了，迄今为止。”

“那每次都有效吗，校长？”

“当然了！所以没必要担心。闪开，让巫师过去！”

城门全打开了。马车轰隆隆地进城，戈罗德俯身往前望去。

“不要直接去公园。”他说。

“但是我们已经迟了。”沥青说。

“花不了多长时间。我们先去能工巧匠街。”

“那就在河的另一边！”

“这很重要，我们得去拿点儿东西。”

人们把街道挤得水泄不通。这倒没什么稀奇的，稀奇的是这一次，大多数人都在往同一个方向走。

“你待在马车后面，”戈罗德对巴迪说，“我们可不想让年轻女士把你的衣服给扯破了，呃，巴迪……”

他转过头去。巴迪又睡着了。

“我也为我自己担心——”悬崖开头了。

“可你只缠着一条腰带啊。”戈罗德说。

“嗯，他们可能会抓住我的腰带，不是吗？”

马车在大街小巷中艰难前行，直到他们拐弯进了能工巧匠街。这是一条全是小商铺的街道。在这一条街上，你可以制造、修理、手工打造、重建、复制或是仿制任何东西。每扇门里都是熊熊燃烧的火炉，每家后院都飘着冶炼炉冒出的黑烟。复杂精巧的发条蛋制造师和铁匠肩并着肩工作着。木工们旁边住的是将象牙雕刻成微小造型的工匠，那些微雕太过精巧了，他们得用青铜浇铸的蟋蟀腿儿来做锯子。至少有四分之一的匠人在造着供其他四分之三的人用的工具。商铺不光鳞次栉比，还相互交叠。如果木匠要做一张大桌子，那他还得指望着邻居好心给他腾出地方来，这样他可以在桌子这一头儿忙活着，而两个宝石匠和一个制陶匠可以将另一头当凳子来用。这里有许多店铺，你早上进去量好尺寸，下午就可以取走一整套的锁子甲外加一条短裤了。

马车停在了一家小店铺的外面，戈罗德跳下车，走进去了。

沥青听到了他们的对话：

“你做完了吗？”

“给您，先生。精雕细作。”

“能弹吗？你知道的，我说过你必须先裹着公牛皮在瀑布后面待上两个星期，然后才能碰这些东西。”

“听着，先生，就这些钱也就能让我头顶着麂皮洗上五分钟的澡。你可别告诉我，对于民间音乐来说，这样还不行。”

之后传来了一声令人愉悦的声响，那声音在空气中飘荡了一会儿，就湮灭在街道的嘈杂声中了。

“我们说的是二十块，对吧？”

“不，是你说二十块。我说的是二十五块。”一个狡诈的声音传来。

“那稍等一下。”

戈罗德出来了，并且向悬崖点了点头。

“好吧，”他说，“虽然不愿意，我还是会付的。”

悬崖咆哮了，在嘴巴的后边摸索了一阵子。

他们听到能工巧匠说：“这究竟是什么？”

“一颗臼齿，至少值——”

“那就行了。”

戈罗德又出来了，手上还拿了一个麻袋。他把袋子塞到了座位下面。

“好了，”他说，“出发去公园吧。”

他们从城市的后门进了城。或者说，尝试着从那里进城，但是两个巨怪拦住了他们。他们身上闪耀着绿玉髓帮派小喽啰所拥有的大理石的铜绿光泽。绿玉髓没有心腹。大多数的巨怪都不够聪明，难以成为心腹。

“这里志让音乐会的乐队通过的。”其中一个巨怪说。

“捉得对。”另一个巨怪说。

“我们就是那个乐队。”沥青说。

“哪一个？”第一个巨怪说，“我这里有名单。”

“志啊。”

“我们是摇滚乐队。”戈罗德说。

“哈哈，你们不志他们。我见过他们。有个家伙身上会发光，他弹吉他的时候，声音是……”

“嗡嗯嗯姆姆姆——嗯嗯嗯——哽哽哽。”

“就志辣个声音——”

和弦萦绕着马车久久不散。

巴迪站起来了，手握吉他已经蓄势待发。

“哦，哇，”第一个巨怪说，“真志不可思议！”他在腰带里掏了半天，拿出了一张折了角的纸。“你能给我签个名吗？我儿子泥巴，他绝对不会相信，我竟然遇到了……”

“好的，好的，”巴迪疲惫地说，“递过来吧。”

“不要写给我，志给我儿子泥巴的——”巨怪一边说，一边兴奋地跳着脚。

“你儿子的名字怎么拼？”

“不要紧的，反正他不识字。”

“听，”当马车驶进后台区域时，戈罗德说，“已经有人在弹奏了。我说过我们——”

迪布勒急匆匆地迎面而来。

“你们怎么现在才来？”他说，“马上就到你们上台了！就在……‘森林之子’的后面。你们那边怎么样？沥青，过来。”

他把那个小个子巨怪拉到了舞台后面的阴影处。

“你给我带钱来了吗？”他说。

“大概三千——”

“别这么大声！”

“我在小声地说，迪布勒先生。”

迪布勒警惕地环顾四周。在安卡-摩波，当钱的数目里出现了“千”这个词，那就没有什么小声低语的存在了。在安卡-摩波，就算你只是在脑袋里想想这样一笔钱，人们都能听得见。

“你要小心看管着这笔钱，知道吗？今天结束之后，这个数额还会增大。我会给绿玉髓七百块，剩下的都是利润——”他盯着沥青小豆子般的眼睛，又回到了现实中，“当然了，还有折旧费……日常开支……广告费……市场调查费……面包……芥末酱……基本上来说，我能不赔本就算是运气好了。这笔生意啊，我简直是在割我自己的喉咙。”

“是的，迪布勒先生。”

沥青斜着眼看着舞台的边缘。

“现在是谁在演奏呢，迪布勒先生？”

“‘和你’。”

“你说什么，迪布勒先生？”

“他们就是这么写的，‘和你’。”迪布勒说。他松了一口气，拿出了一根雪茄。“别问我为什么。对于音乐家来说，恰当的名字应该是，比如，布隆迪和快乐的民谣歌手。他们演奏得怎么样？”

“难道你听不出来吗，迪布勒先生？”

“我不会管这种东西叫音乐，”迪布勒说，“当我还是个少年的时候，真实的音乐是要有真正的歌词的……‘夏天来了，布谷鸟在淫荡地歌唱……’之类的。”

沥青又看了看“和你”。

“嗯，这音乐有节拍，你可以跟着节拍跳舞，”他说，“但是还不算太好。我是说，人们只是静静地看着他们。摇滚乐队演奏的时候，观众可不会只坐在那儿看着。迪布勒先生。”

“你说得对。”迪布勒说。他看着舞台的正前方，在蜡烛与蜡烛之间，放着一整排的音乐盒。

“你最好去让他们几个赶快准备好。我觉得这几个人已经黔驴技穷了。”

“嗯，巴迪？”

巴迪把眼神从吉他上移开，抬起了头。有一些其他的音乐家正在给乐器调音，但是他从来不需要那么做。反正，他也调不了。那些琴栓根本就动不了。

“那是什么？”

“嗯。”戈罗德说。他暧昧地向悬崖挥了挥手。悬崖正羞涩地咧着嘴笑，从背上取下了一个麻袋。

“这是……嗯……我们想……就是，我们大家，”戈罗德说，“那个……嗯，我们见过这个，你知道的，我知道你说过没人能修好这个，但是在这城里，我们打听过了，有些人无所不能，我们知道这个对你来说很重要。能工巧匠街上有个人，他说他觉得他能修好，这又费了悬崖一颗牙，但是，反正，给你了，因为你是对的，我们现在已经到达了音乐生涯的巅峰，那都是因为你。我们也知道这个对你来说很重要，就当是个感恩礼物吧，嗯，继续吧，把那个给他。”

悬崖，随着戈罗德的话茬子往下说，一次次地把举起的手又放下了，他把麻袋往一头雾水的巴迪面前推了推。

沥青把脑袋从麻木条子中间探了进来。

“你们几个最好马上上台，”他说，“赶快！”

巴迪放下了吉他，打开了麻袋，开始扯里面的内衬包装。

“已经调好音了。”悬崖热心地说。

随着最后一层包装布被取掉，竖琴在阳光中熠熠生辉起来。

“他们会用胶水之类的工具创造奇迹，”戈罗德说，“我是说，我知道你说过，拉蒙多斯没有人能修好它，但这里是安卡-摩波。我们几乎什么都能修好。”

“快点儿请吧！”沥青又把脑袋探了进来，说，“迪布勒先生说你们必须过来了，他们已经开始扔东西了！”

“我不太懂这些琴弦，”戈罗德说，“可我试了一下，听起来……还不错。”

“我……呃……不知道该说什么。”巴迪说。

观众反复而有节奏的叫喊声就像锤子一般一下下地敲打着。

“这是……我赢来的，”巴迪沉浸在他自己遥远的小小世界中，说道，“靠一首歌赢的，歌名叫《西恩尼·伯德·达》。我整……整个冬天都在练习。是关于……家的歌，你知道的。还有离别，知道吗？还有树啊什么的。裁判们都……都很高兴。他们说在五十年之后，我可能就真的懂什么是音乐了。”

他把竖琴揽到了身边。

迪布勒拨开一大堆挤在后台的音乐家走了过来，直到他看到沥青才停下了。

“喂？”他说，“他们在哪儿？”

“他们在坐着聊天儿呢，迪布勒先生。”

“你听，”迪布勒说，“你听得到观众的声音吗？他们要的是摇滚乐队！如果他们不能如愿的话……他们最好能如愿以偿，好吗？吊吊他们的胃口固然是很好的，可是……我要他们马上上台！”

巴迪看着自己的手指，然后抬起头望着周围忙得团团转的音乐家们。他面色苍白。

“你……拿吉他的那个……”他沙哑地说。

“是说我吗，先生？”

“把吉他给我！”

安卡-摩波城里每支羽翼未丰的乐队都十分敬畏摇滚乐队。吉他手将他的乐器递了过来，脸上的表情像是递过来一件神圣的器物，以接受神的祝愿。

巴迪盯着这把吉他看着，这是翁德恩先生制作出的最好的吉他之一了。

他弹出了一个和弦。

这声响就像是铅一般，如果吉他可以发出这样的声音的话。“好了，孩子们，有什么问题吗？”迪布勒匆匆忙忙地走了过来，说道，“有六百只耳朵在外面等着你们用音乐去灌注呢，你们怎么还坐在这里？”

巴迪把吉他还给了那个音乐家，把自己肩上挂的吉他扶了过来。他弹出了几个音符，音符在空气中闪动着光芒。

“可是我能弹这一把，”他说，“哦，是的。”

“嗯，不错，现在上台去，演奏吧。”迪布勒说。

“其他哪个人再给我一把吉他！”

音乐家们争先恐后地把自己的乐器递给了他。他发狂般地试了好几把。但是这些音符都不能简单地用单调乏味来形容。要是单调乏味倒可能是不小的进步呢。音乐家行会代表团成功占领了距离舞台最近的一个区域，他们使用的手段倒是很直接，就是动手狠狠地揍那些想来抢地盘的人。

克雷特先生一脸阴沉地望着舞台。

“我就是不明白，”他说，“这些都是垃圾，没什么分别。都是噪声罢了。有什么好的呢？”

鲨鱼嘴有两度强迫自己不去用脚打拍子，说道：“主乐队还没演奏呢。呃，您确定您想——”

“这在我们权力范围之内。”克雷特说。他环视着周围叫嚣着的人群，“那儿有个卖热狗的。还有人想要热狗吗？热狗？”行会的人都点点头，“热狗吗？好啊，要三个热——”

观众喝起彩来了。这不是寻常时候鼓掌的套路，那一般是从一个角落开始的，然后一波一波地向外传递。这一次，是所有地方同时开始的，每一张嘴都在同一个瞬间张开。

悬崖已经掰着指节走上了舞台。他坐在他的石头后面，绝望地望向舞台的侧翼。

戈罗德拖着步子走上来了，在灯光中眨巴着眼睛。

似乎也就是这样了。矮人扭过头说了些什么，他的话立刻就被淹没在了嘈杂声中。然后他站定了，神情十分尴尬，这时，喝彩声慢慢平息了。

巴迪走上来了，步子有点儿踉踉跄跄的，好像有人在后面推了他一把。

在此之前，克雷特先生觉得观众在大喊大叫，直到那时他才发觉跟现在的声浪比起来，刚才的声音不过就是略表赞许的低语声。

在一波又一波激荡的声浪中，那男孩儿站定，鞠了一躬。

“可他什么都没做啊，”克雷特在鲨鱼嘴的耳边喊着，“为什么他什么都没做大家就给他喝彩？”

“我也说不清楚，先生。”鲨鱼嘴说。

他环顾四周，那一张张闪闪发光、全神凝视、饥饿无比的脸庞，觉得自己就像是个无神论者却来到了分发圣餐的现场。

掌声还在继续。当巴迪慢慢地抬起手来要弹拨吉他的时候，声浪更是一时无二了。

“他什么都没做啊。”克雷特尖叫着。

“我们得逮个正着，先生，”鲨鱼嘴大声咆哮着，“如果他不演奏的话，我们就不能说他犯了不入会却非法演奏的罪！”

巴迪抬起了头。

他全神贯注地盯着观众看，克雷特也伸长了脖子去看这个倒霉孩子在看什么。

什么都没有。舞台正前方有一小块空地。其他地方的人都挤得满满当当的，可是那里，舞台的正前方，有一小片修建整齐的草坪。好像巴迪就在盯着那儿看。

“啊——哈——哈……”

克雷特捂住了耳朵，但是喝彩声还是在他脑袋里嗡嗡地回响着。

就在这时，渐渐地，层次分明地，声音消失了，现在只能听到数千名观众屏息静气的声音，但是鲨鱼嘴觉得，这似乎要危险得多。

戈罗德瞥了一眼悬崖，悬崖给他做了个鬼脸。

巴迪还在盯着观众看。

如果他不弹的话，戈罗德想，那我们就完了。

他对着沥青小声嘘嘘，沥青悄悄地靠了过来。

“马车准备好了吗？”

“准备好了，戈罗德先生。”

“你给马喂饱燕麦了吗？”

“照你交代的做了，戈罗德先生。”

“好的。”

这寂静无声像天鹅绒一般，有着王公大人书房、许多神圣的地方、深深的峡谷里才有的那种吸力，会引发人身上可怕的欲望，让他们叫着、唱着，喊着他们的名字。这种寂静仿佛在咄咄逼人地叫嚣着：将我填满吧！

黑暗中的一处，有个人在咳嗽。

沥青听到有人在舞台侧边儿小声叫着他的名字。虽然一点儿都不乐意，他还是悄悄挪到了黑暗中，迪布勒正在那儿疯狂地向他招手示意。

“你知道那个袋子吧？”迪布勒说。

“知道啊，迪布勒先生。我把它放在——”

迪布勒举起了两只不大却沉甸甸的小麻袋。

“把这些也倒进去，准备迅速离开。”

“好的，你说得对，迪布勒先生，因为戈罗德说过——”

“马上去做！”

戈罗德四下张望。如果我把号角、头盔和锁子甲衬衫都扔掉的话，我还可能从这个地方活着逃出去。他在干什么呢？

巴迪放下吉他，走到了舞台侧翼。等他走回来的时候观众才知道发生了什么。他手里拿着那把竖琴。

他面向观众站着。

戈罗德离他最近，听到了他喃喃自语：“就一次？行吗？再一次？然后你让我干什么都行，好吗？我会付出代价的。”

吉他发出了几个微弱的和弦声。

巴迪说："我是认真的。"

又传来了一个和弦。

"就一次。"

巴迪对着观众席上那块空地笑了。他开始演奏了。

每个音符都如同钟鸣声一般尖锐，如阳光一般纯粹——在头脑的棱镜照射下，它化整为零，折射出了百万种色彩。

戈罗德的嘴大大地张着。音乐在他的脑海中慢慢展开了。这不是摇滚乐，虽然它也用了同样的那几扇门。音符一一落下，他想起了自己出生的煤矿，还有矮人面包，就像妈妈在铁砧上捶打出来的一样，还有他第一次意识到自己坠入爱河的时候[1]。他想起了自己来到城市以前，在铜头下的山洞里度过的那些时光。在这一切的一切中，他最想的是要回家。他以前从来没想过人类竟然能歌唱出黑洞。

悬崖把他的锤子放到了一边。同样的旋律跃进了他被岁月侵蚀的耳朵，但在他脑海中，这些都成了采石场和高沼地。随着情感的烟尘在头脑中弥漫着，他告诉自己，在这里结束之后，他要马上回家去，看看他的老母亲，再也不要离开。

迪布勒先生发现自己的脑海中滋生着各种奇怪的令人不安的念头。里面有些什么你不能卖，不应该偿付的东西……

近代如尼文讲师重重地击打着水晶球。

"这声音有点儿像金属碰撞。"他说。

"滚一边儿去，我都看不见了。"院长说。

近代如尼文讲师又坐下了。

---

1 那块金子他现在还珍藏在某个地方呢。

他们都盯着那个小小的身影看。

“这听着不太像摇滚乐。”庶务长说。

“闭嘴。”院长擤着鼻涕说。

这是悲伤的音乐，但它像是挥动着战斗旗帜一般鼓动着悲伤的情绪。它在告诉你宇宙已经尽力而为了，而你还活着。

院长像一坨热乎乎的蜡一般多愁善感，他在想，他要是能学会吹口琴就好了。

最后一个音符消逝了。

没有掌声。观众们略略瘫软了一些，每个人都从自己的遐思中回过神来。有一两个人在小声嘟囔着：“是啊，就是这样。”或者：“我俩都一样，哥们儿。”大多数人都在擤着鼻涕，有时候，也把鼻涕擦到别人的身上。

然后一如既往地，现实又悄悄地折返了回来。

戈罗德听到巴迪非常小声地说：“谢谢。”

矮人往一旁倾过身去，扯着嘴角说：

“那是什么？”

巴迪仿佛霎时间清醒了过来。

“什么？哦，这首歌叫《西恩尼·伯德·达》。你觉得怎么样？”

“这首歌……有洞，”戈罗德说，“真的有洞。”

悬崖点点头。当你真的离古老而熟悉的煤矿和山峦千里万里的时候，当你身处于陌生人之中迷失自我的时候，当你心中有一大块令你痛心疾首的茫然空虚的时候……只有那个时候你才能唱出洞。

“她在看着我们。”巴迪小声低语道。

“那个看不见的女孩儿吗？”戈罗德盯着那片光秃秃的草坪，说道。

“是的。”

“啊，是的。我肯定是看不见她的。很好，现在，你如果不演奏摇滚乐的话，我们就死定了。”

巴迪拿起吉他，琴弦在他的掌下颤动着，他一下子兴高采烈了起来。

他已经获准在他们面前演奏它了。其他的事情都不重要了。无论接下来会发生什么事都不要紧。

“你还什么都没听过呢。”他说。

他跺着脚。

“一，二，一二三四——”

戈罗德还没来得及辨出旋律之前就被这音乐征服了。他明明只在几秒钟之前才听到的，可现在它已经火力全开了。

庞德撇着眼睛往盒子里看。

“我想我们要捕捉的就是这个吧，校长，”他说，“可我不知道这是什么。”

瑞克雷先生点点头，扫了几眼观众。他们正张着大嘴在聆听着。刚才的竖琴涤荡了他们的灵魂，而现在的吉他在撩拨他们的脊柱。

舞台附近有一处空地。

瑞克雷先生用手遮住了一只眼睛，用另外一只眼睛死死地盯着看，直到那只眼睛流出了眼泪。然后，他笑了。

他转身去看音乐家行会的人，令人恐惧的是，他看到鲨鱼嘴举起了一支弓弩。他好像并不情愿这么做；克雷特先生在后面不停地戳着他。

瑞克雷先生举起了一根手指，看起来好像是挠了挠鼻子。

即便是演奏声很大，瑞克雷先生还是听到了弓弦断裂的“噔啷”声，令他窃喜的是，克雷特先生发出了一声惨叫，射出的箭击中了他的耳朵。他可是万万没想到的。

“我只是个老傻子，那就是我的问题，”瑞克雷先生自言自语道，“哈，哈，哈。”

“你懂的，那是个绝妙的好主意，”庶务长一边看着小小的影像们在水晶球里移动，一边说，“这真是看东西的绝佳方案。我们下次能到歌剧院里去试试吗？”

“酿酒街上的臭鼬俱乐部怎么样？”资深数学家说。

“为什么呢？”庶务长说。

“就是想想罢了，”资深数学家很快回答，“我从来都没去过那儿，你知道的。”

“我们不能这么做，”近代如尼文讲师说，“这不是水晶球的正确使用方法——”

“我想不到水晶球还能更适合用来做什么了，”院长说，“除了用来看人弹奏摇滚乐。”

斯克拉博先生、鸭人、棺材亨利、横行者阿诺德、脏鬼老罗，还有脏鬼老罗的味道和脏鬼老罗的狗都在人群边上来回踱着步。残羹冷炙遍地都是。只要有迪布勒的热狗在叫卖的地方，这些东西都是少不了的。在摇滚乐的影响之下，有些东西人们是不愿意吃的。有些东西是连芥末酱都掩盖不住的。

阿诺德把那些吃剩的东西全都捡了起来，放在他手推车上的篮子里。今晚，桥下将会出现一位原汤王子。

音乐劈头盖脸地向他们倾注而来。他们置之不理。摇滚乐是关于梦想的，大桥下面没有梦想。

之后，他们停下了步子，聆听着，新的音乐满溢了整个公园，拉住了每位男男女女乃至于动物的手和爪，给他、她和它指出了回家的路。

乞丐们驻足聆听着，嘴巴都张得大大的。有人逐个凝视着一张又一张的脸庞，如果有谁确确实实也盯着看不见的乞丐们看了，他们肯定只能转过脸去……

除了摩擦先生。在他那儿，你没法儿把脸转开了。

当乐队又开始演奏摇滚乐时，乞丐们也都回过神来。

除了摩擦先生。他只是站在那儿，静静地看着。

最后一个音符响起了。

此时，海啸般的掌声风起云涌。摇滚乐队仓皇逃走，融入了夜色之中。

迪布勒从舞台另一侧的侧翼中欢天喜地地看着。他忧伤了片刻，但很快就一切如常了。

有人拉了拉他的袖子。

“他们在干什么，迪布勒先生？”

迪布勒转过身。

“你是斯卡姆，对吧？”他说。

“我是克拉什，迪布勒先生。”

“他们所做的，斯卡姆，就是不给观众他们要的东西，”迪布勒说，“高超的商业运作。一直等，等到他们尖叫着想要的时候，再把它拿走。你等着吧。等到观众们跺脚的时候，他们就会再次盛装登场了。绝妙的时机把握。等你学会了这种技巧，斯卡姆——”

“我是克拉什，迪布勒先生。”

“——到那时，你可能就知道该怎么演奏摇滚乐了。摇滚乐，斯卡姆——”

“——克拉什——”

“那不仅仅是音乐，”迪布勒说着，从耳朵里抽出了一些棉花，“那是许许多多的东西。别问我怎么知道的。”

迪布勒点燃了一支雪茄。火柴的光亮在幽暗中摇曳着。

“随时都可能回来，”他说，“等着瞧吧。”

那儿有一堆用旧靴子和泥巴生起来的火。有一个灰色的身影正在一边围着火堆打转，一边兴奋地用力嗅着什么。

“上台！上台！上台！”

“迪布勒先生不喜欢这样。”沥青抱怨地说。

“对迪布勒先生来说是个考验。”戈罗德说。他们把巴迪拖到了马车里。“现在我想看到这些马蹄子火星四射，听得懂我在说什么吗？”

“出发去奎尔姆。”巴迪说。马车已经颠簸着动了起来。他也不知道为什么，仿佛那是他们该去的地方。

“这可不是个好主意，”戈罗德说，“人们很可能要问一些有关那辆我从游泳池里拉出来的马车的事。”

“出发去奎尔姆！”

“迪布勒先生真的不会喜欢这样的。”沥青说。马车摇摇晃晃地上了路。

“任何……时候。”迪布勒说。

“我想是的，”克拉什说，“因为他们已经在跺脚了，我想。”

在阵阵的喝彩声下真的有某种重重的撞击声。

“你等着吧，”迪布勒说，“他们的判断是极其正确的。没有问题。哎呀！”

“你好像应该把雪茄的另一头放进嘴里，迪布勒先生。”克拉什彬彬有礼地说。

马车一路颠簸着出了城门，走在去奎尔姆的路上，上弦月的银色光芒照亮了大地。

“你怎么知道我已经把马车准备好了？”戈罗德说。他们在短暂的逃亡途中停下来歇了歇脚。

“我不知道。”巴迪说。

“可你跑出来了！”

“是的。”

“为什么呢？”

“就是……时机……正好。”

“你为什么想去奎尔姆呢？”悬崖问。

“我……我可以坐船回家，不是吗？”巴迪说，“对，坐船回家。”

戈罗德看了一眼吉他。这不对劲。它不可能就这么结束……然后让他们就这么走掉……

他摇了摇头。现在还有什么不对劲的呢？

“迪布勒先生真的不喜欢这样。”沥青痛苦地哀号着。

“哦，闭嘴，”戈罗德说，“我不知道他不喜欢什么。”

“嗯，首先，”沥青说，“最主要的一件事，他最不喜欢的那件事是……嗯……我们把钱拿走了……”

悬崖把手伸到座位下面。那里传来了低沉的“叮当”声，就是一大堆美妙又安静的金子会发出的那种声音。

舞台随着跺脚的震动而震颤不已。现在还有人在大喊大叫。

迪布勒转身朝向克拉什，恐怖地咧嘴笑了。

“嘿，我刚想到一个好办法。”他说。

一个小小的身影从河里爬到了路上。在它的前方，舞台的灯光在黄昏里闪烁着。

校长用肘推了推庞德，然后挥动了法杖。

“现在，”他说，“如果在现实中突然出现了一道裂缝，那些恐怖的尖叫怪物就会从缝里乘虚而入，我们的职责是——”他挠了挠头，“院长是怎么说的来着？踢一只很棒的驴子？”

“一些很棒的屁股，先生，”庞德说，“他说的是踢一些很棒的屁股。”

瑞克雷先生凝望着空空如也的舞台。

“我一个人都没看见。”他说。

乐队四人组齐刷刷地坐着，直视着前方，望着月色朦胧的平原。

最后，悬崖打破了沉默。

“有多少钱？”

“五千多块……”

“五千——？”

悬崖用他的大手一把钳住了戈罗德的嘴。

“为什么呢？”悬崖说道。矮人在一边扭个不停。

“嗯嗯嗯，嗯嗯嗯嗯，嗯嗯嗯嗯嗯？”

“我有点儿蒙，”沥青说，“不好意思。”

“我们志跑不掉的，”悬崖说，“你知道的吧？就算我们死了都跑不掉的。”

“我一直就想跟你们这么说！”沥青哀号着，“也许……也许我们可以把钱还回去？”

“嗯嗯嗯，嗯嗯嗯，嗯嗯嗯？”

“我们怎么能那么做呢？”

“嗯嗯嗯，嗯嗯嗯，嗯嗯嗯？”

“戈罗德，”悬崖用理智的口吻说，“我现在要把手拿开了。你得保证不能大叫，好吗？”

“嗯嗯嗯。”

“好的。”

“还回去？五千——嗯嗯嗯，嗯嗯嗯，嗯嗯嗯——”

“我觉得这笔钱里有一些志属于我们的。”悬崖攥紧了手说。

“嗯嗯嗯！”

“我只知道，我还没领过一笔工资呢。”沥青说。

“我们去奎尔姆吧，”巴迪急切地说，“我们可以把属于……我们的拿出来，把剩下的给他送回去。”

悬崖用另一只手挠了挠下巴。

“有些钱是绿玉髓的，”沥青说，“迪布勒先生从他那儿借了一些钱来办音乐节。”

“我们志无法逃脱绿玉髓的掌控的，”悬崖说，“除非我们一路驾车跑到里姆洋去，再把自己给扔海里。就算志辣样，也不一定跑得掉。”

“我们可以解释的……不……行……吗？”沥青说。

绿玉髓那富有光泽的大理石脑袋浮现在了他们的脑海中。

“嗯嗯嗯。”

“不行。”

“那，现在去奎尔姆。”巴迪说。

悬崖的钻石牙在月色中闪闪发光。

“我想……”他说，“我想……我在回辣儿的路上听到了什么声音。听起来像马具的声音——”

看不见的乞丐们开始从公园里慢慢散了。脏鬼老罗的味道还在那儿停留了一阵子，因为它很享受那个音乐。摩擦先生还是没有动。

“我们捡了快二十根香肠了。”横行者阿诺德说。

棺材亨利咳嗽了一嗓子，里面全是骨头。

“喳喳？”脏鬼老罗说，“我告诉过他们了。他们一直在用射线暗中监视我！”

一个什么东西从被人踩得稀烂的草皮上一路跳了过去，朝着摩擦先生去了。它跑得身上的袍子都扬起来了，两只爪子还紧紧地抓着帽檐儿的两边。

然后就是一声两颗颅骨相撞发出的空洞声响。

摩擦先生跌跌撞撞地向后退了几步。

**吱吱！**

摩擦先生眨了眨眼，突然间坐了下来。

乞丐们都齐刷刷地低头盯着那个在鹅卵石路面上上蹿下跳的小身影。他们天生具有隐形的属性，自然极善于看到常人看不见的东西，或者说，对于脏鬼老罗来说，所有已知物种的眼睛看不到的，他都看得到。

“那是一只老鼠。”鸭人说。

“啧啧。”脏鬼老罗说。

老鼠支着后腿儿跳着，转着圈圈，还吱吱地大叫个不停。摩擦先生又眨了眨眼……死神站起来了。

**我得走了。**他说。

**吱吱！**

死神大步流星地走了，又停下了，他又折返回来了。他用一根指骨指着鸭人。

**为什么，**他说，**你要顶着个鸭子到处走？**

“什么鸭子？”

**啊，没什么。**

“听着，怎么会出错呢？”克拉什一边疯狂地挥动着双手，一边说，“必须有效啊。人人都知道大腕儿病了或是什么的，你的好机会就来了，观众会为你疯狂的。这个是百试百灵的，对吧？”

金波、诺迪和斯卡姆都在幕布后窥视着乌烟瘴气的前台，都不置可否地点了点头。

当然了，当你的好机会来了之后，一切都会顺顺利利的。

“我们可以演奏《安卡-摩波的无政府主义》。”金波信心不足地说。

“我们还没练好呢。”诺迪说。

“是耶，可是这首歌也没什么新意。”

“我想我们可以试一试……”

“太好了！”克拉什说。他桀骜不驯地举起了吉他，“我们能行！为了性、毒品和摇滚乐！”

他察觉到大家纷纷向他投来了难以置信的目光。

“你从来没说过你吸过毒啊。”金波带着责备的口吻说。

“说到这个，”诺迪说，“我敢保证你没吸过……”

“只有三分之一也不错呀！”克拉什大叫道。

“是的，只有百分之三十三——”

“闭嘴！”

人们都在嘲讽地拍着手，跺着脚。

瑞克雷先生正眯着眼顺着法杖往外看。

“有个叫神圣的圣波比的，”他说，“我想他就是个正义的屁股，仔细想想的话。”

“您说什么？”庞德说。

“他就是头驴，”瑞克雷先生说，“几百年前的事儿了。他背过一些圣人经典，成了奥姆教堂的主教，我想是这样。没有谁的屁股比他的更正义的了。”

“不……不……不……校长，”庞德说，“这不过是句军旅用语。意思就是……那个……你懂的，校长……臀部。”

“我想知道我们该怎么描述那个部分，”瑞克雷先生说，“那些来自地下世界的生物全身上下都是腿儿还有你说的那个东西。”

“我不知道，校长。”庞德无力地说。

“也许为了安全起见，我们最好什么都踢。”

死神跟随着老鼠来到了铜桥附近。

没有人来打搅过阿尔伯特。因为他都掉到阴沟里了，就变得像棺材亨利他们一样隐形了。

死神撸起了一只袖子，手臂径直穿过了阿尔伯特大衣的纤维物，仿佛那只是雾一般的存在似的。

**愚蠢的老家伙，老是要随身带着，**他喃喃自语，**我简直不能想象，他觉得带着这个东西能用来干吗……**

他的手伸了出来，握着一块弯曲的玻璃片，上面还有零星的一点儿沙子在闪闪发光。

**三十四秒。**死神说。他把玻璃递给了老鼠，**找个东西把这个放进去。千万别丢了。**

他站了起来，审视着周围的世界。

“哗啦——哗啦——哗啦”，传来了一个空啤酒瓶子在石头地面上撞击的声音，鼠之死神从破鼓酒馆出来了，一阵小跑地过来了。

三十四秒的沙子缓缓地顺着酒瓶子流了进去。

死神把他的仆人拎了起来。阿尔伯特身上没有时光的流逝。他目光呆滞，生物钟是停摆的。他就像一件廉价大衣一样耷拉在主人的手臂上。

死神从老鼠手上拿过酒瓶，轻轻地倾斜了一些。一点点的生命流动起来了。

**我的孙女在哪里？**他说，**你得告诉我。否则我没法儿知道。**

阿尔伯特的眼睛睁开了。

“她在试着救那个男孩儿，主人，”他说，“她不知道‘责任’这个词意味着什——”

死神又把酒瓶扶正了。阿尔伯特只说了一半就僵住不动了。

**可我们知道，对吧？**死神悻悻地说，**你和我。**

他向鼠之死神点了点头。

**好好照看他。**他说。

死神打了个响指。

除了响指的“咔嗒”声以外，什么都没有发生。

**呃，这真是太尴尬了。她拥有了我的一些能力。而我似乎短时间内无法……呃……**

鼠之死神在一旁热心地“吱吱”叫个不停。

**不，你在这里照看他。我知道他们要去哪儿。历史是不断轮回的。**

死神看着幽冥大学高高耸立的高塔，飞身上了屋顶。

**这座城市的某个地方有一匹我能骑的马。**

“等等。有什么东西……走到……舞台上了。他们是谁？”

庞德凝神望去。

“我想……他们可能是人吧，校长。”

观众集体停止了跺脚，开始安安静静地看着，这安静里藏着愠怒，仿佛在说“最好别给我演砸了”。

克拉什挂着一脸浮夸的傻笑走上前去。

“是的，但是他们随时都会把自己撕成两半儿，可怕的怪物就会从里面爬出来。”瑞克雷先生满怀期望地说。

克拉什举起了吉他，弹出了一个和弦。

“哎呀！”瑞克雷先生说。

“怎么了，校长？”

“这个声音听起来完全就是一只猫要拉屎却被缝上了屁股拉不出来。”

庞德一脸震惊：“你不会是要告诉我你曾经——”

“不是，但是这个声音听起来就是这样的。我很肯定，一模一样。”

观众蒙了，对于这个新进展，他们不置可否。

“你好，安卡-摩波！”克拉什说。他朝斯卡姆点了点头。斯卡姆终于在二次尝试下成功击中了鼓。

“安迪后援乐队”终于奏响了他们的第一支，也是本次盛事中的最后一支曲子。实际上，是最后三首曲子。克拉什想演奏的是《安卡-摩波的无政府主义》，金波先是僵住了，因为他没法儿在镜子中看到自己，于是就凭借记忆演奏了布勒特·翁德恩的《吉他入门》中他唯一能记住的那一页，那是索引页。诺迪的手指则已经缠到琴弦里了。

说到斯卡姆，曲目的名字什么的那都是别人的事儿。他只专注在节奏上。大多数人是没有必要这么做的。但是对斯卡姆来说，就连拍拍手都是他训练专注力的练习。所以，他是把自己封闭在属于自己的小小世界中的，完全没有注意到观众已经像吃了顿馊饭一样站了起来，开始撞击舞台了。

科隆中士和诺比下士正在迪奥希尔城门值勤。两个人分享着一根香烟，听着远处的音乐节上传来的喧闹声。

“听起来很是隆重。”科隆中士说。

“说得很对，中士。”

“听起来好像有麻烦了。”

“幸好没我们的麻烦，中士。”

一匹马嗒嗒嗒地沿街而来，骑手铆足了劲儿在往前赶。走近了一看，他们认出了自割喉咙迪布勒那歪瓜裂枣的五官，为了骑得不费工夫，他还带了一麻袋的土豆。

“有辆马车从这儿经过吗？”他追问道。

“哪一辆呢，喉咙？”科隆中士说。

“你什么意思，什么‘哪一辆’？”

“嗯，有两辆啊，”中士说，“一辆上面载着几个巨怪，另一辆上面坐着克雷特先生尾随而去了。你知道的，音乐家行会——”

“哦，不！”

迪布勒连击了马儿好几下，马儿又跑起来，颠颠簸簸地融入了夜色之中。

“出什么事儿了？”诺比说。

“可能有人欠他一分吧。”科隆中士靠在了自己的长矛上，说。

又有一匹马慢慢靠近。当它风驰电掣般地经过时，警卫们都紧紧地将自己贴到了墙上。

这是一匹高大的马，白色的。骑手的黑色斗篷在空中飘扬，同样飘扬的还有她的头发。

一阵疾风经过，他们都不见了，到了平原之间。

诺比瞪着眼睛在后面看着。

“那是她。”他说。

“谁？”

“死神苏珊。”

水晶球里的光芒渐渐黯淡，成了一个小光点，最后熄灭了。

“这价值三天的魔法呢，我再也看不见了。”资深数学家抱怨道。

“每一个神秘元都物有所值。”不确定性研究主席说。

“没有看现场那么好，但是，”近代如尼文讲师说，“那种汗水滴落在你身上的感觉真是令人难忘。”

“我想它是在渐入佳境的时候就没了。”系主任说，“我想——”

当嚎叫声响彻整栋楼的时候，巫师们的脸色都凝重了起来。那有点儿像动物的叫声，但也有矿物的、金属的感觉，就像锯子一般棱角分明。

最后近代如尼文讲师说：“当然了，就是因为我们听到了某种让人汗毛倒竖、毛骨悚然的尖叫声才让你骨头里的骨髓都冻住了。这个声音并不直接意味着是出了什么事。”

巫师们都齐刷刷地望向走廊。

“是从楼下什么地方传来的。”不确定性研究主席一边向楼梯走去，一边说。

“那你为什么往楼上走呢？”

“因为我不是傻子！”

“但是可能有什么恐怖的东西入侵了！”

“真的吗？”系主任说着加快了脚步。

“好吧，随你的便吧。楼上是那些学生住的。”

“啊，呃——”

系主任放慢了脚步，时不时惊恐万分地瞥着楼上。

“听我说，没什么东西能进得来，”资深数学家说，“这个地方有各种强力咒语的保护。”

“说得对。”近代如尼文讲师说。

“而且我很肯定我们一直在定期加强这些咒语，这是我们的职责。”资深数学家说。

“呃，是的，是的。当然了。”近代如尼文讲师说。

那声音又传来了。咆哮声中还有一种缓慢的脉动节奏。

“是图书馆，我觉得。”资深数学家说。

“最近有人见过图书管理员吗？”

“我看到他的时候，他总是在搬着什么东西。你觉得他是在做些很神秘的事情吗？”

“这里是魔法大学啊。”

“是的，但是我是说他做的事情要更加神秘一些。”

“别慌神，好吗？”

“我没有慌。”

“只要我们保持理智，又有什么能伤害到我们呢？”

“嗯，第一，一个巨大的——”

“闭嘴！”

院长打开了图书馆的门。里面很温暖，并如天鹅绒一般安静。偶尔会传来书页自己翻动的“沙沙”声或是书本不安地敲打锁链的“叮叮”声。

一缕银色的光从通往地下室的楼梯边上射出来。那里还时不时传来几句“对头”。

“他的声音听起来不算太沮丧。”庶务长说。

巫师们悄无声息地下了楼。那边就是门，错不了——那光就是从里面射出来的。

巫师们悄悄地走进了地下室。

他们屏住了呼吸。

它在地板中央一块凸起的讲台上，四周围着一圈蜡烛。

它是摇滚乐。

一个高大的黑色身影从萨托广场的一角滑了进去，不断地加速，“砰”的一声穿过了幽冥大学的大门。

只有矮人园丁莫多看见了，他正欢快地推着他的粪车穿过清晨的薄雾。这真是美好的一天。对他而言，大多数的日子都是美好的。

他没听说过音乐节，他没听说过摇滚乐。莫多没听说过大多数的东西，因为他没有在听。他喜欢的是堆肥。除了堆肥以外，他最喜欢的是玫瑰，因为玫瑰是用堆肥浇灌出来的。

他生性是个安贫乐道的小矮人，迈着小小的步子，解决着高魔法环境下各种额外的园艺问题，比如，蚜虫、粉虱还有举着触角到处打转的东西。当来自异度空间的东西都能在草坪上游走的时候，正常的草坪维护就真成了个问题了。

有个人咚咚地踏着步穿过了草坪，进了图书馆大门，消失不见了。

莫多看着那些标记，说道："哦，天哪！"

巫师们又开始喘气儿了。

"哦，我的天哪！"近代如尼文讲师说。

"胡言乱语……"资深数学家说。

"那就是我称之为摇滚乐的东西。"院长叹了一口气。他向前走去，脸上带着一副守财奴看到了金矿的狂喜。

烛光在一堆黑色的银色的物体上闪动着。还有很多两色皆有的东西。

"哦，我的天哪。"近代如尼文讲师说。它听起来像念动着什么咒语。

"我说，那不是我的鼻毛镜吗？"庶务长打破了咒语，说道，"那就是我的鼻毛镜，我敢肯定——"

那些黑色的是真黑色的，那些银色的却不是真银子，而是各种各样的镜子、闪亮亮的马口铁、金属箔和铁线，都是图书管理员四处搜罗，精心弯折出来的……

"——它有小小的银质框架……可它为什么是放在一辆二轮马车上的？两个轮子，一前一后？真是滑稽可笑。它站不住的，会倒的。我能问问那马儿要去哪里吗？"

资深数学家轻轻地拍了拍他的肩膀。

"庶务长？我有句话要跟你说，老伙计。"

"是吗？什么话？"

"我想如果你一分钟之内不闭嘴的话，院长会杀了你的。"

车上有两个小小的马车轮子，一前一后，中间有个马鞍子。马鞍子前面有一根管子，管子上弯出了两道复杂的弧线，这样，骑在马鞍子上的人就能用手抓住那两边，坐稳了。

其他的都是垃圾。骨头、树枝还有八哥巢穴里那些乱七八糟的便宜货。前轮上方用皮带扎着一颗马的颅骨，上面满满当当地装饰着各种羽毛和珠子。

这就是堆垃圾，但它在摇曳的火光之中矗立着，仿佛有了一种神秘的、有机的特质——倒也不能说就是生命，而是一种充满动感、弯弯绕绕、令人不安而强大无比的东西。这让站在一边的院长颤抖不已。它散发出了一些东西，仿佛暗示着，仅仅是存在，仅仅是呈现出如此的外形，它就打破了至少九条律法、二十三条准则。

“他是恋爱了吗？”庶务长说。

“让它动起来！”院长说，“它得动起来！它一定要动起来！”

“是的，可这是什么东西？”不确定性研究主席说。

“这是杰作，”院长说，“是典范楷模！”

“对——头？”

“也许你得一直用脚去推动它？”资深数学家小声说。

院长心事重重地摇了摇头。

“我们是巫师，不是吗？”他说，“我想我们能让它动起来。”

他绕着那个圈走来走去。全是铆钉的皮袍子扇出来的风令烛火不断摇曳，这个怪东西的影子也在墙上舞动着。

资深数学家咬住了唇。“不是很肯定，”他说，“仿佛这东西身上所拥有的魔法就很强大……它……呃……它是在呼吸吗，还是只是我自己想象出来的？”

资深数学家转了个身，朝图书管理员挥手一指。

“这东西是你造的吗？”他厉声质问道。

大猩猩摇了摇头。

“对——头。”

“他说了什么？”

“他说他没造，就是随便堆在一起的。”院长头也不回地说。

“对——头。”

“我要坐上去。”院长说。

其他巫师感觉到有什么东西从他们的灵魂深处流了出来，突如其来的不确定感哗啦啦地溅了出来。

“我要是你的话，我是不会这么干的，老伙计，”资深数学家说，“你都不知道它会把你带到哪里去。”

“我不在乎。”院长说。他的眼神还是直勾勾地看着那个怪东西。

“我是说，它不是属于这个世界的东西。”资深数学家说。

“我已经在这个世界上待了七十多年了，”院长说，“这里真的是太无聊了。”

他迈步跨进了圈子里，把手放在马鞍子上。

它在颤抖。

**打扰一下。**

那个高大的黑色身影陡然之间出现在了门口，几个步子走来，人已经在圈子里了。

一只白骨森森的手放到了院长的肩上，轻轻地一推，院长就踉踉跄跄，不自主地闪到了一边。

**谢谢。**

这个黑影纵身一跳，跳上了马鞍，又伸出手去抓住了把手。他低下头去看他身下骑的怪东西。

有些情况必须做得天衣无缝……

一根手指指着院长。

**我要你的衣服。**

院长往后退去。

“什么？”

**把你的大衣给我。**

院长尽管千万个不情愿，还是把他的皮袍子脱了下来，递了过去。

死神把衣服穿上了。感觉好多了……

**现在，让我想想……**

他的十指之下闪动着一道蓝色的光芒，这些光芒渐渐扩散成了一条条参差不齐的线条，在每一根羽毛、每一颗珠子的顶上都形成了光冕。

“我们在地下室里啊！”院长说，“这没关系吗？”

死神看了他一眼。

**没关系。**

莫多直起身来，停下来欣赏他的玫瑰花坛，这里有他成功培育的最曼妙的纯黑色玫瑰。高魔法能量的环境也是很有用的，有时候。它们的香气萦绕在夜晚的空气中，就仿佛一句句催人奋进的话语。

花坛爆炸了。

莫多在瞬间只看到了熊熊的火焰，还有一个什么东西画出一道弧线，飞向了天空。之后，一阵的羽毛、珠子和柔软的黑色花瓣像雨点儿一样落下来，遮住了他的眼睛。

他摇了摇头，踱着步子去取他的铁锹了。

“中士？”

“什么事，诺比？”

“你知道你的牙……”

“什么牙？”

“就是你嘴里的牙。”

“哦，对了。是。我的牙怎么了？”

“为什么你的牙都靠后长的？”

科隆中士没有回答，他的舌头在嘴里感知着牙齿的凹槽。

“这个，嗯——啊——”他开口了，自我解嘲地说，“真是有趣的观察啊，诺比。”

诺比刚卷好了一根烟。

“你觉得我们应该把城门关了吗，中士？”

“还是关了吧。”

他们不费吹灰之力就把几扇硕大的大门给关了。这可不是什么防患于未然，这些门的钥匙已经丢了好长时间了，甚至门上“感谢您不来入侵我们的城市”的牌子都已经看不太清楚了。

“我觉得我们应该——”科隆开口了，然后凝望着街道。

“那是什么光？”他说，“那个噪声是什么发出来的？”

长街尽头的几栋建筑都闪动着蓝光。

“听起来像是什么野兽的声音。”诺比下士说。

那光线慢慢化作了两道蓝色光质长矛。

科隆把手遮到了眼睛上方。

“看起来像是某种……马还是什么的。”

“它直冲着城门来了！”

痛苦的咆哮声在房屋之间来回激荡。

“诺比，我想它是不会停下来的！”

下士诺比把自己整个儿紧紧地贴在了墙上。科隆，还没有完全忘记作为军人的责任，冲着越来越近的光线不明就里地挥动着双臂。

“别这么做！别这么做！”

之后，他从泥堆里把自己捞出来了。

玫瑰花瓣、羽毛和火星子轻轻地飘落在他四周。

在他的前方，城门上有一个洞，洞的边缘还闪着蓝光。

“那是老橡木做的，”他含含糊糊地说，“我只是希望他们别让我们来赔。你看到那是谁了吗，诺比？诺比？”

诺比沿着墙小心翼翼地挪了过来。

“他……他的齿间有一朵玫瑰，中士。”

“是的，但是你要是再看到他，你还能认得出来吗？”

诺比咽了一口口水。

"如果我认不出来的话，中士，"他说，"我们就倒了霉了，得靠列队认人了[1]。"

"我不喜欢这样，戈罗德先生！我不喜欢这样！"

"闭嘴，好好赶你的车！"

"但这种路不应该走得那么快！"

"没关系！反正你也看不到你要去哪里！"

马车一端完全翘起，靠着一侧的两个轮子拐过了一个弯道。开始下雪了。雪不大，一飘落到地上就立即融化了。

"可是我们又回到那几座山里了！那里有个悬崖！我们会翻下去的！"

"你想让绿玉髓追上我们吗？"

"驾！驾！"

巴迪和悬崖紧紧地抓着马车的两边。马车左颠颠、右颠颠，隐没在了夜色之中。

"他们还在后面追我们吗？"戈罗德大叫道。

"什么都看不见！"悬崖大喊，"如果你把车停下来的话，我们说不定还能听到点儿什么？"

"是耶，但是假如我们听到了什么就近在咫尺的声音呢？"

"驾！驾！"

"好吧，那我们如果把钱扔出去，会怎么样？"

"五千块？"

巴迪顺着马车的边缘看出去。黑暗中隐隐地能看到有峡谷的样子，有很高的落差的样子，就在离路的一边几英尺远的地方。

1 列队认人，警方认嫌犯的方式。几个人列队站好，由目击证人指认嫌疑人。——译者注吉他随着车轮的节奏在轻柔地嗡鸣着。他一手拿起了它。奇怪，这东西从来就没有安静过。即便你用两只手紧紧地按住它的琴弦也不能让它安静下来。他试过。

吉他旁边放着那把竖琴。竖琴的琴弦是绝对安静的。

“蠢极了！”车前面的戈罗德大叫，“慢一点儿！刚才我们差一点儿就从旁边翻下去了！”

沥青拉紧了缰绳，马车慢下来了，最后降到了走路快慢的速度。

“好多了——”

吉他发出了尖锐的声响。这调子之高就像是针一样扎着大家的耳朵。车辕里的马儿紧张地向前猛地一颠，然后又如离弦的箭一般向前冲去。

“控制住它们！”

“我在控制！”

戈罗德转过身去，双手紧紧地抓着座位的靠背。

“把那个东西扔出去！”

巴迪抓紧了吉他，站了起来，挥动着臂膀打算把它扔进峡谷中去。

他犹豫了。

“把它扔了！”

悬崖挣扎着站了起来，打算夺过那把吉他。

“不！”

巴迪拿着吉他绕过了巨怪的脑袋，一把抓住了巨怪的下巴，从后面猛敲他。

“不！”

“戈罗德，慢一点儿——”

此时，一匹白马追上了他们。一个戴着兜帽的身影俯身过来，抓住了缰绳。

马车撞上了一块石头，在空中停留了一会儿才掉下来摔在路面上。当马车的车轮猛撞向路边的篱笆时，沥青听到了木头断裂的声音，看到了马车的套绳啪地断开，感觉到马车掉转过头来……

……然后，马车停下了。

这之后发生了多少事，戈罗德没有告诉任何人他当时是什么感受，虽然马车已经确定无疑地楔进了悬崖的边缘，但它还在向前冲，不断地翻滚、翻滚，朝着岩石而去……

戈罗德睁开了眼睛。这一幕像一场噩梦一般攫住了他。但马车在打滑的时候已经把他甩出去了，现在他的脑袋正枕在一块背板上倒吊着。

他直勾勾地盯着下面的峡谷。他的身后，传来了木头“咯吱咯吱”的声音。

有人抓着他的脚。

“是谁？”他小声地说，生怕再大点儿声就会把马车直接断送了。

“是我，沥青。是谁在抓着我的脚？”

“志我，”悬崖说，“你手上抓着什么，戈罗德？”

“就是……一些在慌乱中恰巧抓到的东西。”戈罗德说。

马车又咯吱咯吱地响了。

“是金子，对吧？”沥青说，“承认吧，你手上抓的是金子。”

“你这个白痴小矮人！”悬崖大喊，“快扔了，不然我们都会死的！”

“扔掉五千块，离死也不远了。”戈罗德说。

“傻瓜！你不能带着辣钱！”

沥青在木头上摸索着想找到支点，马车移动了。

“再过一分钟就该是钱带着你了。”他小声嘀咕着。

“所以，志谁，”悬崖说，“在拉着巴迪呢？”

没有人回答，三个人都在数着自己的四肢和搭在上面的附属物。

“我……呃……想他已经摔下去了吧？”戈罗德说。

空中响起了四个和弦。

巴迪挂在马车的一个后轮上，脚悬空着，当这音乐在他的灵魂上弹拨出一段八分音符的即兴重复时，他猛地抽动了一下。

永不衰老，永不消亡。在观众尖叫的最后一个狂热瞬间，得到永生。每一个音符都是一次心跳，燃烧着划过长空。

你将长生不老。他们也永远不会说你死去了。

这是公平交易。你将成为世界上最伟大的音乐家。

活得放纵，死得年轻。

那音乐紧紧地攫住了他的灵魂。

巴迪的双腿慢慢地向上荡了荡，踩到了悬崖上的岩石。他绷紧了肌肉，闭上了眼睛，猛地一拉车轮。

有一只手碰到了他的肩膀。

“不！”

巴迪的眼睛猛一下睁开了。

他转过头，看到了苏珊的脸，然后又抬头看了看马车。

“什么……？”他说，他的声音因为震惊而含混不清。

他松开了 只手，在身上笨拙地摸索着吉他的肩带，把它从肩上取下来。当他抓住吉他的琴颈，把它甩到茫茫的黑暗之中时，琴弦在人声地嚎叫着。

他的另一只手在冰冷的车轮上打了滑，他掉到峡谷中去了。

一道白色的模糊影子闪过。他落在了一个如天鹅绒般质感的东西身上，那儿还飘着马儿汗液的味道。

苏珊用一只手稳住了他，敦促着冰冰冒着雨夹雪向上飞去。

马儿最后降落在了路面上，巴迪从马背上滑下来，掉到了泥坑里。他支着肘让自己站了起来。

“是你？”

“是我。”苏珊说。

苏珊从刀鞘中抽出了镰刀。刀刃唰一下弹了出来；飘落在刀刃上的雪花被轻柔地劈成了两半，没有片刻停留就落了下去。

“我们去救你的朋友们吧，好吗？”

空中传来一阵摩擦声，仿佛全世界的注意力都慢慢被聚焦到那里。死神凝神望向未来。

**哎呀，我去。**

这堆东西全都快要散架了。图书管理员已经尽力了，可是光靠骨头啊木头的是不能承受这么大拉力的。羽毛和珠子飘飘扬扬地落了下去，在路面上冒着烟。当这个机器在水平面上歪歪扭扭地行进时，一只轮子抛弃了车轴，一路慢慢弹开去了，辐条掉了一地。

其实这也没什么要紧的。这些掉了零件儿的地方还有一种像灵魂一般的东西在闪耀。

如果你得到一台闪亮亮的机器，在上面布上光芒，于是它就有了点点闪烁的微光和强光。然后，把机器拿走，但是光还是留下了……

只有马的颅骨还在原处。马的颅骨和后轮。后轮在车叉子里快速旋转着，一开始只发出一点儿闪烁的光亮，然后就烧了起来。

那个东西嗖地从迪布勒身边蹿过，惊得他的马直接把他摔进了沟里，脱缰而去。

死神对于快速的旅行很习惯。理论上来说，他身处各处，等待着几乎其他所有东西的到来。最快速的旅行方法就是在那里等着。

但是他从来没有明明速度这样快却走得这样慢。四周的景色常常快到变得模模糊糊的，但距离他掉在弯道上的膝盖只有区区四英寸远，这是从来没有过的。

马车又移动了。现在连悬崖都能看到下面无边的黑暗了。

有什么东西碰到了他的肩膀。

**抓住这个，但是别碰到刀刃。**

巴迪俯下身去。

“戈罗德，如果你扔掉那个袋子的话，我能——”

“想都不要想。”

“寿衣上可没有口袋啊，戈罗德。”

“那是你没找到好的裁缝。”

最后，巴迪抓住了一条悬空的腿，用力一拉。一次一个，一人蹬着一人爬，整个乐队都回到了路面上，松了一大口气。他们回过头去看苏珊。

“白马，”沥青说，“黑斗篷，镰刀。嗯。”

“你也能看到她吗？”巴迪说。

“我希望我们等下不要许愿说我们宁可看不见。”悬崖说。

苏珊举起了一个沙漏，批判地看着它。

“我希望现在割舍些什么钱财还不算太迟。”戈罗德说。

“我只是看看你究竟死了没有。”苏珊说。

“我觉得我还活着。”戈罗德说。

“千万别放弃那个念头。”

一声“咯吱”响让他们都扭过了头。马车向前滑去，掉进峡谷中去了。

它中途撞到一块崖上凸出的石头，发出了“砰”的巨大撞击声，摔到岩石堆里粉身碎骨的时候，又传来了一声更切近的“砰砰”声。接着又是“呜噗”一声响，灯里的油爆炸了，橘色的火焰蹿了起来，就像开出了一朵橘色的花。

在废墟之中，熊熊的烈焰之后，滚出了一只燃烧的车轮。

“我们本来会在车上的。”悬崖说。

“你觉得现在我们更安全了吗？”戈罗德说。

“志的，”悬崖说，“因为我们没有死在一辆燃烧的马车的残骸里。”

“是的，可是她看起来有点儿……神秘。”

“对我来说这不是问题。我随便辣天会把神秘放在油上炸得透透的。”

在他们身后，巴迪转身朝向苏珊。

“我……想我知道这是怎么回事了，”她说，“那音乐……扭曲了历史，我想。它不应该出现在我们的历史之中。你还记得你是从哪儿得到它的吗？”

巴迪只是瞪着眼睛站着。当你被一位骑着白马的迷人姑娘从某个死亡边缘拯救过来的时候，你不会想到还要玩购物问答。

“安卡-摩波的一家店。”悬崖说。

“一家神秘的老店铺？”

“非常神秘。辣里——”

“你回去看过吗？它还在那儿吗？还在原来的地方吗？”

“志的。”悬崖说。

“不。”戈罗德说。

“有许多你们想买想了解的商品吗？”

“是（志）的！”戈罗德和悬崖异口同声地说。

“哦，”苏珊说，“那种店啊。”

“我知道这家店不属于这里，”戈罗德说，“难道我没说过它不属于这里吗？我说过它不属于这里的。我说过这家店是很诡异的。”

“我还以为你说的是椭圆形的意思。”沥青说。

悬崖伸出了手。

“雪已经停了。”他说。

“我把那个扔到峡谷里去了，”巴迪说，“我……已经不再需要它了。它可能已经摔得粉碎了。”

“不，”苏珊说，“它可不——”

“看那些云……现在它们看着就很诡异。”戈罗德抬起头说。

“什么？椭圆吗？”沥青说。

他们都感觉到了……一种全世界周围的墙全都被移除的感觉。空气在嗡嗡作响。

“现在是怎么回事？”沥青说。他们几个本能地挤作一团。

“你应该知道啊，”戈罗德说，“我还以为你真哪儿都去过，什么都见过。”

白色的光在空中爆裂着。

空气也成了光，与月光一样洁白，却与日光一样刺眼。还有一个声音传来，像是有上百万个嗓音在咆哮。

它说：我让你看看我是谁。我是音乐。

鲨鱼嘴点亮了马车灯。

“快点，伙计！”克雷特大喊，“我们要抓住他们，你懂的！哈，哈，哈。”

“我觉得就算他们逃走了也没什么大不了的。”鲨鱼嘴一边嘟囔着，一边爬上了马车。克雷特挥动了皮鞭，马儿跑起来了。“我是说，他们跑了。最多也就这样，不是吗？”

“不！你见过他们了。他们是……这一切麻烦的灵魂所在，”克雷特说，“我们不能让这样的事情继续下去！”

鲨鱼嘴向边上瞥了瞥。那个想法又涌上心头，这也不是第一次了。克雷特先生并不是在指挥一整个管弦乐队，他的狂热和疯魔会从理性与冷静中蒸腾出来。鲨鱼嘴一点儿都不反感什么手指狐步舞或是在别人脑袋上跳方丹戈舞，可他从来没有杀过一个人，至少从来没有蓄意谋杀过谁。鲨鱼嘴已经意识到，他是有灵魂的，虽然上面有几个洞，虽然边缘可能有些参差不齐，但他心中珍藏着一个梦想，那就是有一天酒吧音乐之神瑞格会在天堂的小乐队里给他留一席之地。如果你成了杀人犯，最好的演奏会就没你的份儿了。你很可能只能去拉拉中提琴了。

“不如我们就这么算了吧？”他说，“他们是不会回来的——”

“闭嘴！”

“可是我们没有理由——”

马儿腾起了前蹄向后撅去，马车也摇晃了起来。一个模模糊糊的东西从车旁快速经过，消失在了黑暗中，只留下一排蓝色的火焰摇曳了一会儿，之后就熄灭了。

死神意识到他必须在某一刻停下来，但他心中有个念头在不断滋生，那个鬼机器展现在他面前的暗黑词汇告诉他，“慢一点儿”这个词和“安全行驶”一样是无法想象的。

它天性如此，是不会在任何情况下减速的，除非是在乐章第三节的最末是以富有戏剧性的灾难收场的。

这就是摇滚乐的问题。它任意而为。

前轮十分缓慢地、但仍旧在不断旋转地，从地上升了起来。

整个宇宙都被绝对的黑暗吞没了。

有个声音说话了：“是你吗，悬崖？”

“志呀。”

“好的，这个是我吗——戈罗德？”

“志呀，听起来像你的声音。”

“沥青？”

“是我。”

“巴迪？”

“戈罗德？”

“还有……呃……那个穿黑衣服的姑娘呢？”

“什么事？”

“你知道我们现在在哪儿吗，小姐？”

他们身下没有土地，但苏珊也不觉得她是飘在半空的。她就只是站着。站在虚空之上倒也算不得什么大问题。她也没掉下去，因为也没有什么地方可以掉下去，他们也不是从什么地方掉下来的。

她之前对地理毫无兴趣，但现在她有种极其强烈的感觉：这个地方不可能存在于地图上的任何一个角落。“我不知道我们的身体在哪儿。”她小心翼翼地说。

“哦，很好，”是戈罗德的声音，“真的吗？我在这儿，但是我们不知道我们的身体在哪里？那我的钱在哪里呢？”

黑暗中远远地传来了微弱的脚步声。他们过来了，动作缓慢，从容不迫。他们停下来了。

一个声音在说：一。一。一，二。一，二。

然后脚步声又飘远了。

过了一会儿，另一个声音说：一，二，三，四——

于是，宇宙出现了。

管这个叫大爆炸是不准确的。只是一些噪声而已，那些噪声又衍生出更多的噪声，以及一个充满了随机粒子的宇宙。

物质因爆炸从无到有，从表面上看全是嘈杂混沌，实际上却是一个和弦。终极能量和弦。一切都同时从一个巨大的急流中奔涌而出，那自我包容的急流，与凝结着过去的化石恰恰相反，一切都呈现着它们未来的样子。

然后，在不断延展的云层中迂回前行的是，第一支充满野性的现场音乐，活生生的音乐。

它有形状。它高速旋转。它有韵律。它有节奏，你可以随着节奏翩翩起舞。

宇宙万物都随着它翩翩起舞。

苏珊脑子里有个声音在说：*我将永远不死。*

她大声地说："你存在于万物之中。"

是的。我就是心跳。基调强节奏。

她还是看不到其他人。光束从她身边穿过。

"可是他把吉他扔掉了。"

我要他为我而活。

"你是要他为你而死！就死在马车的残骸里！"

这有什么区别呢？他反正都是要死的。但死在音乐中……人们会永远记得他从不曾有机会演唱的那些歌，那些歌将是最伟大不朽的。

将你的生命凝结在片刻间。

然后得到永生。永不消逝。

"送我们回去！"

你从未离开过。

她眨了眨眼睛。他们还在那条路上。空气在闪烁着、爆裂着，天地间都飘着雨夹雪。

她四处张望，看到了巴迪惊恐万分的脸。

"我们得离开——"

他抬起了一只手，手是透明的。

悬崖几乎要消失了。戈罗德试着去抓钱袋的把手，可他的手指直接穿过了钱袋。他的脸上满是对于死亡的恐惧，或者说是，对于贫穷的恐惧。

苏珊大喊道："他把你扔掉了！这不公平！"

一道刺眼的蓝光在路上飞速行进着，没有马车能行驶得那样快。还伴着一种咆哮声，就像是看到了两块砖头的骆驼发出的尖叫声。

光已经到达了弯道，打了滑，撞上了一块岩石后，射到了峡谷上方的半空中。

说时迟那时快，一个低沉的嗓音说话了：**哎呀，我——**

……然后它就撞到了一大圈在迅速向外延展的熊熊火焰的外围。

骨头弹了回来，滚到了下面的河床里，一动不动了。

苏珊转来转去，准备挥动手中的镰刀。可是那音乐在空气之中，它并没有灵魂可供她瞄准。

你可以对着宇宙说，这不公平。宇宙也可能会说：哦，是吗？不好意思了。

你可以救人，你可以在千钧一发之际赶到那里。可那东西却打着响指，说，不，事情必须是这样的。让我告诉你它必须是什么样的吧。

这就是传奇。

她伸出手去，想拉住巴迪的手。她能摸到他的手，可是那手冷若冰霜。

“你能听到我说话吗？”她大喊着，想压过那些高奏凯歌的和弦。

他点了点头。

“它……它就像是个传奇！它必须发生！我阻止不了它——我怎么样才能杀死像音乐这样的东西呢？”

她跑到了峡谷的边缘，那辆马车已经被烈焰吞噬了。现在他们不会出现在那里。他们本应该是在车里的。

“我阻止不了它！这不公平！”

她奋力挥动着双拳击打着空气。

“祖父！”

蓝色的火焰断断续续地从干涸河床中的岩石堆里蹿了出来。

一节小指骨从石头上滚了过去，直到它与另一块、略大一些的指骨，贴合在了一起。

第三块骨头从一块岩石上咕噜噜地滚了下去，也跟那两块骨头连在了一起。

在半明半暗之间，岩石堆中传来了“咔嗒咔嗒”的声响，一堆小白骨在石块间弹跳着，翻滚着直到一只手，食指指着天，升腾到了夜幕中。

接着又传来一连串更深沉、更低沉的躁动，那些更长、更大的骨头一块块地在黑暗中拼接起来。

“我想让它往好的方向走！”苏珊大喊，“如果永远都要遵守那些愚蠢的教条，那么当死神又有什么好的？”

**把他们带回来。**

苏珊转过身去，一块小趾骨蹦蹦跳跳地穿过泥泞，急匆匆地一跃而上，从死神袍子的下面钻了进去。

他大步流星地走了过来，从苏珊手里夺走了镰刀，干脆利落地在头上方挥了一下，再猛地往下一甩，击打在了石头上。刀刃碎了一地。

他俯下身去，捡起其中的一个碎片。碎片在他的手指之间闪闪发光，就像是一颗小小的蓝冰之星。

**这不是一个请求。**

音乐说话了，漫天飘落的雪花随着它的声音翩翩起舞。

*你杀不死我的。*

死神把手伸到袍子里，拿出了那把吉他。有些地方已经破损了，但是不要紧。吉他的外形在空中闪烁着光芒。每根琴弦都在发着微光。

死神摆出了一个克拉什宁可连命都不要也想做到的姿势，并举起了一只手。他的指间反射着银光。如果光曾发出过任何声响的话，那它闪现出的一定是“叮叮”声。

*他想成为世界上最伟大的音乐家。世间万物都有律法，命运要沿着自己的轨迹前行。*

就这一次，死神仿佛没有笑。

他把手放到了琴弦上。

没有声音。

但是，这不是没有声音，这是声音的终止，苏珊意识到她一直听到的一个噪声停止了。一个始终都有的声音，一个她一生都在听的声音。一个直到它停止你才突然注意到的声音……

琴弦静止了。

世上有数百万个和弦。世间有数百万个数字。大家都遗忘了那个数字——零。可是没有了零，所有的数字不过是算术而已。没有了空和弦，音乐都成了噪声。

死神弹出了空和弦。

节奏慢了下来。声势开始慢慢减弱了。宇宙还在运转着，每一个原子都在转动着。但是很快，这旋转就将停止，舞者们将会左顾右盼，不知道接下来该干什么。

还不是弹这个的时候！弹点儿别的！

**我不能。**

死神朝着巴迪点了点头。

**但是，他能。**

他把吉他扔给了巴迪。没扔准，从他身边擦过，掉到后面去了。

苏珊跑过去，一把捡了起来，递给了巴迪。

“你必须拿着它！你必须弹！你必须让音乐从头开始！”

她疯狂地拨弄着琴弦。巴迪退缩了。

“快点儿！”她大喊道，“不要消失！”

音乐在她脑海中尖声叫着。

巴迪终于成功抓住了吉他，但他只是站在那儿看着它，仿佛从来都没见过一样。

“如果他不弹的话会怎么样呢？”戈罗德说。

“你们都将死在马车的残骸里！”

**到了那时，**死神说，**音乐也会死去。舞蹈将停止，全部的舞蹈。**

已如幽灵一般的小矮人咳嗽了一声。

"这首歌我们是能拿到报酬的，对吗？"他说。

**你将得到整个宇宙。**

"还有免费的啤酒吗？"

巴迪把吉他搂到了身上。他与苏珊的眼神交会了。

他抬起了手，开始了弹奏。

一个和弦响起，跃过了峡谷，反射回来奇怪的和声。

**谢谢**。死神说。他走上前去，拿走了吉他。

他突然间转身，把吉他照着一块岩石狠狠砸去。琴弦全断了，有什么东西疾速逃走，向着雪花与群星而去了。

死神颇为满意地看着马车的残骸。

**这才是摇滚乐。**

他打了一个响指。

月亮升起了，照耀着安卡–摩波。

兽皮公园已经废弃了。银色的月光流淌在残破不堪的舞台上，遍地的泥泞和吃了一半的香肠标志着观众们曾经坐的地方。月光洒落遍地，在四处的破音乐盒子上溢动着光芒。

过了一会儿，一堆泥泞站了起来，一阵猛甩，泥巴溅得到处都是了。

"克拉什？金波？斯卡姆？"它说。

"是你吗，诺迪？"在舞台仅存的几根横梁之一上，挂着一个令人心生怜悯的身影。

那堆泥巴又从耳朵里掏出了一些泥巴："是的！斯卡姆在哪儿？"

"我想他们把他扔到湖里去了。"

"克拉什还活着吗？"

一堆废墟下面传来了一声呻吟。

"可怜。"诺迪动情地说。

一个身影从阴影里站起来了，发出了“嘎吱嘎吱”的声音。

克拉什半爬半摔地挣扎出了碎石堆。

“你们必系（须）承认。”他咕哝着，因为在演出的某个阶段，一把吉他不偏不倚地打在了他的牙上，“那就系（是）摇滚耶……”

“好吧，”金波说着，从横梁上滑了下来，“但是下一次，还是要谢谢你，我宁可去试试性和毒品。”

“我爸爸说过如果我吸毒的话，会杀了我的。”诺迪说。

“你的脑子就像是吸过毒的……”金波说。

“不，你的脑子才像呢，斯卡姆，脑子有包。”

“哦，谢谢。非常感谢。”

“我现在最想来颗止痛片。”金波说。

在离湖面更近的地方，有一堆麻布条子在悄悄地向一侧滑动。

“校长？”

“什么事，斯蒂本先生？”

“我觉得有人踩到我帽子了。”

“所以呢？”

“帽子还戴在我头上。”

瑞克雷先生坐了起来，缓了缓刺骨的疼痛。

“来吧，伙计，”他说，“我们回去吧。我觉得我可能对音乐不再感兴趣了。那就是个赫兹的世界。”

一辆马车咔嗒咔嗒地沿着蜿蜒的山路行进。克雷特先生站在车厢上，挥鞭抽打着马匹。

鲨鱼嘴摇摇晃晃地站着。这里离崖边太近了，他都能看到下方深不见底的黑暗。

“我已经受够了这个，我要把它折成两半！”他大喊道，伸手去抢鞭子。

“快停手！不然我们永远都追不上他们了！”克雷特大叫道。

“那又怎么样呢？谁在乎？我喜欢他们的音乐！”

克雷特扭过了头，脸上的表情十分骇人。

“叛徒！”

皮鞭粗的一端打到了鲨鱼嘴的肚子上。他踉跄地往后退去，伸手去抓马车的边缘，没有抓住，他掉下去了。

他张开的手臂被黑暗中的细树枝之类的东西挂住了。他悬空剧烈地摆动着，直到他的靴子够到了岩石，在上面找到了支点，他的另一只手紧紧地抓到了一根破损的篱笆桩。

说时迟那时快，他看到一辆马车径直隆隆地驶了过来。而那一条路上，有一个急弯。

鲨鱼嘴闭上了眼睛，手牢牢地抓着，直到最后的尖叫声、爆炸声和碎裂声都消失以后，他才睁开了眼睛，只看到一只燃烧的车轮顺着峡谷一路弹了下去。

“哎呀，”他说，“真是幸运……有……些……事……情……”

他抬起头往上看，再往上看。

**是的，确实如此，对吧？**

克雷特先生坐在马车的废墟里。很明显，火势已经很大了。他很幸运，他对自己说，竟然死里逃生了。

一个穿黑袍的身影穿过火焰径直走来。

克雷特先生看着它。他以前从不相信这种事。他从不相信任何事。但是如果他之前相信了，他应该会相信某个……个子更高一些的吧。

他低头看着原以为是自己尸体的东西，突然发现他竟然能看穿它，并且它在慢慢地消失。

“哦，天哪，”他说，“哈，哈，哈。”

这个身影笑了，挥动了它的小镰刀。

**嘻。嘻。嘻。**

过了很久，人们才下到峡谷里，从废墟中清理克雷特先生的遗体，剩下的部分不多。

关于他有着诸多的猜测。他是某个音乐家……某个从城里逃走的音乐家之类的……是吧？或者还有别的什么？无论如何，他现在已经死了，不是吗？

没有人注意到其他东西。有些东西慢慢在干涸的河床里汇聚起来。那儿有一颗马的颅骨，还有一些羽毛和珠子。还有几块吉他的碎片，像蛋壳一般碎了一地。很难说曾经从这里破壳而出的是什么。

苏珊睁开了眼睛。她感到脸颊上有风拂过。身体的两边是两只手臂，是它们将她支撑了起来，同时，还牢牢地牵着一匹白马的缰绳。

她俯身向前。朵朵白云在她身下很远的地方，飞速掠过。

“好了，”她说，“现在又会发生什么事呢？”

死神沉默了一会儿。

**历史总是会回到正轨的。他们会将它修补好的。世间总是有些小小的悬念……我敢说有些人还会记得那个公园里举办过的某场音乐会，虽然他们的记忆混乱不堪。但是那又怎么样呢？他们将会记得一些并没有发生过的事情。**

“但是那些事情的的确确发生过！”

**也一样。**

苏珊低头凝视着那漆黑的夜景。到处都是星星点点的光亮，那是一个个家园和小山村，那里的人们在延续着自己的生活，完全没有想到在他们的头顶上，那些高高的地方，在经历着什么。她羡慕他们。

“所以，”她说，“只是打个比方，你懂的……那个乐队会发生什么事情呢？”

**哦，他们可能在任何一个地方。**死神凝视着苏珊的后脑勺，**就比如，那个男孩儿吧，也许他离开了那座大城市。也许他去了别的地方。找一份勉强糊口的工作。等待时机。用他的方式生活。**

“但是他的生命在破鼓酒馆的那个晚上就结束了！”

**如果他并没有去过那里，那么就没有结束。**

“你能这么做吗？他的生命那时就到了尽头了！你说过你是无法赋予生命的！”

**我不行，但你可能可以。**

“你说什么？”

**生命是可以共享的。**

“可是他已经……走了。我觉得我可能再也见不到他了。”

**你知道你会再见到他的。**

“你怎么知道？”

**你一直都知道。你什么都记得，我也是。但是你是人，你的头脑会叛逆。可是，有什么东西闪过去了。也许是梦。各种预兆，各种感觉。有些影子长得比黑夜要更早来临。**

“我一点儿都听不懂。”

**嗯，今天可真长啊。**

他们身下又有几朵白云飘过。

“祖父？”

**我在。**

“你要回去了吗？”

**看起来是这样的。忙啊，太忙了，太忙了。**

“所以我能停下来吗？我觉得我并不擅长干这个。”

**可以。**

“可是……你刚刚打破了很多规则……”

**也许它们有时候只是些指导方针吧。**

“可我的爸爸妈妈还是死了。”

**我不能给予他们更长的生命。我能给他们的只有永生而已，他们觉得这代价划不来。**

“我……想我懂他们的意思了。”

**当然，欢迎你随时来串串门。**

“谢谢。”

**你永远有个家在那儿，如果你需要它的话。**

“真的吗？”

**我会一直保留着你的房间，就和你离开的时候一模一样。**

“谢谢。”

**也就是乱七八糟的。**

“对不起。”

**我连地板都险些看不到了，你可以把它稍稍整理干净一点点。**

“对不起。”

奎尔姆的点点灯光在下面闪耀着。冰冰稳稳地着陆了。

苏珊环顾着漆黑的学校大楼。

“所以……我……也同时……一直都在这儿？”她说。

**是的。最后几天的历史已经……改变了。你在考试中表现得很好。**

“是吗？谁参加的？”

**你啊。**

“哦。”苏珊耸了耸肩，“那我逻辑学得了几分？”

**你得了A。**

“哦，不是吧，我都是得A+的！”

**你应该多检查几遍的。**

死神飞身上了马。

“等一等。”苏珊很快说道。她知道自己必须把话说出来。

**什么事？**

“会发生什么事……你懂的……改变一个人的命运意味着改变整个世界吗？”

**有时候，世界也需要改变。**

“哦，呃，祖父？”

**什么事？**

“呃……那个秋千……”苏珊说，“果园里那个……真的很漂亮。是一个很棒的秋千！”

**真的吗？**

“我那时候太小了，还不会欣赏。”

**你真的喜欢它吗？**

“它很有……格调。我想别人大概从来不曾拥有过一架那样的秋千。”

**谢谢。**

“但是……这些都改变不了任何事。这个世界还是充满了愚蠢的人，他们根本就不动脑子。他们似乎根本就不想清晰地思考问题。”

**跟你不一样？**

“至少我在努力思考。比如……如果我过去几天都在这儿的话，那现在是谁躺在我的床上呢？”

**我想你只是出门到月光下散了散步。**

“哦，那就行了。”

死神咳嗽了一下。

**我想……？**

“什么？”

**我知道这很可笑，真的……**

“你指的是什么？”

**我想……外公还没有亲过你吧？**

苏珊盯着他看。

死神眼中的蓝光渐渐熄灭了，随着光芒的熄灭，她的凝望被吸进了那对深深的眼窝里去了，那里是无穷的黑暗……

……不断延伸的黑暗，直到永远。没有词汇能够形容它。连“永恒”这个词都是源于人类的理念。只要有了名字，它就有了固定的长度。诚然，那一定是很长很长的。但是这黑暗是永恒都无法描述的东西。那是死神住的地方，他孤身一人住的地方。

她抬起手，将他的脑袋往下拉，在颅骨上方亲了一下。那骨头很光滑，是象牙白的，就像一颗台球。

她转过身，看着影影绰绰的大楼，努力想隐藏自己的尴尬。

“我希望我记得留一扇窗户没关。”哦，嗯，这没什么。她必须知道，尽管她对自己的追问感到愤怒。“看，那个……呃，我见到的人……你知道我曾经见过——”

当她转过身来的时候，那里已经是空空如也了。只留下了几个马蹄印，在鹅卵石路面上慢慢地淡去。

一扇开着的窗户都没有。她绕到门口，在一片漆黑中踩着楼梯向上爬。

“苏珊！”

苏珊感觉到自己又在自我保护地隐身了，出于习惯。她放弃隐身了。这完全没有必要。从来就没有必要这么做。

一个身影站在走廊的尽头，站在灯光的光圈里。

“什么事，巴茨老师？”

女校长一直盯着她看，仿佛在等着她做些什么。

“你还好吗，巴茨老师？”

女校长摆出了气势：“你知道现在过了午夜了吗？真是羞耻！你竟然还没有上床！还有，你穿的肯定不是学校的校服！”

苏珊低下头看了看。想让每个细节都对得上总是特别困难的。她还穿着那条镶着蕾丝的黑裙子。

“是的，”她说，“你说得对。”她冲着巴茨老师灿烂而友好地笑了一下。

“很好，校有校规，你知道的。”巴茨老师说道，但她的口气却是犹犹豫豫的。

苏珊在她臂上拍了一下：“我想它们更像是指导方针，对吧？尤拉莉亚？”

巴茨老师的嘴巴张开，又合上了。苏珊这才发现这个女人的个子其实很矮小。她有高傲的举止、高亮的嗓音、高贵的姿态，什么方面都是高的，除了个子。令人惊异的是，她之前显然把这一点像秘密一样隐藏得好好的。

“但是现在我最好回床上去睡了，”苏珊说，她的脑子在肾上腺素的刺激下舞姿翩翩，“你也一样。到了你这个岁数，现在这么晚了还在到处灌风的走廊上闲逛不合适吧，你不觉得吗？明天也是最后一天了。你也不希望那些父母来的时候，你看起来疲惫不堪吧。”

“呃……是的，是的。谢谢你，苏珊。”

苏珊又冲着神情落寞的老师温暖一笑，然后就向着宿舍走去，到了宿舍里，她摸黑脱掉了衣服，盖上了被子。

房间里静悄悄的，只有九个女生平静的呼吸声，以及有节奏的沉闷雪崩声，那是睡着的翡翠公主。

过了一会儿，还传来了不想被别人听见的小声啜泣声，这声音持续了很长一段时间。还有很多坏影响要修补。

在世界的高处，死神点了点头。你可以选择永生，或者选择为人。

你要为自己作出选择。

这是学期的最后一天了，到处都是吵吵嚷嚷的。一些女孩儿打算早早离开，到处都是来自不同种族的家长川流不息的脸庞。显然已经没有人在上课了。规矩啊条例什么的都松动了，这是大家都心照不宣的。

苏珊、格洛丽亚和翡翠公主闲逛着，来到了花时钟边上。还差一刻钟雏菊就要开了。

苏珊觉得很空虚，但还是像一根弦儿一样绷得直直的。指尖并没有火花闪耀，她很惊奇。

格洛丽亚从三朵玫瑰巷的店里买了一袋炸鱼。热腾腾的醋味儿和纯粹的胆固醇味儿从纸袋里飘了出来，竟然没有油炸腐坏物的臭味，那可是那家店里的产品最令人耳熟能详的优势呢。

“我爸爸说我得回家去了，要嫁给某个巨怪，”翡翠说，“嘿，如果有什么不错的鱼骨头，我也要吃。”

“你见过那个人吗？”苏珊问。

“没有。但是我爸爸说他有一座大矿山。”

“如果我是你的话，我可受不了这样，”格洛丽亚嘴里塞满了鱼，说道，“毕竟现在已经是果蝠世纪了。我会坚定我的立场，坚决说‘不’。嗯，苏珊？”

“什么？”苏珊刚才一直在想着别的事情。当她们一五一十地又把事情重复了一遍之后，她说：“不，我得先看看他是什么样的人。或许是个不错的人呢。那还有一座矿山就是加分项了。”

“是的，这很合乎逻辑。你不是说你爸爸给你寄了张照片吗？”格洛丽亚说。

“哦，是的。”翡翠说。

“怎么样……？”

“嗯……他身上有些漂亮的裂缝，”翡翠若有所思地说，“还有一个冰川，我爸爸说那冰川四季不化，哪怕是在仲夏时节。”

格洛丽亚赞许地点了点头。

“听起来是个不错的人。”

“但是我已经喜欢上峭壁了，他来自另一个山谷。我爸爸讨厌他。可是他一直都在努力工作存钱。他差不多存够钱给自己造座桥了。”

格洛丽亚叹了口气。“有时候做女人太难了，”她一边用肘捅了捅苏珊，一边说，“要来点儿鱼吗？”

“我不饿，谢谢。”

“真的很好吃。不是以前那种变了质的老东西。”

“不用了，谢谢。”

格洛丽亚又捅了苏珊一下。

“那，你想去自己买点儿吗？”她说着，隔着胡子给苏珊抛了个媚眼。

“我为什么要那么做？”

“哦，今天有好几个姑娘到那儿去了。”矮人说，她又往苏珊身边凑了凑。

“新来了一个男孩儿在那儿工作，”她说，“我敢发誓他真的很有精灵气。”

苏珊的心弦被拨响了，“噹”的一声。

她站了起来。

“那就是他所说的！还没有发生的事情！”

“什么？谁啊？”格洛丽亚说。

“就是三朵玫瑰巷的那家店吗？”

“是的。”

通往那位巫师房屋的门大开着。那位巫师在门口放了一张摇椅，沐浴着阳光睡着了。

一只渡鸦停在了他的帽子上。苏珊停下了脚步，望着它。

“你有什么话要说吗？”

“嘎嘎，嘎嘎。”渡鸦说着，理了理他的羽毛。

“很好。”苏珊说。

她又向前走去，她感觉到自己脸红了。在她身后有一个声音在说：“哈！”她置之不理。

阴沟里的废墟堆里有个模模糊糊的影子在动。

有个东西躲在一张包鱼的包装纸旁边：

**嘻。嘻。嘻。**

“哦，是的，很有意思。”苏珊说。

她继续向前走着。

然后突然跑了起来。

死神笑了，他把放大镜放到了一边，头从碟形世界上转开了。他发现阿尔伯特在看着他。

**就是看看**。他说。

“你说得对，主人，”阿尔伯特说，“我已经把冰冰的马具装好了。”

**你知道我只是看看吧？**

“是的，主人。”

**你现在感觉如何？**

“很好，主人。”

**还拿着你的瓶子吗？**

“是的，主人。”那瓶子就放在阿尔伯特的卧室里。

他尾随着死神走到了马厩，扶他上了马，又把镰刀递给了他。

**现在我得出去了**。死神说。

“是的，主人。”

**所以不要再那么咧着嘴笑了。**

“是的，主人。”

死神策马而去，却发现自己驾着马顺着小路来到了果园里。

他在一棵特殊的树前面停了下来，盯着那树看了好一会儿。最后他说：

**对我来说完全符合逻辑。**

冰冰温顺地转过身，朝着碟形世界疾驰而去。

一片片土地、一座座城市展现在他面前。蓝色的光在镰刀的锋刃之处闪耀着。

死神感觉到有人在盯着他看。他抬头看看宇宙，宇宙正在满是疑惑却又饶有兴致地望着他。

他唯一听到的一个声音在说："所以，你成了个叛逆者，小死神？你在反抗什么呢？"

死神仔细地想了想。如果这世间有精确的答案的话，他可一个都想不出来。

因此，他对此置若罔闻，又策马往那芸芸众生之中去了。

他们需要他。

在距离碟形世界很远很远的某个世界里的某一个地方，有个人正尝试性地拿起一件乐器，一件能与他的灵魂节奏相得益彰的乐器。

它将永不消逝。

它的归处就在此间。